中国作家协会2021年长篇小说重点扶持项目
中共重庆市委宣传部、重庆市作家协会资助项目
重庆市庆祝中国共产党成立100周年主题出版重点出版物

挺进者陈然

胡雁冰 —— 著

重庆出版集团 重庆出版社

图书在版编目（CIP）数据

挺进者陈然 / 胡雁冰著. —重庆：重庆出版社，2021.12
ISBN 978-7-229-16515-4

Ⅰ.①挺… Ⅱ.①胡… Ⅲ.①长篇小说—中国—当代 Ⅳ.①I247.5

中国版本图书馆CIP数据核字（2021）第268071号

挺进者陈然

胡雁冰 著

出　　品：华章同人
出版监制：徐宪江　秦　琥
责任编辑：王昌凤
责任印制：杨　宁
营销编辑：史青苗　刘晓艳
封面设计：摩奇

重庆出版集团
重庆出版社 出版

（重庆市南岸区南滨路162号1幢）

投稿邮箱：bjhztr@vip.163.com
重庆天旭印务有限责任公司　印刷
重庆出版集团图书发行有限公司　发行
邮购电话：010-85869375/76/78转810
重庆出版社天猫旗舰店
cqcbs.tmall.com
全国新华书店经销

开本：880mm×1230mm　1/32　印张：13.5　字数：302千
2021年12月第1版　2021年12月第1次印刷
定价：49.80元

如有印装质量问题，请致电023-61520678

版权所有，侵权必究

目　　录

第 一 章　行不改姓 /1　　　　　第 二 章　出走风波 /15

第 三 章　一无所获 /32　　　　　第 四 章　加入剧团 /50

第 五 章　将计就计 /75　　　　　第 六 章　任劳任怨 /90

第 七 章　弄巧成拙 /114　　　　 第 八 章　规矩在前 /135

第 九 章　气节如天 /154　　　　 第 十 章　星火呈燃 /170

第十一章　狱中挺进 /188　　　　第十二章　山重水复 /207

第十三章　化敌为友 /236　　　　第十四章　开启新路 /253

第十五章　完美设计 /280　　　　第十六章　吹响号角 /299

第十七章　血色黄昏 /327　　　　第十八章　防患未然 /347

第十九章　想念红旗 /375　　　　第二十章　江水暴涨 /389

第二十一章　一往无前 /403　　　后　　记　坚持是美德 /423

第一章
行不改姓

1

徐元甫从没想过这次任务能完成得如此漂亮，甚至觉得最后人赃俱获，有点顺利得不可思议。

薄雨如雾，在夜色里织起一道比以往更深的墙，将重庆老街34号的国民党重庆行辕高高拱卫其中。想到行辕主任朱少华这么晚了还在等他亲自汇报抓捕一事，徐元甫心里就兴奋不已。他疾步走上台阶，推开主任办公室的门时，觉得灯光都比以往明亮些。

朱少华一身笔挺的天蓝色中山装，左胸悬挂一枚国民党党徽，正坐在宽大的皮椅中，和颜悦色地等着他。

这可是难得，徐元甫的心里更有底气了。

"主任，您请看。"他将手里的《挺进报》双手奉上，压下欣喜和得意，换了一副郑重的表情，"卑职日前捕获冉一智后，日夜不停加紧审讯，四天后获得可靠消息立即派人抓捕，今天傍晚在南岸野猫溪，共党陈然当场被擒，连同刚印完的《挺进报》一并被带回，此刻正在连夜审讯。"

朱少华对他微笑点头："徐处长果然高效。"

"全赖主任信任，给了卑职最大的支持。"徐元甫连忙赔笑道，他觑着朱少华的神色，"还有限期破案令，是您的鞭策让卑职不敢稍有懈怠。"

三月末的一个上午，朱少华在拆阅美国新闻处的信时，发现里面不是该处的文件，而是一份他从没见过的报纸——《挺进报》。显然，这张报纸不是正规报社出的，没有刊号，纸张一般，字也是手工刻的。报纸头版右上角横着的两行字，猝然映入眼帘："审判战争罪犯！准许将功折罪！"

朱少华先是惊诧，然后怒火上涌："这是什么报纸，如此大胆！竟敢堂而皇之地寄到我这个行辕主任的桌上！"那两个感叹号，像两把挥舞的剑，直戳心里。

"给徐元甫打电话，让他来我办公室，立刻！马上！"他对闻讯而来的女秘书大声喊道。

二处处长徐元甫一走进办公室，就被平时温文尔雅、如今一反常态的朱少华一通训斥："看看，我的徐大处长，请你睁大眼睛好好看看，这是什么？前几天你不是还信誓旦旦地向我保证，公开的中共四川省委已撤回延安，重庆地下党组织近期内不可能重建了吗？"

徐元甫扫了一眼报纸，心知这次祸事不小，低下头没敢接话。

朱少华发完了火，把刚才那个信封扔给他："看看里面还有什么让我'惊喜'的东西没有？"

徐元甫赶紧拿起来,几乎有点颤巍巍地从里面抽出一张纸来:"报告主任,还有一封……一封警告信。"

"警告信?警告谁,我吗?"朱少华指指自己的鼻子,"共党在重庆如此嚣张,这还了得!这个火种非扑灭不可,你把其他一切事务丢开,务必在两个月内侦破!"

徐元甫对此措手不及,有些慌乱和失态。后来他在给手下布置任务时曾调查过,有人收到了《挺进报》第16期,可见对方这种行动已经持续一段时间,只是这次他们越发嚣张了。让徐元甫没想到的是,虽然挨了一顿训,但朱少华随即给了他统一调动和指挥辖区内军、警、宪、特的权力,近一个月来他大权在握,如臂使指,一洗抑郁之气。

朱少华看了徐元甫一眼:"从我第一次收到《挺进报》距今也不过一个月时间,看来,你这《挺案侦破计划》非常成功啊。"下属有功自然要嘉奖,朱少华对此从不吝啬。

徐元甫马上道:"您当时指示,务必不惜一切代价将《挺进报》摧毁,并彻底打掉背后的共党组织。这次抓获了共党陈然,我想从他入手,加上之前抓获的其他案犯,必能将他们整个组织一网打尽。"

朱少华不置可否,右手食指划过报纸上巨大的数字"23",似乎沉浸在某种思绪里:"我记得我收到的是第18期,那这第23期会是最后一期吗?"

徐元甫知道,这位久处江湖的上级可不是好糊弄的。虽然他接任行辕主任一职还不到一年,但对共党的一些行为具有高度的敏感性,丰富的经验加上儒雅的做派,给人一种内在的压迫感。

徐元甫不由想起四月例会上朱少华那一番话。四月二日，国民政府主席重庆行辕照例举行的"丙种会议"，从月末提前到了月初。保密局、宪兵、警察、稽查处、三青团等的重要头目围长桌而坐，坐在首位的朱少华环视了一遍在座的人，说："我收到的《挺进报》是第18期！说明这个报纸已经办了一段时间，而我们的人为什么没发现？或者说，发现的人为什么这么缺乏敏感性？是不是只把它当成了小报广告，不屑一顾，一扔了事？"他又环视了一遍在座的下属，"各位，你们是不是觉得这是小事？完全有可能，因为在此之前没有人向我报告！可你们要知道，共党是靠宣传起家的，而且他们无孔不入。共党头目毛润之有一句著名的话，'星星之火，可以燎原'，想必大家都听说过吧？你们可不要小看了这张报纸，它对民众的挑拨，对党国队伍的影响力和破坏力，是不容低估的！"

当时，被命令限期破案的徐元甫面临很大的压力，他既要面对顶头上司的震怒，又要担心南京方面的责难，心里很是惶恐焦虑。但如今，有陈然在手，他觉得问题基本解决了一半。他不需要像朱长官那样高屋建瓴，指出共党宣传政策的巨大影响，他只需拿下陈然，然后顺藤摸瓜，待报纸的编、印、发人员逐一落网，就可以彻底破获这起震惊重庆的大案了。

陈然，你可要识时务啊！

2

"姓名？"

"陈然。"

"年龄？"

"二十五。"

"做什么工作？"

"中粮公司修配厂管理员。"

脑满肠肥的审讯员每问一句，脸上的横肉就随之轻微抖动一下。

看着眼前这个年轻人不疾不徐的样子，坐在隔离室监看审讯的石昌明不禁皱了皱眉。作为保密局重庆站渝组组长，他见过的人不可谓不多，当年混迹城市下层，三教九流几乎都有接触。但是，这个陈然和一般冒冒失失或者战战兢兢的青年人有那么些不同，面对审讯，他过于平静了。

"为什么被抓？"审问继续。

"长官，我也不知道啊。"年轻人的声音似乎带着一丝轻快。

"从你家里搜出这么多《挺进报》，你说你不知道？"

"您是说《挺进报》啊，它有问题吗？"

"废话，你没看见上面写了什么吗……"

石昌明实在忍受不了双方这种近乎磨洋工的问答，走进审讯室，单刀直入地问："你为什么在家里印《挺进报》？"

对面的年轻人把脸转了过来，他英气勃勃的脸上，剑眉乌黑，鼻梁高挺，眼里还带着没有刻意藏起的坦然："我办的报纸，当然在家里印刷。"

石昌明没想到他这么快就承认是自己在办报："你一个人能办报？说吧，你的同伙是谁？还有，你的组织都有谁？"

"没有同伙，也没有组织，就我一个人。"

"年轻人，话不能随便说，说错了再想咽回去就晚了。"石昌明盯着年轻人的眼睛,"陈然,你可想好了。"

"你不信?那我也没办法。"听到对方突然叫自己的名字,陈然依然只是平静地回复了一句。

石昌明一时没说话,上下打量着陈然。他双手被牢牢固定在审讯架上,中等偏高的身材,站得笔直,穿一件洗得发白的衬衫,外套毛背心,浑身上下整洁利落,一丝不乱。

"四月十六日,共党市委副书记冉一智被捕;四月十七日,共党市委书记刘家定被捕;四月十八日,共党区委书记李广文被捕;四月十九日,市委委员、工运书记许建设被捕。"石昌明紧盯着陈然,缓缓念出了一长串名字,"你们的组织已经开始瓦解。我看你也就是个不具名的小喽啰,俗话说,识时务者为俊杰,我给你一个投诚的机会,好好把握吧。"

其实他的话有真有假,冉一智确实是四月十六日被捕的,而刘家定早在四月六日就被捕获,只是在十七日才被冉一智供出了真实身份,李广文和许建设则是四月初就被捕的,被他拿来壮壮声势。他就不信这种先发制人的气势,对方会没反应。

石昌明自己也是伪装的好手,别看一脸和善,像个乡村的教书先生,却极为工于心计。早在一九四二年他就开始带领手下四处活动,更是在一九四六年参与了逮捕《新华日报》工作人员、开列黑名单,相继抓获、审讯过六十余名共党和异见人士。要识破对方的伪装,他有很多经验,比如,有的人内心紧张时就会呼吸急促、眼神游移,有的人会提高声音或做出夸张的动作,也有的人身体会不停地晃动。

果然,他捕捉到了年轻人眼神里的一丝波动,不由松了口气。

陈然似乎愣在那里，沉默下来。

过了一分钟，也许是两分钟，石昌明觉得陈然应该充分领会了他话里的意思，开口道："说吧，你什么身份？"

"共产党员。"

"报纸是谁办的？协助你的都有谁？"

"我办的，就我一个人。"

"一个人能办报？谁信呢！说吧，说出你的组织，说出你的同伙。"

"没有组织，也没有同伙，就我一个人。"

"你们有人已经招了，《挺进报》是重庆市委的机关报，怎么能是一个人办的呢？你们肯定是有组织的，你也肯定是有同伙的，老实交代吧。"

"我已经说了，没有。"

石昌明发现，说来说去又回到了原点。他强压下内心的一丝烦躁，从桌子上拿起一张照片，踱到陈然面前："这人认识吧？"

陈然似乎是要仔细辨认一番，往前凑了凑，然后摇头道："不认识。"

石昌明没从陈然的表情看出任何破绽，但直觉上就是不对。

"这人是你们的市委常委，大官呢！你不认识也有可能。但是，你们共产党组织严密，你一定是有上级的，按你们的规矩，也一定是有同志的。说吧，任意说出一个，我们就可以酌情不追究你。看你一副文弱书生的模样，还是趁早说吧，说了免得受苦，那些刑罚，你可是吃不消的。我，这可是为你好。"

"没什么好说的，就我一个人。"

"陈然，你别敬酒不吃吃罚酒！"石昌明终于不耐烦了，指指旁边一直看着的审讯员，"给我接着问！不招就别停！"说完转身出了审讯室。

夜色暗沉，唯有这一片建筑还泛出惨白的灯光。石昌明在台阶上点了根烟，深深抽了一口。

凭他的经验，这陈然很可能是个难缠的主。看来，徐大处长想尽快从他身上掏出点什么来估计要费些力气。他本来也可以再试试的，但是，天还真是不早了，人家邀功的都没回来，他着个什么急啊。

3

重庆老街32号，高耸而堂皇的铁门上，横排镌刻着"慈居"两个篆字。不知内情的人只看其外观幽静，还以为是某个达官贵人的豪宅公馆，却不知道内里守卫森严，实际上是重庆行辕二处办公的地方。

徐元甫接管这个机构的时候，才三十出头。但他是毛人凤的心腹，又娶了重庆市长的养女为妻，加上本人精明强势，短短两年时间就成为呼风唤雨的人物，就连保密局重庆站站长手下最得力的干将石昌明也对他毕恭毕敬。

一大早听石昌明说昨晚审讯只得到一个结果——《挺进报》是陈然办的，没有组织和其他人，徐元甫就坐不住了。他本来脾气就急躁，但看石昌明一脸憨厚的样子，却不好当面发火。俗话说，"憨相憨相，扮猪吃象"，这家伙心里还不知道在想什么。徐元甫暗骂了一声"饭桶"，说了句"我亲自审"，就匆匆走了。

天光大亮，连阴森的审讯室内都多了几分人间气息。徐元甫被课长陆福林迎到二处审讯室的时候，阳光从缝隙里漏进来，打在审讯桌上，一个人正支着手肘打瞌睡，散乱摆放的刑具间，斑驳的刑架上缚着一个身影。

陆福林连忙上前两步，一把拍在桌子上，大喊道："胖子！"

迷迷糊糊的审讯员一个激灵，看清是徐元甫亲自来了，慌忙站起来："处，处座，您来了！您快请坐！"一边赶紧用袖口抹凳子。

徐元甫并不理会，径直向刑架上的人走去。那人衣衫零乱，上面有几道暗红色的血迹，此时人已经醒了，抬头看着他。

"你就是陈然？"徐元甫一口官腔，架子端得十足。

"我是陈然。"声音不高不低。

"我们徐处长亲自来是给你天大的面子！"陆福林已经跟了过来，很有些自豪地道。

徐元甫略微弯身，来来回回、上下左右把陈然盯了个遍，目光凌厉如刀，仿佛不在人身上锉几个来回就不罢休一样。

陆福林在旁边同样盯着陈然。他可是见过，就他们处长这目光，镇住过多少人了，要是胆小的，听说他就是杀人如麻的二处处长，根本不敢和他对视。

陈然却同样盯着徐元甫，目光没有丝毫退让。

徐元甫看这招没什么效果，忽然口气严厉地道："知道你犯的什么罪吗？"

"不知道。"

"不知道不要紧，现在把你的组织，"徐元甫快速一挥手，

"交出来吧！"

"组织？什么是组织？办报是我个人最近才尝试的自由职业，哪有什么组织？"陈然毫无波澜地看着他。

"自由职业？我没听说过这样的！说吧，谁让你办的？"

"没谁，我自己办的。"

"办报纸没有一套人马怎么可能？说吧，交出你的组织，我们可以不追究你个人。"

"没有组织，你让我拿什么来交？"

气氛好像僵在那了。徐元甫忽然有点明白石昌明的说法，这个陈然，只是看着文气。

他耐着性子走到审讯桌后的椅子上坐下，放缓了语气："你为什么要办报？为什么办与党国为敌的报纸？"

"现在物价飞涨，我家都快过不下去了。办报还不是为了找一个谋生的手段？我不知道办一张报纸就能与党国为敌，我只知道有人要买报纸，我就能挣到钱。"

"理由还一套一套的。偷偷办报是有罪的！你知道吗？"徐元甫又一次提高了声音。

"办报有罪？什么罪？"陈然似乎习惯了他这一套虚张声势。

"你办报为什么不登记？为什么偷着办？老实告诉你，你的全部材料已经有人交代了，你还不交代？"

陈然笑了笑："没有登记，那现在登记可以不？既然有人交代了，不是很好吗？还要我交什么！"他回避了"组织"二字。

徐元甫终于沉不住气了："狡辩！你知道这是什么地方吗？你今天必须听我的，必须交出组织！"

"我说你还要听我的呢！"陈然反问道，"办报有罪吗？没罪你们逮捕我干什么？！没有组织，不交怎么就不行？"

徐元甫一拍桌子："陈然，今天你交也得交，不交……"

不等他说完，陈然已经打断他道："就算你们胡乱整，把我逮起来，不让我办报，却不能影响我的判断：报纸好卖，办报谋生，这条路我可能走对了。"

徐元甫咆哮起来："不准狡辩！必须交出组织。不交，我就强迫你交！"

"那你就强迫吧！"陈然把脸转到一边。

徐元甫啪啪拍着桌子，声音响彻审讯室："好你个陈然，敬酒不吃吃罚酒，你等着！看到底是我听你的，还是你听我的？！"

陈然一笑，回敬道："你这个土匪流氓！我凭什么要听你的？"

陈然看着他，不再说话，但那平静的目光在徐元甫看来满是讽刺，他粗暴地挥手一指："陆福林，给我收拾他！"

4

刚才陆福林一听说处座亲自来了就知道不妙，之后被处座发现下属在睡觉，心里早就战战兢兢，生怕徐元甫责怪他管理不严，这时刚好有机会，怎么能不好好表现？他一把抄起旁边的皮鞭就抽向陈然，空气顿时被撕裂，审讯室里没人说话，只听见鞭子落在人身上发出的闷响。

徐元甫盯着陈然，见他拧着眉，嘴唇紧抿着，被铁链缚住的双臂紧绷，随着每一声鞭响身体幅度不大地抖动一下，脸上露出得意的神色：这小共党也不是特殊材料做的嘛，慢慢磨，我看你能挺到几时？！"

一顿皮鞭过后，徐元甫又踱到陈然身边，声音明显张狂起来："怎么样，要不要听我的？交出组织，就可以放了你。"

陈然呼吸急促，汗水混着血水沾了满身，他缓了缓气息，吐出两个字："不交！"

徐元甫被气得七窍生烟，急脾气发作，也不管什么风度了，大声吼道："好！陈然，我们就看看是我听你的，还是你听我的。陆福临，继续！不说，就换刑具，你们这里不够用，就弄到渣滓洞那边去！"说完气哼哼地走了。

徐元甫为了侦破"挺案"，动用大小特务，进行残酷的刑讯，刑罚名目繁多，刑具一应俱全。

一直以来，他对属下的刑讯能力毫不怀疑。四月初落网的任可达、刘家定、余文安、李庄，轻的皮鞭伺候，重的吊鸭浮水、坐老虎凳，不管年轻的还是年老的，高居市委职务的还是小工人，最后不是都招了？他不是没刑讯过，只是随着职位升高越来越少亲自上阵了，但是打眼一看，哪些人大概什么时候会到极限，他还是有经验的。陈然这人，看着体格健壮，但骨子里像个书生，嘴上一套一套的，关键时刻还不知道怎么样呢。

在下午的个把时辰里，徐元甫就这么耐心地看着渣宰洞看守黄丛把刑具从皮鞭换成了烙铁，又吊起了木脑壳，就差老虎凳了。最后，看守所所长李余池亲自上阵，还是什么都没问出来。徐元甫不由心里越来越焦躁，一股怒意憋在胸口，即将燃成熊熊烈火。

李余池汗都下来了，呼呼喘着粗气，盯着陈然。这年轻人看着文弱，怎么就这么嘴硬？他刚开始还憋着一股气，想给对方个下马威，一劲儿猛打，可是越到后来心里越没底，看来三下五除二审完给处座交代是没希望了。

眼见陈然双眼紧闭，气息微弱，人已经昏了过去，李余池凑到桌前，小心翼翼地对徐元甫道："处座，人晕过去了，您看这？"

徐元甫沉着脸不说话。他满心思顺利拿下陈然，然后就能顺藤摸瓜，没想到刚开始就碰了钉子，不由得重新评估起原来的计划来。

对陈然，他并不了解，最早也就是听落网的人说有这么个共党，没想到陈然居然就是直接印刷《挺进报》的人。《挺进报》笔画精细，油墨印刷，消息紧随时局，要印刷这么一份报纸，至少需要提供消息的人、刻板的人、发行的人，而目前这些人都还没抓到。所以，陈然这人，必须得加快审！任他有铁嘴钢牙，也得给他撬开！

"泼醒，三天之内，必须给我结果！"徐元甫扔下一句话，起身往外走。

李余池如释重负，亲自送他出门，刚松了口气，突然又听徐元甫说："是谁去抓的陈然，雷大元是吧？让他来见我！还有给我准备这个人的所有资料，越详细越好。"

李余池忙说了声"是"，见门口正站着看守张全贵，就吩咐他接着审，自己也匆匆忙忙走了。

等李余池再进来的时候，黄丛正蹲在陈然身边不知道嘀咕什么，见他进来，挪过来，啧啧叹道："这小伙子，看着像个大姑娘，没想到还挺硬气！"

李余池不满地瞥了他一眼，黄丛讪讪地道："所长，就等您大展神威了。"

陈然被倒吊在刑架上，一身衣服基本看不出本来颜色，整个人像从血水里捞出来的。李余池走近了，见他人应该是处于半昏迷中，踢了一脚，没什么反应，于是站起身来，对张全贵和黄丛道："走，先吃饭去。"

两个人都有点愣怔，黄丛道："所长，处座吩咐了要快点审，还有，处座说三天内要有结果啊！"

李余池看了一眼陈然，森然一笑："吃饱了才能好好干活不是？"说完带头走了。

陈然于半昏半醒之间，觉得猛然挨了一下，他不知道具体是哪里，因为全身无处不痛。他用力睁大眼睛，却仿佛一切都无法固定，光影斑驳，漫无边际的虚空里，突然一张他记忆中最美的脸，仿佛在冲他微笑："香哥儿！"

"大姐，怎么是你？"迷迷糊糊中的陈然几乎忘记了所有，冲着少年时影响他最大的人招呼道。

第二章
出走风波

1

有名的安徽芜湖古城，位于长江和青弋江交汇处。江边舟楫往来，码头人流涌动。依江势蜿蜒的十里长街，隔而不断的高耸风火墙，错落有致的临街店铺，水运的发达带来了市井的繁荣。那被人们称为河街的地方，自然是最热闹的，青石板铺就的街上，行人熙来攘往，叫卖声此起彼伏。

"香哥儿，你总算来了！"门店摊贩的吆喝声中，一个女子清亮的声音似乎格外急迫。她身材纤细，一身白底小蓝花旗袍，微卷的齐耳短发收在脑后，端庄秀丽的苹果脸上，一双丹凤眼清澈明亮。

被唤作"香哥儿"的少年个头不高，虎头虎脑，白色的短袖衬衫配黑色短裤，整个人看上去非常精神。他喜欢放学后来河街玩，年轻人会聚的"剧团"是他的最爱。因为他最喜欢的大姐和二姐在里面。

"要不是担心你到剧团来找不着我，我早回家了。"女子看着他走近，半是解释半是亲密地抱怨。

"早知道二姐这么着急，我就不逛了。"刚才还在街上走走停停的少年有点懊恼，又四处看看，"大姐呢？"

女子叹了口气："晓琪今天没来……"她叫陈晓薇，比姐姐陈晓琪小两岁，但不喊姐，只叫名。

"为什么？"少年急急打断了她的话。

陈晓薇瞪他一眼："你听我说完啊，晓琪被娘关家里，不让出门了。"

"什么事让娘这么生气？"少年下意识地挠了两下头，"之前加入剧团不是也同意了？"

"估计是晓琪要参加上海演剧队那事。"说到这里，她只有苦笑，"大约娘还是要我们大门不出，二门不迈吧？"

但是，一九三七年的中国正是各种风潮激荡的时候，进过新式学堂的女子岂是老旧的大门关得住的？

不得不说，一年多前陈晓琪姐弟在加入剧团那件事上，开了个好头。那是他们在和父母意志的较量中第一次真正意义上的胜利。

一九三五年芜湖有几个爱国青年筹组了一个业余的"蚁蜂剧团"，举办演出活动开展抗日救亡宣传。陈晓琪、陈晓薇姐妹俩与他们熟悉后就想加入。但这事一开始就遭到了父母反对。

"他爹，我不同意！女子，还是要守妇道，早日结婚成家，相夫教子。"身材修长、穿紫色旗袍的黄凤淑直摆手。她好看的瓜子脸上，鼻梁秀直，目光犀利。

"嗯，我也不答应。"这个家庭的当家人陈书敏说。

"爹、娘，我们还小，不想这么早就嫁人。对不对？"陈晓琪一边说一边偷偷向陈晓薇眨眼。她和晓薇一样留着齐耳短发，一样的苹果脸、丹凤眼，不知道的人会以为她俩是双胞胎，当然熟悉的人还是能区分的，因为姐姐比妹妹身材丰满一点，旗袍的颜色不同，性格差异也大，姐姐更外向一些。

"对，我们既没读书，又没工作，总应该找点事儿来做。"陈晓薇马上附和。

"你俩都超过二十了，还小吗？要不是你爹近年频繁调动，我们家也跟着搬迁的话，你们早就嫁人了。"黄凤淑转向两个女儿，"以我的经验，家才是女人一生应该守着的地方。家庭幸福，才是女人一生最大的目标。"

"女孩子经常抛头露面，特别是演戏，总是不好。再说，外面太乱了，让人放心不下。"陈书敏其实是赞成搞宣传的，他对外来入侵者是憎恨的，何况以前还遭遇过不幸，一直耿耿于怀。但别人家的孩子可以，自己的女儿不行。

他有另外的意思没说出来。人们普遍认为戏子低贱，如果有人知道他同意孩子去演戏，那他的脸面往哪儿搁呢？让孩子去学戏唱戏，是没办法的家庭不得已的做法。陈家作为海关职员家庭，条件不算差，如果不是有大大小小五个孩子的话，生活应该是很好的了。当然，二女儿的话没说错，为了保证两个儿子的学业，早就没让她们上学了。他心想那不也是没办法的事么。

晚饭前，陈晓琪在床上斜躺着，手里有一下没一下地摆弄着一只陶瓷小花钵，上面绘有梅花，黑底白花，小巧玲珑。钵中是两株细小的文竹，枝叶疏朗，色泽翠绿。

陈晓薇坐在并排着的另一张床边看书。忽然她"哎"了一声，放下书站起来:"晓琪,我们现在无事可做,好无聊哦。"

"是啊,我也觉得。对了,你说爹是不是重男轻女啊,不让我们读书……"

陈晓薇连忙摇手:"你小点声儿,让爹知道了会不高兴的。"

"这是事实嘛。不让读书也行,总得让我们做点什么呀。"陈晓琪的声音降了下来,"晓薇,你去把香哥儿和崇心喊来。爹娘不同意我们加入剧团,我们能不能一起来想个办法?"

"小姐,少爷,出来吃饭了。"保姆刘嫂安排好饭菜后,先请主人上桌,又去招呼几个孩子。

四姐弟陆续从房间出来,坐到自己的位置上。

此时,陈书敏已坐在长条桌上首,正在看报纸。大儿子陈崇心、小儿子陈崇德、大女儿陈晓琪依次坐在他的右手边。黄凤淑则带着小女儿陈晓瑶和二女儿陈晓薇坐在他的左手边。刘嫂坐下首,方便时不时添个碗、拿个勺什么的。

突然,陈书敏很生气地放下报纸,狠狠地拍了下桌子:"丧权辱国啊!真是丧权辱国!"

"爹,怎么了?"陈崇德问。

"日本逼迫国民党先后签订了《何梅协定》和《秦土协定》。"他又拿起报纸,手指不停地在上面点着,"看看,这日本人侵占、瓜分中国的狼子野心,已是非常明显了。"

作为一个海关职员,陈书敏一直有读书看报的习惯,连带着家里大大小小都不是对时局一无所知的人,尤其孩子们年少气盛,遇事总是比父亲更激愤、更直接。陈书敏为此还批评过他们。但随着形势的发展,他好像也越来越沉不住气了。

陈崇德左手捏筷子,学着父亲以往的口气说:"政府总会想办法的,不要急躁,冒进会吃亏啊!"

陈晓琪偷偷笑了。刚才商量的办法不知不觉开始执行了,她喜欢的小弟弟陈崇德打了头阵,她马上接口道:"爹,日本人都打到家门口了,除了依靠政府,我们就没有别的办法了吗?"

"天下兴亡,匹夫有责!"陈书敏双手按在桌边,正色道,"每个中国人都应该尽自己的一份力。"

"那我们怎么才能尽一份力呢?"陈晓薇问。

陈书敏好像意识到了什么,目光从陈晓薇、陈晓琪脸上依次扫过,最后落在了陈崇德身上:"你们几个商量好的?"

陈崇德挠挠头:"爹,我们……我们就是觉得每个中国人都应该做点什么。"

一直没说话的陈崇心忽然道:"爹,您以前天天说我们空有一腔热血,其实您心里也是这么想的,对吧?"

自二月政府发布严禁排日运动命令以来,各种说法不一而足,在"不但无排日之行动思想,亦无排日之必要"的引导下,陈书敏所在的海关也是亦步亦趋。

陈书敏叹了口气。"时局动荡,一眼望不到头,我一直不想你们多参与社会活动,觉得政府总还能起一点作用,不过主要是怕你们有危险,外面这么乱,我和你娘不放心。"他话锋一转,"但是,日本侵略已成定局,每个中国人确实应该尽所能,揭露真相,唤醒民众,激发斗志,出钱出力,拼死抗争,决不退让!这正应了我们的先人那句话,天下兴亡,匹夫有责。"

陈晓琪忙问道:"匹夫包括女人不?"

陈书敏看她一脸得逞的样子,笑道:"当然!只要是有民族血性的人,不分男女老幼,都应该勇敢地站出来。"

"对!"陈崇德右手握拳,"天下兴亡,匹夫有责。拼死抗争,不分男女!"

"那我们就应该站出来!通过演出宣传唤醒更多人参加抗战。"陈晓琪好似总结,"所以,爹、娘,我和晓薇应该参加剧团!"

陈晓瑶睁着一双大眼睛,望望这个,望望那个,嘿嘿笑了。

"看,小妹都明白!"陈崇德说着瞟了他爹一眼。

2

"大小姐,给你。"一天刘嫂来到房间门口,递给陈晓琪一封信。她接过来一看,是从上海来的,急忙拆开。

晓琪:

  告诉你一个好消息。七七事变后不久,上海话剧界成立了救亡演剧队,八月下旬就开始分赴炮火连天的抗日前线和辽阔的大后方,开展抗日救亡宣传。我已经加入,听说很快就要去你们那边,你愿意参加吗?我知道你喜欢宣传,也很有天赋。来吧,我们又可以一起战斗了……

"一起战斗……"陈晓琪的内心因为这个词有些激动起来。记得那年九一八事变爆发后,上海学生举行了声势浩大的示威游行,她和同学们一边挥舞旗帜一边高呼口号。当时年仅八岁的陈崇德也跟在队伍后面,后来自己还劝他赶紧回去,他是怎么说的?"一起战斗!"没想到六年后的自己,竟然是如此渴望加入这个战斗的集体。

但是,爹和娘能同意吗?依着上次他们对自己加入剧团的态度,陈晓琪估计这次他们也很难答应。总要试一试吧,大家商量一下,说不定能找到比上次更好的办法呢。

"晓琪,我看还是算了。"陈晓薇侧身对身旁的陈晓琪说,"外边这么乱,爹和娘,尤其是娘,她怎么放心你一个女孩子独自到外面去呢?而且听说有人在给你介绍对象呢。娘说,女大不中留,还说我也不小了,但老大没落实之前,老二还不能考虑。"

"晓薇,你是不是想嫁人了?有意中人了,对吧?怎么没给我讲呢?"陈晓琪取笑她,"我早就给娘说过,咱姐妹早晚肯定是要嫁人的,谁先有了意中人,谁就嫁,不必拘泥大小先后。"

"哪有哦,乱讲话!"陈晓薇轻轻拍了一下陈晓琪的手,"我只是把娘的话原原本本说出来而已。"

坐在另一边的陈崇德一下子站起来,快速地挠了两下头:"大姐、二姐,你们早点给我找个姐夫,我打架的时候就有人帮忙了。"

"香哥儿,你也慢慢长大了,还是要努力读书,多学点知识,别老想着打架的事,好吗?"陈晓琪说。

"对呀,香哥儿,别总让爹娘为你操心。"陈晓薇也说。

"大姐,我支持你,放心去干你想干的事吧。崇德的事,你不用担心,有我和二姐呢。"似乎是经过了一阵思考,陈崇心一边说,一边把陈崇德拉回自己身边坐下。他不喜欢叫他"香哥儿"。这个乳名是黄凤淑取的,意思是别忘了老家在河北香河,那里有"京畿明珠"之称。但陈崇心觉得这名字女气了点。在他们家,只有他娘和两个姐姐才爱这样叫,他还是喜欢喊"崇德"。

"好，大姐，你的话我记住了。我像上次一样，坚决支持你！"陈崇德说。这个家里，他最听大姐的话。他觉得大姐既不像娘那样唠叨，也不像爹那样威严，她充满青春的活力，敢说敢做，一直都那么坚定勇敢。

这时，门外传来刘嫂喊大家吃饭的声音。陈崇德最先出了卧室，刚到客厅，就瞥见门边柜子上有一样东西，走过去一看不禁有些激动，趁着没人注意，就悄悄拿回房间藏了起来。

"书敏，今天喝一杯吗？"

"不喝了。"

"爹，喝吧，正好可以解解乏。"陈晓琪说。其实她是想让她爹高兴，好说出自己的打算。

陈崇德抢先倒了两杯酒，陈晓琪双手端了一杯递过去："爹，这是您的。"剩下一杯放在自己面前。

"怎么，晓琪，你要喝酒？我们家是不让女孩子喝酒的，就是你两个弟弟，现在也不让喝，这你是知道的呀？"黄凤淑首先反对。

"娘，让大姐喝一杯吧。"在这种场合，陈崇心不大说话，但一旦他说，爹和娘多半都要认真听一下。

"娘，让我喝一杯吧，就一杯，我有话想对爹说。"陈晓琪说。

"好。"看着女儿的神色，陈书敏点点头。

陈晓琪端起酒杯："爹，您整天忙碌，辛苦了！我敬您一杯。"可能是心情愉快，陈书敏没有推辞，端起酒杯一饮而尽。

陈晓琪拿起酒瓶续上，再双手递到他面前。

"爹，我想去参加上海救亡演剧队。"

"上海？那么远！"

"不是，现在他们就在芜湖。"

"现在在芜湖？那以后呢？"

"以后？以后再说以后呗！"

"你这是添乱！"陈书敏正欲端杯子的手，一拐弯拍在桌子上，心里一股怒火直冲上来，愤愤地说，"还救亡队？！政府不抵抗，军官抢先逃，一个救亡演剧队有什么用？那个什么著名学者还说，我们国家要五十年后才能和日本人打，大部分国人的斗志和部队的士气都丧失了，拿什么打？"

他发完火，才意识到自己不该把白天的不平带到家里来，就缓了口气，看着陈晓琪说："再者说，战争是男人的事，你一个女孩子，能起什么作用？！"

"我，您……"陈晓琪本想把上次"天下兴亡，匹夫有责"的言论再说一遍，但被打断了。

"我得到消息，自前年日本内阁通过《鼓动华北自立案》后，他们加紧策划华北自治，下一步日本人侵略的步伐会加快，离我们会更近。我估计我们在芜湖也待不长了，还会后撤。别人都往安全的地方跑，你一个女孩子，反倒要往危险的地方冲。不行！我不会同意的！"陈书敏说完，不再喝酒，饭也不吃了，愤然离席而去。

几个孩子面面相觑，都不敢说什么了，饭前商量的办法一点也没用上。

3

"娘，放我出去，我要出去。"陈晓琪在房间里隔一会儿就来上两句,边拍门边喊。她知道被放出去的机会很小,但仍然没放弃。喊着喊着,她就觉得仿佛是在演戏,是在跟她娘斗智斗勇。

"别喊了!就算你爹像上次一样答应了你,我也不会答应的。"黄凤淑端了条凳子在门边守着,头也不回地说。

这世道不太平,就算富庶的芜湖城里也是成天乱哄哄的,间天就有不知从哪里冒出来的兵打得不亦乐乎,死个把人,已算不得什么大新闻了。但这当娘的最怕的,还是陈晓琪去那个什么救亡队,虽然现在在芜湖,指不定哪天就走了,依晓琪的脾气,到时候能不跟着走吗?想来想去,只有不让她出门才最好。

"娘,我不去的话,那场戏没法演,我是要给剧团赔钱的。"

"赔多少,我替你出。"

黄凤淑清楚,现在许多人家连饭都吃不上,哪有多少钱去看戏?所以她不怕出钱,情愿蚀财买个清净……

"娘,不好了,我哥打架了!"正在这时,陈崇德嚷嚷着,上气不接下气地从外面跑进来。

"崇心打架了?和谁?"黄凤淑露出不相信的神色。

陈晓琪听到声音,急忙喊:"香哥儿,快,过来开门让我出去!"

"我哥和章至恭他哥。"陈崇德一边回他娘的话,一边往陈晓琪的房门外走去,大声说,"不行!平时总说我不听话,你怎么也不听话了?你就按娘说的,好好待着吧!"说着仰头看陈晓琪。此时陈晓琪正眼巴巴地从门上部的柱子缝隙看他。这个房门的上部,为了通气,是用一根根木柱子相间拼起来的,晚上睡觉时,拉上小窗帘即可。

"好香哥儿,快帮帮姐吧!"

陈崇德大声拒绝:"不行!上次帮了你,都没好好谢我,说了教我唱歌,也不兑现!"

"那我现在教你,成吗?"

"晚了,早点就好了。现在你好好待着吧。"陈崇德留给她一句话,立刻回到他娘这边,"娘,你还是去看看吧,真的,我哥和章至谦打起来了!"

"不会吧?说你和章至恭打架,我百分之百相信。"她指的是另外一件发生过的事。

"太太,恐怕是真的,小少爷从来不说谎呢。"这时正好前来禀报事情的刘嫂说。

"娘,你说得对,之前确实是我和章至恭在校外那条巷子里打架,可他输了,他哥就要给他帮忙,那我哥肯定不答应呀,结果他俩就在那儿打起来了。我趁机跑回来搬救兵,你快去看看吧!"陈崇德说话又急又快。

"好,我这就去看看。"黄凤淑还是有点不放心,边说边往外走,"你把你哥丢在那儿,自己就回来了?"

陈崇德喘了口气,说:"娘,我这跑了一路,嗓子都冒烟了,等我喝口水马上来!"

"那你快点。"黄凤淑说,忽然又想起晓琪的事情,但听她这会儿也没什么动静了,就回头嘱咐刘嫂,"给我看着点晓琪,怎么喊都别给她开门。"说着匆匆出门去了。

陈崇德胡乱喝了口水,看见刘嫂抱着陈晓瑶坐在门口的凳子上,就蹭了过来,一边冲陈晓瑶说:"小妹,娘呢?娘出去了,娘出去了?"

陈晓瑶哪儿经得住他这么说,闹着就要出去。刘嫂怎么哄她也不听,心里发急,只好对陈崇德说:"小少爷,我这就带小姐出去。大小姐这边……"

陈崇德说:"没事没事,你去吧,你看这门锁得紧紧的,出不来。"

刘嫂前脚一出门,陈崇德马上去打开陈晓琪的房门:"大姐,你赶紧收拾东西走吧。"

"香哥儿,我走了你怎么跟爹娘交代呢?"陈晓琪有些不放心地问。

"放心吧,山人我自有妙计。"陈崇德来了一句剧团听来的唱腔。

看着陈晓琪匆匆收拾东西,他突然想起了什么,马上回自己屋拿来了一样东西:"大姐,你就要走了,你得给我说一下这里面有些什么歌,行吗?"原来是他爹那天拿回来的唱片。

"行。"陈晓琪匆忙看了一下,"这里面全是外国歌曲,有的我以前教过你,比如你已经会唱的《纺织姑娘》,也有没教过你的,比如《伏尔加船夫曲》。"

"能教教我么?只教几句,回头我再跟着它学。"

"好。"陈晓琪一边收拾一边哼唱,陈崇德一句一句跟着学:

哎嗨哟嗬,

哎嗨哟嗬,

齐心合力把纤拉,

……

哎哒哒哎哒,

哎哒哒哎哒

……

陈崇德沉浸在歌声里。其实之前陈晓琪也教过他别的，比如《渔光曲》：

云儿飘在海空，
鱼儿藏在水中。
早晨太阳里晒鱼网，
迎面吹过来大海风。

……

"香哥儿，这首歌要这样唱，"陈晓琪边说边示范，"你要想象自己是站在一条船上，身体随着波浪的起伏，会前后晃动。"然后她的双手一高一低地挥舞着，和着旋律的节奏，打着优美的拍子，高低错落，抑扬有致，"你要把对这首歌的理解，融入情感之中。唱歌之前一定要了解它的主题，它想表达什么情绪，然后恰如其分地演唱出来。"

"好了，香哥儿，姐马上就走，否则来不及了。"陈晓琪右手提一个皮箱，左手提一个包袱，就往外走。

陈崇德上前来给她提包袱："大姐，我送你出门。"

姐弟俩走了一段路，陈晓琪说："香哥儿，你赶快回吧，也不知道这会儿家里怎么样了。"

"大姐，我回家守着，万一他们回来早了，好想办法拖住。"陈崇德点点头，又说，"大姐，你一个人出门在外，要多多保重。

还有，记得多写信回来哟。"

陈晓琪拥抱了陈崇德："香哥儿，你一定要好好学习，别再调皮了，特别是不要再打架了，好吗？"看到陈崇德点头，她提起皮箱，转身离开。

陈崇德目送陈晓琪渐渐走远，不停地挥着手。

突然，眼含泪光的陈晓琪回头嫣然一笑。多年后陈崇德回想过来，那笑里，有对事业的追求，对前途的向往，对未来的憧憬；也有对亲人的留恋，对家庭的眷顾，对亲情的不舍。这个笑永远定格在了他的脑海里，伴随一生。

4

黄凤淑从外面回来时，家里静悄悄的，她先喊了晓琪，又喊香哥儿，没人应答。她来到女儿门前，看见门开着，但是隔壁儿子的门是关着的。

"是不是姐弟俩躲房间里说悄悄话了？"虽然嘴上说着，但她心里着实有点慌。刚才她匆匆到学校外那条巷子里没见陈崇心，就觉得有点不对劲，连忙往回赶。后来遇上了刘嫂，她更着急了，顾不上多说什么就先回来了。

来到两个儿子的房门前她用力一推，门一动不动。

这时，陈晓薇和抱着陈晓瑶的陈崇心进屋了，姐弟仨有说有笑。刘嫂随后进来，把门关上了。

"崇心，香哥儿说你和章至谦打架了，受没受伤？晓薇，你怎么和崇心一起回来了？"黄凤淑一见他们回来马上问道。

陈崇心连忙道："娘，没事。"说着朝陈晓薇眨眨眼。

陈晓薇忙说:"娘,我是在回家的路上,碰到香哥儿说打架,就赶紧去了。后来章家兄弟走了,我们就一起回来了。"

"香哥儿说你们打架,我就赶快去了,怎么路上没碰见你们?"黄凤淑半信半疑,又指指门,"我正要看看香哥儿和晓琪在不在屋里,这门不知道怎么推不动。"

"崇德,开门!"陈崇心敲了几下,又喊,"大姐,在吗?开门!"

陈晓薇回到自己的房间,只见以往陈晓琪放皮箱那个地方空了,更明显的是,摆在窗台上那个栽文竹的小花钵也不见了。她总算放心了,于是在房间环视了一圈,然后站在门口:"娘,我认为晓琪应该是离家出走了。"

"什么?"黄凤淑连忙走过来。

"我看她的皮箱不在了,有些衣服也不见了。"陈晓薇肯定地说。

"刚才我看这屋没人就没进去,"黄凤淑又急又悔,"崇心,接着敲门,把香哥儿这个小犟牛喊起来。"

"小哥,开门,快开门,我要进去。"陈晓瑶也跟着一边敲门一边喊。

"天亮了吗?你们这么早就把我喊起来,做什么?"陈崇德打开门,睡眼惺忪地问。

"你大姐呢?"黄凤淑连忙问。

"大姐?大姐怎么了?我睡着了,不知道啊。"陈崇德不住地打呵欠,还伸懒腰,一脸倦容,看来确实是睡着了。

这时,陈书敏也回来了。

"我看是你的天快亮了!"陈崇心大声地喊,然后小声快速地说,"小心点,爹回来了,别露馅。万一用家法也要顶住哦,我帮你。"说完眨了一下眼。

"崇德,过来,我有事要问。"了解了情况后,陈书敏心里有些猜测。他严肃地坐到客厅的沙发上,并示意黄凤淑也坐下来。

"今天的功课做了吗?"陈书敏不想问急了,先迂回一下。这也是通常问话的开头方式。

"哦……还没呢,我睡着了。"陈崇德老老实实地回答。

"什么时候睡的?"陈书敏问。

"我……不记得了。"陈崇德挠了挠头。

"睡之前都做什么了?"他爹不快不慢地问,但声音提高了一点。

"大姐说我唱歌吵到她了,让我把门关上再唱,后来我就关门睡了。"

"你唱的什么?"陈书敏问。

陈崇德顿了一下,又挠了下头:"伏……伏特加船夫曲。"

"伏什么加……?这个……你会唱吗?"陈书敏问。

站在旁边的陈崇心和陈晓薇对视一眼,一副无奈的表情。

"开始不会,大姐教了我。"陈崇德一本正经地回答。

"那唱几句来听听,你们两个也好好听一下。"陈书敏指了指陈崇心和陈晓薇,他的语气依然不快不慢。

"这个……"陈崇德再次挠头。

"唱不来?你不是说你大姐教你了?"陈书敏提高了声音。

"唱就唱。"陈崇德嘀咕了一句,头一昂。

哎嗨哟嗬,

哎嗨哟嗬,

齐心合力把……

把纤拉啊……

"这是《伏特加船夫曲》吗?这明明是《伏尔加船夫曲》。"陈书敏又好气又好笑,实在是听不下去了,打断了陈崇德的演唱,突然提高了声音道,"她在哪儿教的你,在你的房间还是她的房间?回答!"

陈崇德本来就唱得心里有点慌,听他爹一提高声音,脱口道:"她房间。"

"哎呀,你进她房间啦,你给她开门了?"黄凤淑终于听出问题了。

"说,是不是你把她放走了?"陈书敏再次提高了声音,指着陈崇德道。

在场的人都吓了一跳。"哇……"陈晓瑶一下哭起来。

"瑶瑶别怕。"黄凤淑赶紧拍她的背,又看着陈崇德道,"香哥儿,你要真知道你大姐去哪了,就快点告诉我们。"

陈崇德瞪着他爹一时没说话,可对上他娘迫切的眼光,"我……"他低下头,声音像蚊子哼哼似的,"就是开门让大姐教我唱歌。"

"你说什么?"

"我是开门进去让大姐教我唱歌了,但是大姐想走,"陈崇德忽然抬起头大声道,"谁也拦不住!"

"谁也拦不住?晓薇,拿家法来!"陈书敏吼道。

第三章
一无所获

1

"哗"的一声,陈然被一瓢冷水兜头浇下,人也彻底清醒过来。不是那张笑脸,大姐那张亲切而温馨的笑脸,他叹口气,眼前只有三张凶神恶煞的脸。

李余池居高临下地看着陈然,装腔作势地道:"饿了?想吃饭了吧?中午饭错过了没关系,只要你配合,晚上给你吃顿好的!"

陈然明知故问:"是想吃饭了,不过,要怎样配合呢?"

李余池见他肯搭腔,高兴起来:"这个简单啊,说出你的组织就行。"

陈然有气无力地说:"你们肯定弄错了,我真没什么组织。"

李余池说:"组织就是你们一起办小报的人,说出一个也行。"

陈然不理会他关于组织的胡乱解释:"小报是我个人办的,

没听说过办报还要组织。你们不准办，我不办就是了，这能犯好大的法？"

李余池拿出十二分的耐心，诱导着："你办报，是在为共产党宣传。替共产党宣传，按他们的做法，那肯定得有组织，所以，你就得交组织。还有，你在外面散发的报纸，交给哪些人分发的，这些人住在什么地方，叫什么名字，都要一一说出来。"

陈然慢慢道："替共产党宣传可是你说的。我那个小报，只是有什么说什么，据实报道，这就叫宣传吗？你们一定要说是宣传，我有什么办法？"

"你还有理得很啦！"李余池口气开始不耐烦了。

"这就跟天黑的时候你非说是白天一样，我可管不了你们的嘴！再说了，如果替共产党说话的都有组织，那这种人多的是，他们都得有组织吗？我办的报，谁要谁取，我只是没有限制而已。"陈然说完这一大段话，气息不稳，不由轻咳出声。

李余池看他狼狈的样子，嘲笑道："就你这穷酸样，你办报纸不卖钱，不是为了宣传又是为了什么？"

"我就是先油印出来，试试看有没有人要，如果有，我就准备改铅印，那时候当然要卖钱，不赚钱我怎么生活？你们政府又不给我钱花，我总得自己想办法活命吧？"陈然继续慢慢讲他的经验之谈，"做生意嘛，有销路，能赚钱，才能大量做啊。我现在的报纸还只是油印的，谁会出钱买啊？"

"你少狡辩！说！"李余池终于忍不住咆哮起来，"交出你的组织，交出你的联系人，才能免受皮肉之苦！"

"那些都是你强加给我的，我什么也没有，交不了。"

"好嘛，我算明白了，说了半天你就是在拖时间。看来不给你点苦头尝尝，你是不会交的，动手！"

　　黄丛在一旁听陈然和李余池饶舌，这李所长和徐处长说的好像差不多吧？他算是分不清陈然说的哪句是真哪句是假了，不过最重要的他想明白了，陈然等于什么也没说。他连忙凑过来："所长您歇歇，我来我来。"

　　带血的皮鞭在空中呼啸，似乎要撕裂整个身体。

　　电流在全身窜动，导致肌肉痉挛，全身抽搐。

　　砖头垫高，韧带和关节开始变形……

　　两天车轮战，陈然身体已经不堪重负。三个人倒也不怕陈然一命呜呼了，毕竟他体格还算健壮，又正年轻，只要有一口气吊着就能续上命来。至于中间昏迷了多少次，那就不管了，所以刚开始他们都是狠劲儿想一口气逼出供状来，什么让人更疼痛来什么。

　　这陈然也是少年意气，刚开始忍着不肯哼出声来，打得狠了就咬紧牙关，拳头攥得紧紧的。张全贵怕他顶不住咬舌头，后来就在他嘴里塞块抹布，打一会儿歇一会儿，然后再问："交不交？"

　　"不交！"

　　这声音有时洪亮一点，有时沙哑一些，有时有气无力，有时断断续续，甚至有几次，带了一点歇斯底里的味道。几个人听得耳朵都要起茧了，却毫无办法。

　　雷大元从徐元甫的办公室里出来，心里得意，走路都直挺挺的。他向处座把抓捕陈然的经过详细——不乏添油加醋——汇报了一遍，包括怎么冒着雨直扑野猫溪，怎么从后窗事先布置人手拦截陈然，怎么从陈然手里抢过正要被毁的《挺进报》。当然，他没说自己上午带人白跑了一趟南岸弹子石的碾米厂。

处座表扬了他的灵活机智,然后详细问了陈然家里的情况、现场的布置,最后说再派人去现场搜一遍,多找几个邻居问问;还有,让人继续监视陈然家,记得做隐蔽些,如果后续抓到什么大鱼,给他记头功。雷大元一阵心花怒放,连忙回道,早就派人监视了,现在他马上再去一趟。

晚饭时分,雷大元到了野猫溪这座修配厂的二层楼上。

屋里坐的这个老太太他认识,是陈然他娘黄凤淑。那天抓陈然的时候她拼命挡在他们面前,见人被带走了,还哭着喊着要跳楼,还好被一个女人拦住了。那女人带着两个孩子,听说是陈然的二姐。

雷大元拿出几张照片,和颜悦色地走上前来,对黄凤淑说:"老人家,看看这些照片,你都认识吧?"

"不认识。"黄凤淑瞧也不瞧一眼,没好气地说。

"这些人都常来你们家,哪会不认识呢?"

黄凤淑沉下脸来:"你们不是说共产党'六亲不认'吗?我儿子没把我当亲人,他的朋友还能把我当亲人?没见过!"

雷大元没想到她会这么说,被噎了一下,想了想笑道:"老太太,你儿子其实也没啥事,是他交了坏朋友,我们只要找到那些人,就可以把他放回来。"

黄凤淑本来看见他们就生气,这时直接发作了:"既然没我儿子什么事,你们干吗要抓他?既然是他的朋友有事,你们为什么不去抓他朋友,而是要抓住他不放?!"黄凤淑出身书香世家,心里虽然愤怒,说话却极有条理,说得对方哑口无言。

雷大元一时不知道怎么说服她,想发火又觉得跟个老太太要打要闹的折了面子,只好找了个台阶说"既然你不知道,我自己去搜",然后灰溜溜地去了隔壁房间。

那天被撞开的门还敞开着,里面空荡荡的,桌上的报纸之前已经被他们抱走了,床板也翻过一次。雷大元不死心,又指挥着两个手下到处翻了一遍,连窗缝都没有放过。但显然,什么也没有。

雷大元盯着墙壁,忽然想起那天这里似乎贴着一张照片,上面是个年轻女孩,照片好像被他们带走了。

他忙带人下楼往厂外走,迎面匆匆过来一个中年人,赔着一脸笑问道:"先生,我是这个厂的上级主管肖挥,有什么需要帮忙的吗?"

雷大元打量了一下这人,平头,方脸,衬衣西裤,没什么特别之处,应该没见过。

"知道你们厂里的陈然是共党吗?"

肖挥连忙摇头:"他是共党啊?不知道!这人平常该上班就上班,其余时间我们也没什么接触,我确实不知道啊!"

雷大元看他唯唯诺诺的样子,又说了几句,让他如果发现什么异常记得报告。

2

肖挥见一伙人走了心里一块石头落了地。他刚才一直忐忑不安,怕被认出来,其实,那天晚上他们是见过一面的。

当时已是傍晚时分,天上沉沉的乌云压得人透不过气来,隆隆的雷声渐次滚过头顶。他下了由朝天门驶往南岸的轮渡,想在大雨到来之前赶回野猫溪。正当他匆匆向坡上走时,迎面过来了一群人。

肖挥仔细辨认，走在中间那个身穿短外套的青年男子好像是陈然，他步履从容，在一群穿中山装的人中间，有些扎眼。

这个时候陈然还要进城办事？这都是些什么人？

很快众人已走到近前，陈然显然也看到了他，目光瞬间凝聚，猛地把头扭向一边。肖挥心中疑惑间，两人已经擦肩而过，他猛然瞥见，陈然的手上有手铐！那些人走远后，肖挥才回过神来，原来那些人是一群便衣特务！

陈然为什么被特务抓？莫非他是共产党？

肖挥还记得，第一次见陈然应该是两年前了。

那时候抗战刚结束一段时间，中粮公司的修理厂正处在撤销的边缘，当时机器设备大部分变卖了，最后只剩下几台破床子和十几个工人，没有活干，经常发不出工资。工人们虽然知道单位不济，但总算有个依靠。当时那点微薄的工资，由于物价飞涨买不了什么，可多少还能买一点平价米。尽管那米发霉又发黑，还夹杂着稗子、沙子、石子、谷糠、老鼠屎等，被说成是"八宝饭"，但总还有糊口的希望。

陈然就是在那时候经自己的二姐夫冷方介绍来的。本来肖挥看陈然也就二十来岁的样子，人倒算健壮，不过看起来就是个大学生，不像个狠人，还怕他适应不了工厂里那帮粗老爷们儿。但是，后来陈然凭借他的谦逊好学、热情坦诚，和工人们一块吃一块干，很快打成了一片。大家找了很多门路，从揽活干到自负盈亏，最后竟将厂子平平安安地开下来了。厂里的工人和家属，遇见大事小情都喜欢和陈然说，陈然也经常拿自己的工资帮他们，他自己则省吃俭用，出门办事经常啃个烧饼了事，也从来不摆厂长的架子。

肖挥现在回想，就像突然窥到了一丝天光：一般人对工厂这个烂摊子，躲都来不及，哪还顾得上他们这些穷光蛋？他若不是共产党，能为别人这么着想吗？看看我们那些党国要员，手里哪怕只有一点点权力，也无不是趋利避害，无利不起早，无不是"各人自扫门前雪，休管他人瓦上霜"。

他还想起了一件事，有一天下午，陈然比较空闲，带二姐的孩子上街玩，特地到他家里来坐了坐。聊了一阵厂里的情况后，陈然说："肖主任，如果哪一天我有急事要离开，又来不及报告的话，希望您看在我这个邻居和工人们辛苦多年的分上，及时来厂里帮忙处理一下事务。再次感谢您对我的信任和推荐，也感谢您给工人们提供了一个维持生活的地方。"

肖挥压抑着沉重的心情，深深地叹了口气，不由为陈然担忧起来："好人啊！但愿您少受折磨！也请您放心，所托之事，我一定会尽全力的！"

回家换了衣服，肖挥让家属找了个借口，去厂里找吴树华来家商量。

吴树华是劳动协会的会员，为人正直，技术好，在工人中很有威信。肖挥知道他与陈然的关系也非常密切，曾经有一次一群工人摆龙门阵时说过。现在陈然出了事，肯定要找他们这些信得过的人来商量一下。

吴树华很快就急匆匆地赶来了，一进门就说："肖主任，您可一定要救救我们的陈厂长啊！"

肖挥忙让他坐下，然后说："我正在想办法呢，这不，找您来商量一下。有什么办法没？"

吴树华道："要说陈厂长，那真是咱们的好厂长啊！不光业务好，来了厂里以后，还和我们工人生活在一起，有事一块商量，很快就和大家成了朋友。大家都亲热地称他'我们的陈先生'。听说他被抓走了，好多人都想救他出来，可就是不知道怎么救才成啊！"

其实吴树华有一层意思没说出来，在没想到有效办法前，他们不能添乱，因为要是被安上一个煽动工人闹事的罪名，那就麻烦了。

他想了想，还是委婉地道："肯定不能让大家都去闹，就现在的形势，您也知道，由不得咱们说了算。我看，是不是先请您找能说上话的人问问情况？"

吴树华的担心是有理由的。之前他和陈然交往的时候，就隐约有预感，陈先生不简单。

吴树华出身贫苦，对蒋管区的腐败现象常常表示不满。陈然来了厂里以后，一来二去两人就熟识了。陈然上班时跟他一起开车床，学技术，平时和他一起闲谈，听吴树华表达不满的时候，就让他多了解一些时事，引导他多关注一些政治，甚至也偶尔给他讲一些比如工农团结、共产党的政策等。后来，他就成了陈然最信赖和可以依靠的好朋友。有几次，陈然私里对他说："随时派人在厂门口守着，凡是有陌生人进来，不管是来做什么的，要大声报信，同时一定要看着这个人离开。"他心里模模糊糊有过一些猜测，不过没深入打听，但是陈然这些话、有些事他也从没和别人说过。他私心希望这个正直热情的年轻厂长，能一直带着他们把厂子搞下去，说不定哪一天，还真能迎来他们都向往的光明的未来呢!

"老吴,"肖挥看他欲言又止的样子,道,"我看这样吧,去公司公务股找下马志宏股长,他为人好,肯帮忙,他和你们陈厂长的关系也很好,关键是监狱方面还有能说得上话的人,愿意吗?"

吴树华立即答应了:"愿意,当然愿意。陈厂长对我们那么好,很想为他做点事,就是不知道该怎么办呢。"

第二天一早,吴树华就赶到了中粮公司,向马志宏报信。听到吴树华带来的消息,马志宏知道自己之前的担心变成了现实,不由叹息一声。

马志宏比陈然大十七岁,但两人是忘年交。陈然跟他娘说过:"马志宏为人忠厚,办事公道,有同情心,常说'谋人事如谋己事',帮助朋友,甘冒风险。我爱与他交往。"

那些年,穿着黄棕色夹克的陈然,经常在马志宏家进出,偶尔还和马志宏的朋友打麻将。娱乐间隙,陈然有意无意会说起底层人的困苦和社会的不公,痛骂国民党腐败,引得打麻将的人都停下来听他讲,讲完了再接着打。大家都很喜欢这个诚实、豁达、帅气又聪明的青年。

有一次,马志宏拍拍陈然的肩膀:"你是共党么?莫要乱说话。"

陈然笑着说:"这与哪个党无关,事实本来如此嘛!"

听了吴树华的提议,马志宏说:"陈老弟的事,我肯定会尽力!"

他立即去向总经理王化良汇报,两人决定一起去重庆行辕,找他们的湖北老乡徐元甫说情、担保。

3

  青砖黛瓦组成的小楼主体，条石梯坎穿插其间，屋前绿树环绕，自屋门外栏杆处，可以眺望嘉陵江和长江，一面清一面浊、一面绿一面黄的江水交汇融合后，无声无息地流向远方。

  黄凤淑把平时坐的竹藤椅，搬到门外栏杆处，拿起披风搭在身上。"烟花三月下扬州"，故乡的三月也该是这个样子吧。阳光和暖，照在身上，让人昏昏欲睡。

  "娘，您又在想老家了吧？"陈然悄悄来到她身后，俯身从背后抱住她，将下巴搁在她的肩上。

  "是啊。可是你爹走后，我们就回不去了，他留在这里，我们也只能留在这里陪他。"

  "娘，别愁！等以后日子好了，我陪您回扬州、香河、上海各处去走走吧。"

  "好，我家香哥儿是越来越懂事了！"她爱怜地拍着小儿子的手，"没关系，你如果忙，到时候让崇心陪我也行。"她有某种预感，这个打小让自己、让家人不太省心的小儿子，这个认准了事就不肯轻易回头的"小犟牛儿"，可能陪不了自己。

  怎么办啊？怎么办……

  她慌乱起来，然后猛然惊醒。果然还是梦。陈然，她的香哥儿，没回来。

  来的是不受欢迎的人。

  "哎，你是干什么的，谁让你进来的？"远处保姆刘嫂拦着一个人，边回头焦急地看着她。

  一个穿着满身油腻的工作服的人，从前方探出头来。刘嫂看他的样子，怎么都不像一个真正的工人，但她也拿不太准，正犹豫间，那人已经来到了黄凤淑面前。

"老人家，我是陈然的朋友，特意来看您的。"那人一边说还一边瞄瞄自己身后，"老人家，最近生活怎么样？我是陈然的同志，在一个工厂里当过工人，是劳协会员。我之前被反动派抓了，和陈然的女朋友关在一起，经过一番斗争才出来的。"他往前凑了凑，递上一张照片，"我是冒着生命危险来报信的。"

江真？黄凤淑看着照片，心里一惊，小江姑娘被抓了？

这张照片她见过。当时工人把一封信送上楼，陈然不在家，她就先收起来了。陈然回来后，一边拆信一边说："娘，我是从城里马志宏家回来的，本来我要带板鸭回来吃的，他家小孩喜欢，就送给他们了。"

"没关系。倒是你经常去人家里，送点东西完全应该，何况人家小孩子还喜欢。"

"娘，我知道，小时候您说过的话我还记得，老吾老以及人之老，幼吾幼以及人之幼。"他抽出信来看，突然一张照片从信封里掉出来，黄凤淑就把照片要过来，见照片背面写着字和时间。后来陈然就把照片收起来了。

"送给陈然，真。"黄凤淑翻过照片，果真看到了那几个字。

"这张照片怎么会在你手里？"她说着立刻将照片揣进了衣服口袋里。

那人没想到她竟然揣起了照片，身子动了动，到底没来抢。

黄凤淑不理会他，问道："你说谁被抓了？什么时候的事啊，我怎么不知道？"她想到江真三月份就已经去了上海，不在本地，而且也没见她哥哥江一伟回来，不回来说明他暂时应该是安全的,要说嘴甜的一伟经常在家进出,跟亲儿子似的,也不知道他现在在哪。想到这里她就不动声色了,想先看看来人还要说什么,以不变应万变。

那人有点着急了:"就是前一阵的事,她最近来看过你吗?她哥来过没有?我们要赶快和他取得联系,好想办法去营救陈然。老人家,您肯定也希望早点救出儿子吧?我们是在做好事呢。"

听到这里,黄凤淑全明白了,果然是为了一伟!

她冷眼盯住那人:"我一个老太婆,啥也不懂,你们是做好事也好,做亏心事也罢,千万不要猫哭耗子——假慈悲!以后不准到我家来!"说完就让刘嫂扶着,直接进屋把门关上了。

那人赶忙敲门,敲了几次也不见有人来开,只好走了。

过了一天,那人又在晚上神神秘秘地来了陈家。

他坐下来,又是一番"热情"问候,然后左右一扫视,从口袋里掏出一封信,低声说:"我是地下党派来慰问被捕同志家属的,这是市委给您的慰问信,这是慰问金。"说着又从口袋里掏出十块银元放在桌上。

"你这人真怪,上回已经说得很清楚了,让你不要再来,这钱,赶快拿走!我们家虽然穷,但穷得有志气!"黄凤淑立即站起身来,把钱推还那人。

那人连忙推辞:"哎,老人家,你相信我,我真是咱们的同志!"

黄凤淑不管他,直接推他出门:"谁和你是同志?你三更半夜闯进我家,我看也不是什么好人!我们家本来没藏什么党,你要不走,正好把你当那什么党,向宪兵队报告!"

那人一听，只好连声告饶，"好好好，我走"，狼狈地溜了。

4

李余池、张全贵和黄丛都觉得最近估计是不走运，怎么就摊上了这倒霉事，唉，这个陈然，怎么说呢？

黄丛扭动着大胖身子，气喘吁吁地说："你还别说，我真佩服这小子，怎么就这么厉害！"

两天了，他们三个轮流审，轮流打，用尽了力气，该问的话都问了，该用的刑也都用了一遍，威胁恐吓、引导利诱、打骂随心、好话说尽，就是没得到想要的结果。

到了第二天下午，他们不得不改变策略，端来一碗汤，还放了点肉末进去，香气似乎长了翅膀，在整个刑讯室里挥之不去。

三个人中最会说话的黄丛凑过去，笑着说："陈然，我们知道你是个英雄，像你这样的我见得多了。你看，现在该受的罪也受了，也算对得起你那组织了。说吧，现在说出来，也没人怪你。"

陈然的身体仅靠铁链牵系着，摇摇欲坠，因为三人休息，暂时可以喘一口气。但他一点儿都不想说话，也不想抬头看黄丛一眼。

黄丛脸上有点挂不住，骂了一句："你个砍脑壳的！"生气地把碗蹾在了桌子上。他想回头再上刑具，却不知道到底用哪套管用，只能用求助的眼神看着李余池。

李余池同样泄气："也是个狠人，我还是第一次见对自己这么狠的主儿！"

最后还是李余池做了主，说："歇会歇会，想想再说。"三人一齐出了审讯室，坐在外面台阶上，各自埋头想对策。

突然，黄丛一拍大腿："对了，就昨天雷组长拿来那张照片，你们还记得不？陈然不是没说是谁吗，但是我猜吧，那姑娘年轻漂亮，八成是他女朋友，再不济也是喜欢的女人。"

张全贵眼睛一亮："我知道了，你是说美人计？"

李余池没说话，想了一会才道："前提是，我们得知道那个女人是谁，然后再找到她，才能让他动心啊！但是，我看啊，这个陈然也是铁了心，估计是不行。"

黄丛忙说："那我去找雷组长问问有什么线索没。"

他巴不得离开这个麻烦的地方，甚至等不及李余池同意就心急火燎地走了。

昏暗的刑讯室里，一直没动静的陈然慢慢睁开了眼睛。他的目光扫过那些带血的刑具，扫过审讯桌，最后落在了屋顶上。

被捕已经三天了，他心里记得很清楚。

刚刚被捕的那天，他是做好了一切准备的。他从容地安慰了母亲，叮嘱了二姐，想好了特务审讯的答词，也做好了被拷打的准备。

其实，他之前和江一伟就对付敌人审讯做过交流，还提了几条原则：能不暴露自己的组织身份，坚决不暴露；如果已经暴露，就要以一个顶天立地的共产党员的革命意志，全部承认下来，和敌人展开坚决的斗争；绝对不说出任何人，不管是党内、党外，有关系、无关系的人的任何情况。

江一伟说，归纳起来就是三句话："敌人知道的一口承认，敌人试探的矢口否认，敌人不知道的只字不提。"

陈然斩钉截铁地说："对，言多必失，言多难免不能自圆其说，这就会给敌人以可乘之机。这样做就等同于叛变！"

为了做好残酷斗争的准备，两个来月前《挺进报》特支专门召开了会议，接替第一任书记刘拥竹任代理书记的陈然，在会上向编辑部的同志们说了自己的分析："敌人的手段再毒辣，我看不外乎有硬有软。硬的有什么？皮鞭抽，灌辣椒水，放烙铁，上老虎凳，用电刑，放疯狗咬……还有什么？大不了就是痛和死。这又有什么了不起？多少同志都经受得起考验，难道我们就不行？心一横，牙一咬，不就过去了？死，有什么了不得？！"

陈然环视了在座的几人："人总是要死的，但活着总得有意义。我看，卑鄙地活着比心安理得地死去要痛苦得多。真不知道那些叛徒是怎么想的，有如行尸走肉，活着有什么意思？！"

江一伟、古典和吕上等纷纷点头。当时江一伟任宣传委员，古典、吕上一同承担了《挺进报》的蜡纸刻写工作。

"软的不就是敌人惯用的手法么？升官、发财、美人计……这一套根本打动不了我们。"

古典说："可能他不打你，也不杀你，而是在你面前整你的亲人，用亲情来折磨你，让你忍受不了。"

"完全有可能！比如对我，也许会把我娘弄到面前，哭哭啼啼，用亲情让我软下来。"

"是呀，那些野兽是什么都做得出来的。"吕上说，"但是，这只能激起我们更大的愤怒，难道会使我们投降么？我们会更加严守秘密，尽最大可能减少可能受到伤害的人。"

"我觉得吧，除了我们自己，大家还要做好家人的工作。"江一伟说，"要让他们早做一些防备的打算，有条件换一下住址避避的，应马上安排。还有，我们之间约定的一些特殊联系方式方法也要记住。总之，保持警觉，不会坏事。"

"说得好！同志们，"陈然说，"干革命，就会有牺牲，就得时刻准备着牺牲。其实对我们来讲，没在逃难中饿死、冻死，也没在大轰炸中被炸死而活到今天，已经很不容易，也应该感到万幸。而且还能亲眼看到全国大反攻，眼看着革命胜利马上要到来，比起那些牺牲的同志，我们已是很幸福了。"

"感谢上帝，我们还活着！"古典调皮地做了一个"阿门"的动作，接着说，"我们还年轻，我们要努力，因为我们还要挣薪水，还要好好地活下去，迎接美好的明天。"

"古老师，唱唱你那首歌让我们大家欣赏欣赏呗。"陈然觉得前面的话题有些沉重，看到古典的动作，想让大家轻松一下。

"好！《薪水是个大活宝》，那么多人都喜欢！"吕上说。

"我也想听！"江一伟也受到了感染。

薪水是个大活宝，想和物价来赛跑。
物价一天涨一天，薪水半年赶不到。
赶不到呀赶不到，公教人员啷开交？
这个日子天知道，怎么能够过得了？
年老的爹妈要活命，小小的孩子要温饱。
自己忽然得了病，那时有谁来照料？
过不了哦吃不消，竟有人还在旁边哈哈哈哈笑！
可怜又可恼，这样的日子要改造，要改造！

古典边滑稽地比画边唱,在场的人都笑了,纷纷喝彩。

"说到唱歌,我想起了《延安颂》。"陈然心有感触,"因为对我来说,万一死了,还有两点不甘心:首先是延安没去成,我只是在唱这首歌的时候,猜想一下延安的样子,我想象宝塔山的高度,也想象延河水的清亮……要是我死不了,将来一定要去看看。再就是莫斯科没有去过。真想亲眼看看社会主义是个啥样子……"

他轻轻哼起了莫耶作词、郑律成作曲的《延安颂》:

夕阳辉耀着山头的塔影,
月色映照着河边的流萤。
春风吹遍了坦平的原野,
群山结成了坚固的围屏。

古典打起拍子,也跟着唱起来:

啊,延安,
你这庄严雄伟的古城,
到处传遍了抗战的歌声。
……

想起之前这些准备工作毕竟没白费工夫,陈然松了一口气。"要活得有意义。"他默念了一遍,这也是支撑他坚持下来的重要信念。和江一伟约定的三条,他完全做到了,他还活着;那接下来就要想想敌人还会用什么手段,怎样才能撑过去。

他想得太投入,下意识地抬手准备摸一下后脑勺,一阵剧烈的疼痛突然传遍全身。原来早已被绳捆索绑在这森严的牢狱中，陈然似乎刚刚反应过来，心里又一阵惆怅。

  两天前他迷迷糊糊好像梦见了大姐，想起年少时调皮捣蛋，一起欺骗母亲，瞒着父亲，和哥哥、章至恭兄弟打小鬼子。那时候他就爱摸后脑勺，还因故去理光头，得了个被大家取笑很久的绰号，后来成了他的化名。

第四章
加入剧团

1

夕阳西下,晚风习习。长江自西向东静静流淌,江面上泛起点点金色的波光。芜湖古城十里长街上,有的店铺已关门,有的正在打烊。南正街是长街的中心,位于十字路口。往北可以去江边。芜湖海关办事处,就在位于东北方向的江边。往东去是儒林街,陈崇心、陈崇德就在这条街上上学。往南走可以一直到肖家巷子,陈家就住在巷子里。此时这里正在上演一出"传统"好戏。

"可是……爹,以前香哥儿是因为打架才被罚的,这次……"陈晓薇不想去拿家法,想拒绝却又不敢。

过去香哥儿被罚时,陈晓琪作为大姐,有时会站出来说好话,有时把责任主动揽过去,有时甚至是给爹顶回去。这是陈崇德最喜欢、最信任她的原因,陈崇心和陈晓薇也依赖她。陈晓薇过去没这样做过,一方面轮不到她,另一方面以她平和的性格,也做不到。

"撒谎比打架更不能容忍，更不可饶恕！"陈崇德这小计谋可骗不过他爹。

"对！打架还有对错之分，撒谎却是人品问题。"黄凤淑说。她不由想起几年前的事，唉，这孩子总是不让人省心。当时她刚领香哥儿去给一户人家道过歉，路上说得好好的，以后改，这才几天怎么又犯了呢？

陪在一旁的陈晓薇赶紧说："香哥儿是因为打抱不平才这么做的。"

"就是嘛，章至恭欺负笑话女同学叶子。叶子又瘦又小，脸色也黄，看上去可怜兮兮的，你说章志恭不该打么？"陈崇德说得似乎很在理。

"他怎么欺负叶子了？崇心，你说说。"黄凤淑问。

"章至恭笑话叶子，说她穿那么破的衣服到学校来，太丢家人脸了。他不但说，还动手去扯那个补丁的线头子，崇德让他别扯，他不听，就和他打起来了。"

"哦，叶子柔弱，是应该帮助。人家这个样子，总是有难处的，至恭确实不该因为自己家庭条件好，就耻笑别人。不过，崇德，还是别打架为好……"黄凤淑说。

"我帮大姐去做她想做的事，我觉得我没错。"陈崇德听他娘说事有对错，自认为找到了一个正当的理由，于是脖子一拧，昂起头来。

"看来你还不服，是吧？"陈书敏很生气，"崇心，你去拿家法！"

"爹……"陈崇心摇头。他知道家法：头顶一只碗，腿跪搓衣板，碗中水不洒，勉强算过关。小时候没少和陈崇德一起受罚，但那时候兄弟俩不过是把这当成过家家，嘻嘻哈哈地还故意把水摇晃出来，打湿衣服，相互取笑。因为他爹交代后就离开了，没人认真执行。

"信！有人送信来了。"就在这时，保姆刘嫂气喘吁吁地进来，把信给陈书敏。

陈书敏立即拆开，大致浏览了一下，开始念：

爹、娘：

　　请原谅琪儿不孝，不辞而别。这事与香哥儿无关，请不要为难他。两个弟弟大了，请爹爹以后教育他们少用家法，多多开导，他们会懂事的。

　　爹爹讲过，国家兴亡，匹夫有责，琪儿念念不忘，所以有此行为。我这里的人很好，有以前的同学，都是大人了，会彼此关心，相互照顾，所以没什么好担心的，你们尽可放心，勿以女儿的安危为念。请你们多多保重！

不孝女　琪儿叩首

陈崇德不由自主地走到陈书敏旁边，坐下来盯着信纸。他心里庆幸，大姐安全到剧团了，终于可以放心了。

"嗯，谁喊你过来坐的？过去，站好！"

陈崇德只好回到刚才的地方站好。

"后面还有，注意听，这是晓琪对你们三个说的。"陈书敏从左至右，依次点了名，继续往下念：

又：

晓薇，我不在家，你就是大姐，希望你担负起当姐姐的责任，多照管一下两个弟弟，多帮爹娘照顾一下小妹。另外，你很有当演员的天赋，一定要坚持参加演出，发挥好自己的作用。

崇心、香哥儿，你们要多听爹娘的话，也要听二姐的话。不要给他们添麻烦，惹烦恼。希望多替我为爹娘尽尽孝，多照顾他们。你们最重要的事，就是好好读书，多学知识。只有学好本领，将来才会有大作为。

崇心，你是大哥，要带好弟弟，帮他走上正路。

香哥儿，你曾告诉姐秘密，姐谢谢你的信任！不过，我还是想说，以后少打架，还有打"小鬼子"的事也不能再做了，外国小孩子是没错的，错在他们的国家逼迫他们的大人侵略我们。我们要通过剧团演出，动员更多的人参加抗战。这才是我们应该做的事情。理想一定要远大一些，好吗？

爱你们的大姐

"打'小鬼子'是怎么回事？"陈书敏放下信问陈崇德。

……

"说！怎么回事？"口气严厉了一些。

"这个……"陈崇德挠了两下头，"就是打外国小孩子呗。"

"你们，唉，平时总是一句话不对就动手，特别是你，"陈书敏指着陈崇德，"总害得你娘上门去给人家道歉。现在你这胆子是越来越大了，还去打外国人，你以为那些人能惹吗？外国人想方设法找侵略我们国家的理由,你这个时候不是添乱吗?怎么这么不让人省心呢!"

他可是知道这其中的难处。

旧中国的海关,根据不平等条约是受英美帝国主义控制的。海关里的华人雇员要受洋人统制管束,如果不甘心学税务司"高等华人"之流去做洋人的走狗帮办,就免不了被歧视和受气。这对于不肯奴颜婢膝的陈书敏来说,是极大的精神折磨。但为了一家人的生活,他又不得不忍气吞声,也就在家喝了酒大骂几声:"可恶的洋鬼子,该死!"黄凤淑只得劝他:"书敏,俗话说,'人在屋檐下,不得不低头''端人碗,服人管'。为了这个家,你就多担待些吧。"

一九二八年,陈书敏从北京调到上海,一家随之迁往上海。那时候上海是外国冒险家的"乐园"。外国人趾高气昂,常常驾着小汽车在大街上横冲直撞,轧死轧伤中国人,就当任何事也没发生一样,扬长而去。

俗话说,人倒霉时喝水都塞牙。一天,他下班时被一辆洋人小汽车撞倒,被车轮边缘碾伤了脚背骨。附近的人忙跑来救护,但是洋人下车后连看也不看一眼,径自进了大楼,小汽车也一溜烟开走了。人们愤怒地大喊:"拦住,拦住,快把那车拦住!"可是,有谁能拦得住呢?他的脚被轧伤后不能上班,在家写下状子让妻子向巡捕房递交,要求追查车祸的责任,却石沉大海。作为洋人统治和镇压中国人工具的巡捕房,怎么会为受害的中国人伸张正义呢?他气得拍桌子大骂,提笔又写第二道、第三道状子……自然都是毫无结果。

陈崇心看到他爹如此严肃，如此生气，知道事情不小。为了避免陈崇德一人受罚，他向前站了一步，说："爹，这是几年前在上海的事，我也参与了，要罚您就先罚我吧，我是哥哥。"

陈书敏指了指陈崇心："你先说说是什么情况。"

原来有一次，陈崇德和哥哥路过上海法租界，看见一个洋男孩正在欺侮中国女孩。他俩非常气愤，跑上去把那男孩的脑壳打了个大青包。那家伙哇哇哭着跑回家搬救兵，他家大人跑来气势汹汹地询问巡捕："你看到打人的那两个小孩了吗？"那天的巡捕是中国人，怕哥俩吃亏，朝相反的方向一指。"我抗议！必须要给他们严厉的惩罚。"洋人一边叫着一边朝那个方向追了过去。躲在不远处的哥俩见洋人远去，赶紧闪身出来，牵着那个女孩跑了……

"崇德，为什么要这么做？"陈书敏听陈崇心讲完后，心里有些释然，但他想听听小儿子是怎么想的。

陈崇德气愤地说："爹，您那年被洋人的车撞了，他们没受一点点惩罚，真是太可恨了！那天那个小洋鬼子又欺侮我们的同胞，他们都是大坏蛋！所以，我要打他们。而且，以后见一次打一次！"

当时许多洋人住在公共租界，兄弟俩上学往返的路上经常碰见洋人的小孩。那次打人事件后，陈崇德和哥哥就商量要继续为爹报仇，放学后就经常躲到僻静的地方，遇到单独行走的"小鬼子"就来个突然袭击：上去一头把他撞倒，狠揍几拳赶快跑掉。对方虽然挨了打，却不知道是谁。这种游击战术每次都取得全胜，那是兄弟俩最得意、最开心的事，只是瞒着不让爹娘和姐姐们知道。陈崇德后来忍不住，偷偷告诉了他最信任的陈晓琪。

渐渐地，那些孩子也吸取了教训，不再单独走，兄弟俩就没把握了，但他们想了新的办法：请同学帮忙。作为一种奖励，陈崇德请他们吃包子。因为他娘包的包子，吃过的人都说好吃，在那一带颇受欢迎。

首先被邀请的自然是章家兄弟了。因为他们的父亲也在海关上班，两家大人是同事，家也隔得不远，上学有一段是同路。尽管过去两家的小弟——陈崇德和章至恭也打过架，但现在是一致对外了。

那时候陈崇德身体壮实，打架的办法也很特别。他总是两手抓住别人的衣服，用自己的脑袋猛撞对方的身体，先把对手撞翻在地，然后挥拳狠揍一通。为此，章至谦给他取了个外号，叫"钢脑壳"。

听了他们的话，陈书敏觉得，从小孩子的角度看，也没什么错。有些道理他们现在不懂，需要正确引导。

"崇德，你大姐信中都说了，外国小孩子没有错，错在他们的国家逼迫他们的军队侵略我们。你打人家没有错的小孩，那是不对的。冤有头，债有主。对就是对，不对就是不对，一定要分清楚，听到没有？"

陈崇德挠了挠头，老老实实地回答："知道了！"

"据说外国人不喜欢13这个数字，你们知道是为什么吗？"陈书敏问。

在场的大人都摇头，陈晓瑶也跟着摇头。

"因为《最后的晚餐》中第十三个人是犹大，他是一个叛徒，出卖了耶稣。这说明一起吃饭的人里，也可能有敌人，我们自己要小心谨慎。"

"崇德,听明白你爹说的了吗?"黄凤淑问。

陈崇德"哦"了一声,但看眼神怎么也是似懂非懂的样子。

陈书敏看出小儿子其实并没怎么明白。"晓薇、崇心,你们也要记住,任何事都不是绝对的,并不是非白即黑。比如,我们的敌人和朋友,可能敌人中有朋友,而朋友中也不能保证就没有敌人。这和《最后的晚餐》讲的意思是一样的。"

两人点头。陈崇德也点点头,说:"哦,这个我懂了,敌人中有朋友,朋友中可能有敌人。爹,我记住了。"

陈书敏从陈晓琪信中那句"这事与香哥儿无关"的话,基本明白这事恰恰与他有关,但是孩子也大了,确实不能总罚了,还是得讲讲道理。况且,如果崇德是有意这么做的,说明他开始肯动脑子了,这也算是好事,于是不再追究。"以后遇事要多想想,不要莽撞行事,都下去吧。"陈书敏挥了挥手。

陈崇德回到房间,躺在床上翻来覆去。他想,那以后我打大洋鬼子该对了吧?可是,我一个小孩儿,怎么打得过呢?他在心里暗暗发誓:我一定要去参军,将来上前线,到战场上跟鬼子真刀真枪地干!

2

一天吃晚饭前,陈书敏拿着封信,说:"崇心、崇德,明天早上上学的时候,记得把它寄出去。我们新家的地址,要及时让大姐知道。"

陈家又搬家了。原来陈书敏从沙市海关调到了宜昌海关。陈晓琪偷偷离家参加剧团,陈书敏虽然不舍,其实心里还是支持她的。陈书敏一般通过书信及时告知家里的情况，他把对大女儿的疼爱和牵挂，深深地融了进去。

"好，我去。"陈崇德抢先接了过来。他原本打算晚饭后问他爹要地址的，他想问问在外面见多识广的大姐，自己当不成兵、上不了前线，今后应该怎么办。

陈晓琪很快回信，并寄了一张剧团演出的照片：《放下你的鞭子》。

"哥，照片上说的这个，我那天去报名当炮兵的时候都看到了。当时演剧的小姐姐说，东北让鬼子占领后，人们没地方安身，没饭吃，没衣服穿，甚至没办法睡一个安稳觉……我当时看见那个老爷爷打小姐姐，气得差点上前夺过他的鞭子。"他挠挠头，不好意思地说，"后来我才知道那是演剧，但是我当时看得特别难受，我看周围的人也特别感动，大家一起在那儿喊'不当亡国奴！''打回老家去！'"

陈崇心拍了拍他的肩膀，好奇地问："崇德，你还去报考过炮兵？"

那是不久之前的事了。

"哐——哐——"城郊一块大坝子上，传来声声锣鸣。人们听到声音，陆续过来围成了一个大圆圈。

陈崇德急匆匆地走过来，往人群中间挤，但是实在挤不进去。他索性不挤了，问身边一个中年人："是在招兵么？"

听说有炮兵部队来地方招人，他偷偷跑来报考。

"在那边，有人排队的地方。"中年人说着一指。

"谢谢。那这里是在干吗？"

"演戏。"

"开始了吗？"

"还没有呐。"

"哦，那我先去那边看看。"

陈崇德站在队伍后边，身子一会儿向左歪，一会儿向右歪，一会儿又踮起脚尖抬高身子，随时看着前边还有多少人。站他后边的人看他着急的样子，拍了一下他的肩膀："兄弟，你今年多大哟，都来报名了？看起来很小嘛，你爹娘舍得吗？"

"不小了！你看我比枪还高嘛。舍得，怎么舍不得？我家有四五个孩子，家里还有个哥哥。"

"高只是一个方面，人家有年龄要求。好像还有别的。"

"要多大岁数的？"

"可能十五六岁吧？我也不太清楚。反正我是超过了。"对方信心十足地说。

"哦。"陈崇德听后，心想那也差不了多少，再说还有其他条件，我应该能达到吧，比如身高什么的。

"我教你个办法，如果你很想去，条件又差点的话，比如年龄，你可以说大点。"对方对着他的耳朵，悄悄说。

"不好吧？那不是说假话了吗？"

这时，轮到陈崇德了。

主考官问："多大了？"

"我……十四了。"陈崇德迟疑了一下，还是如实回答。

"我们要十六岁以上的，你太小了，我们不能收。"

"可是长官，我身高应该能达到你们的要求了吧。"陈崇德坚持，"还有，我有力气，也勤快，能做许多事。"他边说边挽起袖子，意思是让对方看他的力量。

"有力气？你有好大的力气嘛。"主考官旁边一个比较瘦的士兵带着嘲笑的口气问。

突然，陈崇德低下头来，一头向那个士兵撞去，把他撞倒在地上，摔了个仰面朝天。

"好！好！好！"周围一片喝彩声。

陈崇德双手叉腰："我力气大不大？"

士兵爬起来，拍着身上的灰说："这个不算，你偷袭我。"然后就要来与陈崇德比试。

"立正！向后转！让我来。"主考官命令士兵，然后对陈崇德说，"你来撞我试试看？"主考官两手叉腰，收起肚子，身体前倾，一招手，"来吧。"

陈崇德也不示弱，快速挠了两下头，向后退了几步，猛地向前冲去。可一转眼，他就被弹回去，一屁股坐在了地上。

"噫，怎么回事呢？"陈崇德挠着脑袋，一时没回过神来。

主考官伸手，想拉陈崇德起来，没承想陈崇德起身时突然一个猛冲，把主考官顶了个正着，差一点摔倒。幸好他旁边那士兵眼疾手快，一把扶住了他，同时抽出腰中的手枪："怎么，你想找死吗？"原来这个士兵是主考官的警卫。

"这小子真猛！"有人说了一句。其他人噤若寒蝉，不敢出声，都替他捏了一把汗，担心会受到处罚。

"干什么？别吓着他，靠后！"主考官喝退那士兵，"小伙子，其实你不错，我挺喜欢的。"主考官没有恼，反倒笑嘻嘻地说。

陈崇德说："那您就收下我呗。"他双手叉腰，一副无所畏惧的样子。

"不行，我们有规定。你年龄太小了，自己不能做主。你爹娘没来吧？我们可不敢带你走，要不然他们会找我们要人的。"

主考官拍了拍他的肩膀："等你长大了再来，以后有机会的时候，你再争取吧。下一位。"

陈崇德退到旁边，站了一会儿，只好恋恋不舍地离开，一边走一边自言自语："长大？什么时候才算长大？再说，我长大了，还有这样的机会吗？以后我怎么办呢？"

陈崇德想起这个就不愉快，沮丧地对大哥说："人家说我才十四，年龄不够，叫我长大了再去。我就不明白了，几时才算大？"

陈崇心揽过他的肩："崇德，别着急，上不了战场也可以干别的啊！你看大姐信里都写什么了？"

崇心，香哥儿：

估计爹是瞒不过去的，他心里应该有数。但如果没有说出来，这就是需要我们学习的地方：知道而不点破，守护好秘密；话不说满，事不做绝；做事力求把稳，留有退路。这些我们都要用心去体会。

还有，坏人面前不说真话，真人面前不烧假香。同时，坏人面前还要学会伪装。这是一个叫何功伟的人说的。据说，就在离我们不远的地方，你们以后或许有机会能遇到。

陈晓琪还单独给陈崇德写了几句话：

香哥儿：并不是只有战场才是前线；并不是只有冲

锋才叫勇敢！也不是只有战场，才是大显身手的地方。舞台也有雄兵百万！用戏剧的力量，宣传鼓舞我们的士气，松懈瓦解敌方斗志，不战而屈人之兵，一样能威震八方！你们看看我寄的照片，或多或少就能感受到。

"哥，大姐说得对，舞台也有雄兵百万！"陈崇德举着照片，"没想到宣传的力量这么强大！对了，哥，你知道他们演的这个剧是谁写的吗？"

"这是街头独幕剧，一九三一年集体创作，田汉改编。"陈崇心指指照片，"大姐在照片背后写了，崇德，你总是大大咧咧的，以后要学会仔细观察！老师讲过，细节很重要哦！"

"嗯嗯，我知道了。"

"那你以后应该怎样做知道了吗？"陈崇心虽然只比陈崇德大一岁，但比他细心，想问题也多一些。

"嗯……我想大姐的意思是参加演出吧？"

3

黑暗的时代快尽，
光明的世界将临。
同志们，莫放松，
站在我们的戏剧岗位上，
作英勇的冲锋
……

"二姐，你唱的什么歌？真好听，可以教教我吗？"陈崇德一脸羡慕地问。

全家搬到宜昌后不久，没有再读书的陈晓薇，受陈晓琪的影响，也因为过去参加过演出，加上一时半会儿没找到合适的工作，就加入了宜昌剧团。

宜昌地处湖北省西南部，古称夷陵，因"水至此而夷，山至此而陵"得名。清代改称"宜昌"，取"宜于昌盛"之意。这个地方和陈家之前没住多久的沙市不一样，抗战初期救亡宣传活动就比较活跃。

"我们剧团的团歌。它也是我们进步青年从事戏剧救亡运动的誓词！香哥儿，你喜欢呀？好，我教你。"陈晓薇高兴地回答。

"二姐，戏剧是做什么的？"

"就是在一些地方表演节目，比如旧戏台、空旷的广场或比较平坦的大坝子，等等。"

"那英勇的冲锋，又该是什么样子呢？"

"香哥儿，这个嘛，就像你打架一样，不管不顾，一直往前冲去，一头把对方撞翻在地。不过，打仗和打架不同，光英勇是不行的，还要想出打赢的办法。不讲办法的蛮拼，叫有勇无谋。有办法有勇气能打赢，才叫有勇有谋。"

"好，要英勇地冲锋，而不是蛮拼。"

别看陈崇德在学习功课上还没完全开窍，但在学习音乐上却大不一样，他的乐感很强，很快就学会了。

放学后，陈崇德跑剧团的时候越来越多。慢慢地，他把自己视为剧团的一员，去了之后，时不时帮忙做一些事，比如递道具，为穿演出服装的人提供帮助，配合别人练习台词什么的。他还喜欢看别人写《演出公告书》，后来他知道那人是剧团团长冷远。更多的时候，他站在排练唱歌的队伍后面，跟着学唱抗战歌曲。

一天，冷远组织队员们学唱新的歌曲《到敌人后方去》，学唱之前，他讲了新歌创作的背景。一九三七年秋，八路军根据中国共产党洛川会议精神，开展游击战争，太原失守后，八路军迅速挺进敌后，显示出游击战争的巨大威力。一九三八年，周恩来作为国民政府军事委员会政治部副部长，到武汉视察抗战宣传工作，给国民政府军事委员会第三厅所属演剧队全体人员作了一场关于形势与任务的报告。他为演剧队带来了抗日前线的捷报，又分析了日军直逼华中重镇武汉的不利局面，还重点阐述了毛泽东持久战等军事战略思想，尤其强调挺进敌后、独立自主地开展游击战争这一战略决策的重要性。这场报告使在场的爱国诗人赵启海和作曲家冼星海深受启发，于是二人合作写下歌曲《到敌人后方去》。

冷远讲完以后，一边打拍子，一边教唱。

十五岁的陈崇德，这时已是一个思想比较沉稳的少年，尽管胸中热血沸腾，却很少在脸上表露出来。

他喜欢唱歌，每一首流行的抗战歌曲都积极学唱，经常以洪亮的歌声来倾吐内心炽热的革命激情。剧团里的哥哥姐姐们看到他那憨厚而认真的样子都挺喜欢。

剧团的具体负责人陈朝辉，比多数团员年龄稍大一些，于是大家按他在家里的排行称他二哥。见陈崇德去剧团较多，有一天陈朝辉有意考考他唱歌学得如何："小兄弟，有人说你唱歌好听呢，能单独给我们唱一首么？"

"可以呀，可是，二哥，我唱什么呢？"陈崇德摸了摸头，一半似乎是问陈朝辉,一半是自己在想。

陈朝辉没说话,他示意陈崇德自己想。

过了一会儿,陈崇德说给大家唱一首《伏尔加船夫曲》吧。上次被他爹教训后,他记住了歌名,而且跟着唱片学得准确到位,所以这次没再弄错了。

在场的人,开始跟着陈崇德唱歌的节奏打起拍子。等他一唱完,大家就热烈鼓掌。

"好!唱得好!"剧团的节目负责人成计划首先喝彩。

陈朝辉说:"嗯,我也认为小兄弟唱得不错!声音洪亮,抑扬顿挫,感情充沛,引人共鸣,有培养前途!"他还竖起了大拇指。

"二哥,我想正式加入你们剧团,你看我行吗?"练歌结束后,陈崇德立即找到陈朝辉,趁机提出酝酿了好久的想法。

陈朝辉热情地说:"我个人认为行。但能否加入,我们得集体商量了再答复你,好吗?"

"好。"

陈崇德高高兴兴地走出剧团大门,站在门口又回身打量。以往他没怎么在意,一来就径直去参加活动,今天不同,自己以后有可能要正式加入的地方,得认真看一看。这一看不打紧,他发现剧团的吊牌上居然冠着县党部的名,而且有两块标牌。

"宜昌县党部?二姐参加的剧团怎么是国民党的呢?"

他转身回去,向成计划请教。

成计划悄悄对他说:"这里有两个剧团:一个是我们的抗战剧团,另一个是抗敌剧团,归国民党领导。"

"我们好像不归县党部领导呀,这是怎么回事哟?"陈崇德问。

"这是团领导为了争取合法存在,不得已才挂的,是没办法的事。崇德啊,有些时候我们做事,特别是不被允许的事,要多动脑筋,要想法让它得到允许,起码表面上看起来是这样,明白吗?但我们心里始终要清楚,应该怎么做才对。所以,你不必管它。"

"是这样啊,我……明白了。"这个是不是"暗度陈仓"的意思呢?陈崇德想起最近才听说的一个成语。"但是,两块牌子,怎么看怎么不舒服。"他一边挠头,一边自言自语。

初夏的宜昌,天气还没怎么升温。天渐渐暗了下来,没了太阳的照耀,夜有些凉了。陈崇德的手却在出汗,尤其是放在书包里的右手。他在街上漫不经心地走着,左手搭在脑后,偶尔挠下头。昨天在剧团门口看到那两块标牌,他总觉得有些别扭,心里不舒服,有没有什么办法不别扭?

突然,陈崇德觉得右手有些发烫,急忙从书包里抽出来,往外一甩,不料却打在了一个人身上。

"你……怎么打人呢?"一声娇喝,是一个说四川话的女子正匆匆从他旁边经过。

陈崇德忙解释说:"我没有啊,我只是往外掏东西呢。"边说边把手伸回书包,从里面掏出一样东西来。

对方不满地盯了他一眼,匆匆走了。两条齐肩的长辫子,在她那淡黄色的格子旗袍上左右摇晃,让窈窕的身材更加好看。

陈崇德打开手上的东西。学校老师说石灰加水可以煮鸡蛋,他想试试。刚才在街上好不容易找到卖石灰的人,摊贩见是学生,不肯卖,后来经不住他再三哀求,就抓起一张旧报纸直接包了两小坨送他。

陈崇德小心翼翼地接过来，放进书包里，时不时伸手进去摸摸，哪知尽管隔着报纸，那坨石灰仍被汗水浸湿，都微微发烫了。

此时宜昌剧团里很热闹。支部书记陈朝辉赶在大家回家前，召集骨干碰头，讨论要不要接收陈崇德。

"这个小弟弟勤快，肯出力，肯帮忙，表现不错，我看可以。"快人快语的肖义娟首先表态，她是第一党小组的组长。

第二党小组组长成计划说："陈崇德声音很好，表现也大方，我认为可以。"

见在座的好几个人点头，陈朝辉说："还有别的意见吗？如果没有……"

这时一个先前没说话的人举起了手，是个头不很高但身体壮实的项长中："据我所知，陈崇德的家庭条件比较好，算得上是一个公子哥，剧团苦，他肯定不习惯。别的不说，就他那一头长发，打理起来都麻烦。"

"这个……还有别的意见吗？"陈朝辉问，"如果没有新的意见，我就给团长报告，我估计他也会……"

"来人啊，快来人啊……"喊声打断了他的话。

"怎么回事？走，出去看看。"陈朝辉一挥手，带头走出剧团。

此时，陈崇德正在用手里的石灰糊，涂抹剧团门口的一块标牌。大声叫喊的人，正是先前他在街上碰到的那位穿黄格子旗袍的姑娘。

"崇德，你在干什么？"陈朝辉问。

"我……不喜欢它！"陈崇德说着，仍然没停手。再看那块牌子，"抗敌剧"三字已看不见，他正要涂"团"字。

"计划,快,阻止他!"

成计划抢上一步,抱住了陈崇德。

"他先是想把标牌取下来,没成功,又开始这么涂抹,我就喊了。"黄格子姑娘说。原来她也是来剧团的。因为边问边找,比熟悉地方的陈崇德晚到。

"姑娘,你是谁?到这里有什么事?"陈朝辉问。他不希望有不明不白的人到剧团来。

"我……我是来找人的。听说他在这里。"

"你找谁?"见是一个女孩子,肖义娟主动上前一步问。

"项长中,我表哥。"

"表哥?那你叫什么?"成计划和肖义娟对视了一下,刚巧项长中没出来,他想问清楚了,好去核实。

"何杏灵。"

"哦,我带你去找。"肖义娟说完带着何杏灵走了。何杏灵走的时候特地盯了陈崇德一眼,带着些得意的表情。

"你哪儿得罪她了么?"成计划问陈崇德。

"我又不认识她,怎么可能得罪呢!哦,大概是刚才吧。"陈崇德把先前在街上的小意外说了一下。

"崇德,你怎么能这样做呢?"陈朝辉指着标牌问。

"我听他讲,这个很坏,"陈崇德指了一下成计划,再指标牌,"特别是里面那些人。"

"崇德,你的想法没错,但这样做,并不能解决问题。幸好里面的人早已吃茶吹牛、喝酒打牌去了,要不然你会惹麻烦的。回家吧。"陈朝辉挥手让他离开。

待陈崇德离开后,他对成计划说:"现在是国共合作时期,团结合作是前提。我们不怕事，但我们也不惹事。你找人恢复了吧。"

4

陈晓薇没有参加骨干会。她自加入剧团后，生活有了新的开始，像变了一个人，展示出一个家境好的女青年优雅的风姿，整天有说有笑，不时还有歌声。

"香哥儿，我都想退出剧团了，你还想加入啊？听说还有人反对呢。"陈晓薇说。

虽然感觉陈晓薇去剧团次数越来越少，但她的话还是让陈崇德有些吃惊："二姐，你在剧团好好的，为什么想退出呢？"

"姐……姐有其他事了。"陈晓薇有些羞涩地说，"香哥儿，我劝你还是听爹娘的话，先好好读书，加入剧团的事以后再说。好吗？"

"不！二姐，现在这种情况下，学生能好好读书吗？日本人侵略我们国家，逼得我们在一个地方待不了多久，你知道的，我们在沙市才待了半年不到就又搬家。所以，我们应当通过剧团演出，宣传发动更多的人，一起来抵抗侵略者，保卫家园。这话以前大姐讲过，二哥和冷团长也讲过，难道你忘了？"

"没忘啊。可是，我一个弱女子，做得了什么呢？我和你大姐后来连读书的机会都没有了，爹不止一次说，女孩子终归是别人家的，要是在民国前，我们嫁人后只能叫某陈氏，大名都不会有人知道。你说，我能干什么呢？"

知道陈晓薇说的是实情，陈崇德只好说："现在不是以前了，我觉得你还是要留在剧团，大家在一起才好。对了，二姐，你说有人反对我加入,是谁,说什么了?"

听陈晓薇说了情况后,陈崇德找到项长中:"我想请教一下,要怎么做才能加入剧团呢?"

对方抬头望了他一眼说:"你看别人是怎么做的就好了。"说完侧身准备离开。

没听到什么真切意见的陈崇德,茫然地看着项长中那几乎泛白光的板寸头,若有所悟。突然,他伸手在项长中的头上摸了一把。

"干什么?你为啥打我?"项长中转过身来,露出不快的神色。可望着比他高一头的陈崇德,他在心里掂量了一番,只好在陈崇德刚才摸的地方快速抹了几下,好像是抹掉讨厌的灰尘一样。

"我没有打你,只是摸了摸,感受一下你这个发型。"陈崇德也抹了两下头,不过不是前面,而是习惯性地挠后脑勺。

"不准摸,更不能打!男人的头是不能随便摸的。男人不可以,女人更不行!这是我们老家的规矩。"项长中一口气说出了陈崇德从没听说过的习俗。

陈崇德茫然地盯着他。

"头,是男人最高贵的地方,不能随便摸!就跟男人不能轻易下跪一样,因为男儿膝下有黄金。"项长中说完悻悻地走了。

陈崇德站在原地自言自语:"男人的头摸不得,是吗?"

放学后陈崇德又朝剧团走去,一路东张西望,盯着街上的行人和各种店铺摊位。不一会儿他站在一个理发摊子边上,剪头师傅热情地招呼他:"小伙子,你的头发有些长了,该剪啦,需要剪吗?"

陈崇德摸了摸头,突然意识到什么:"哦,好吧!"

"小伙子,你的头怎么剪呢?"师傅问。

陈崇德不由想起项长中的话,就问:"师傅,您见得多也听得多,是不是除了家里人和其他长辈外,也包括你们理发师傅,男人的头不能随便摸?特别是不能让女人摸?"

"嗯,许多地方有这个习俗。你看我们这行里就没有女师傅,对吧?"师傅说。

此时项长中的板寸头在陈崇德的脑海里闪现:"可以剪光头不?"

师傅说:"可以呀。不过,只有那些当兵的才这么剪。"

陈崇德这才想起,难怪那天去考炮兵时,看到有人摘掉帽子后就是光头。"为什么剪光头呢?"

"洗头时用洗脸帕抹几下就干净啦。更重要的是,万一打仗受了伤,治疗起来方便。还有一样,你小孩子不懂……"

"正因为不懂,你就说来听听呗。"

"就是说万一被打死了,埋的时候,不需要再理发。"

"被打死?"陈崇德之前一直没仔细想过这个问题。自从去年报名炮兵失败后他再没找到机会,但心里一直没忘记上战场这回事,后来因种种机缘准备加入剧团,其实也是实现愿望的一种新尝试。此时听师傅说起上战场会被打死,不由心中思绪翻涌。他毕竟是个少年,虽然有一腔热血,但在骤然听到这种事时,还是忍不住想东想西。

其实,这一年多来他变了不少。过去他放学回家,要是他爹不督促,就很难坐下来做功课,现在他一放学回来就拿起书本或报纸看,他爹娘高兴地说,这不督促,也知道上进了!然而他们看到的只是表面现象，却没料到陈崇德心里正在萌生一株崭新的幼芽。通过大姐寄来的书刊，他阅读了斯诺的《西行漫记》《红星照耀中国》，范长江的《塞上行》，邹韬奋的《萍踪寄语》等。渐渐地，他知道了中国有陕甘宁边区，有中国共产党，有毛泽东、周恩来等等。他向往走向更广阔的天地，去成长、去战斗！

但是，有战斗就有死亡，上战场会被打死……

"小伙子，到底剪什么头？"理发师傅问。

"哦，剪光头！"

"冷大哥，你怎么来了？"陈崇德打开门，有些勉强地问。门外站着一个西装革履的三十多岁的男子，他叫冷方，在民生实业公司宜昌分公司工作，是剧团团长冷远的哥哥。他正在和陈晓薇谈恋爱。

陈晓薇谈恋爱，以及后来时不时流露出离开剧团的想法，陈崇心和陈崇德都是不赞同的，认为她志向不够远大，只顾小家不管大家。陈崇心觉得是冷方拖了她的后腿，所以对冷方有些不热心，但因家庭教养，他不会把不满写在脸上。

"崇德呢？我给他带来了好消息。"冷方笑着说。

"不知道，还没回家。要不你进来等一会儿？"陈崇心知道他是来找陈晓薇的，说找陈崇德不过是一个借口，所以虽然是邀请，其实有拒绝的意思。

冷方说："不用了。请转告他，剧团方面已同意他加入了。"

"加入什么？"一个光头小伙子推门而入。

"你怎么剪成这个样子哦？"陈崇心从没见过陈崇德理成光头的样子，盯着他的脑袋愣了一下，才回过神来。

"哟,是香哥儿啊,你回来了?我差点都没认出来。"正欲离开的冷方笑着说,同时伸手欲握,"欢迎你加入剧团。"

"谢谢!"陈崇德没有伸手,转身对着陈崇心习惯性地挠挠头,"剪成光头,是为了表明我的决心和态度。"

"香哥儿,冷大哥在和你说话,你没听到么?"是陈晓薇回家了。

"知道了。二姐,以后去剧团时我给你做伴,我们一起参加活动,我早点给你把要做的事做好。"陈崇德有劝陈晓薇坚持参加剧团活动的意思。

"香哥儿,不用管我,你要给剧团其他人当好助手,还要积极参加到活动中去。至于我,已经是大人了,大人应该有大人的事,等你以后长大了就会明白的。"陈晓薇说完,招呼冷方,"走,我们去找娘说说话。"然后她在前,冷方在后,一同走了。

"哥,你发觉没,二姐变了。"陈崇德说。

"是。"陈崇心说,"人各有志,不必勉强。"

"我得找人去说说。"陈崇德说着急匆匆地走了。

"冷团长,您在吗?"他来到剧团的一间办公室门前开始敲门。

冷远打开门,拉过陈崇德的手:"是崇德啊,快进来坐吧。欢迎加入剧团!"

"谢谢团长!"

冷远说:"崇德,我希望你加入剧团后,要踏踏实实多做事,从小事做起,不要像个别人那样,一心只想当主角,不愿当配角。这种人争名夺利、出人头地的思想太严重,只做面子上的事，而不愿意做小事。还有，做事之前要深思。我听说你去抹了别人的牌子，出发点没错，但做法就欠考虑。不过当时你还不是我们的人，不便多说你什么。现在不同了，以后可不要这样，要想出更好的办法，明白吗？"

"明白了，团长。"陈崇德说，"我参加剧团，只想为抗日尽一份自己的力量，我才不会去在意名呀利的。"

"好，这很好！希望你说到做到。"

"我……"

"还有什么事？"

"我……没有了。"陈崇德本来想说说二姐和冷方的事情，突然又觉得不好开口。其实他自己也没想好，二姐和自己想得不一样，还要不要劝劝她呢？也许他现在还说不出什么人生选择的大道理，但他不想勉强自己的二姐，只是心里暗暗决定：我会坚持自己的选择！

第五章
将计就计

1

徐元甫坐在宽大的皮沙发上，面无表情地处理完所有公文，才呷了一口茶。他的办公室装饰得豪华考究，黑漆的办公桌，黑漆的沙发，连地毯也是黑色的。他喜欢这种肃穆的颜色，好像不如此就不能体现他决绝的想法和意志。

他一直以为他能够掌控这里所有的东西，现在，他能指挥这个偌大的机构，让整个大西南的特务都听命于他，整个刑讯室不敢违拗他的任何决定。

当然，这是遇见陈然之前的事了。因为整整三天，他的下属居然没问出什么有用的来！

第一次见陈然，徐元甫就觉得这个年轻人太稳重了，才二十五岁，怎么就回答得那么滴水不漏；如今三天过去，居然顶住了种种酷刑，没有泄露一个字。他有一种不好的预感，这个陈然，可能比他之前认为的还要让他"惊喜"。

徐元甫又喝了一口茶，靠在沙发上，把手枕在脑后，他要好好想想。

难道又需石昌明出马？

三月末，徐元甫领了朱少华的尚方宝剑，马上回二处召集人马开会，当时就强调了，所有人都要将搜集到的情报每天定时上报，有重大情况必须立即报告。不可放过一丁点线索，不放过一切可疑的人和可疑的事。他还宣布，立功必有奖！小功小奖，大功大奖，谁若是怠慢疏忽，贻误战机，必予严惩！

但那次会后，三天、五天、七天过去了，人倒是随时有抓进来的，甚至连重庆市委委员都抓到了，但与《挺进报》没什么直接关系。上峰非常重视"挺案"，却没有什么进展，徐元甫每天在办公室如坐针毡。

后来他通过秘密渠道知道了一件事，找了石昌明来。

石昌明的第一句话就让他有些兴奋："我早就注意到那个报纸了。"

徐元甫眼前一亮："昌明，你知道我最欣赏你什么吗？你既聪明又能吃苦，长期深入下层活动，善于打入对方队伍，你是重庆站最出色的情报人员。"

确实，石昌明平时衣着朴素，长年穿着蓝布长衫，从不西装革履，也不在舞厅、西餐馆露面，只在小巷的茶馆和小酒店出入。他在街上行走，人们只以为他是个十足的乡巴佬，顶多是个乡村小学的老师。他手下有八名组员、十四名眼线，大学生、中学教员、饭馆经理、电影院工作人员、舞厅交际花等等，三教九流尽纳入旗下，触角伸向社会的各个阶层、各个角落。

"谢谢处座夸奖,昌明自当为党国效忠!"

"既然注意了,为什么不及时向我报告?"徐元甫话锋一转。他知道石昌明另有直属上司,但并不妨碍他这么问。

"处座,我觉得时机还不成熟,放长线钓大鱼嘛。"石昌明犹豫了一下,然后向他汇报了整个过程。

一九四七年八月的一天,石昌明接到线人、草堂国学专科学校学生姚衡密报:学校来了一个借住的青年叫陈铂金,以前是邹容路民联书店的店员,书店被查封后到这里暂住,带有许多左倾书籍,还有《挺进报》。此人言语中对政府极其不满,估计是共党分子。

石昌明马上派特务曾钢以失业青年的身份前往,让姚衡牵线到草堂学校食宿,并介绍他与陈铂金认识。

"你接近他后,切莫东问西问,先要和他建立感情,取得信任。"

对石昌明佩服有加的曾钢马上回答:"是,组长。"

曾钢大谈自己的苦闷、志向和追求,不时发泄对国民党政府的不满,陈铂金对他有相见恨晚之感,表现出充分的信任,看他居无定所,还主动邀请他与自己住在一起。没过多久,陈铂金开始主动向曾钢吐露真情。

一九四八年三月中旬,石昌明和曾钢像两个久未在一起的老朋友,约到一个豆花馆吃饭。

"二天兄,好久不见,在哪里发财呀?"曾钢大声武气地打招呼。把昌字拆成两个日,喊"二天",这是石昌明给手下的交代。①然后，曾钢有些豪气地挥手喊道："老板，先打半斤'江津烧'来。"

"哎呀，老弟，请我吃饭就不错了，酒就免了嘛，你知道我不会喝酒的。"石昌明配合着。

"真不喝呀？你不要为我节约哟。"曾钢大声说完，马上悄悄向石昌明耳语，"那个报是用铁皮磨尖后刻的，所以笔画很精细。油印时不用滚筒，是用竹片在蜡纸上刮，印得很清晰。"接着又大声说，"好嘛，那就依你了。老板，来两碗豆花，一碗烧白，再来份火爆黄喉，再……"

"够了，够了，不要了，两个人哪吃得下那么多嘛？"石昌明把头和他歪在一起，好像是在争论菜点多了……

回到住处，曾钢装出很痛苦的样子，对陈铂金说："哎，今天问了好多个地方，都不要人，他妈的，这啥子世道哦，工作太难找了。在这样腐败无能的政府统治下，我们这些小老百姓哪还有什么活路哟！铂金兄弟，我好想加入老百姓的组织——共产党，为自己的命运抗争。"

陈铂金十分高兴，欣然表示要向组织推荐。

听了石昌明的汇报，徐元甫高兴地称赞："你们干得漂亮！现在进行到哪一步了？"

"陈铂金的上级同意与曾钢见面，约定四月一日在红球坝，对曾钢进行考察。"

"红球坝，就是大轰炸时张家花园挂红灯笼那个地方？我知

---

① "二天"是重庆方言，如"二天来耍"就是在别人家做客，要离开时邀请人家日后来回访，体现的是热情和好客。

道,"徐元甫向下猛一挥手,"是收线的时候了。"

"明白。"

徐元甫很是满意,有了陈铂金,接下来才有了任可达、许建设、冉一智、刘家定等人的落网,这些人在酷刑之下很少有不招的,也就是个把人还在死扛。

"通知'二天'来见我。"他拿起红色内线电话,拨了个号码。

2

陈然从恍惚中醒来,年少时父亲、大姐的教诲,他如今才嚼出了几分味道。

父亲说,我们的敌人和朋友,可能敌人中有朋友,而朋友中也不能保证就没有敌人。

大姐特别在信中写道,知道而不点破,守护好秘密;话不说满,事不做绝;做事力求把稳,留有退路。

大姐说,并不是只有战场才是前线;并不是只有冲锋才叫勇敢!也不是只有战场,才是大显身手的地方。

如今他已经被捕,面对的应该不只有敌人的酷刑,还有伪装的特务,还有坚持斗争、不随便放弃生命,还有真正的勇敢。这一切,对他都是更严峻的考验。

陈然现在有时间在这里想这些事情,是因为从昨天下午开始,一晚上过去了,特务也没有再对他用刑,他们把他晾在这儿,似乎遗忘了一样。

他不太确定到底发生了什么,是有更重要的人被捕了吗?还是他们正要去抓什么人?也有可能他们在酝酿更大的阴谋。他担心江一伟，担心李为国，也担心家里。但是，他如今被困在这里，什么都做不了。

不过他也想开了，古典那个臭小子经常念叨"既来之，则安之"，他还曾嘲笑古典不思进取，如今，他就真的只能"安之"了。

"哎哟，这还睡上了！"陈然被人从迷迷糊糊中摇醒，对上了黄丛那张大脸，只好瞪着他。

黄丛看见陈然一瞬间有点迷糊的神色，愣了一下，然后哈哈笑道："我还以为你就只有一副表情呢。"

陈然看他心情不错，回道："你们打人那么疼，谁不是这表情？你见过哪个说不疼的吗？"

黄丛乐呵呵地说："没有没有，哦，那什么刘什么，哎，我忘了具体叫什么，就是个大官，刚抽了几鞭子就说了。不过这老小子耍了花招，只说出了两个小喽啰的名字，哎，你说这算假叛变吗？"他边说边比画动作。

陈然心里一动，嘴上却道："那后来呢？"

"后来头儿又知道了别的信息，那就接着打呗。不过他可不像你这样，吭都不带吭气的，喊爹叫娘又交代了。"黄丛说着，围着他转了一圈，然后一把拍在他背上，"我看你是死扛到底了吧？"

陈然被他拍到了背上的烙痕，疼得一抖，吸了口气才道："是你们不信，我真没什么同伙。"

"算了算了，你这话跟我们头儿说去，我可管不着。我就是来请你腾地方的，这儿得留给别人用了。"黄丛一边给他砸上脚镣一边说。

这时候李余池和张全贵也来了，给他解了绳索，胡乱套上一件囚衣，戴上手铐，押解他出了刑讯室，转向内院。陈然不急不躁地随他们折腾，心里却在想刚才黄丛那话是有意透露，还是无意地瞎聊呢？

内院有一栋二层牢房，三人又拽又拖地一路走来，陈然眯着眼，刚适应了外面的光线，就被推进了一楼的一个房间。房间长不到两丈，宽不足八尺，没有床，只在地上搭了地铺，放着一床破旧的被褥。

靠里的床铺上睡了个人，听见门响，马上坐起来朝这边看。

陈然本来就靠两人的力量勉强支撑才走到这儿，此时被一把推进门来，踉跄了一下半跪在地上，一阵钻心的疼。

那人已经凑到他跟前，关心地问："你没事吧？"

陈然抬头看去，那人一张国字脸，额头饱满，浓眉阔口，炯炯有神的双眼正充满善意地望着他。

陈然"嗯"了一声，顺势挪到了一张床铺上，看来这床铺是给他准备的。

正是上午时分，房间里只有他们两个人，一时都没说话。陈然初来乍到，打定了主意先看看再说，闭上眼睛养神。那人看陈然刚才不是很热情，自顾自睡觉去了，也就没凑过来。

不知过了多久，陈然被铁门打开的声音惊醒，有人来送饭了。他坐起来，看见一个干瘦的老人，将褪了色的小桶放在门口的空地上，又锁上门转身走了。

睡在里侧那人已经走过来，对陈然笑笑："你睡醒了？吃饭吧。"像招呼老友一样自然，还边说边将桶里的两碗稀饭端了出来。

"还有窝头、咸菜！"他对陈然笑道，"托你的福，今天改善伙食！"

陈然皱了皱眉，特务会为自己改善伙食？他看了对方一眼："您贵姓？"

"免贵姓曾，你叫我老曾好了。"那人说着拿起窝头，掰了一小块放进嘴里，又咬了一小口咸菜。

看他的样子，陈然直觉这是个很讲究的人。他和自己一样穿着有点旧的囚衣，但袖口那里明显没有磨损的痕迹。他吃饭的姿势很斯文，或者说做作，因为有些动作实在不像他这种长相体格的人该有的。陈然还记得，刚进门那会儿，瞥见了对方背上有一道细小的裂口。

严格来说，对于吃饭、穿衣这种生活的小细节，陈然也是有追求的。比如，他喜欢穿半筒皮靴和夹克，而且喜欢把手插在夹克口袋里，显得很精神；他喜欢吃鱼，尤其喜欢吃他娘做的江苏风味的糖醋鱼，他娘是扬州人，烧得一手好菜。但是，如果条件不允许，他也吃住随意，从来不会为这些事费心思。而且，刚才老曾说的那些话，如果换作他，估计不会对一个初次见面的人用那种非常随意的语气。

陈然端起稀饭，慢慢喝了一口，那人见状凑过来道："你为什么不吃点窝头，多吃点才有力气对付审讯啊！"

陈然直视着他，突然道："你不问我叫什么？"

那人被他灼灼的目光看得往后退了退："哦，你叫什么？"

陈然笑了："我叫陈然。"

对方似乎有些尴尬："哦，我听过你的名字。"

"在哪儿听过？"

那人走到门口看了一眼,转身凑过来小声说:"一会儿再说,吃饭吃饭。"

陈然点点头。他吃得很慢,因为几天没吃过东西,审讯时被灌过一些水和汤,胃里一阵阵难受,但他克制着,喝了一些粥,拿起窝头。

不一会儿,刚才的老人进来把桶提走了。铁门锁上,屋里的光线又一次暗淡下来,陈然的心也跟着沉静下来。

他要看看这个叫老曾的人,到底有什么目的。

3

陈然被捕后,特务守在他家里,想继续抓捕来联系他的人,同时对他娘进行威胁和利诱。之后,特务表面上撤走了,但还在附近秘密监视着。

他们不知道的是,由于当时重庆地下党组织被严重破坏,已没有余力来组织营救陈然。

冷方是收到妻子陈晓薇的信后才得知的消息,后来他了解到,这封信的发出还费了些周折。

陈然被抓后,开始几天,留守的特务不准任何人外出。急得没法的陈晓薇只好让刘嫂去交涉。

"我是个不识字的保姆,时间到了主人家要我拿饭菜出来吃,我不出去,哪来菜呢?就算大人不吃,难道人家的小孩子也不让吃么?"多闹了几次,特务看也没什么新线索,就准许了。陈晓薇借机偷偷把信让刘嫂带出去寄了。

她在信中写道:"想法救出香哥儿,是我当时给娘的承诺,也是娘对我俩最大的要求。"

为此,冷方从上海回重庆前,找了一个叫王老板的人,对方介绍他去重庆陕西街灯笼巷找一个朋友。他先后去了三次。

第一次见面时,带了一些上海的礼物和王老板的私信,请他帮忙营救。那人看了王老板的信,表面上很客气,表示释放陈然的事可以慢慢商量,还出主意说让陈然装病,想法送到医院治疗,然后伺机从医院的后门逃走。

几天后去听消息,那人说,陈然的口供太硬,上次的办法行不通了,过了一会儿,又说可以用另外的办法来救人,那就是"瞒上不瞒下",但需要上下打点。

"他们要多少钱才肯帮忙?"见回到家里的冷方不说话,陈晓薇主动问。

冷方左右手食指交叉,比了一个手势。

"十万金元券?"

"十根金条。"

陈晓薇一听,又气又怒:"这么多?天哪,太黑心了!我们上哪儿去找?"

冷方当时听了对方开出的条件,心里非常清楚,自己是靠工资谋生的,三年的收入不吃不喝也换不来一根金条。但这事是岳母的要求,必须尽最大努力去做,可是自己这点收入差得太远了。他当即作了争取,请求那人少点,同时也答应想办法。

冷方在重庆怎么也筹不齐,假期到了,只好先回上海。为了不断线,也为了宽慰黄凤淑那颗焦虑的心,他走之前,带着陈晓瑶第三次去见那人,再次请求减少筹码。对方一口咬定,一个子儿也不能少。冷方走时说以后由他妹妹来听消息。

后来陈晓瑶再一次去了灯笼巷，因话不投机，没讲几句就谈崩了。那人威胁她："你要再说，我就把你这个小共产党也抓起来！"原来那人是个国民党特务。

陈晓瑶不敢再去，钱也筹不齐，营救到底失败，从此陈家人再也听不到陈然的消息了。

而另一边，马志宏的营救也遇到了问题。

由于马志宏不顾个人安危，多次前往说情，舍命担保，引起了徐元甫的怀疑。他私下里问王化良："这个人会不会是共产党？"

王化良说："我担保他不是，他很重朋友感情，也爱才惜才，他觉得陈然是个难得的人才，所以肯帮他。"

徐元甫后来警告马志宏，不许再说情，否则以共党论处。他并没有买老乡的账，马志宏的营救宣告失败。

4

"陈然同志，很高兴见到你。"房间里安静下来以后，那个自称老曾的人立刻热情地过来握住了他的手。

陈然挣扎了一下，老曾马上松开，嘿嘿笑道："对不住，一高兴忘记你受伤了。"见陈然似乎有点茫然地看着他，他又连忙说，"我是老李的上级。"

老李还是老黎？陈然心里一动，脸上却没表现出来，揉着手说："我不懂什么上级下级，我认识的人中没有叫老李的。"

老曾起身去牢门放风口张望了一下，重新坐在他旁边，压低声音道："其实我不叫曾杰，那是我骗他们的，我的真实身份是市委副书记冉一智，我认识你的上级李为国。虽然没见过你，但我知道你。所以请你相信我。"

陈然没有说话，一脸平静，心跳却不由得开始加速。

他记得不久前李为国说过，刘家定被捕了，而刚开始审讯时特务也说过冉一智被捕的事，如今都过去这么多天了，他却突然出现在这里，到底是怎么回事？另外，他之前并没有见过冉一智，这个人真是冉一智？他一时无法判断，但不管对方说什么，都要先看看再说。

老曾一直看着他，见他不说话，连忙道："陈然同志，我早就听说过你，李为国同志一直对你赞誉有加。今年你接任《挺进报》特支代理书记后，开展工作也非常有效。我们都在庆幸，有这么一位年轻能干的青年同志。"

对方不动声色地说出了几个重要信息，陈然的脑子急速运转，心跳也越来越快，不由捂住嘴轻咳起来。

老曾立刻露出关心的神色："陈然同志，你没事吧？"

陈然突然镇定下来。他想起自己共产党员的身份其实早已暴露了，当时应该就是因叛徒出卖才被精准抓捕的。不管对方是不是冉一智，最重要的是他想做什么。多年的工作经验告诉他，他需要更多的信息来甄别。

他抬起头，神色认真地问道："你真是市委副书记冉一智？"

"我当然是，要不我也不会被敌人关到这里了。"老曾马上回答，突然他像反应过来似的惊喜地道，"哎呀，太好了，你终于承认是我们的同志了！我刚才还怕你不相信我。唉，太好了！终于找到自己的同志了！"

陈然慢慢道："你刚才说的信息似乎都对，但是我对没见过的人，肯定不能马上相信。你不也是这样吗？"

"对，确实应该谨慎些。"老曾点点头附和着，又补充了一句，"我也是看你被他们折磨得这么惨，才相信你肯定是我们的好同志。"

陈然心里有种异样的感觉，他换了个姿势，手铐和脚镣一阵乱响，尤其是腿上的伤让他的眉毛都皱了起来。

老曾看着他，一副歉疚的样子："陈然同志，你受苦了！唉，都怪我们没有及时通知你。当时……"

仿佛是为了减轻对方的歉疚一样，陈然顿了一下，轻声道："其实，当时也不是没人通知我……"

老曾明显一愣："有人通知？谁通知的？怎么通知的？快告诉我！"

"有人送的信，是谁不知道，家里人不认识。我因为当时外出，没及时看到，当我看到时，特务已经来了。"

"哦，真是太遗憾了！"老曾双手一摊，回了一句颇为客套的话。

陈然皱了皱眉，心里闪过黄丛的话。他看着老曾道："你刚才说你骗他们的，你被捕后是不是叛变了？"

"什么？"老曾似乎反应了一下才跟上他的思路，马上又是摆手又是摇头，"我那是骗他们的，你要相信我！我是没办法，不给一点假消息搪塞，他们就不会让你有一丁点自由。我知道这样说其他人肯定不会信。陈然同志，你能相信我吗？"

"我只是听他们说市委副书记叛变了，能给我说说具体情况吗，到底是怎么回事？"陈然平静地道。

老曾看着他的表情，小心翼翼地道："你知道刘家定被捕了吗？"

"嗯，十一号就知道了。"陈然顿了一下，"听说他后来叛变了。"

"就是他！真没想到，还没在敌人手底下熬过一天，就供出了李庄，然后李庄说出了余文安。十七号我一早去文声书店，刚好在路口碰见余文安和一群特务，我拼命奔逃，到了路边的一家酒楼上，特务很快包围过来，我就被抓了。"

陈然点点头，似乎是不经意地道："然后你就叛变了？"

"不，没有，我真没有！我只是和他们说了点无关紧要的事。"老曾马上否认，好像怕陈然不相信似的，他转过身激动地说，"你看看，我这伤口，都是他们打的。真的，我就是胡乱给他们指了一个地方，我是假装的，我这不算叛变啊！"

"是吗？"陈然突然有点哭笑不得。他记得黄丛说姓刘的是假叛变，现在这个人也说自己是假装的，难道一个共产党员的信仰就那么容易被抛弃吗？

他忽然有点意兴阑珊，什么都不想听了。他决定，暂时什么都不管，什么都不信，任凭此后对方怎么啰唆，都不再回应。

整个下午，陈然都在回忆一些事情，有些细节突然就清晰起来。

他年少时热情也轻信，不注意细节，十五岁加入党组织后，也有过不少冲动的时候，好在都没造成重大问题。一九四零年底到重庆从事地下工作后，他有意识地约束自己的行为，看起来彬彬有礼、进退有度，机敏沉稳，但他对自己一直不很满意，总避免不了意气用事。此刻，他内心绷着一根弦：一定要沉住气，沉住气！

刚才他并没有表现出对冉一智身份的怀疑，还顺便透露了有人通知自己转移的消息，对方表现出的迫切关注，他确定自己没看错。

那么，如果这个自称冉一智的人真是特务派来的，目的自然是想从自己这里骗取李为国或者其他人的信息；退一万步讲，如果这个冉一智真像黄丛说的是那种假叛变，他只要镇定地与其周旋，慢慢地应该也可以辨别出真相，然后再……

再怎样？不能坐以待毙，应该冲出这囚牢，只是，得有信得过的人。如果，他是说如果，这个冉一智能够相信，他们是不是可以联手，再联合其他难友一起，共同找到出去的办法？

能出去肯定是好事。那样的话，他就可以回到他的野猫溪，再一次俯瞰长江与嘉陵江交汇的磅礴气势，甚至延续他的梦想，上战场或者去延安，还有，守着一直为他担忧焦虑的亲朋，以及那些亲密的战友。

真的还能出去吗？

陈然看着自己的腿，因为坐过老虎凳，几道很深的勒痕清晰可见，关节已经变形，不过肌腱似乎还没有拉断，可能当时自己受刑太多，轮到坐老虎凳的时候没一会儿就晕过去了。

他不知道是想笑还是想哭。曾经，他最向往的地方是战场，结果却和剧团的兄弟姐妹们，用这双腿、这双脚，跑遍了宜昌、万县等地的大街小巷、山间田野。

第六章
任劳任怨

1

陈崇德加入宜昌剧团后,总是闷声不响地干着换布景、搬道具等各种活儿,剧团的大哥大姐们都很喜欢他,因为他的光头,大家亲切地喊他"小和尚"。不久,这个踏踏实实、认真负责的"小和尚"就成为剧团不可缺少的一员了。

有家庭熏陶的底子,加上自身的天赋,陈崇德吐词清楚,声音洪亮,抑扬顿挫,感情奔放,很快成为剧团合唱队的一员,后来还在大型演出中担纲报幕、朗诵和伴唱等。同时,因为他工作热情、思想纯朴、作风踏实,团内党组织决定把他作为培养对象,由支部书记陈朝辉负责教育,成计划等人也对他特别留意,并适时引导。

"小和尚,你不是要看报纸么?给。"陈朝辉说。

"《国民日报》?"陈崇德接过来,眼前一亮,"谢谢二哥。"

原来在陈崇德加入剧团之前,团长冷远写了一篇文章《戏剧要下乡》。团里的人在闲聊时都说写得好。陈崇德听说后就表示要看看,陈朝辉觉得,这是个引导陈崇德的好机会。

从报头、版面到字体,陈崇德逐一细细看来,眼神里透着惊奇和崇拜,有一段话让他不知不觉读出声来:"没落的没落了,逃难的逃难去了,许多帮闲的呐喊,也被抗战的炮火所慑服了。二哥,团长这句话说得太好了!"

"哪里好?"

"嗯,具体我说不上来,就是感觉他分析得很透彻。"陈崇德挠挠头。

陈朝辉说:"你还记得不久前我拿给你的那本《论持久战》吗?"

陈崇德在剧团这段时间耳濡目染,逐渐知道了很多名词,共产党、国民党、阶级分析、消极抗日……开始读《大众哲学》《社会发展史简明教程》等,虽然其中有些东西父亲也提到过,但没那么详尽系统。在和剧团的人聊天时,他最感兴趣的是听他们讲陕北和毛主席的故事。《论持久战》就是毛主席写的啊!

"记得记得,我一有空就读。妥协还是抗战?腐败还是进步?毛主席提到的问题我都记得。"陈崇德兴奋地说。

陈朝辉笑了,为他的好学欣慰:"对,这就是我们现阶段抗战的纲领性文献,它为我们进行长期持久抗战指明了方向。团长这句话就是在说,抗战会检验出哪些才是我们民族真正的脊梁,不会被炮火慑服的,才是抗战胜利的希望。"

陈朝辉从《论持久战》说到《戏剧要下乡》,又结合剧团面临的形势条分缕析。他有意引导陈崇德去思考,学会辨别真正的危险和敌人,学会怎么沉得住气,怎么做好眼前的事。最后他说:"小和尚,你的理想是什么?"

夜色渐深，剧团里逐渐安静下来。在这静谧的时刻，谈谈美好的东西会让人心里也跟着温暖起来。

"上前线打鬼子。"

"哦，那送你去延安当八路军，怎么样？"

"延安？毛主席那里？"陈崇德眼睛忽闪忽闪的。

"延安，巍巍宝塔山，滚滚延河水，那是个多少人向往的地方。"陈朝辉慷慨激扬的声音在屋子里回荡，"我们的毛主席就在那里。"

不久后，宜昌抗战剧团要到农村去演出。这其实是被迫的，原来国民党湖北省党部饬令宜昌县党部，将抗敌与抗战两个剧团改编为移动演剧队，由宜昌县党部直接控制。由于人员不易合并，分编为两个队，抗战剧团为移动演剧一队。

剧团出发前团长冷远召集大家在剧团的坝子集合。他和陈朝辉面向大家站立，作出发前的动员讲话："同志们，经过研究，为了便于统一行动，我们移动演剧一队组成一个大队，我和陈朝辉同志任正副队长。本次下乡主要由朝辉同志带队。大队下面分成三个小队。第一小队主要负责探路，接洽宿营地，办理茶水伙食等项事务，由卓越任小队长。第二小队主要负责节目的排练和演出，由成计划任小队长。第三小队负责演出道具等行李，跟随前行，由项长中任小队长。"

"下面授旗。"冷远话音刚落，陈崇德连忙上前一步，把旗帜送到冷远的手上。

冷远说："请陈朝辉同志接旗。"

陈朝辉庄重地接过旗帜，然后交给陈崇德。

冷远事前安排陈崇德掌旗。红色旗帜的一面有一个白色的"何"字,另一面有四个黄色的隶书大字"何不同忾"。陈崇德很好奇,指着旗子问这是什么意思,冷远说:"以后你会明白的。"

剧团深入湖北省荆门、当阳、远安一带农村巡回演出,经常是白天行军,夜里演戏,连轴转,生活条件十分艰苦,不时还会遇到一些意想不到的困难。尽管如此,绝大多数人依然表现出火一样的热情。

在行军途中,陈崇德除了背着自己那个小背包外,总是扛着一大口袋道具、乐器等。每到一个新地方,租借房子、打扫房间、借铺板稻草、做饭烧水等事务性工作,哪里需要他,他就出现在哪里。

陈朝辉称赞道:"小和尚不错哟!"

"崇德弟弟甘当小螺丝钉的这种革命精神,值得我学习。"肖义娟也当面表扬他。

"大家都在努力,我也要做好嘛。"陈崇德有些不好意思地说。

来自重庆的项长中,一口川话:"小和尚就是个哈儿(傻子),他本来就缺乏艺术天分,所以才乐于打杂。"

陈崇德对此只是一笑,并不计较。现在他正沉迷于一件之前没接触过的事——练字。他对上次看到的《国民日报》的排版和字体十分感兴趣,里面有一种宋体字是他没见过的,之前团长只教过他仿宋体。

有一天大家行军到一处山间岔路,陈崇德发现,走在前面的第一小队为了给后边的人指路,习惯在一些路口写标记,不过都是用白石灰画上向左或向右的箭头，再简单写上地名就完了。他想了想，在路边工工整整地写了一句话："努力爬呀，爬上山顶就是胜利！"

肖义娟几个女同志跟男同志一样，身上背着二三十斤的背包，来到这里本来已经很疲倦，看到这几个字后，笑着说："前面的同志在鼓励我们呢，努力哟，胜利就在前头！"

陈崇德把这当成了练字的好机会，后来他还在剧团的场镇宣传、展览和标语书写时一有机会就练字。第一小队的一些队员在土墙上写了"国家兴亡，匹夫有责""打倒小日本"等，陈崇德也去帮忙，他一笔一画，写了擦，擦了写，用宋体工工整整地写下了漂亮的"有钱出钱，有力出力"八个大字……

一周后，剧团开会总结工作，副队长陈朝辉宣布剧团实行半军事化管理。"一、二、三、四"的口令声，很早就打破了农村宁静的清晨。三五个当地的农民倚着大门口指指点点，这是一支什么队伍呢？说是部队么，又没穿军装；说不是部队么，他们还要出操。好奇怪哟！

上午大家集中学习，下午一点，开始做演出准备。屋子里，成计划在画宣传画，陈崇德在检查和准备演出的道具。屋子外，几个女同志在排舞蹈，项长中、卓越等在向老人、妇女、青年人讲解宣传抗日救亡的道理。三点多钟，广场上已经聚集起人群，围成一层层的圈子，一阵紧密的锣鼓后演出开始。晚上总结一天的工作，大家围坐在马灯下发表意见，开展批评与自我批评，然后回去休息，或者外出散步。

2

荆当山山色如黛。繁忙的演出结束后,演剧队驻地的村庄一片宁静。

陈朝辉和成计划两人离开驻地,陈朝辉一边走一边开门见山地问:"你觉得小和尚怎么样?"

成计划想了想:"陈崇德做事不分大小,不分分内分外,为人主动,积极肯干,不怕吃苦,有集体观念和整体意识。不错!而且,"他想起上次聊天,他问陈崇德为什么没留在万县陪母亲和小妹,陈崇德说,他觉得现在这种情况,许多学校也没法上课,只有等抗战胜利了,才会有安宁的环境,其实剧团也在组织学习,"他也很努力学习各种知识,热情热心,有强烈的爱国心和战斗理想。"

"嗯,我和你的看法差不多。有什么不足吗?"

"要说不足嘛,肯定有。圣人都要'一日三省吾身',何况我们。"成计划边说边思考,"他的性格有时还比较急躁,比如昨天晚饭前和项长中打架。"

原来头天下午演出结束后,陈崇德帮助演员整理收拾道具,项长中站在一旁,悠闲地把手抄在裤兜里,正和肖义娟几个女演员说笑,不知怎么就说到了陈晓薇身上。

那个自诩为"抒情诗人"因而被称为"郭抒情"的家伙,连比带画、眉飞色舞地说:"小和尚,我看你二姐就是个落后分子。"

项长中的四川口音,也有些阴阳怪气:"对头,我看也是。"

项长中附和完"郭抒情"的话,又说:"小和尚,我看你也不追求上进,不去争当主角,只晓得搬搬道具,打打杂,没得远大志向。"

"郭抒情"马上接过话:"男人要顶天立地,要有远大抱负。换我,就要宁为鸡头,不当凤尾。要做事就做大事,做体面的事。"

陈崇德是有目标的人,没实现的或还没准备好的事,就不轻易说出来,特别是在不知道的人面前,比如他曾经去报考炮兵的事,以免被人笑话和难堪。

"你看嘛,那些庙子里的小和尚就是挑挑水、扫扫地,他是当不了住持的。我们这里的'小和尚'也差不多嘛。"项长中说完大笑起来。

"小和尚"的外号只是因为陈崇德的光头,而庙子里的小和尚则是被认为"饱食终日,无所用心"的人,这与陈崇德的理想相差太远了。

项长中的话,终于把陈崇德说急了。他一急,不说话只动手的习惯就出来了。只见他快速在头上挠了两下,这是他小时候用头顶人前的习惯动作,然后一把抓向项长中。项长中伸手来挡,陈崇德无法顶到对方,就用力推,差点把项长中推翻在地。

项长中先是退让,没还手,但见陈崇德没有停下来的意思,就用四川话喊道:"做啥子嘛,要打架嗦?未必我还怕你不成!"于是两人真的动起手来。

"你二姐是你二姐,你是你,你不落后就对了嘛。"远处的卓越忙跑过来劝陈崇德,他是湖北人,四川话听得懂,也会说,他用四川话对项长中说,"长中,小和尚人小志气大,你以后别再这样了。"说着直接把两人强行拉开。

听成计划讲完了事情经过,陈朝辉说:"嗯,打架是事实。

不过，我有不同的看法。我认为一个人如果连自己的家人都不爱的话，那是很难爱别人的。他只是方法欠妥，与品质无关。"

"他的品质不错，这倒是。"成计划说。

"那我们把他作为重点对象培养，你平时要多接近他，注意进一步观察。我们演剧队年轻人不少，需要多一些表现好的人。"

"就我联系他吗？"成计划知道组织培养人的规矩，当然他更知道责任重大。

"不，我还安排了项长中，他是第三小队的队长，小和尚在他那个小队，更能就近观察和提醒。你同意吗？"

成计划摆了摆手："我倒是没什么意见。不过，他俩打过架，没什么不妥吧？"

"没什么。据我观察，项长中应该不是太计较的人。过去的事，说清楚了就过去了。"

"好，我保证完成组织交办的任务。"

陈朝辉最后说："我也找项长中谈谈。你和他可以随时交流，如果发现小和尚有什么不足，你们可以从不同的角度、以不同的方式，分别与他沟通，进行劝解和引导。"

两天后剧团来到一个新的地方，下午忙完演出后，许多人坐下来分散休息，女队员两三个一起在探讨化妆和服饰。

陈朝辉和项长中边走边聊，来到附近的河边。

"那边是小和尚吧？他在干什么？旁边还有一些孩子。"陈朝辉指着远处一个正在跳跃的身影，"小和尚年纪小，身体好，精力也好，很有工作热情。你看，孩子们也喜欢他。"

"他的性格就是一个大孩子,乐观,开朗。不过,他做事却像大人,比较稳重,也还算细致。"项长中说。

"你不觉得他有些急躁么?"陈朝辉有些意味深长地看了一眼项长中,笑着问。

"二哥,我知道你在指什么。"项长中没有笑。

"小和尚是在跳舞吗?"见项长中有些严肃,陈朝辉转移了话题。

"是呢,我没看到过,不知道是什么舞。"项长中说。

两人走近了些,只见陈崇德时而半蹲着身子,侧身一会儿向左、一会儿向右快速移动,时而又快速向两边分腿连续跳跃,双手同时击打左右脚背,显得轻盈潇洒,干净利落。就在他以左脚为轴心、右脚尖点地,前后摆动手臂、原地转圈旋转时,看到了不远处站着的两人,他立即不好意思地停了下来。

"小和尚,继续啊,让我们也欣赏欣赏。"陈朝辉说。

陈崇德下意识地挠了挠自己的头,顺便擦了一下汗水。

"你跳的是啥子舞?"项长中问。

"陈老师,你跳的是什么舞?"见陈崇德停下来,孩子们也围了过来,其中一个小女孩忽闪着好看的大眼睛问。

她的年龄、模样和陈晓瑶差不多,她那聪明善良的模样,以及瘦弱的身子,又让陈崇德想起了小时候的女同学叶子。所以,陈崇德对她特别有好感,愉快地答道:"哥萨克舞。"

"小……陈老师,给我们也说说呗。"陈朝辉本欲喊"小和尚"的,见孩子们在场,改口跟着喊老师。改口之前,他和项长中相视一笑。

"哥萨克舞是一种民间舞蹈,它富有传奇色彩的骑兵和武士形象，很为人们称道。它以男子舞蹈的高技巧性，以及女子舞蹈的热情奔放而闻名……"

几个孩子见来了两个大人，不久就离开了，其中一个孩子还调皮地学陈崇德的动作，左蹦右跳，跑在了前面。后边的三个大人都哈哈大笑。

"看不出平时闷声不响的陈老师懂得还不少啊！"项长中说笑的同时，悄悄看了一眼陈朝辉。

陈崇德挠挠头："哪里，是我大姐和二姐教的，二姐也是大姐教的，可惜她现在不跳了。因为她们不是男的，所以只教了我基础的东西，我只有自己瞎琢磨。"

通过舞蹈把对生活的乐观和幽默表现出来，让观众了解哥萨克人，陈朝辉听陈崇德讲了以后似有所悟。

他说："小和尚，好好练，以后争取上台演出。"

"这个最好是集体演出，至少要有男女配合才行。"陈崇德说。

"小和尚是不是想找女朋友了啊？"项长中打趣道。

"你瞎说什么？谁说谁想，谁想谁说！这是舞蹈的要求嘛。不过，好像队里目前没女同志会跳呢。"陈崇德说，因为对项长中不满，他脸上显出有些不高兴的神色，转身走了。

"好了，长中，别闹！"陈朝辉担心项长中惹恼了陈崇德，连忙制止，"小和尚，有个人会。"

"管他谁会呢。"陈崇德撂下一句话，头也没回地走了。

陈崇德走后，陈朝辉提醒项长中要学会理解别人，语重心长地说："一个人走什么样的路，自己有权选择，只要不做对不起国家、对不起民族、对不起祖宗、对不起朋友的事情，旁人无权说三道四。"

项长中默默自问:"四个对不起的事,我能一样都不做吗?"

3

忙碌的时间总是过得很快,一九三九年的春节如约而至。

尽管室外滴水成冰,室内却热气腾腾。一天晚上,剧团的人员围着火堆集中学习结束后,陈崇德走到主持会议的陈朝辉面前:"二哥,我想和你说会儿话,有空吗?"

"好啊,我也正好有事要和你说说。怕冷么?去外面走走?"

"不怕,走吧。"

两人默默地走了一段路后,陈朝辉站定,对陈崇德说:"你说吧,有什么想法?"

"二哥,我……我请求加入你们,成为你们的同志。"陈崇德看着陈朝辉,认真地说。

"崇德,你知道,作为组织的人,要带头学习,带头严格要求自己,带头做好分配的工作;要遇事不推脱,不逃避,不怕急难险阻,不计较个人得失;还要保守秘密,忠诚坚定,永不叛变。你做得到吗?还有,加入组织会随时面临生命危险,你……愿意吗?"

陈崇德握了握拳头,庄重而严肃地说:"我愿意!"

"不错!崇德,但现在我还不能答复你,需要请示上级。不过不管结果如何,我希望你一如既往。好吗?"

"好,我一定会的!"

"还有,我曾对我们的同志讲,一个人一定不能做对不起国家、对不起民族、对不起祖宗、对不起朋友的事,我认为这是做人最起码的准则。你认为呢？"

"不做对不起国家、"陈崇德扳起手指，"对不起民族、对不起祖宗、对不起朋友的事。二哥，我非常赞同！我也会努力去做的。"

陈朝辉点了点头。他在心里说但愿我没有看错人。

三天后，陈朝辉找到陈崇德，向他伸出了手："恭喜！上级已批准。"

晚上，简单而庄严的入党仪式，在剧团演出驻地一个老乡的小屋里举行。屋子朝北紧挨墙壁的桌子正中，立着《论持久战》一书。陈崇德面对着书站在中间，成计划和项长中站在他两边。

"现在，我们举行入党仪式，"仪式由支部书记陈朝辉主持，他站在书的旁边，面向他们，"先请陈崇德同志表达认识和愿望。"

"亲爱的党组织，我自愿申请加入。我将为这一光荣的称号，奋斗终身。"

"请介绍人讲话。"成计划和项长中依次表态，同意介绍陈崇德入党。

"通过培养和考察，陈崇德同志基本具备入党条件，经组织研究，同意吸收。"陈朝辉庄重地举起右手，"请陈崇德同志跟着我，举手宣誓：'我愿为共产主义事业奋斗终身，永不叛党！'"

"小和尚，习惯了么？你看这里环绕着青黄间杂的山峦，乱石堆叠在溪流中，还有各色小花开放，你喜欢吗？"

一天晚饭后，成计划和陈崇德出外散步，他没忘记组织交给的任务，要多与陈崇德交流谈心。

"喜欢。我特别喜欢这里的孩子们，"陈崇德说，"他们喊我老师，喜欢我教他们唱歌。"

成计划不由得笑了。那天他和陈朝辉在河边看到陈崇德和几个孩子在一起。《大刀进行曲》的歌声远远传到了他们耳边，他当时还笑着说："小和尚还真是个孩子王！"

陈崇德认真踏实，总是抢着做事，很容易让人忽视他也只是个十几岁的少年郎。像他这种家境还不错的孩子，大可不必来这种艰苦的地方，和大家一起吃苦的。是什么让他保持了火一样的热情，愿意待在剧团呢？

成计划想起几天前去当阳的情景。陈朝辉带大家从当阳长坂坡公园回来，就对成计划说："崇德真是个好苗子，你看我讲赵子龙的故事他听得多专注，后来他那两句口号，不知道唤起了大家多少热血激情，他真的能感染人！老话讲，玉不琢，不成器；人不学，不上进。计划，你要多帮助他，包括文化知识。"

成计划点点头："我也觉得崇德热情是够的，他们这个年龄，对许多不知道的东西都很好奇，就是还需要磨炼，多学习，增长见识。"

陈朝辉说："再过不久就要转去万县了，那里我们人生地不熟，环境可能更艰苦，要让大家做好心理准备，尤其崇德这种，要让他们保持这种热情，同时不断成长。你要和他多交流。"

"划哥，你喜欢农村吗？"

陈崇德的话打断了成计划的回忆。见他殷切的目光望过来，成计划点点头："喜欢，这里有青山绿水，大人孩子都淳朴热情，我会画画，要是有时间，真想把这些美好画下来。"他看着远方，带着一些对未来的憧憬，"可是，现在不是时候，我们要先想办法让大众武装起来，赶走日本侵略者，保卫自己的家园，那时候才能过上和平安乐的生活。"

"划哥，你说得真好，我爹也经常这么说。"陈崇德用力地点点头，"唉，要是不打仗多好，也不知道我爹他们在巴东怎么样了。"

此时，陈崇德和已迁往巴东海关上班的父亲以及在那里读书的哥哥分开有些日子了，心中十分想念。陈朝辉说大家要转去别处的时候，陈崇德还以为会去巴东呢。

成计划关切地说："你爹他们在巴东？那边应该比较平静，估计不会有什么事。二哥说宜昌这边才是麻烦，日本飞机不时空袭，市区处于疏散状态，我们所排练的大型舞台剧《凤凰城》都没法上演了。要不是何愿前先生出面联系四川万县的一位头面人物，由那边出面邀请，咱们还去不了。"

陈崇德好奇地问："何愿前？我好像在哪听说过。"

成计划说："就是咱们那面队旗的赠予人。何先生在宜昌可是很有实力的大老板，他本人急公好义，一直支援咱们剧团。二哥说，宜昌县党部管不到万县，他们慑于何先生的威信和实力，也无法阻拦我们，这才落实下来的。"

"我曾经听一个人提过何先生。"陈崇德终于确定自己的确听过这个名字。那是去年的事了。

一九三八年十月，武汉失守，宜昌不稳。陈书敏得到内部消息，他将调往巴东，于是决定提前将家迁往四川万县，由于陈崇心要随他去读书，就让陈崇德护送他娘和小妹去万县。

"爹，我不想离开剧团。"陈崇德说。

陈崇心看着他，郑重地说："崇德，大姐走了，娘本来就很不开心，现在二姐又结了婚离她而去，她心里实在是太苦了。现在日本人在逼近，我们要让她早点离开这个伤心的地方。你要实在不想离开剧团，送到万县以后还可以再回来。"

陈崇德觉得他这个说法入情入理，点点头。

他们乘坐的是长江上最大的轮船企业——民生公司的轮船。这让陈崇德兄妹这种鲜少在长江上坐船的孩子，很是兴奋。特别是船还要经过著名的长江三峡：西陵峡、巫峡和瞿塘峡。

在船上，兄妹俩一会儿去船头，看两岸的悬崖峭壁迎面而来；一会儿又跑向船尾，看群峰姗姗后退；或者干脆停在船身中间的舷边，小心翼翼地看江中的波浪，变幻出各种奇怪形状，又很快消失得无影无踪。

"朝辞白帝彩云间，千里江陵一日还。两岸猿声啼不住，轻舟已过万重山。"陈崇德开始教小妹背诗。

突然，有人匆匆从他们旁边跑过，把陈崇德撞得歪到了一边。陈崇德气愤地大声喊道："喂，你小心一点好不好？看把人都快撞倒了。"

"抓住，快抓住那个小偷，他抢了我的钱包，站住！"有人在后面一边追一边喊。

"小哥，小偷为什么要抢钱包呢？"陈晓瑶问。

"小偷就是趁人不注意拿走人家东西归自己所有的人。小妹，爹反复给我们讲过，不是自己的东西不能要，不能偷，更不能抢。做人要有骨气，记住了吗？"陈崇德很认真地说。

"记住了，小哥。"陈晓瑶一边点头一边说。

兄妹牵手回到了船舱。陈崇德把手上的花布包交到了黄凤淑的手里，黄凤淑打开了，却发现里面多了个小包。

陈崇德反应过来："我想起来了，刚才我被人撞了一下，后面有人追，说被抢了钱包。应该是那个从我们身边跑过去的人塞进来的吧？"他越想越是这么回事，"走，小妹，我们去还给人家。"

"别急！香哥儿，你这样去，说不定要被人诬陷是你偷的。"黄凤淑说。

"那怎么办呢？"陈晓瑶有点着急。

"瑶瑶，别怕！香哥儿，你俩还像刚才那样，牵着手，提着花布包，假装到处走走看看，往船长室走。不要慌，也不要怕，娘悄悄在后面跟着，我会保护你们的。"她说完，还在陈崇德的耳边说了几句。

陈崇德兄妹刚走到船长室门口，"是他们偷了钱包！"里面突然传来一声叫喊。是那个正被一胖一瘦两个乘警扭着搜身的人喊的。他对面站着的那人像是刚才追他的人。

"他们？我明明记得是你。"追他的人说。

"怎么不会！钱包在那个小包袱里。"被扭着的人说。

"你怎么知道？"胖乘警严厉地问。

"我……我刚才经过他们身边时看到的。不信你们搜。"

"偷钱包？怎么可能！我们不会！这里边是我们的东西。"陈崇德把包紧抱在怀里，不让搜。

"小伙子，搜了就可以证明是不是你们了。"瘦乘警松开被逮着的那人。

"怎么证明？"陈崇德问。

"搜不到钱包就不是你们，搜到了就是。"瘦乘警走到陈崇德和陈晓瑶面前。

"小哥，我怕。"陈晓瑶扯着陈崇德的手往后退。

"别怕！"陈崇德说，"明人不做暗事！我们又没有做坏事，怕什么！"

"搜！"还扭着那人的胖乘警说。

"慢！这个证明恐怕也太简单了点吧？"这时黄凤淑出现了。

"怎么就简单了？"瘦乘警反问。

"如果是他偷的，肯定要藏起来，你也肯定搜不到。但如果能搜到，也难保不是别人栽的赃啊。"

"嗯……有道理！"刚才追小偷的人点头。

"先搜！搜了再说。"胖乘警说。

"包里除了有一件小外衣，没有其他东西。"瘦乘警对他的同伴说，并把花布包倒过来，亮给追小偷的人看。

"没包！怎么说？"陈崇德质问瘦乘警，同时也是问真正的偷盗者。

"没包？不可能！他们肯定是藏起来了。"偷包人吼了起来。

"那钱包是黑皮子的还是布的？"陈崇德马上接口道。

"一个黑皮子的。"

"不对，是布的。"

"怎么可能，明明是个黑皮子的，我放的我还不知道。"也许是看陈崇德还是个孩子，那个被扭住的人越来越大声。

陈崇德笑了："两位警官，听明白了吧。"

这时候，黄凤淑才不慌不忙地对两位乘警说："这个钱包确实在孩子手上提的包袱里。他们刚才在甲板上玩的时候被人撞了一下，回到船舱打开包袱才发现了这个。我们到这里是为还钱来的。如果是我的孩子偷的，我们会来还吗？"

两个乘警点点头,一起扭住那个真正的偷盗者走了。那丢了钱包的人来到三人面前,深深地鞠了一躬:"谢谢你们!"

他看着陈崇德说:"小兄弟,你刚才反应真快,我看你年龄不大,却挺沉得住气。你是学生呢,还是已经工作了?"

"我小哥是演员。"陈晓瑶自豪地说。

"小妹,怎么这么嘴快?忘了我给你讲过的话么?"陈崇德急忙摇手制止。

"警惕性还蛮高的嘛,刚好,我也是业余演员哦。"那人说。

"是吗?"陈崇德眼前一亮,牵着陈晓瑶的手松开了。

"我叫吴兴国。你们是去万县吧,不知道你们认不认识冷方?"吴兴国说。

"哦,您知道冷方?您是?"陈崇德略为迟疑,然后问道。

原来冷方知道吴兴国要去万县,就拜托他照顾第一次坐船的母子三人,说已经告诉内弟到时候找他,谁知一直不见有人来找,他只好主动出来看看,没想到却被贼给盯上了。

陈崇德终于知道了事情的原委,原来之前冷方曾在婚礼酒席上对他说,上船后去找一个叫吴兴国的人,但他当时没留意听。

"可找到你们了。冷方兄托我一路上照顾你们。我和他是同事,都在何老板何愿前手下做事呢。"

4

沿长江逆流而上,穿过狭窄陡峭的三峡后,进入四川境内长江边的第一个大城市——万县。

剧团以下乡时的小分队为单位,分批去四川万县。在正式演出前,第三批到达的陈崇德,顾不得休整,找时间回了趟家。

"香哥儿,怎么是这个时候回来,也没提前说一声?你不在剧团了?"当娘的捏了捏儿子的胳膊,"结实多了。"

"娘,我们剧团这次是来万县演出的,我也要登台呢。"陈崇德有些自豪。

"哟,我家香哥儿越来越有出息了,不错!到时候我和你小妹去捧场,你们演什么?"

"《凤凰城》。"

"那你演什么?"

"我演……咳,到时你们来看看不就知道了?"

"哟,还学会卖关子了?"黄凤淑打趣道。

"不是,娘,您看后要给我说,演得怎么样,特别是演得不好的地方,要给我指出来,我好改进。"因为是自己演的第一个角色,陈崇德很是下了一番功夫。

"娘不懂,哪能说什么哟。"其实黄凤淑是大户人家的千金,见识比一般家庭妇女还是要多些。这样说更多是稳重和谦虚。

"娘,演出后我想邀请几个剧团的好朋友来家里玩,行吗?平时就你和小妹在,太冷清了,我带他们来热闹一下。"陈崇德说。

"行啊,怎么不行?我正好借机感谢一下那些关心和帮助过你的人。"

《凤凰城》如期开演。听说是外地来的剧团,许多人都去瞧稀奇。正等着化装的陈崇德,听说娘和妹妹到了剧场,赶紧把她们带到预先安排好的位置,匆匆跑回后台去了。这次他和成计划要以AB角的方式，轮流上台饰演主角苗可秀的弟弟苗可英。

演出获得了极大的成功，万县各界人士评价说：宜昌抗战剧团的演出，创万县话剧新纪元！

晚上，陈朝辉、成计划、项长中、卓越、肖义娟几个人，有说有笑地跟着陈崇德来了他家。

"伯母好！"

"大娘好！"

……

屋子里顿时响起各种口音和各种招呼。

黄凤淑拉着陈朝辉的手说："陈队长，我特别感谢你，感谢大家对我家香哥儿，哦，对陈崇德的关心和照顾。"

"应该的，我们是同志么。"陈朝辉说。

一会儿工夫饭菜便上桌了，陈崇德站在餐桌旁招呼："大家过来坐，赶紧尝尝我娘的手艺，这是我老家香河的一种特色食品。"

成计划问："崇德，这叫什么名呢？"

陈朝辉也问："有什么来历吗？"

黄凤淑笑着说："这叫'羊眼儿包子'。相传清朝康熙皇帝，曾乔装打扮溜到前门外，去品尝一些小吃。他从碟子里夹起包子放到鼻前，清香异常，放进嘴里，味道鲜美。他又挟起一个，左找右找，就是不见'羊眼儿'，便问……"

心直口快的肖义娟马上说："大娘，康熙皇帝是不是问羊的眼睛在哪里？"

"对。掌柜的连忙解释，馅肉里没有羊眼儿，只是包子个头小，做得精细，有点像羊眼，于是起名'羊眼儿包子'。"

"然后呢？"项长中拈一个到碗里，夹成两半，然后左右看，他也在验证是不是有羊眼。

"康熙尝了两个,觉得非常好吃,便传旨说朕觉得这包子很好,可经常送些到宫中。从此,羊眼儿包子名声大噪。"黄凤淑详细地解释着,满眼慈爱地看着这群充满朝气的年轻人。

大家边吃边说到了演戏,都夸赞起陈崇德这次的表现。

黄凤淑说:"香哥儿,你演的是英雄的弟弟,但并没有恃强凌弱,而是沉着冷静地做好分内的事情。角色的戏不是很多,但是你的表情、动作、姿态都很好,把他的个性表现出来了,演得不错!说明这次功夫下得深。但是,可不能骄傲,还要继续努力!以后做事也要这样,要舍得下功夫。"

"娘,您说得很对。二哥也讲过,'戏如人生',演员要向角色学习。所以,我以后要克服急躁冲动的情绪。"

"嗯,陈队长有水平!你以后可要多听他的话。"

那段时间,剧团抽空抓紧排练了舞台剧《一年间》并贴出《演出公告书》,准备继续演出。不料,六月发生了"平江惨案",鄂西一带的中共地下组织部分遭到破坏,和抗战剧团有关的一些人被捕,一些进步剧目被禁演,一些骨干分子的行动受到监视,剧团的活动也受到百般刁难与压制,相关部门强令剧团,必须在规定的时间内,从万县返回宜昌。

陈崇德不得不回家与母亲道别。

"香哥儿,这次能不能留下来,不走了?"黄凤淑明知不行,还是要表达自己的愿望。儿行千里母担忧,哪个当娘的不心疼孩子呢?其实她的内心也是矛盾的,看到孩子表现得越来越成熟,她也认为让孩子多磨炼一下是好事。

"不行啊,娘,我还有好多事情要干,还有好多东西要学呢,你们不是都希望我好好学习么?"陈崇德说。

"那好吧。你可要好好照顾自己,别让娘担心,好吗?"

"嗯,娘您也要多保重。"

剧团回到宜昌后,陈崇德专门去理了发,他迈着轻快的步伐,不时有节奏地摆着手,边走边练习拉锯琴的动作。那是他在乡下一次演出时,一位姓胡的师傅教他的,胡师傅还赠了一把锯琴给他,这种乐器少为人知,但他非常喜欢。

突然,有人在身后拍他的肩膀:"崇德,是你吗?"

"是你,至恭?"陈崇德转身,很惊讶。

"钢脑壳,果然是你!"章至恭高兴地拥抱陈崇德,并喊起了当年的外号,"你长高了,要不是你那习惯性的动作,我差点都认不出来了。"

习惯动作,容易被人认出来?这是好事还是坏事呢?陈崇德脑子里突然冒出这个念头。唉,暂时不管了,以后再想。他用力回抱章至恭:"你不是去重庆了吗,怎么会在这里?你也长高了,始终比我高嘛。"

"钢脑壳?"这时旁边传来一个女声,"章至恭,你说的就是他么?"她反复打量陈崇德的脑袋,心下疑惑,这人的脑袋没啥不同嘛,"哎呀,你不是那个涂石灰的人么?"

"怎么,你们认识?"章至恭轮流打量着两人。

"我们……见过,但……"陈崇德又挠头。

"不认识?那我给你们介绍一下,"章至恭热情地说,"她叫何杏灵,是我同事。他是我儿时的伙伴陈崇德。"他又指指陈崇德。

"至恭,你参加的什么工作,怎么还有女同事?"陈崇德悄悄地问。他看了一眼何杏灵,不由心里嘀咕,挺好看的嘛!我上次怎么没觉得呢。哦,当时她看起来有些生气。人一生气,就不那么好看。看来人的心情会影响容颜啊!

"我在重庆参加了中华慈幼会,这次是临时被派到这边来协助工作的。你呢,崇德?"章至恭问。

"我在宜昌剧团。"陈崇德回答。

"宜昌剧团?难怪那天在那里!"何杏灵问。

"怎么回事?"章至恭问。

陈崇德讲了那天的情况。

"原来是个误会嘛。我们现在也是同事了哟。"何杏灵讲了通过她表哥项长中介绍、团里考试后加入剧团的情况。

"冷团长怎么考的你呢?"陈崇德问。

何杏灵很得意地说:"我跳了一段哥萨克舞。团长说团里的女同志没人会跳。"

"哦,我倒是会一点儿。"陈崇德挠了下头。

"那好啊,我们以后可以一起练习嘛。你好!"何杏灵大方地伸出手来。

陈崇德又挠了下头,不由自主地跟着说:"你好!"然后伸手,轻轻一握。一种异样的感觉袭来。他过去牵手最多的,除了母亲,就是两个姐姐,这是第一次接触她们以外的异性,感觉完全不一样。

陈崇德转头又问章至恭:"对了,至恭,你们来这里做什么?"

章至恭说:"我们来救助那些失散的儿童。对了,听说之后剧团也要派人。"

"我们也要参加?"陈崇德问。

"是。"

"哦，至恭，我回头再来找你。"陈崇德说完，转身跑了。

"这人干吗呢？总是风风火火的。"章至恭摇头。

"德哥，回头我去找表哥和你。"何杏灵在后面喊了一句。

第七章
弄巧成拙

1

吃过晚饭后,陈然决定主动出击,看看这个老曾到底什么来头,当然还有对方到底是不是冉一智、到底有没有叛变这些问题也要想法弄清楚。其实下午对方有两次想要和他搭讪,都被他不动声色地回绝了,现在也许正是时候。

他提着镣铐走了过去,老曾连忙站起来:"陈然,你想做什么?"

陈然笑了,玩心大起,打趣道:"你不是叛变了吗,我来处决你!"

老曾明显着急了,慌乱地摆手:"陈然,陈然,你信我,我真没有,我要叛变,还敢来见你吗?我真不敢。"

陈然走到他近前,坐下来:"我开玩笑的。嗯,我下午好好想过了,你说的在情在理,信息和我知道的也能对上,我为什么不相信你?"

他话语温和，目光澄澈，内里却透着坚定与冷峻之色："不过，你要敢骗我，我一定让你知道叛徒的下场。"说着握紧的右拳用力挥了挥。

老曾松了口气，在地铺上重新坐下来，拍拍胸口道："我肯定不会，你放心吧。"

陈然露出轻松的表情，道："我们不谈过去了，那些都没办法挽回了，我们只说现在怎么办吧。"

老曾马上赞同地道："当然当然，这其实也是我想和你商量的。"他蹑手蹑脚走到门口看了看，然后返回来，从床铺下掏出一个用薄油毡裹着的小包，递了过来。

陈然接过打开来，里面竟然是一份名单。他一行行仔细看去，密密麻麻写着至少二十来个人的名字和地址，最下面标记了日期，但已经模糊不清了。

"我是分管学运工作的，这个是我们在各个学校的联络人。但是后来我被捕了，没来得及通知他们撤离，唉，也不知道他们怎么样了。"老曾看着他，似乎有点尴尬又有点讨好地笑笑，然后叹了口气，"本来这名单呢，是要交给刘家定的，结果他叛变了，我也不知道该交给谁了。但是这名单又是那么重要，唉，我们这次损失惨重，真不知道以后的路在哪里。"

陈然不说话，拿着名单只是仔细地看。

老曾咳嗽一声，道："陈然，你看这份名单，我现在也不知道怎么办才好，我之前害怕敌人搜出来，就假装招供，告诉了他们几个假名字。但是现在时间越久，我越担心外面的情况，那些搞学运的人，特别是学生们经验可不足啊！我们需要找人出面去想办法，立即通知他们转移。"

陈然终于抬起头来:"你有什么办法,说吧!"

"找一个可靠的人,比如我们市委的领导,是值得信赖的人吧?通过他去领导和指挥,就能解决问题了。"

陈然想了想,问:"市委里面现在还有谁可以去?"

老曾叹了口气:"我,刘家定,还有许建设都先后出了事。现在也就剩李为国了。"

"按说你们市委肯定有一套秘密方式能联系上他吧?"陈然道。

老曾似乎没想到他会这么说,忙接口道:"嗯嗯,我们的特殊工作决定了我们是单线联系的,也有秘密的方式,但是,李为国听说我们被抓了肯定走得远远的,我现在是没法联系了。"他说着一边迅速从陈然手里抽走了名单。

陈然"哦"了一声,开始挪动坐得有点麻木的腿,在脚镣清脆的碰撞声中,慢慢道:"既然你说了是单线联系,那李为国去和那些搞学运的同志联系,他们凭什么相信新的联系人呢?你这个副书记还有刘书记都可以叛变,谁敢保证去联系的人不是叛徒呢?"

"我说了那是假的。"老曾一副委屈的表情,"而且,现在不是说我的时候,我们要想办法帮助同志才是。"

"好吧,那你说说你的下级在你没去的情况下,怎样才会相信新的联系人?"陈然埋下头开始查看自己的伤势,却不由想起了刘拥竹给自己讲过的一件事。

那是一个雨后的阴天,街上满是泥泞。刘拥竹正在书店门市部整理书籍,突然有人拍他的肩膀,回头一看,一个风度翩翩的绅士站在旁边,身着藏青色哔叽西服,打着紫色领带,头戴一顶咖啡色礼帽。

来人彬彬有礼地说:"你是刘拥竹先生吧?我们学校图书馆准备买一批图书。"

"好,请跟我来。"刘拥竹把来人带到二楼业务室,等他开书单。

来人坐下后,并不开书单,反倒伸出手来:"你好,拥竹同志!"

刘拥竹一惊:这是谁,怎么会知道我的名字?难道是组织派来的?但看他的年龄也不小了,不会这么冒失吧?该不是我暴露了吧?难道对方是故意诈我?

刘拥竹没有理睬伸过来的手,等着对方的进一步表现。

来人笑笑,并不在意,收回手,道:"你们办的《挺进报》,两期我都看到了,我认为不错。组织上也认为很好,特派我来与你接关系。"

刘拥竹心里一动:"难道真是组织的人?"

但是,现在环境复杂险恶,千万不能只凭嘴说!无凭无据可不能轻易相信人。于是他把手一伸:"请拿来!"

来人一愣。

"接关系,自然是需要一定的手续啊!我加入的组织多着呢!"刘拥竹说,然后他狡黠地一笑,"你是哪个堂口派来的?市党部的还是三青团的?"

来人笑了:"你这是不信任我,可以理解。这样,我先说几点你听听。首先,《挺进报》是你们《彷徨》杂志的几个青年人办起来的,《彷徨》杂志是在新华日报社领导下办的,《新华日报》撤走后,你们一直在找党组织。其次,《彷徨》杂志里,只有你是共产党员，你以前由南方局直接联系，南方局撤走后，关系交到新华日报社，受派加入《彷徨》杂志，要你去领导。现在你断了关系，在找党，《挺进报》的其他人也公推你出头找党接关系。再就是你，四川古蔺人，一九二二年生，父亲早逝，上过小学，三五年红军路过当地时，当过儿童团长，三八年入党，后调成都工作，皖南事变后调重庆。对不对？"

刘拥竹抿了抿嘴，没有说话，心里却活动开了，情况都能对得上，要不把关系接了？不，不，不！国民党的人也不是白吃饭的，万一在哪里查到了自己的情况，甚至有了解自己的人叛变，提供了详细的情报呢？

来人观察着他的表情，不由笑了："怎么样？我就是四哥，现代表中共重庆市委和你接组织关系。"

刘拥竹忽然想起《挺进报》取名的时候，吴止境很认真地说："四哥有个建议。可以取为'挺进'，这两个字有两层含义：首先，刘邓大军飞渡黄河，挺进大别山，恰似一把钢刀插入敌人的心脏，这个名字可用来纪念。其次，我们是革命者，应当挺起胸膛向前进，任何敌人、任何艰难险阻，都无法阻挡我们向前挺进的坚定步伐。"

"四哥是谁？"当时陈然问。

"重庆市委委员。"吴止境轻声说出了四哥的身份。

刘拥竹心里一阵激动，但是，他还是要见到凭据。

"不接！"刘拥竹干脆地回答。

来人道："拥竹同志，你是清楚的，南方局撤离后，留下的同志都疏散隐蔽了。为了找你，我们费了很大的劲，难道你还不相信我吗？"

刘拥竹已基本相信了对方,因为说的情况完全对得上。但为什么不答应接关系呢?因为对方没有说出他以前的上级联系人是谁,以及接头的约定。

过了几天,那人再次来了,这次说出了刘拥竹原上级联系人的社会身份,可能认为完全可以证明,所以没等他说话,直接就说:"这样行不?《挺进报》还由你们办,但归市委领导和发行,你们可以留一部分发给原来的读者。"

刘拥竹摇头:"这样吧,书店刚收到几份新的《挺进报》,也不知是谁送来的,你可以拿两份去看。不过,可要小心了,不能让不喜欢它的人看到了,这可是很危险的事。"

"我们那有。"对方摆手,然后耐心地问,"怎么?还是不相信我,还是不同意接关系?那要怎样才接呢?"

如果说刘拥竹过去是半信半疑,现在已是确信无疑。因为刘拥竹和上级的单线联系非常隐秘,关系没有转出去,其他人根本不可能知道。但是,以前上级联系人从刘拥竹手上拿走了一个信物,并约定如果换一个人来接头,必须出示,否则,谁来也不行,这是铁的纪律!

"以前有人对我说过,今后会有别的人联系我。当时他让我在名片上签了字,说以后要凭我的签字名片才接关系。"

"那个名片我可是没有,但我说的情况完全可以证明我们是一个组织的,我们是同志。你看,不要名片能否接关系呢?"来人问。

刘拥竹摇头:"没有名片就不接!"

那人一听,也不多说,转身又走了。

过了几天,那人来到门市部,笑容满面地说:"刘经理,那笔交易，今天大概可以'落盘'了。"

"好，请楼上坐。"刘拥竹把来人带到二楼业务室。来人没有坐下来，而是从口袋里摸出一张名片，径直递了过去。

刘拥竹接过来，仔细看了又看，然后收起名片，伸出双手握住来人的手："四哥好，请指示。"

2

"陈然，你到底怎么想的？现在都什么时候了，你还婆婆妈妈的？我既然说了让新的联系人去，自然有办法让他们相信。"老曾看陈然只顾埋头看自己的伤势，终于着急了，抖动着双手将铁链弄得叮当作响，"你看，我们现在困在这，不管什么办法，只要有一线生机，都要试一试对不对？能救一个是一个，对吧？你肯定不忍心我们的同志落得和你我一样的下场吧？"

陈然抬起头，直视着他："你说得对，我们不能放弃最后的机会。"

老曾的声音带着几分欣喜："你同意了？太好了！太好了！我知道李为国是你的上级，你们平时联系多，你想想，可以在哪儿找到他？"

陈然慢慢道："其实一般上级不来找我，我也不知道他在哪儿。"

老曾听到他这句话简直要崩溃了："哎呀，我知道我知道，就是组织纪律嘛！陈然同志，你别敷衍我了，我就不信你不知道他经常去的那几个地方。"

陈然看着他着急又要极力忍耐的样子，轻咳了一下，道：

"嗯，确实是有个地方，他说万一出了事，才能去。"

老曾睁大了眼睛，道："哪里？"

陈然道："我突然想起个问题，你的意思是只要知道这个联系地址，你就能想办法把消息传出去，是吗？"

老曾看着他，目光闪烁，片刻后凑到陈然的耳边，道："只要你的地址准确，看守所有个人可以帮忙把信息送到。哦，这可是机密，你可不能向外说！"

陈然心里一惊："那个人是谁？"

老曾看他目光灼灼地望过来，突然不再和他对视，将自己甩到床铺上，闷声道："这个……你让我想想。"

陈然面对他这突如其来的犹豫，没说什么，起身踱至窗前。

马上进入五月，气温本是凉爽宜人的，但空气中似乎透着一股闷热。陈然努力往窗外看去，惨白的灯光里，左右两座岗楼如巨大的怪兽，把阴影投射下来，黑暗似乎在歌乐山中漫无边际地延伸开去，而密林盘绕中的这一片建筑，仿佛与世隔绝了一样。难怪叫"人间魔窟"。

"陈然。"

听到老曾叫他，陈然走了过去，对方目光紧紧地盯着他，即使在昏暗中，也有点过于亮了。

"怎么了？"

似乎是下了最后的决心，老曾声音急促地道："我们可以找黄丛，通过他去找李为国。"

陈然沉默着没接话。

"你现在告诉我，去哪儿可以找到李为国？只要找到他，我们以后还有机会出去。"

陈然还是没说话。

老曾迅速从床铺上拿起那份名单，气急败坏对陈然道："你看看，你看看，这些人可都指望着他呢，现在李为国就是唯一的希望，你懂不懂？你现在还不说，是想害死他们吗？"

看他皱着眉头，两眼像要喷出火来，手因为用力似乎都在颤抖，陈然一点头："好，我告诉你，沙坪书店。"

"好，好！有地方联系就好。"老曾脸上一片喜色，又和气地对陈然说，"先休息吧，明天我找机会联系看守所的人。"

陈然是被一阵闷响惊醒的。外面传来隆隆的声音，应该是闷雷由远及近了，即使不出门也知道此刻歌乐山必然是林木飘摇、山雨欲来。

但是，不对！陈然猛然坐起，看向老曾睡的地方，人不在！

心几乎不受控制地狂跳了几下，他屏住呼吸，深深吸了一口气，让气体在胸腔里充分流转，才慢慢吐出来。

之前他躺在床铺上警惕地留意老曾的动静，对方一直没有什么异常，但因为受了重伤加上多日不曾休息，后来他竟迷迷糊糊起来，直到刚才那一声闷响。

手铐和脚镣相撞的声音在寂静的屋子里回荡，陈然躺下来，静静等待。

约莫半盏茶的工夫，外面传来几个人的脚步声，紧接着是钥匙转动声，铁门开启，有人走进来，躺下了。很快，门外的脚步声远去。窗外闷雷依旧，轰轰不绝，然后雨落了下来。

判断呼吸声，陈然知道老曾并没睡过去，他坐起来，平静地问道："你去哪了？"

"叮当叮当",是手铐相撞的声音,呼吸声突然急促。

陈然道:"我知道你没睡着。"

"我……肚子有点疼,让看守带我去看狱医了。"

陈然道:"是吗?我看你不是肚子有病,你是心病。"然后起身挪向对方。

老曾团在被褥中默不作声,突然他一把揭开被子,双手举在胸前,睁大眼睛,死死盯着陈然:"你,你别过来,你才有心病。"

陈然的床铺距他的只有半米宽,但是两人并不是朝一个方向睡的。陈然看着他,老曾的眼睛似乎睁得太用力,在暗夜里面部轮廓看上去颇为狰狞。

陈然突然笑了:"有心病的是你!为什么你在我一进门时,就和我熟悉得像老朋友一样,为什么要讨好我?因为,你有不可告人的目的!"

老曾的声音似乎正常了些:"我看你被刑讯伤得那么严重,你是我们坚强的同志,关心一下怎么了?"

陈然道:"好,那你为什么非要把名单给李为国,他又不是管学运的?"

老曾反问道:"委员就剩他一个人了,不给他给谁?"

陈然哼了一声,黑暗中他的声音似乎带着某种嘲讽:"我有没有和你说过我的上线是谁?"

老曾的回答有点犹豫:"没有吧?"

陈然道:"那你为什么不问呢?"

老曾的声音在雨声中有点模糊:"我……对了,我是市委的,我说过,我知道你的上线是他。"

陈然道:"那就是说,你本来就是为了他的地址来的?你拿出名单就是为了让我说出地址，是不是？"

老曾口齿又清晰起来，道："对啊，我这个名单就是要交给他的，你不能凭这个就认为我有问题吧？"

"你当然有问题！你第一次见我时，连我叫什么都不问，之后就急切地说出了自己的身份，而当我说有人曾给我送信时，你关心的只有送信人，却没想过要核实我被捕的详情。"

老曾的声音有些颤抖："我那时候着急，一时间忘了……"

"还有，"陈然打断了他的话，"你没有核实我是不是已经叛变，就轻易拿出了名单，但是当我问你怎么让你的下级接受新的联系人时，你用一句话就搪塞了过去，却一直只想要到李为国的地址。"

老曾急忙道："不不，你误会了，现在是紧急情况，那些都可以不用管的……"

"不用管？"陈然轻蔑地大声道，"如果你是一个真正的共产党员，就会牢记，不能轻易暴露，不能随意接头。你自己不把组织纪律当回事，便以为别人也是这样的，这就是你最大的问题。"

老曾似乎被他的气势所迫，只能指着他大声道："你胡说……你……你这是污蔑……"

"污蔑？你刚才就已经用行动证明了，因为你等不及明天，马上就去向你的主子告密了！"陈然一笑，"可惜，你怎么就这么相信我说的话？"

老曾忽地一下站起来："什么？你说的地址是假的？"

陈然平静地看着他："所以，你承认刚才是去告密了？"

"我承不承认有关系吗？我只问你，你说的地址是真的还是假的？"老曾忽然逼近陈然，声音里透着焦急。

陈然好整以暇地道:"如果我说那个地址是你们同伙的窝点,你会怎么样?"

老曾再也无法保持刚才的架子,气急败坏地道:"好你个陈然,你敢蒙我……本来我还想等核实了情况再说的……"他慌忙转身朝门口走去。

陈然哪容他有下一步动作,双手发力,飞快地扯住了他的一只脚。老曾猝不及防,当即摔倒在地上。陈然一把扑了上去,说时迟那时快,"哗啦"一声铁链响,陈然的双手已经朝老曾的喉咙锁去。

老曾吓得魂飞魄散,本能地想扯开嗓子大叫,陈然的手已经按在了他的脖子上。他奋力挣扎,双手全力要掰开陈然的手,身体也在努力翻滚。陈然忍着全身的疼痛,死死压住他,双手越攥越紧。

突然,老曾一脚踹在了陈然的膝盖上,陈然疼得全身一阵痉挛,手上稍微一松,老曾已经大叫出声:"杀人啦!杀人啦!"

3

一道电光迅疾闪过,紧接着雷声轰隆。

陈然心中发急,眼中怒火冲天,猛然将铁链朝着老曾的脑袋抡去。老曾脑袋一偏,还是挨了一下,但他立刻双手抱住脑袋,嘴里仍然大喊着:"杀人啦!杀人啦!"

陈然本来伤势就很重,身体虚弱,老曾终于奋力挣脱了他,跌跌撞撞跑向窗前,恐惧的声音随即响彻整个内院。

又一道电光闪过,隆隆的雷声里,外面似乎传来了脚步声,隐约还有看守喊叫的声音。陈然猛地站起来，用尽全身力气照着老曾后脑打去，老曾应声而倒。就在这时，铁门打开，手电晃动，三四个人闯了进来。

"干什么，干什么，大晚上的，谁杀人啰？"

"龟儿子哩，这还倒了一个！"

有人拿手电照向陈然，他正坐在那里喘气，眼睛被电光刺痛瞬间闭上了。

"快点，快点，不管还有气没气，先把人抬去狱医那儿！"一个看守指挥另外两人把老曾抬走，然后冲陈然走来："下这么大雨，你要造反呐？"

陈然不说话。

那人见他没回嘴，气稍顺些："大晚上的，净是扫兴的事！刚才就折腾了一圈要出去，现在又折腾！等老子处理了那边，再好好和你说道说道。"说完骂骂咧咧地走了。

陈然身子一软，躺倒在床铺上。这一番搏斗下来，他明明已经疲累到极点，身体脱力，伤口疼痛，心里却又是气愤又是痛快，一时间哪里睡得着？

他想起今天的几次试探与后来的搏斗，心里有点后怕，也有点庆幸。本来他也不是很确定老曾的身份，虽然有怀疑，但也怕真的伤了自己的同志，所以首先采取了保守的办法，以言语试探，以结果刺激，后来对方果然一步步露出了马脚，直到最后他终于确定无疑，才出手袭击。现在回头看，他都有点后悔自己太过谨慎，还好总算打倒了对方，不管人能不能醒过来，至少当时是不能再出去说什么了。至于他说的那个地点，是有一次听李为国说的，正好这次被他拿来哄哄人也是好的，如果能引起点纠纷就更好了。

看得出，老曾言语之间对党的原则和机密应该还是知道一些的，不知道敌人从哪儿弄来这么一个擅长伪装的。之前他们支部针对特务伪装、自己被捕牺牲做过一些准备。大家一致认为，牺牲只是对党忠诚最后的表现，我们的目的是要革命，不是牺牲！万一特务来捕人，能逃脱就该尽量想办法跑掉，人少就拼他几个；实在跑不掉，入狱后还要进行斗争；有机会越狱，也一定要想办法越狱。他刚开始也幻想过，万一这人真是冉一智、万一他真的还可以合作，自己也不会轻言牺牲；现在看来，事实总是更加残酷一些，也让人更能看清未来的路。

当然，破坏了特务的计划，对方肯定不会善罢甘休，有什么手段，他等着就是。

一夜好眠。

陈然醒来的时候，天已大亮。他慢慢踱到窗边，空气中满是清新的味道，周围绿树环抱，眼前却还是那面灰色的墙壁。

陈然看着墙壁上那两行字："青春一去不复还，细细想想。"

怎么有点书生的酸味呢？

陈然心情大好，青春是美好的，这不用想；倒是如何让青春更有价值、更为美丽，是值得好好想一想。

果然，还不到吃早饭的时间，黄丛就带着两个人急匆匆地来了，推推搡搡押着陈然向刑讯室走去。

镣铐叮当，陈然走得不慌不忙，黄丛倒是急了，边走边唠叨："你说你这闹的是哪一出啊？大清早的，徐处就带人来了，立马要提审你。我看他脸色不善，你呀，就自求多福吧！"

陈然有心探探黄丛的口风，他还记得老曾之前的话，当然，特务是不太可能说真话的，但是黄丛说的假叛变一事一直盘旋在心头，他还是想找机会弄清楚。不过，今天确实不是好时机，如果能过了眼前这一关，回头再问吧。

他们走进内院，还没进审讯室，隔着窗户就已经听见了徐元甫的咆哮："你们一个个干什么吃的，啊？不知道他是要犯吗，晚上为什么不时刻守着，啊？现在不光坏了事，前功尽弃，还给我惹出这么大摊子麻烦，一个假消息弄得鸡飞狗跳，我都不知道怎么和吕站长交代！"

也难怪徐元甫震怒。

这次行动是秘密进行的。之前徐元甫找来石昌明商量，最后决定故伎重施，派有经验的曾钢像上次一样伪装成地下党，接近陈然寻找机会。

对于陈然，他们从刘国定和冉一智那里知道，李为国是陈然的上级，于是想到了冒充市委的人去骗取信任；为了让戏更真实，他们还不惜将一份真名单作为诱饵，以为这一切足够天衣无缝了。

曾钢更是小心谨慎，不仅注意自己的一言一行，而且做了足可以假乱真的伤口。他见到陈然，先打感情牌，装出非常关心陈然的样子，让对方从心理上产生亲近感，然后才说出自己的真实身份，还做出一副委屈的表情，诉说了自己的不得已。通过之前的审讯，他知道陈然是个"硬骨头"，所以就处处示弱博取同情，好让陈然从一开始就不对他产生对立情绪。下午的时候，他还非常"体贴"地给陈然想明白的时间，没去刻意逼他。

等到了晚上陈然主动来找他时，他一面窃喜自己的"欲擒故纵"之计奏效，一面打起十二分的精神与陈然周旋。果然，这陈然没有轻易上当，看到名单也还是半信半疑。后来问他关于组织内部新联系人的问题，还好他之前做了功课，更是早在陈铂金那里提前领教过，所以不动声色地搪塞了过去。终于，在他又是以名单上的人命相求，又是以出去以后的前景诱惑之下，陈然才动了心。只是，他没想到陈然在那个时候还暗示他要说出看守所的联系人是谁。他考虑再三，觉得这正好说明陈然入了圈套，于是痛快地说出了黄丛的名字。也正是这一点，让他去汇报时理由十足，自信满满。

当晚他趁着陈然蒙眬睡去时，叫住巡逻的看守，顺利地到了审讯室。当时值班的人说马上给他接石组长的电话，但后来不知怎么的，说是石组长没回复，反而是一个姓雷的组长来了，说让他先说说是什么情况，之后就会汇报给石组长。他人在屋檐下，只好先向对方详细地汇报了与陈然相处的整个过程，为了打消对方的疑虑，还带着点得意地分析了陈然的心理变化，以及他最有把握的一点：他以黄丛的名字解除了陈然的最后一分怀疑，所以，他得来的这个情报绝对没问题。

美中不足的是，曾钢本以为办好了事，就不再回牢房了，其实想想陈然这人还是蛮危险的，但是，雷组长说，做戏做全套，万一真有什么问题，还能有后续，一定不会亏待了他这个功臣，他这才收拾心情又回去了。

他哪里知道，这雷组长回头就报给了自己的上级，然后性急地带着人马先杀去了书店。等到徐元甫得到层层上报的消息，打电话过去询问时，书店那边已经被搅了个人仰马翻。虽然事情最后没闹到不可收拾的地步，但也让徐元甫这个处长十足地丢了脸面。

4

陈然迈步进屋,脚镣清脆的撞击声让徐元甫的咆哮猛然一停,坐在审讯桌前的身体随之挺拔起来,好像绝不能在陈然面前输了气势一样。

他盯着陈然,瘦长脸上的鹰钩鼻猛吸了一下,两只鹞子眼睁大,杀气喷涌。熟悉他的人都知道,处座真的怒了。

"来人,上老虎凳!"

李余池和张全贵对看了一眼,立刻过来扯住陈然,将他的手腕铐在柱子上,上身紧紧地与靠背绑在一起,双腿捆在凳上。

黄丛似乎还有点愣神,这哪有一上来就用老虎凳的啊?李余池在旁边踢了他一脚,他才赶紧过来帮忙。

陈然没有挣扎,目光却望向徐元甫。

他的平静让徐元甫的愤怒更上一层,两步走近陈然,盯着他道:"你倒是能耐,在我这里耍心眼,今天我就看看你怎么英雄变狗熊,向我跪地求饶!"

陈然道:"徐处长,我是不是英雄不用你来评判,你这刑具最多也就是禁锢了我的身体,但我本人,估计要让你失望了。"

徐元甫道:"废话少说,李余池,动手!我看他一会儿还有没有这口才。"

李余池忙拿了旁边的砖块在手,他揣摩着徐元甫的意思,直接加了两块。

陈然顿时觉得全身都要被撕裂了一样,疼痛从膝盖、大腿一直传到全身,之前的伤口也似乎崩裂开来。他咬紧牙关,汗水从额上滚滚涌出,呼吸也急促起来,他想深吸口气,却发现连呼吸都令他疼痛。

徐元甫满意地看着他:"看看,你也不过如此,是不是?这还早着呢。"

陈然不理他,咬牙闭眼强忍疼痛。

徐元甫挑衅似的道:"你们共产党也是人生肉长的,我劝你还是早点识时务,乖乖告诉我李为国真正的联系地址,还有给你递消息的人,还有那个叫江一伟的去了哪儿。"

陈然心里一阵欣喜,果然他们还没有被捕,真是个好消息!他睁开眼,望着徐元甫:"在我这里你就别想了,我什么也不知道。"

徐元甫道:"果真是不见棺材不掉泪!"他看了一眼李余池,李余池忙又加了一块砖。

陈然的腿被结结实实绑在凳子上,脚抬到一个弧度,就像在反折膝盖一样,疼痛让他瞬间连呼吸似乎都停了,身上的老伤又被撕裂,胸口的囚衣慢慢洇出一片血迹。

老虎凳最厉害的地方其实不是最初带给人的疼痛,而是剥夺了人挣扎的权利,随着时间越长,疼痛只会越来越剧烈,永无休止。意志力不坚定的人一开始就会动摇,而意志力坚定的人就只能生生忍受。

当然,为了消磨人的意志,逼出口供,这种刑罚并不想让人晕过去或者折断腿,所以一般三块砖是数量上限。

徐元甫的怒气终于开始消散了,看着陈然苦苦支撑,时而闭上双眼,时而睁开,目光从隐忍到茫然到呆滞,知道他已经接近极限,走近了道:"说吧,你平常都和谁在一起?消息是谁给你的?告诉我,告诉我就放了你……"

陈然全身心都在和疼痛作斗争,他想凭强大的意志力克服,想把自己当成一块没有知觉的木头,但疼痛就像从骨头缝里钻出来似的,无孔不入地铺了满身,让他无处可躲。徐元甫的声音在他耳边不停回响,带着某种蛊惑的味道。

徐元甫换了种语气道:"其实你也不用这么早拒绝,你们共产党我也见过不少,这一个月来,大大小小没一百也有八九十了,哪个不是刚开始言之凿凿,后面一样弃暗投明?因为他们想明白了,为了那些虚无缥缈的东西,遭这么大罪不值得,什么革命理想,什么坚定信仰,都是编出来的!"

他看陈然不说话,接着道:"怎么,不说话了?你心里已经在盘算了,是不是?我看你这人沉稳机敏,勇气可嘉,这样的人才到哪里不能混口饭吃!如果你弃暗投明,我可以把你编入我的队伍,让你为党国效力。"

陈然的目光凝住了,嘴角似乎含了讥诮的笑容。他咬紧牙关,声音颤抖却坚定地道:"你觉得进你们队伍就是为混口饭吃?也是,你们这种人也就配这么想了。你们当然不知道什么叫理想、什么叫信仰!看看这墙上的标语,中山先生说'天下为公',现在的你们也配!"他目光盯着墙上贴的蒋介石的照片,好像这样就能分散疼痛一样。

徐元甫也回头看墙上的大幅照片,照片旁边是一副对联,横批"天下为公",左右写着中山先生提出的新八德"忠孝仁爱 信义和平",墨色淋漓。

明知道自己不该和一个阶下囚较真,但他看着陈然凛然的目光就是觉得刺眼,如鲠在喉:"陈然,你一介书生,党国的事你又知道多少?总裁殚精竭虑,一心为国不计前嫌,你们共产党却为了一己私利,挑起内战,不忠不孝,不仁不义,还妄图与其他党派勾结,推翻党国!你们真是国家的罪人!"

"谁是国家的罪人,你说了不算,要老百姓来说!中山先生的天下为公已经清清楚楚地突出了国家和人民,而不是你们的党派利益和家族私欲。你们的总裁不顾民心走向,撕毁协议,你们的党派明争暗斗,内耗不止,你们的大小官员中饱私囊,盘剥无度,老百姓面对物价飞涨、盗匪重税,早就苦不堪言,你们的民心早就散了!"陈然越说越顺畅,多年的思考似乎就是为了这一刻,仿佛他不是在残酷的刑架上,而是在广场上演讲,一如当年在宜昌剧团去农村演出一样,"你心里清楚得很,事情是做出来的,不是说出来的!忠孝仁爱信义和平,你们都没有了,还想要人民以及各个党派跟你们一起维护这个烂摊子,他们迟早是要和共产党站在一起的!……"

"啪!"一个重重的耳光打在陈然脸上,徐元甫恶狠狠地盯着他,咆哮道,"李余池,给我加砖!"

徐元甫恼羞成怒并不是毫无缘由的。他知道,总裁刚刚当选总统。这可是首次全国性的总统选举,但是据他得到的情报,各个民主党派和一些无党派人士,早就和共产党"眉来眼去",甚至有人提出愿意在共产党的领导下,为建立新中国奋斗。陈然这话简直是火上浇油,怎么能不让他几乎失去理智?

"啊!"四块砖已经超过了人体所能承受的极限,陈然终于惨叫出声,他的膝盖再也承受不了任何力量,全身叫嚣的疼痛击中了他,只能本能地发出一声哀号。

徐元甫看着他这再也不能跟自己争辩的样子,终于理智回笼,"哼"了一声,道:"你们接着审,只要人不死就给我继续!"然后转身走了。

李余池看了一眼张全贵,快步追了出去,处座可是被陈然气得不轻,他得去看看才行。

张全贵看一眼黄丛,黄丛道:"这都四块砖了,不会出什么事吧?"

张全贵又看了他一眼,黄丛忙走近陈然,贴着陈然的耳朵轻声道:"江一伟没回来,他去哪了?"

陈然迷迷糊糊地道:"不知道。"

黄丛又问:"你的领导是谁?你们约在哪儿见面?"

陈然不回答,黄丛又重复了一遍,陈然本能地断断续续开口:"我们没见面。"

黄丛看他这么难受,叹了口气,道:"你说你这是何苦呢,处座你都敢骗!唉,你说你这是为了什么?"

陈然似乎含含糊糊说了什么,黄丛没听清,于是凑近了:"你说什么?"

这次他听清了,是两个字:信仰。

从加入党组织开始,信仰从未改变。

第八章
规矩在前

1

"你看看这个。"冷远递给陈朝辉一张纸。

"什么？才刚刚强迫我们从万县回来，人困马乏的！而且我们才从农村回来不久，又要去农村？哪有那么好的精力哟。"

日寇入侵湖北襄河一带，沦陷区大批难民纷纷逃亡到国民党统治区的大后方，战区里的许多少年儿童和家人走散，颠沛流离，孤苦伶仃。社会各界不忍目睹这一惨状，纷纷慷慨出手，帮助救济安置难童，由中华慈幼会负责在四川大后方建立收容机构。慈幼会在宜昌设转运站，并组织工作组到襄河前线，进行这项紧急的抢救任务。

冷远说："朝辉，这个性质是不同的，与县党部无关。是中华慈幼会驻宜昌办事处在抓这件事。他们力量单薄，经费有限，才向我们求援。'老吾老以及人之老，幼吾幼以及人之幼'，救助难童可是一件积德行善的好事，我们应当支持。"

"既然是这样,反正现在县党部也在限制我们的演出活动。任务减少了,人也抽得出来。"陈朝辉说。

冷远点头:"好,我们商量一下,从剧团抽派五个人。"

陈崇德一口气跑到剧团,推开冷远的门:"报告团长,我要参加。"

"你要参加什么?"冷远没回过神来,疑惑地看了一眼正与他研究事情的陈朝辉。

"救助难童!"陈崇德喘息未定。

"你怎么知道的?"陈朝辉问,同时很惊奇地看了一眼冷远,后者也是一样的眼神。毕竟这事演剧队目前只有他俩才知道。

"别管我怎么知道的,我要求参加。"陈崇德说。

"嘿嘿,还真看不出小和尚神通广大呢!好,我们商量商量再告诉你,好吗?"冷远说。

"这有什么好商量的?演剧队需要派人支援嘛。"陈崇德挠了两下头,似乎答案就在头上摆着,他认为这事再明显不过了,哪里还需要研究呢?

"演剧队也还有事情,怕你忙不过来,更担心你身体吃不消。"冷远说。

"没事儿没事儿,我年轻,身体好,一定要安排我!"陈崇德边说边用力拍胸脯。

两人看他这憨憨的样子,笑着让他先回去听安排。等人走后,冷远说:"让他去吧,对他来说是件好事,可以进一步经受锻炼和考验也好。"

陈朝辉笑着说:"赞同。他还给我讲过想去延安,我看崇德志向远大着呢。"

"愿望挺好，找机会我们尽量给他争取一下吧！"冷远说，"另外，我觉得五个人中应该安排一个女同志，尽管救助工作很辛苦，而且还比较危险。"

"有道理！难童里男女孩子都有，有女同志在，管理起来方便些，也可以避免一些麻烦和嫌疑。"陈朝辉点头。

剧团最后决定抽派陈崇德、肖义娟、成计划等组成"五人工作组"，由年龄较大的梁容任组长，平时比较高调的"郭抒情"也在里面。

冷远和大家强调："第一，'五人工作组'一定要团结，统一行动，听从指挥；第二，要紧紧依靠当地老乡的帮助；第三，特别要和战区的作战部队取得密切联系。注意行动上的安全，万一前线发生什么变化，一定要紧随部队行动，千万不要走散。"

"五人工作组"穿着统一的服装，立即前往湖北沙洋，到了战区，听说有一支川军部队正驻扎此地，就决定上门请求支持。去之前，陈崇德提议："为了搞好与军队的关系，我们可以主动提出为部队演出。因为这是我们剧团的本职。"

"郭抒情"有些不情愿："就我们几个人，成吗？"

组长梁容问："计划，你是负责节目的，有问题吗？"

"根据我们几个平时演出的情况，应该没问题！"

梁容说："小和尚，你当主持人好吗？"

"好。"陈崇德回答。

"小和尚和计划把节目顺序排好，到时依次进行。不过，是否演出，要等征求了部队的意见再定。"

梁容带着陈崇德来到部队驻地，部队领导单团长很热情地接待了他们，听说他们要为部队表演节目，非常高兴地同意了。演出在阵地前举行。开始是男声小合唱,接着是肖义娟的独舞,接下来是"郭抒情"的诗朗诵,以及肖义娟的独唱。

陈崇德最后一个上场,他发挥自己的优势,为官兵们表演了男声独唱《大刀进行曲》。陈崇德最后一个音,干净利落:"杀!"在场的士兵们,群情激愤地连续高喊:"杀!杀!杀!"现场气氛达到了高潮……

慰问演出后,肖义娟提出想到前沿阵地去看看,单团长立即满口答应:"要得,要得!"

"郭抒情"走在梁容后边,扯了扯他的衣服:"组长,危险哟,要去吗?"

"有部队的兄弟们在,人家女士都不怕,你怕什么?"梁容说。

"就是嘛,你平时的豪言壮语哪去了?要是怕,就跟在我后边吧。我保护你。"肖义娟说。

"郭抒情"不说话了。

陈崇德见部队的人很高兴,趁机说:"单团长,我们可以摸一下枪不?"

单团长竖起大拇指:"你这个小兄弟不错,没问题!丁副官!"

"到!"

"你代我陪这几位弟弟妹妹去前面战壕看看,一定要保证他们的安全。另外,他们要做什么,只要不出格,都搁得平!"

"五人工作组"顶着日机的轰炸,到各村一一访问了解情况,日行山路,夜宿破庙,一路上为难童洗澡、理发、洗衣、晾晒和更换衣服,给难童打扇驱赶蚊虫,讲故事。陈崇德有空时还教孩子们唱歌。从八月开始，两个多月里"五人工作组"在宜昌和沙洋之间往返多次，行程三百多里，将一百多名难童安全送到宜昌中华慈幼协会保育院。

一天成计划没起床，原来他凌晨发起了高烧，当地医疗条件不好，梁容决定必须将他送回宜昌治疗，于是安排"郭抒情"护送。但"郭抒情"坚持要留在第一线，拒绝了。作为组长，梁容不能离开，只好安排年龄最小的陈崇德去。陈崇德毫不犹豫地答应了。

正值天气酷热的夏季，成计划浑身无力，行走困难，多数时候是陈崇德架着他，有时是背着他走。成计划个子没有陈崇德高，但体重和他差不多，山路崎岖，两人走得十分艰难。

看到陈崇德步履蹒跚，气喘吁吁，成计划很不忍心，能自己行走时他咬牙也要坚持。"老德，放下我，别把你给累坏了。"演剧队的人，自视成熟老练，尽管年龄不大，却喜欢用"老"字，因此，习惯喊陈崇德为"老德"。

"划哥，坚持住，莫放弃！只要你有信心，我们一起努力，很快就会赶到医院，病也很快就会治好的。"陈崇德觉得何杏灵的喊法显得亲切，所以他也这样喊成计划。

每逢日机轰炸，陈崇德就把成计划背到安全的地方躲藏，来不及时，干脆就用自己的身体遮挡，就地掩护，令成计划非常感动。

陈崇德善于打气和鼓励，和成计划一起哼唱剧团的团歌：

黑暗的时代快尽，
光明的世界将临。

同志们,莫放松,
站在我们的戏剧岗位上,
作英勇的冲锋。
……

2

"德哥,在吗?"何杏灵来到剧团男队员宿舍外喊道。

"哪个叫德哥哦?"项长中听出是表妹的声音,走出来问。

"陈崇德。"

项长中瘪嘴:"我比他大,才不会喊哥,喊老德就可以啦。他在搞他那个锯琴,听不到,我喊他出来。"

"好的,谢谢表哥!"

自从陈崇德回到宜昌后,何杏灵常来找他练习哥萨克舞,彼此熟悉后,配合越来越默契。只见陈崇德快速移动着步子,一会儿向左,一会儿向右;时而行军步伐,时而腾挪跳跃。他先抬起双手,在额头前拍响,然后向下散开在身体两侧,一上一下,反复进行;有时又展开双手如鸟翼,用飞翔的形式来体现急行军的动作。不管哪一种动作,都潇洒、匀称而有力。

两人正练得起劲,成计划来了,说有个叫何功伟的人来剧团,通知陈崇德去开会。"何功伟?好像听我大姐说过这个人。"陈崇德觉得这名字耳熟。

剧团小会议室,陈朝辉和一个陌生人坐在上首,他看上去不到三十岁,戴着一副琥珀色圆框近视眼镜,显得聪慧而自信。

"嗯?这人我认识嘛。"陈崇德在心里说。他到最后一个空位坐了下来，旁边是项长中。

陈朝辉主持会议："同志们，我们开一个支委扩大会。参加的除了支委会成员、党小组组长，还有个别骨干。"

坐在末位的陈崇德左右打量了一下，在心里说："组织这样信任我，把我作为骨干培养，可一定得好好干。"他不知道的是，让他参加这个会议，恰恰是坐在上首那个人提出来的。

陈朝辉介绍道："这位是吴兴国同志。他受湘鄂西区党委宣传部长何功伟同志的委托，今天专门来传达上级组织新的精神，并给我们讲党课。我希望大家要认真听，用心记，下来还要好好消化。我还要特别提醒大家，一定要注意保密，今天的内容不能记笔记、不能外传。好，下面欢迎兴国同志讲话。"

原来，演剧队由过去受宜昌县委领导，改为受湘鄂西区党委直接领导，并由何功伟联系。

"同志们，功伟同志临时有重要的任务要完成，特地委托我转告大家，每个党员一定要树立坚定的革命信念，经得起恶劣环境的考验，谨防反动特务的袭击和破坏，不能麻痹大意。"

吴兴国扫视了全场的人："另外，他指示演剧队支部，应该加强内部的政治思想教育，特别是要及时掌握党员的言行和思想动态，要相互监督，及时提醒。情况有异常要及时采取有效的应对措施，以保持队伍的纯洁性。还要注意加强党员的气节教育，坚定信仰，经受考验。"

陈崇德和成计划都赞同地点点头。

吴兴国停顿了一下后说："现在，就我对气节的理解给大家说一说。气节，是中国知识分子的传统精神。什么是气节？就是'富贵不能淫，贫贱不能移，威武不能屈'这种磅礴天地的精神,就是'临财毋苟得,临难毋苟免;见利不亏其义,见死不更其守'这种择善固执的精神。有了这种气节,才能在平时安贫乐道;在富贵荣华的诱惑之下,不动心志;在狂风暴雨袭击下能坚定信念,而不惊慌失措;才能'临难毋苟免,以身殉真理'。这就是值得崇尚的、一种真正的伟大的气节。"

"临难毋苟免,以身殉真理,说得多好啊!"陈崇德侧身对项长中耳语,同时不由自主地鼓起了掌。整个房间里响起了热烈的掌声。

陈崇德大声道:"见利不亏其义,见死不更其守,我们一定要努力做到。"

3

西风渐起,远山肃立,薄雾朦胧,天空时不时飘下细雨。

九月十八日,爱憎分明的老天,也好似在为八年前中国开始遭受并还在承受的巨大灾难和苦痛而落泪。中午过后雨逐渐停止,到了傍晚,之前被雨打湿的地面已经半干。

宜昌抗战剧团的大门从里面推开一条缝,陈崇德左手提着一个包,右手拿着一把锯琴,向外面走去。这天对他来讲,也是一个特殊的日子。

他沿着上山的一条小路,来到一个小山坡背风处的一棵树下,在一块石头上放下锯琴,在另一块石头上放下包,又从包里掏出一个日记本,那封面的右下角,平行写着"陈晓琪"三个字。

他拿起日记本,用手轻轻抚摸着。这个大姐的日记本还是二姐带回来的。

一九三八年秋，一个意外的消息从武汉传来，陈崇德的大姐陈晓琪因感染伤寒而病危！他的二姐陈晓薇遵从爹娘的安排，于九月十七日一早坐宜昌到武汉的船，赶往医院。

陈晓琪在巡回演出中带病坚持工作，病重后被送到武汉医治时，正是日机疯狂空袭、人们仓皇逃离的时候，到处人心惶惶，找不到医院收治，也买不到最基本的治疗药物，后来几经周折终于住进一家小诊所，却没得到像样的治疗，终于一病不起。

那天他满以为能在海关码头见到从武汉回来的大姐和二姐，却只看见二姐一脸倦容，手里抱着大姐走时拿的黑色陶瓷小花钵。在他迫不及待的追问下，二姐含泪说出了大姐病逝的噩耗，也把这个日记本给了他。她说，这是大姐留给你的，她让我转告你和崇心，要"去延安"。

陈崇德朝着武汉方向，把两块石头叠放在一起，拿起日记本放到石头上。

"大姐，去年的今天你离开了我们，但事前爹没让我们知道。当时二姐给爹拍了电报，爹让她找人把你葬在那里，说等日子太平了再去看你。"

陈崇德擦亮洋火，点燃香烛，面对日记本，好像是对着自己的大姐三鞠躬。然后他开始一张张地烧纸。

"大姐，我无时无刻不在想念你，可是我不能到武汉去，我只好在这里为你烧纸，陪你说说话。

"大姐，我们随时都在想念你，你想念我们吗？我们又搬家了，不过分成了三处，我还在这里，爹和哥去了巴东，娘和小妹远在四川万县。我真担心他们呀！都是万恶的日本鬼子害的，你也是被那些不抵抗分子给害的。有机会我一定要给你报仇！"

说着他挥拳猛地向下一砸，烛火摇晃，纸灰翻飞，有小纸灰飞到了头上，也浑然不觉。

陈崇德一直在说，慢慢地说，他要把很久以来憋在心里的许多话，都一一说出来。

"大姐呀，你不在了，谁来教我学文化，谁来教我唱歌跳舞？谁来给我讲一些革命道理呢？"陈崇德的眼泪流了下来。

"还有，你答应了要给我寄好看的《演出公告书》、有价值有意义的好书，今后谁来给我寄呢？"

陈崇德抹了一下眼睛："章叔叔送的唱片，你说了要全部教会我的，今后谁来教呢？那些歌曲太好听了！以后我还要学学怎么作词、作曲。大姐，你放心吧，你说苏联军人很威武，要我照着连环画上他们的穿着和姿势学，我一定会的。"

"大姐，你是为抗战而牺牲的，我要记住你对二姐的交代，有机会一定要'去延安'，一定要争取上战场，亲自杀日本鬼子，为你报仇。你看，我像那些上战场的战士一样，剃了光头，随时都可以上战场的！"陈崇德摸了摸自己的头，好像陈晓琪就在面前，让她看看。

"可是，大姐，我好希望你根本没离开我们啊！我真后悔，当时还是不该帮你离家出走的！可惜后悔太迟了。"他眼里噙满泪水，头上的小纸灰，被微风吹得飞到了日记本上，又被吹到了地上。

过了一会儿，他调整了情绪："大姐，我也有好消息要告诉你。我听你的话，加入了剧团，虽然没再去学校读书，但在剧团我也在学习文化课，还学到了一些其他知识。二姐也参加了剧团，不过她已经退出了。我开始很不理解，后来她说是你让她早点结婚的。我也知道每个人都有自己的想法和责任，所以我不会再不理解她。她现在很好，你别担心。"

"大姐，我在剧团除了练习你教的歌，还在练习哥萨克舞蹈。我们剧团来了一个会跳的女同志，我们一起练习，剧团领导说了，等我们练好后可以登台演出。"

陈崇德又拿起身边的锯琴，对着日记本扬了扬："我还拜胡师傅学了锯琴。他说和我有缘，送了我这把琴，它很有意思，我可以拉给你听听。可是，我还拉得不好，你可不许笑话我哟。"

这时，不远处有个人轻轻来到他身旁。

"谁？"陈崇德赶紧胡乱抹掉眼泪，欲站起来。

"何杏灵。"对方回答。

"你怎么知道我在这里？"陈崇德感到奇怪。

"回头再告诉你。"何杏灵双手合十，对着香烛深深三鞠躬，然后蹲下身来拿起纸钱，"你刚才说的我都听到了，让我也为大姐烧点纸吧。多好的姐姐呀！可惜我没有！"

"谢谢！"陈崇德说。他看着何杏灵把纸钱一张张地放入火堆中，那纸片轻扬，好似灰白的小蝴蝶，在空中飞舞，幻化成大姐美丽、亲切、温暖的笑脸。

陈崇德起身拿起锯琴，调整好姿势，演奏起来，虽不太流畅，但能听出是《渔光曲》。这是陈晓琪生前最喜欢的，陈崇德一个人心情苦闷时，常常哼起。

何杏灵在刚才放锯琴的那块石头上坐了下来，跟着锯琴的旋律轻轻地哼，她的一举一动，是那么温婉、娴静。

潮水升，浪花涌，

鱼船儿飘飘各西东。
轻撒网,紧拉绳,
烟雾里辛苦等鱼踪。

陈崇德看了看何杏灵,接着拉下去。

鱼儿难捕船租重,
捕鱼人儿世世穷。
爷爷留下的破鱼网,
小心再靠它过一冬。
……

琴声伴着歌声,歌声和着琴声,空灵、纯净、忧郁、坚韧,飘向山的深处。微风吹来,烛火摇曳,好似两个交谈的人在眨眼和点头。

"香哥儿,走吧。"何杏灵站起来,"天晚了,也有些凉了,我们回去吧。"

两人刚走出几步,"不许动!"突然,三个人呈包抄的姿势冲到了他们面前。

陈崇德一把将何杏灵拉到自己身后,伸双手护住。

"是我们!"一个女声大声道。

原来是项长中、成计划、肖义娟。他们是出来找人的。

"啊,是你们?"陈崇德放下手,往旁边移了两步。

"表哥,原来是你们呀,好讨厌,吓我们一跳!"何杏灵有些生气地对项长中说。

肖义娟说:"我们刚才远远看见你们一个拉一个唱,你们要练节目,没必要跑这么远吧?害我们担心。"

"我们没练节目,"陈崇德挠了挠头,"你们怎么知道我们在这里?"

"先走吧,回去再说。"项长中好像很不耐烦,一挥手转身往来的方向走去。

天已经基本黑了,众人走得很快,回到剧团后项长中说:"计划,你去给二哥说一声,我们回来了。肖义娟,你和何杏灵说说。小和尚,你跟我来。"

肖义娟是演剧队女生队的队长,负责关心、帮助女队员。何杏灵新加入剧团,她自然要多留点意。她把何杏灵带回寝室,两人面对面坐了下来。

"杏灵,刚才小和尚问我们怎么知道你们在这里,对吧?我今晚本来是去找成队长说节目的事,但我从女生宿舍一出来,刚好看到你走出剧团,不知道你要干什么,于是悄悄跟着你。你知道吗?"

何杏灵茫然地摇头。

"我其实不知道你是在跟人,直到你走向上山的那条唯一的羊肠小道,我才隐约看见前面有人。我怕你有危险,也怕我一个人对付不了意外的情况,赶紧回剧团找人。"

"哦,对不起。"何杏灵有些惭愧地低下了头,因为给人添麻烦了,还不自知。

"正好项长中说小和尚也不在宿舍,我们给二哥说了一句,就沿着那条路一阵急追,赶到时刚好远远看到你们又拉又唱的。"

何杏灵抬起头娇嗔道:"哎呀,原来你们早看见了,还故意吓我们。"

肖义娟拉起何杏灵的手:"杏灵,我们吓你们,这可是轻的,是为了提醒你们,应该保持基本的警惕,不是吗?你想想,来的要不是我们,而是其他人,比如鬼子,你们还有命吗?"

"是,娟姐说得对,你跟在后面,我一点也没有察觉,以后一定要有防范敌人的警惕性。"

"对了,你怎么会跟在小和尚后面呢,他干什么去了?"肖义娟还有一点疑团没有解开。

"我本来是想去找他练舞的,看他神神秘秘地往外走,就偷偷跟在后边。我追上他看到他在那边烧纸,后来才知道今天是他大姐去世的日子,他是去悼念的。"

"明白了。你早点休息,我还有点事要办。"肖义娟觉得,她不是自己的同志,点到为止,不能批评得太多了。

"小和尚,你干的好事!"作为第三小队队长,同时作为陈崇德的入党介绍人,项长中把陈崇德带到一个僻静的地方,开始批评。

"我没干什么呀?"

"为什么不请假外出,剧团有纪律规定,难道你忘了?!"

"不是说公事才请假吗,我这是私事呀。"陈崇德微微昂起了头。

"什么公事私事,特殊时期,离开剧团一律要报告。这是为每一个队员的安全着想。可你呢,自己偷偷外出不说,还把何杏灵也带出去了!万一出事,你还想有一个陪……伴的?"他本想说陪葬的,临到出口又觉得不妥。他其实有些妒忌小和尚。他很喜欢何杏灵,可她只把他当表哥。

"我没带她,她是跟在后面自己来的,为什么要来,我也不知道。"陈崇德挠头。

"谁相信啊,那肖义娟怎么没来呢?其他女队员怎么没来呢?杏灵她怎么就知道你要去那里?"项长中连珠炮似的一阵问。

"肖义娟不是也来了吗?我怎么知道?我真不知道!"陈崇德声音提高了些。

"狡辩!你就是知道。"项长中也提高了声音。

"不知道!咋的?就是知道了咱还不告诉你!什么脑子?简直是猪!"陈崇德被惹怒了。

项长中指着陈崇德的鼻子,喊道:"你骂哪个呢?"

"你,就你,猪!"陈崇德也指着项长中的鼻子。

"好啊,你敢骂我是猪!"项长中伸出双手来抓,陈崇德不示弱,也伸出双手,两人扭打在一起。

"住手!你俩怎么又打上了?"成计划连忙喝道。他去陈朝辉那报告人已找回,陈朝辉让把陈崇德叫过去。他到处找,刚好找到这里。"有什么说不清楚的,去二哥那里说,走!"

项长中哼了一声,陈崇德气呼呼地说:"走就走!"

4

"怎么回事?"陈朝辉有些吃惊,说好的找陈崇德一人,结果来了两人。

"你问他们。"成计划转身欲走,他估计陈朝辉是要与陈崇德单独交谈。

"计划留下，说说，什么情况？"

跟在后面的两人没开腔，成计划只好说："他俩又打架了。"

"陈崇德，说，为什么？今晚的事可是因你而起。人家来找你难道还错了？"陈朝辉指了指项长中。

"就是啊，为好不宜好，反而遭狗咬！"项长中双手叉腰，头向上扬，说了一句四川俗语。他觉得自己今天做得对，有些理直气壮。他把"狗"字说得重，还拖了一下音，同时向上翻了一下眼睛。

"你说谁是狗？"站在前面的陈崇德猛一转身，一把抓住项长中。

"住手！到我这里来还要打？真不像话！"陈朝辉威严地制止。成计划赶紧隔在两人中间，把陈崇德推前一步。

陈崇德说："他先前冤枉我，现在还骂我，不该打吗？"

项长中马上反击："我怎么冤枉你了，你不是还骂我猪吗，怎么不说呢？"

"好了，好了，不管是猪还是狗，看来你们是越来越不像人了！说说吧，到底怎么回事？"陈朝辉又好气又好笑。他这话其实把两人都嘲笑了，只不过此时两人并没有注意到。

两人你一言我一语地把刚才的情况说完，陈朝辉双手向下一按："明白了，现在听我说。"

他先对项长中说："你带人及时把陈崇德和何杏灵找回来，做得对，这应当表扬。但不了解情况硬说别人的不是也是不对的。还有，身为队长，与队员打架，应该受到严肃批评，回头要写一份检查。"

"我怎么就不了解情况了？"项长中有些不服。

"我一会儿解释。"陈朝辉又转向陈崇德,"你在危急时刻,首先想到保护女同事,这点值得肯定。但不请假外出,私自离开剧团,给同事、给组织添了麻烦,必须批评,也要写出检查。这事请党小组长成计划监督执行。你一会儿要留下来,我还有话说。"

陈朝辉觉得,对的就是对的,要肯定,要先表扬,但错了就是错了,必须明确指出来。明辨是非,赏罚分明,才能使人进步,也才能带好队伍。

三人没有说话,都看着陈朝辉。

"今天是陈崇德的大姐去世一周年的日子,"陈朝辉说,成计划和项长中不由对看了一眼,"刚才肖义娟把向何杏灵了解的情况告诉了我。何杏灵本来是想找陈崇德练习舞蹈的,看到他往外走,就偷偷跟在后面,对此陈崇德确实是不知道的。"

陈崇德哼了一声。

"肖义娟本来想找成计划说事,发现何杏灵的行踪,就偷偷跟在了她后面。前边的人也没察觉。肖义娟作为一个女同志,警惕性很高,这一点你们都要向她学习。"

陈朝辉看了看几个人:"所以,陈崇德,这就是他们为什么能很快找到你们的原因。"

三人的神情都有些放松下来,各自的疑团都解开了。特别是项长中,觉得有些情况自己确实是不了解。

"我重申,今后无论谁,不管是公事还是私事离开剧团,一律要请假,征得同意。这是为大家的安全着想,从某种角度说,也是为我们的事业着想,明白了吗?"

"明白了!"三人一起回答。

陈朝辉让成计划和项长中先离开,然后给陈崇德倒水,递给他:"崇德,坐。你今天重视亲情和同事情,做得对,希望继续发扬,特别是保护别人,可能是更好地保护自己或自己的家人朋友,你以后会体会到的。"

陈朝辉自己也端起杯子喝了一口:"崇德,你是有组织的人了,我要提醒你,只要自己认为是对的,就不要轻易改变。哪怕被冤枉,就像今天一样,虽然最后的方法不对。这是第一。这第二呢,要有坚决的斗争精神,要保持斗争的敏感性和警惕性,因为我们所从事的是比较危险的事业。目前的环境下还不是很明显,但换一个环境就会很不同。就说我们剧团,如果不是有何愿前先生支持,我们就没那么容易,这你是知道的。"

"嗯,明白,我一定记住二哥的话。"陈崇德郑重地点头,"我……"

"崇德,有什么事你直说吧?"陈朝辉看他一副欲言又止的样子。

"我……我想去延安。"

"为什么会有这种想法呢?"陈朝辉知道冷远、肖义娟他们都有这个想法,没想到小小年纪的陈崇德也有。

"这是我大姐临终前让二姐转告我的。当然,我自己也很想去山那边……我看了很多书,知道那是个让人向往的地方。"

"崇德有这种想法很好,我会留意看看以后是否有机会。"陈朝辉点点头,他不太确定这事能不能批准,所以给了个模糊的回复,然后转了话题,"对了,吴兴国那有什么新情况没有,包括何先生那边?"

"还没有,我准备主动去找他,可以吗?对了,可以请何杏灵一起去吗？她是何先生的亲戚。"

陈朝辉摆手："等吴兴国通知。下级除非有特殊情况，不得主动找上级。这是原则，这是纪律！得到通知后，我们可以带何杏灵一起，相互有个照应，也可多一个理由，避免行动受到怀疑。"

陈崇德在心里重复了一遍，"下级除非有特殊情况，不得主动找上级。这是原则，这也是纪律！"

第九章
气节如天

1

高高的围墙，一米多高的铁丝网，环绕着一排灰黑色的房屋。这里三面靠山，前临深沟，高墙外的山坡上布置了四五个岗哨，岗哨的开口正对着院子，院内的一切行动，都处在严密监视之下。据说还有机枪阵，不知道有多少守军长期驻扎。这里每隔一小时敲一次钟。

这是陈然被关入渣滓洞十来天的观察和偶尔与人交流所得。

那天刑讯他后来还是晕了过去，特务用冷水泼醒他后，又给他上了"披麻戴孝"等不常见的折腾人的手段。在暗无天日的三天里，他晕过去又醒来，中间特务为了让他清醒，还给他灌过高汤续命，也幸亏他体格强健，换做寻常人早就永远醒不过来了。

陈然清醒的时候就保存体力，不轻易说话，实在忍不了的时候，怒目圆睁，竟然也从牙缝里挤出两个字："再来！"吓得黄丛后来看见他这种目光，就有点手抖。最后，连徐元甫也无计可施,只好让人把满身鲜血、气息奄奄的他抬了回来。陈然就这样以十日内连审七次,最长一次连审三天的"成绩",成为渣滓洞尽人皆知的人物。

如今,陈然被关在八人一间的二楼囚室。这里和他第一次住的那种一样,但是有更多人挤在里面,一个紧挨一个,两排人一齐侧身躺下,脚对脚交叉起来,才勉强摆得下身体,就像罐头盒里的凤尾鱼。这丁点儿的地方,被难友们称为"一脚半"。

几个难友在他昏迷期间,日夜不停地照顾他,终于将他的命从死神手里夺了回来。陈然醒来看到他们的时候,刚开始只是礼貌地表示了感谢,经过之前的事件,他必须万分小心。

沉默是在一个晴朗的夜晚被打破的。

陈然受伤很重,所以说话不多,大部分时间都是躺着。过了十来天,才能勉强下地行走。当他拖着沉重的脚镣挪到窗前,想看看久违的月色时,一个瘦弱的青年在他背后咳了一声。

陈然回头看他欲言又止的样子,也许是终于能站起来了心情好,也许是这久违的月色让他很放松,便冲对方笑了笑。

"你的腿还没好,狱医说,要是再不顾及一下,日后恐怕要变成残废了。"那青年终于现出一脸放松的样子,他想了想又怕话说重了,忙补充道,"不过你也别担心,这段时间好好养养,你体质不错,说不定很快恢复了。"

陈然笑道:"你怎么知道我体质不错?这都几天了,我天天窝在床上,都变病夫了,还得麻烦你们照顾,真是多谢了!"说完朝那青年拱手致谢,又向房间里其他几个人拱手。

其中一个三十余岁、眉眼清秀的青年朗声道:"都是难兄难弟,就不要客气了。"他的声音浑厚圆润,让陈然有种似曾相识的感觉。

陈然笑道："敢问难兄大名？"

那人也笑了："何尽生。野火烧不尽，春风吹又生。"

他刚要再说，刚才门口那青年已经抢先道："何哥，我来介绍，我是张永昌。"然后开始一一为陈然介绍剩下的狱友。

陈然看着他单纯、率真的笑脸，心里一暖。看这情形就知道，大家相处得非常融洽。

后来陈然才了解到，这几个人基本是在四月初因为《挺进报》或者工人运动被抓捕的，已经关在这里一月有余。在同室相处中，他们逐渐熟悉，并相互交换了看法，从不同信息推测，队伍里应该是出了掌握诸多信息的叛徒。陈然想到自己四月中从李为国那里得到的消息，也加入了大家的讨论。

何尽生说："特务活动越来越猖獗，工人运动纠察自卫迫在眉睫，可惜，我们的组织遭到了严重破坏，如今真是吉凶难料。"

听到"纠察"二字，陈然猛然想起，难怪何尽生这么眼熟，原来两人在两年前一次集会中曾见过。

2

楼三室位置稍高，每到放风时间，陈然就坐在门口看大家在内院晃悠，或者做点简单的运动。他的腿虽然好了些，但还不能多动，加上镣铐太沉了，所以大部分时间都足不出户。

有几次何尽生贴心地过来陪他。陈然是中粮公司修配厂的，何尽生是电力公司的员工，两人都做过工人运动，还都有点文艺爱好，所以言谈投机，非常默契。

有时候张永昌看他们一副别人插不进话的样子，就过来捣乱。因为熟悉了，他也拿陈然开开玩笑。

"陈哥，听他们说，你把徐元甫都骂了，你说你是吃了熊心豹子胆吗？"

何尽生道："不是吃了豹子胆，你陈哥是壮士，嗯，中华自古多壮士。"

陈然知道他在调侃自己还好身体强健，要不可能早一命呜呼了，便一本正经地回复道："我当时也没多想，主要是觉得不能丢了咱同志们的脸。"

张永昌道："那个刑讯都有什么啊，是不是特别疼？"他一进渣滓洞就被关在这里，听难友们说，陈然的刑讯是目前听说过的最大阵仗了。

"无非是老虎凳、皮鞭，灌辣椒水，除了疼还是疼！"陈然道，他想了想又补充说，"你到时候就什么都别想，只要挺过去了，他们就拿你没办法。"

张永昌深吸一口气，道："那天你刚进来，我可担心你再也醒不过来了。要是万一再来这么一次……"

这些日子和陈然朝夕相处，张永昌极其佩服这个大不了自己几岁的哥哥，觉得他是自己心目中最厉害的英雄，不仅挺过了特务的酷刑，还敢与特务头子开战，即使现在身受重创，伤痕累累，也没有灰心丧气的样子，仍然一脸平和乐观地与大家谈笑风生。相处得越久，就越喜欢他，所以就越怕他出事。

何尽生忙岔开话题："不说这个，先养好伤再说。这样吧，陈然，今晚的'三多饭'你就多吃两碗吧，要不你永昌小弟会不放心的。"

陈然忙告饶道:"这个啊,做小弟的也不能白当,小弟代我吃好了。"

这牢房的饭,陈然可领教够了。这里的饭有一股难闻的霉味,嚼起来满口碜,沙沙作响,因为里面有沙粒、糠壳、稗子,被大家称为"三多饭"。菜就是盐水煮白菜,或者几粒胡豆,油荤就别想了。在这种情况下,难友们个个瘦弱,时间久了面黄肌瘦,基本都营养不良了。

陈然虽然这么说,但为了很快恢复体力,还是要尽可能地多吃几口。大家一边吃一边调侃,苦中作乐一下。

张永昌还给大家背了狱中流传的一首打油诗:

吃的"三多饭",
睡的"一脚半"。
住的笼笼屋,
穿的叉叉服。
渣滓洞,是魔窟。
革命者,休享福。

陈然有时候兴致来了,也会哼一些以前的调子。这是他的爱好,这么多年来,忙的时候哼,现在闲了更要哼。有时候,他有感而发,也会做个词、写个曲,不放风的时间,大家聚在一起,陈然就带头唱给大家听。

他音色清亮、沉稳有力,加上之前在剧团工作的时候专门练过,唱起歌来立刻吸引了大家的注意。陈然受了感染,也会不顾自己的腿伤,偶尔还会简单舞几个动作,整个牢房里几乎成了欢乐的海洋,直到看守看不惯,过来一顿敲门训诫,大家才稍稍安静下来。

狱中秘密流传着很多歌曲或者诗词,被大家称为"洞歌"。在遥遥无期、黑夜漫漫的牢狱生活中,歌声是调节心灵最好的药方之一。歌声使难友们的精神得到了最大的满足,使深受凌辱的心灵,沉浸在最宽厚的慰藉里。特务们哪里知道,被捕的共产党员,唱着自己创作的歌曲,相互激励,斗争的意志更加坚定。

陈然最喜欢其中的《正气歌》和《囚歌》。

《正气歌》的词,是文天祥所作。《囚歌》的词,不用说是著名的新四军军长叶挺所作。这两首歌曲的作曲者,陈然都认识。《正气歌》是古典作曲的,他是得到撤离通知,在转移中不幸被捕的。《囚歌》是《新民日报》的编辑胡作霖作的曲。

喜欢唱歌的陈然,很快就学会了,他最喜欢其中体现的一种高贵的气节。

按照陈然的理解,气节,它体现的也是一个真正的共产党人的坚守。

陈然想起当年吴兴国来剧团讲"气节"的情形,以及成计划讲的湘鄂西区党委宣传部长何功伟被捕后的情形。国民党湖北省党部的头目千方百计对何功伟进行威胁利诱,还派了一些"国大代表"去劝降。但何功伟大义凛然,痛斥反动派的无耻勾当,在狱中领导难友进行了多次绝食斗争,迫使反动派不得不适当减少对政治犯的虐待、凌辱。难友们曾为他准备了越狱条件,但他为避免牵连狱中的同志而拒绝了,在经受种种酷刑之后,从容就义。

陈然感叹，何功伟的所作所为就是一种气节！他想到了自己当时在《论气节》一文中写的：

> 当财色炫耀于你面前，刑刀架在你颈上，你的情感会变得脆弱无比，只有高度的理性，才能承担起考验的重担！而什么是高度的理性呢？那就是对世界、对人生的一种正确、坚定而深彻的认识，不让自己的行为违背自己的这种认识，而且能坚持到最后。这就是值得崇尚的，一种真正伟大的气节。

何尽生见他长久地沉思，眼中流露出又是悲伤又是决绝的神色，就走过来轻轻问他怎么了。

陈然由何功伟想到了陈朝辉，想到了何杏灵，这两个人于他都有特殊的意义。

3

一九四一年的冬天，雾气渐浓，日机来得少，人们渐渐恢复了往常的生活。陈然家刚搬到重庆，他听何杏灵说项长中家就在附近，就迫不及待地去了。

"陈然？怎么是你？没想到，真没想到！快进来，你不是去外地了吗？"项长中一打开门，看到陈然立即惊喜地喊道。虽然两人在剧团时不怎么对付，分开却增强了彼此的感情，两人亲热地拥抱在一起。

项长中的妹妹也在家，屋里还有一个人。

"这是我朋友陈……崇德。"项长中迟疑了一下,对一个穿黄呢军服的男青年说,他没有介绍他的新名字陈然。"这是我的老乡大兴,这是我家幺妹。"

项幺妹马上站起来招呼:"陈哥好!请坐。"

大兴怔了一下,本来他正在口若悬河地同项幺妹闲聊,突然被打断,一时没回过神来。也许是对刚进来的这个英俊的年轻人有些戒备,他没说话,但反应很快,马上站起来,从上衣袋里掏出一包香烟,很潇洒地弹出两支递过来。陈然摆手,礼节性地点了下头。他转而递给项长中,后者迟疑了一下,接过来夹在耳朵后边。

项幺妹马上制止:"哥,你不许抽!"

"好嘛,泡杯茶来。"项长中看出陈然对对方不太热情,一边吩咐妹妹,一边把陈然带进自己的房间,关上了门。

陈然逐一问了几个人的情况,除何杏灵回到药房,卓越去了江津,其他人还在等待益州剧团的成立。项长中说,也有几个人根本没来重庆,和你一样,在宜昌就和大家分手了,只不过你比他们先走一步。

门突然被推开了,是项幺妹进来送茶。

"你怎么不敲门呢?"项长中责怪她。

"哎呀,之前你不在家,爸爸也基本不在,平时就我跟妈两个,习惯了嘛。下次注意,啊?"她笑嘻嘻地推了她哥一下,带上门出去了。

"那人是做什么的?"陈然向门外努嘴。

"在当宪兵。可能想追求我家幺妹。"

"他可是我们的对头哦。长中,你得提高警惕!"陈然说。

"我知道。多个朋友多条路嘛,我们剧团在这边不是也要找一些关系当靠山么?这个人社会关系多,我可以通过他找个好工作。"

"那你下一步是怎样打算的?"陈然问。

"我老大不小的了,还是要找个正当职业,为成家做些准备。"

"怎么,有女朋友了?哪里人?赶快说来听听。"陈然拍了一下项长中。

项长中有点不好意思:"别人介绍的,北碚人。"

"其实我们这个身份,可能目前不太适合谈恋爱结婚,一旦有什么,你不是害人家吗?"陈然上次和哥哥陈崇心交流后,想到了这一点,今天正好说出自己的态度。

项幺妹出去后,大兴向她打听:"这人从哪里来,是干什么的?多大岁数?来找你哥干什么?"

项幺妹没好气地说:"我哪个晓得嘛?要想打听的话,各人去问噻。"

大兴自觉没趣,坐了一会儿,找个理由走了。

"我看大兴这人很油滑,劝你妹妹要小心,要警惕,不要上当。"陈然继续提醒。

项长中说:"当然,当然,肯定要警惕。你先坐一下,我去叫妈多做点菜,你就在这里吃便饭。"

"不给她老人家添麻烦了吧?还有,那人也要在这里吃吗?"陈然的意思是不想和他一起吃,一来心里不舒服,二来更怕交流时不小心说漏了嘴。

"不一定,他经常在我家进出,有时临到吃饭又走了,你别管他就是。"

项长中出去后,陈然站起来,走到窗边。项家的房子位置比较高,正面望去是嘉陵江。不过眼下是冬天,江面有雾,一片模糊。就像陈然现在的前途,扑朔迷离,不知会走向何方。

"这下你应该放心了,"不一会儿项长中进来后笑嘻嘻地说,"大兴走了。"

"哦。"两人又坐下来。"二哥现在在哪里?新剧团筹备得怎么样了?"陈然提出急切想知道的问题。

"嘭嘭嘭。"

"哥,有人敲门。"项幺妹在外边喊。

陈然立即站起来。

项长中说:"别慌,我家一般不会有外人来。"他一边说一边去开门。

陈然想,对呀,慌张什么呢,又没做什么不好的事情?看来,遇事不慌,沉着冷静,自己还得好好修炼。

"小……陈然,真的是你呀!"陈朝辉先进来,一高兴差点又喊"小和尚"。

陈然很是意外,有些吃惊地问:"二哥,你怎么知道我在这里?"

项长中说:"我们这里有句话叫'四川人说不得',哦,你们不懂,我换个说法,就是'一说曹操,曹操就到'。二哥,刚才他还在说你,你就来了。"

"是吗?"陈朝辉向后一指,何杏灵笑着现身,"她说陈然来重庆了,而且正在长中家,我不相信,还以为是骗我的。"

此时,项幺妹敲了两下门,端进来两杯茶后把门合上出去了。陈然发现这个小妹妹很懂事,刚才做得不对的地方,一经提醒马上就改了。

"我骗过人吗,我会骗吗?哼!"何杏灵两手叉腰,语速很快。屋里的人都笑了。

接下来陈朝辉把在场三个人比较关注的事情说了一下。他们看了很多地方,适合租来安置剧团的很少。个别虽适合,但物价上涨太快,加上面积也比较大,租金高得吓人。

说到这里,陈朝辉看了一眼何杏灵。她知道自己已经不是剧团的人了,不应该再听后面的话,马上说:"你们先聊,突然添了两个人,我去看看,提醒舅妈要多弄点菜。"然后出去了。

陈朝辉接着说:"剧团的人走的走,散的散,新剧团可能不再办了。党组织决定由几个党员为骨干,带领一部分剧团的人,主要是积极分子回鄂西,准备在恩施一带继续开展演出。"

"你俩先聊着,我去看看饭好了没有。"项长中有经验,这个时候,作为党组织负责人,会个别征求意见,做出组织上的安排。陈然是客人,当然让他先来。其实,项长中已经不想再回那边了。艰苦不说,离日本人那么近,多危险呀。

项长中出去后,陈朝辉问:"你想去恩施吗?"

"不了,二哥,你知道我还是想去那边的,你能再帮我联系一下吗?"

"那好吧,原来的方法肯定不能用了。一会儿我问下长中,如果他也不去的话,我把你们的关系一起转到新的组织,由他们重新给你安排。"

"好的,谢谢二哥!"两人紧紧握手。然后陈然出去,借口找何杏灵说话，换项长中进去。

项长中提着竹编外壳茶瓶进来续水，陈朝辉招呼他坐下来："长中，剧团的人将去恩施，你去吗？"

"不了。家里就我一个儿子，爸妈希望我早点成家，他们早就想抱孙子了。"

陈朝辉说："那行，我把你和陈然的关系转到新的组织，你们以后接受新组织领导。"

其实陈朝辉已经估计到会是这个结果。剧团在宜昌的后期，生活比较艰苦，项长中的言行中就表现出想离开的意思，在党内受到过包括陈然等人的批评。这次他明确表示不愿再到鄂西去，说明回来后这几个月，在新的环境里有了一些新的变化。这引起了陈朝辉的警觉。吃饭前他又与陈然交流了一下。

"来，来，来，请大家吃点家常便饭。"项长中招呼，并问，"要喝酒吗？俗话说，无酒不成席呢，虽然我们这个算不上席。高粱白酒，农村酿的，二哥，来点儿？"

陈朝辉摇头，陈然和何杏灵也摇头。

陈然说："长中你学会喝酒了？"

"我一直会呀，只是在外面不喝，当然也没有酒喝，对吧？既然都客气，那就吃饭。"

"哥哥姐姐们，尝尝我妈的手艺吧！"项幺妹说。

"我妈的手艺是不错，但不能与陈伯母比。"项长中说在万县演出时，去陈然家吃过，"那真是太好吃了，对吧，二哥？"

陈朝辉点头。

这让何杏灵和项幺妹直嚷，什么时候也去吃一回。

"好呀，我请你们去……"陈然正要说朝阳河镇，陈朝辉在桌子下轻轻踢了他一下，他马上改口，"只要你们有空，非常欢迎去我家玩。"

陈然从市区回家后一直很兴奋，因为意外见到了老朋友陈朝辉，更主要的是终于又和组织接上头了。

不过，需要陈朝辉把陈然和项长中的关系递交上级组织后，陈然才能根据约定的方法去报到，所以当天下午他就回朝阳河镇了。他要掌握船开班收班的时间，也要把步行的街巷和道路状况以及沿途的特殊标识，一一记在心间，以保证下次不会走错路，并能通过捷径快速到达目的地，或避开有危险的地方。

不久后忽然传来一个不幸的消息，陈朝辉带队到恩施去的人员由于叛徒出卖，全部被捕。恰恰是那个平时革命调子唱得最高的"郭抒情"，被捕后叛变，还带人到处追捕剧团的同志。这件事使陈然在震惊、悲愤的同时，也意识到斗争的尖锐性与复杂性，对身边的人更要小心，因为他对你的情况了如指掌，所以必须要多留一个心眼。

想到他敬重的二哥被捕，他咬着牙气愤地骂道："'郭抒情'，你这个狗东西，你对得起朋友吗？！这就是你要做的大事儿吗？！叛徒！比敌人更可恨！"

4

陈然给何尽生讲完陈朝辉的事后，不由感叹："'郭抒情'这个整天标榜自己是文艺青年的人为什么叛变？是因为他没有一点气节。"

何尽生也感慨地说："气节，真的是一种很伟大的精神。"

陈然说:"那一年我们在《彷徨》杂志上发表了一篇文章,叫《论气节》。我也是通过那篇文章,真正理解了什么是真正的气节。"

一九四七年《彷徨》杂志元旦创刊后,三月下旬的一天上午,陈然正在邮局取信件,为编辑第五期提供素材,碰到了何杏灵。

何杏灵说:"哎,你说过我们一起去看'夫归石'的,现在正是春天出游的好时节,好久去嘛?"

两人来到长江边上,正好碰到肖挥在江边垂钓,于是请教"夫归石"的故事。

肖挥一边更换鱼饵一边讲解:"我听人讲过,它是一个民间传说。治水英雄大禹,在那时的江州,也就是现在的重庆,与涂山氏结婚。婚后三天,他就远离家乡,到长江沿途治水,很多年都没回家,甚至还有三次从家门口过。涂山氏站在那块石头上,从日出望到日落,从日落望到日出,日复一日,月复一月,年复一年,都没能望到丈夫归来。最后涂山氏把自己的身体融入了这堆礁石中。被感动的人给这块礁石取了一个美丽的名字——夫归石。"

游玩回来,陈然很是感慨,他思考了一晚上,第二天找到江一伟说了自己的想法,对方非常赞同。两人一起反复斟酌探讨和修改,最后终于合作写成了《论气节》一文,作为"小论坛",发表在《彷徨》杂志第五期上。

这篇文章尖锐地抨击了"某些人"在平时都是"英雄""志士",谈道理口若悬河,表决心出口成章,如何爱国爱民,一片菩萨心肠,但一到了"威武"面前就低头了,屈膝了,不惜出卖朋友、出卖人民以求个人的苟安,再不然就做一只缩头的乌龟。

文章进一步剖析那些叛国事敌的汉奸和卖身投靠的政客们,

说他们都是些"修养有素"的一时俊杰,可是到了斗争尖锐的时候,到了生死存亡的决定关头,他们就变了,他们抖着双手,厚着面皮,装着猫哭耗子的假慈悲,到盛满血污的盆里去分一杯羹了。

文章颂扬了那种"舍己为人""舍生取义",为万民、为真理与正义的气节。在灾难降临的时候,他们不妥协,不退缩,不苟免,不更其守!坚守真理,去接受历史的考验!在平时能安贫乐道,坚守自己的岗位;在富贵荣华的诱惑之下,能不动心志;在狂风暴雨袭击之下,能坚定信念而不惊惶失措,以至于"临难毋苟免,以身殉真理"。

何尽生听他讲完,感慨良久。"陈然,你说得对,气节是我们民族传统中最值得留住的精神之一,无论何年何地,这都是一个人最要紧的东西。但是,"他话锋一转,"我们共产党人为什么要有气节?是为了维护我们的理想,为了我们所坚持的主义,而这些最终都是为了一个目的,我们要建立一个更好的国家,一个真正为人民谋和平、谋幸福的新中国!为了我们的子孙后代免遭像我们一样的悲惨命运,我们愿意去奋斗流血,即使我们今天牺牲了,也无憾了!"

何尽生说完,陈然为他热烈鼓起掌来。

何尽生自己也很满意这种阐释。他才思敏捷,只是前些年工作忙,也没机会风花雪月,这时一席话如借来了江郎妙笔,顿时兴致勃勃,拿出了一首诗,让陈然击掌叫好:

把牢底坐穿

为了免除下一代的苦难,

我们愿，愿把这牢底坐穿。

这是混乱的日子，黑夜被人硬当作白天，

在人们的头上，狂舞的人享福了。

在深沉的夜里，他们飞旋于红灯绿酒之间。

呼天的人是有罪的，

据说，天是不应该被人呼喊，

而它的位置却是在他们脚底下面，

牢狱果真是为善良的人们而设的吗？

为什么大家的幸福被少数人强夺霸占？

我们是天生的叛逆者，

我们要把这颠倒的乾坤扭转！

我们要把不合理的一切打翻！

今天，我们坐牢了，

坐牢又有什么稀罕？

为了免除下一代的苦难，

我们愿，

愿把这牢底坐穿！

  陈然把这首诗反复念了很多遍，道："你真是说出了我最想说的话。我小时候读书不好，就爱打抱不平，经常被人来家里告状。之后在大姐的熏陶下，读了很多书，才渐渐地知道了世界上有社会主义国家，中国有陕甘宁边区，有伟大的中国共产党……一个崭新的世界展现在我面前。毛主席说星星之火，可以燎原，我的心就是被这火点燃的。之前我叫陈崇德，就是因为这些才改了名叫陈然的。"

# 第十章
星火呈燃

1

宜昌抗战剧团和四川小学抗敌宣传队,一直是何愿前在赞助支持。但这两个救亡团体还是遭到了反动当局的监视和限制。宜昌县党部已经着手取缔抗敌宣传队,借以警告剧团。两个团体负责人联合向何愿前求助。他出面在宜昌有名的锦江川菜馆,宴请宜昌县党部等方面的一些头目,得到口头承诺,表面上暂时减少了限制,但其实暗中还在继续制造麻烦。

剧团在市区除继续演出在万县演过的《凤凰城》外,还排练了曹禺先生的话剧《日出》。陈崇德和成计划分别在剧中扮演妓院伙计小顺子和进步青年方达生。何杏灵扮演了剧中女主角陈白露。

宜昌县党部面对剧团提出的《日出》正式公演申请,竟然非常武断地说:"你们这时候公演《日出》,是不是想要日本人出来呀?!不准!"团长冷远无论怎样解释都不行,不得已把剧名改为《陈白露》，重新申请才获准。

这时陈崇德已经开始负责写《演出公告书》了。

他写《陈白露》的剧名时，何杏灵就在旁边观看："香哥儿，有关方面好可笑啊！亏他们也想得出来。"

"是啊，有个词叫望什么来着呢？"陈崇德下意识地用左手挠了下头，右手书写的笔暂时停了下来。

何杏灵反问："望文生义？"

"对，他们的想象力也太丰富了。"陈崇德继续写。

何杏灵调皮地眨了眨那双大眼睛："他们可以这样，是不是我们也可以这样呢？"

"什么这样？这样什么？"陈崇德一时没反应过来。

"我们也望文生义。"她似乎早有主意，有点兴奋地说，"他们让我们改剧名，把要表达的意思给隐藏了，那我们想法把它表达出来，如何？"

"剧名都改了，我们还能做什么？难道你是想……"陈崇德一边说，一边心里推测。

何杏灵摇手："别忙，别忙。我们各自先在自己的手心里写，然后来比对。"她从桌子上拿起一支小毛笔，迅速写完又放下："我写好了。"

陈崇德也很快写完，然后对着手心看了又看，合拢后说："不知道和你的是不是一样。"

两人把左手凑拢，然后同时打开，都是"改演员名"四个字！

"哈哈，我俩心心相印呢！"何杏灵说完，突然觉得有些不妥，脸都有点红了。

"哈哈哈，"陈崇德很难得地放声大笑，"没想到我这么笨的人，居然和聪明伶俐的何杏灵小姐想法一致，嗯，不错！我有进步了！"说完他跳了几个哥萨克舞的动作。

陈崇德很兴奋，并没有注意到何杏灵表情的变化。他用右手挠了下头："好！这其实也可以是我们对被改剧名的一种无声的反抗。"

何杏灵恢复了正常表情："如此一来，我们虽不是什么明星，也可以有艺名了。"

"这一改，说不定呀，观众还以为是来了新的明星呢！"陈崇德的思维也被打开了。

"那我们的观众会不会比平时要多一点？"何杏灵开心地望着陈崇德，摇头晃脑地笑。没有过多争取就演上了主角，虽然并不在意这个，她还是很开心。

"可能吧。我倒是希望有更多的人看到后，能增强抗战必胜的信心。"陈崇德握了握拳头说。舞台有雄兵百万！通过演出激发更多人的斗志，他时刻没忘。

何杏灵问："那你取什么名好呢？"

陈崇德摆手："别管我，先为你取了来。"

"记得你说过我什么吗？"何杏灵调皮地眨了眨她那双大眼睛。

陈崇德一怔："什么？"

"你开玩笑说'灵活的杏子'。"

陈崇德说："意思是你取何杏？"

何杏灵面带微笑，仰起头，眼珠转了两圈，然后以不容置疑的口气说："不！林何。"

"哪两个字？怎么写？"

"就是两个姓氏。"

"双木林，人可何？"

"对。知道我为什么叫何杏灵吗？"

陈崇德摇头，心说这我怎么知道呢。

"我妈姓林，我爸是中医，家里开了中药房。杏林就是指中医。据说最开始我爸取的就是这两个字，我估计呀他是想给儿子取名，没想到来了个丫头，只好把最后一个字改成了现在这样。"何杏灵调皮地笑了，"如果改成林何，只不过是我换成跟妈姓了，但老汉的姓也还在，而这人还是我。"把母亲和父亲喊成妈和老汉，是四川人显示两代人亲切随意的口头习惯。

"大人给孩子取名确实是很考究的。"陈崇德给何杏灵讲了自己名字的来历。当然这是他长大懂事以后，他爹讲的。

陈崇德出生时，陈书敏想到每一个人都要有志气、有骨气、有德行，才能立世，古人讲三立，"立德、立功、立言"，德在先，所以给他取名"崇德"。

陈书敏是饱学之人。史典《愿体集》"至乐无如读书，至安无如教子"的道理让他明白，虽然学而优则仕的时代已经过去了，但作为一个家庭的顶梁柱，安贫乐道，尽职尽责，当好一个海关职员，换来相应的薪水，以养家糊口，是必须有的家庭生活常态。而业余读书自娱自乐，应是个人的生活常态，它可以转移、分散白天工作的各种不愉快。

陈书敏是明白人，孩子的将来未可知，一定要教育好他们。

陈崇德问："你家药房叫什么？"

"何络药房。脉络的络。在重庆闹市区，以后有机会欢迎你去……"

她最后一个字还没出口,就被陈崇德打断:"不去,不去,谁没事到药房去呢?"

"你怎么这么性急哟?没吃错药吧?我话都还没说完!我是说让你去玩,又没说让你去吃药。不过话又说回来,人吃五谷杂粮,哪有不生病的?或者难免不被碰到撞到?"

何杏灵说:"我的艺名取好了,现在说说你,怎么取?"

"我昨天晚上读到一篇文章,标题是《星星之火,可以燎原》,感觉很有意思。"

"是谁说的?"何杏灵问。

"是毛泽东先生一九三零年一月在福建一个叫古田的地方写的,他充满信心地指出:'什么党派都是不能和共产党争群众的。'这是因为我们党真心实意地站在人民一边,必将唤起工农千百万,使星星之火形成燎原之势。"

"写得好!"

"是的。"陈崇德抬头望向远方,"你想啊,一点儿小火星可以把整个原野燃烧起来。"他的眼睛似乎看到了很大一片草原,地上星星点点的小火星,连点成片,慢慢扩大,熊熊燃烧起来,天地被照得一片通红。

"你的意思,我们的抗战宣传,对鼓舞人们的信心,就像小火星。火星越多,燃烧越旺;宣传越多,信心越足。所以要坚持宣传,大力宣传,要像火一样,始终呈燃烧状态,并要让它越燃越旺。对吧?"何杏灵真是灵活,一点就通。

"说得好!始终呈燃烧状态,嗯,有了。"陈崇德换了一个姿势,他右手的四个指头点着额头,"就叫陈然,呈燃的谐音,好记。而且刚好与我的姓也相符。既然要隐蔽一点,就把火燃烧在心里吧!"

"陈然先生好!"何杏灵双手叠放右侧腰部的位置,微微屈膝,做了一个类似旧时女子的见面礼。

"林何小姐好!"陈崇德抬起右手至头顶,做一个脱帽的动作,身体略微向右前侧弯身,好像外国男人的见面礼。

两人又重复了一遍刚才的言语和动作,哈哈大笑。

何杏灵指了指《演出公告书》:"陈然,抓紧写,写好了我们快练习。"

"这就开始喊了?"虽然经过一阵探讨,觉得很好,对方真就这么一喊,陈崇德还是有点不适应。

"对!以后私下我还叫你香哥儿,公开场合就叫你陈然,好吗?"

"好吧,随便,只要你高兴。"陈崇德不知道,为什么自己在她面前显得思维活跃,轻松自如,话也比平时多。而且从不肯轻易让步的他,居然让了步。陈崇德不知不觉从心底里越来越喜欢这个女孩子了。

"对了,什么时候公开正式使用?"何杏灵问。

"这次公演开始。小顺子的扮演者——陈然。"

何杏灵说:"那我就是,陈白露的扮演者——林何。"

《陈白露》的演出获得了成功,观众比预想的要多。剧团的人也从此开始叫陈崇德为陈然了。个别私下开玩笑时,还喊"小和尚",陈崇德只是笑笑。

陈崇德还因"小和尚"这个名,给自己取了一个谐音的化名"何常"。

何杏灵私下笑他:"你这一改,正宗成为我们何家人了。"

陈崇德紧握双拳:"陈家人、何家人、黄家人,都不要紧。只要不改成姓汪、姓蒋,就是中国人!"

"说得好!我们就是誓死不投降的中国人!"

2

这一天,一行人说笑着向锦江川菜馆走来。

"快,做客不能迟到,这是人际交往起码的规矩。"走在前面的冷远说,他后面依次是陈朝辉、何杏灵、陈然。

"你们先上去,何先生很快就到,我陪他一块儿上去。"站在菜馆的吴兴国做了个"楼上请"的手势。

"我们也在这里等吧?"陈朝辉说。

吴兴国摆手:"不,人多眼杂,你们还是去上面。"

冷远说:"好!"

吴兴国和走在冷远后面的人依次点头打招呼,还和走在最后面的陈然拉了下手:"现在应该叫你陈然了吧?"

"对,现在都这样叫他了。"何杏灵回头嫣然一笑。

"何先生到!"随着吴兴国一声喊,何愿前走进楼上包间。

"何先生好!""何先生好!"站着随意交谈的几个人一起抱拳施礼。这个动作是刚才陈然提出来后众人商量好的。

那天,吴兴国带陈然、何杏灵去见何愿前。

"何先生好!他们来了。"走在前面的吴兴国,向坐在客厅沙发上那人轻轻耳语。

此人板寸头、大方脸、鼻梁直、耳朵长,面色红润、气度不凡,正是宜昌有名的大老板何愿前。他手里捻着一长串珠子,此时正在闭目养神。

这与陈然的想象大相径庭。他原以为一个大老板,应该是咄咄逼人、不怒而威的,心里有些惧怕。现在看到对方原来是一个和善的长者,顿生好感,紧张的心情也放松下来。

"哦,好。"何愿前睁开眼,请他们坐下来。

"本家叔叔好!"何杏灵双手合在胸前,深深鞠躬,直起身后又介绍道,"我叫何杏灵,这是我宜昌抗战剧团的朋友,陈崇德。"

陈然走进房间之前想了一下,打算模仿刚才吴兴国进大门时的动作,双手抱拳,可现在一见何杏灵鞠躬,突然又觉得对长辈,这样更为妥当。

他抱拳连带着鞠躬,简单的一个见面礼动作顿时变得滑稽起来……

"好,林何、陈然都来了,不负前约。演得好!"何愿前向两人竖起大拇指,显然他是看了剧团最近的演出的。

"谢谢叔叔夸奖!"何杏灵惊讶后有些感动,她边说边鞠躬。

"承蒙何先生垂顾,还请多多批评赐教!"陈然再次抱拳,心想,他居然把我们名字的变化都记住了。

冷远举杯感谢何愿前给予的大力支持:"谢谢!支持抗日救亡,这是一种爱国行为,何先生的情怀令人敬佩!"冷远说完,抱拳致礼后坐下。

陈朝辉说:"听说国民参政员章先生路过本地,称赞您,'愿前赫墨者徒……下起宜沙,上达泸叙千余里间,人以不知愿前为羞'。"

"那是章先生谬赞。"何愿前放下手上的筷子,先摆手,然后双手按在桌边,"实话说,没有国就没有家,没有家那我还要这么多钱干什么!不支持抗日救亡我能安心吗?"

陈然说:"但有的人就不一样,横竖掣肘,左右刁难。我们在这里实在是越来越待不下去了。"

何愿前气愤地一拍桌子,点着冷远四人一一示意:"你们这些爱国青年,历经千辛万苦搞抗日救亡活动,多么难能可贵!可那些混账家伙不但不支持,反而搞破坏。他们想干什么?难道要我们当亡国奴吗?我一定要支持你们,看他们要干什么?!"

"先生您别生气!胳膊拧不过大腿,我们不必硬碰硬,可以适当迂回一下。"吴兴国及时劝解。来之前,吴兴国向何功伟请示了怎样把握交谈的方向和尺度。

冷远说:"省党部想强行把我们纳入他们的管制,我们打算在《武汉日报》发启事,宣告因'经费困难'停止活动。不想和他们同流合污。何先生,您意下如何?"

何愿前点头:"道不同不相为谋!我支持!"

"一旦登报,我们就不好开展活动了,所以我们得抓紧寻找一个新的活动场地。"陈朝辉说。

何愿前看了一眼吴兴国:"他给我说过这事,你们有什么具体的想法?请讲。"

冷远说:"何先生一生闯荡江湖,慷慨仗义,热心社会公益事业,德高望重,深为我们这些晚辈所敬仰。您办四川中学培养了像兴国这样的优秀人才,又在国难当头时大力支持我们搞爱国救亡活动,我们非常感动!可是,我们的救亡活动却得不到当局的支持,四川小学宣传队被取缔,我们剧团的日子也不好过。这次兴国回宜昌,有一些想法和我们不谋而合。听说您愿意帮助他,我们一起特来向何先生求助。"

何愿前点头,示意他继续说。

冷远说:"据了解,重庆戏剧界还没有属于自己的演出剧场,租用戏院的费用很高,很不划算。我们合计可以去重庆办一个剧场,除了自己用,还可外租,收取些费用作为补贴。可以我们剧团为班底,将这个业余的宣传团体改为职业性质的戏剧团体。"

"同时还可安置四川小学宣传队的一些骨干。他们可都是您培养的人才啊!"陈朝辉动情地说。

何愿前点头。吴兴国、陈然和何杏灵也点头。

吴兴国微笑着说:"何先生,以国民党消极抗战和目前战局发展的趋势,我们估计宜昌迟早会沦陷。如果像上面说的这么做,到时您在重庆就有了一个安全的退路。"

何杏灵很高兴:"那时叔叔就和我们一样,可以经常回老家看看了。"

"是啊,远隔千里,乡情犹在。家是每个人心灵的归属,回家,是一件美好的事情。"何愿前感叹。

"对,亲人团聚是很幸福的。"陈然接了一句,他是有感而发。

"有道理!"何愿前给何杏灵夹菜,她站起来,双手捧碗接住:"谢谢叔叔!我自己来,您也吃。"

"各位,我们四川的家常回锅肉、麻婆豆腐很好吃哦,你们一定要尝尝!"

何杏灵给陈然夹了一块肉,调皮地说:"多吃点,有气力!"

陈朝辉吃了一嘴菜后,放下筷子:"何先生您可以委托兴国全权管理剧团。陶行知先生创办的育才学校离市区不是很远。他教书之余完全可以兼顾。"

"兴国,你的意见呢?"何愿前问。

"我刚从外面回来拜见您时,您问我的想法,当时没想好,后来与他们无意中闲聊,给了我启发。"吴兴国停顿了一下,"我觉得,还可以兴办几个小工厂、小企业,剧团演出间隙,演员可以上班,增加收入,这样更能留住人,也能更好地保障剧团的运转。"

何愿前手一挥:"好,就这么定了。具体需要多少投入,兴国下来好好测算一下。要充分考虑物价上涨很快的因素,只要办得起来,我全力支持。"

何杏灵高兴地拍手道:"太好了,我可以回家喽!"

冷远站起来,其他人也站起来,举起杯子:"谢谢何先生!"

3

十五的圆月,明亮亮地挂在空中。皎洁的月光穿过窗户,将一片银粉均匀而温柔地涂抹在枕旁。沉浸在兴奋中的陈然辗转反侧,因为陈朝辉告诉他组织同意他去延安的那个好消息。

陈然想了很多。

大姐殷殷嘱托他去延安的愿望,马上就要实现了!其实二姐陈晓薇也曾表达过这种想法,只是后来放弃了。他感觉哥哥陈崇心也动过心思,只不过没轻易说出来。自己是多么幸运啊!

一想到大姐,陈然就很心疼。当时大姐一个人在外面一定吃了很多苦，家里人说起她总是很担心，尤其是娘，总是念叨出门在外，一个人不知道能不能照顾好她自己。如今自己也即将一个人去延安那么远的地方，还不知道娘会担心成什么样子。好在娘最近因为担心爹的身体，已经带着小妹到了巴东，不管情况怎么样，有爹照应着，问题应该不大。自己只需写一封信告诉他们，自己是为着理想去努力的，会照顾好自己，请他们放心，也请他们相互多照顾。

陈然翻了个身。嗯，还要和几个好朋友告别：成计划、肖义娟、卓越、项长中、二哥陈朝辉、团长冷远。

哦，还有何杏灵。据说家里替她相了一门亲事，催她早点回去。和她虽然认识时间不长，却相处愉快。特别是有她的配合，自己的舞蹈水平比原来大有进步，在她面前，也没有拘束和不安，觉得很有信心。

想到这里，陈然笑了。自己在剧团交到的朋友很多，相处这么长时间，很有些舍不得。相信到了山那边，肯定也能遇到这样志趣相投的好朋友。

想到山那边，他的心顿时一阵激动。到那边去是自己一直以来的理想，那里汇聚了全国各地的有志青年，能和他们一起为了理想奋战，想想简直快乐得都要笑出声来。也难怪他这么兴奋，毕竟还是个十几岁的少年。

第二天，陈然陆续实施他的告别计划。陈朝辉和冷远不需多说，因为不用过多地解释。他把他们放在最后，临走前告别就好。这时剧团停止活动的启事已登出，没有公演任务了，但内部打了招呼，不能松劲，反而要趁机多练基本功，进一步提高演技，为到重庆组成专业剧团做准备。陈然对外的说辞是自己要另谋出路,即将离开剧团,感谢大家对自己的关心与帮助,希望后会有期。

"划哥,我们出去走走怎样?"陈然准备向成计划告别。

"好。"

在陈然心里,成计划多少有点不一样。不仅仅是因为他是自己的介绍人、他们一起救助男童时同甘共苦的经历,还有他知道自己关于夏伯阳的秘密。

陈然说:"时间过得真快,一转眼就好久了。现在我终于能去山那边了。"

成计划握住他的手:"祝贺你!终于可以实现自己的愿望了,希望以后可以喊你'陈伯阳'!"说着调皮地眨了一下眼。

"谢谢划哥,谢谢你一直以来对我的引导和帮助!目标远大,我自当执着于此,奋然前行。"

陈然是倒数第三个找的何杏灵。他一直在犹豫要不要告诉她实情。告诉,显然违背组织纪律;不告诉,似乎又对不起她对自己的那份信任,对不起彼此那种默契。他想起了那次改名过程,怎么就能想到一块呢?而且一字不差。

陈然突然发现,过去那些事情,他都清楚地记得,当时说了什么话,做了什么动作,当时没怎么在意的细微表情,现在似乎更清晰了,她的小调皮、小任性和某个时候羞涩的表情,他都记得。

但他是一个还不太会掩饰情绪的人,他害怕看到那双真诚的眼睛后,会忍不住告诉她实情。所以,他选择了一天晚饭后,以交流舞蹈之名,约何杏灵出去走一走。他已经想好怎么说,也想好了必要时以夜色来掩盖自己不自然的表情。

"你要离开剧团了？"没等陈然开口，何杏灵先发问。

"你怎么知道的？"陈然有些吃惊。

"听他们说的。"

"嗯？还说了啥？比如原因。"陈然站定，面向何杏灵。

"没有。"何杏灵垂下眼皮，没有看他，只是慢慢向前走去。

陈然紧走两步，与她并行，有些期待地问："想知道吗？"

何杏灵依然眼睛向下，一副无所谓的表情："随便。你愿意说出来就知道，要不愿意呢就不知道。"

陈然挠头："这话听起来有点绕。"

"是吗？我很清楚的呀。"何杏灵绷着的脸上没表情。

"简单说想或不想就可以了嘛。"陈然赔笑道。

"想不想都随便你。"

"又来了！以前怎么没发现你是这样的呢？"

"今天发现也不晚啊。不过发现了也没用，你不是马上要走了么？"何杏灵终于抬起了头。

"算了，还是我告诉你得了。"

"随便。"一副与己无关的口气。

"我有个亲戚，在北方给我找了一所学校，那里比较安全。主要是我以前读书少了，需要去好好学习文化。"

"是不是还给你说了一门亲啊？"何杏灵想到家里不顾自己的反对为自己订了一门亲，心里就特别难受，语气不由有些冲。

"哪有！我还小，说什么亲呢？再说，一个男人，事业没有一点基础，怎么可以考虑成家的事？"陈然抬头看着远方，语气坚定地说。

听到这里，何杏灵暗暗松了口气，绷着的脸松弛下来，态度也好了不少："香哥儿，能不能给你亲戚说说，帮忙再联系一下，让我和你一起去。"

"我这个都想了许多办法才办成，要再联系肯定是不行了。"陈然快速摇头，以掩饰说谎话时不自然的表情。

"要不我去那里找工作，可以陪你……继续练习跳舞？"何杏灵试探性地问。

"据说我在那里也待不了多久，毕业后就要离开。再说，现在到处都很乱，工作很不好找，你一个女孩子，去一个陌生的地方，怎么能让人放心呢？"

陈然最后一句话，让何杏灵有些感动，她的态度更加好了，声音也变得柔和多了："那你毕业后，去哪儿呢？"

"不知道。肯定要到时才清楚，说不定会去重庆呢。"陈然为了安慰何杏灵，临时编了可能到重庆的话。他下意识地做起了习惯性的动作，借着夜色挠头。他不能预知的是，这年底他们家因父亲工作调动，真就搬到了重庆。

"真的么？那我还是先回家，在重庆等你，你到时一定要来找我哟。还记得我家在哪儿吗？"何杏灵有意要考考他，看这个人到底对她的事留意了多少。

"何络药房。"陈然毫不犹豫地说了出来。那天晚上他睡不着，早在脑子里过了一遍。

"不错！记住就好。还有，在天官街，真正的市中心，离大十字街不远。记住哦，我会在那里等你的。"

"一定。只要去重庆，我肯定会去找你，谁叫我们是好朋友、好搭档呢！"

4

很快,日军占领了襄阳,进逼宜昌。国民党军队节节败退,溃不成军。大批难民像潮水般向西逃亡。

陈然身背小包袱,手提锯琴,行走在人流中。但他不是逃亡,而是向着自己的理想,朝着革命的圣地——延安的方向,一步一步坚定地走去。

陈然想起那天陈朝辉交代要去三斗坪的古黄陵庙接头。陈朝辉说正因为逃难,才没多少人有心情去参观这个长江三峡中最大的古建筑群,所以那里比较安全。

他来到庙门前,看着匾额上"古黄陵庙"四个大字,笔画娴熟,笔力苍劲。古黄陵庙庙宇古朴,其颜色和建筑的样式,同那里的山水非常协调,带着浓厚的江南特色。袅袅不断的青烟,悠悠的钟声,让人觉得仿佛是在江南水乡。

难得见到有人细细观摩,住持主动前来招呼:"施主好!"

陈然回礼:"住持好!请问这是什么时候建的?为什么建呢?"

"春秋时代天下洪荒,'荡荡洪水方割,浩浩怀山襄陵',禹率民自江州①涂山始,一路凿山劈岭,引水向东,后得神女瑶姬相助,凿穿三峡,水患乃平。这是古代先民为纪念禹而修建的。"

"是纪念大禹治水的,对吗?"

"是的,禹是深得民众爱戴的圣人。"

两人边走边聊,陈然忽然看见前边走着一个道士打扮的人。他想起接头人是一个游方道士,急忙谢过住持,说自己随便转转。

他回忆二哥当时的交代,看到要找的人,要显得不经意地去

---

① 重庆古称。

招呼:"阿弥陀佛,请教'命中已有八角米,什么时候能满升?'"那人不说话,会不经意地在前面带路,走到室外俯瞰长江。他可以跟随其后,假装也去看江。对方会感叹:"两岸猿声啼不住啊。"陈然只要回答"直挂云帆济沧海",双方就算接上头了,然后对方会告诉他下一步怎么办。

陈然尾随此人走了一会儿,上前拱手:"阿弥陀佛……"对方看了他一眼,眼神有些凶,似乎不知他在说什么,没有说话,转身自顾自往前走去。对方并没有向外走,更不要说去看长江了。

陈然退后,远远地又偷偷跟在那人的后面。只见那人每遇到能向外张望的地方,都要站立一阵,左右上下远近反复打量,有时还偷偷竖起右手大拇指,在眼前比画。

陈然觉得有些奇怪,这人的动作与自己要找的人不像。在如今人心惶惶的时候,这人却并不慌张,一点儿没有抓紧逃命的打算。他是干什么的?他的行为,到底代表着什么?

陈然在心里说:"看来我有必要再试探一下他。"

当那人走上一层楼后,陈然跟了上去,并走到他的旁边,也向外打量,同时在心里酝酿着怎样开口。

楼下有婴孩的哭声传来,那有气无力的声音,犹如一只小猴。有了!陈然心里一喜,自言自语道:"唉,这孩子怎么像猿一样,哭声不止哟?!"其实,陈然是在用"两岸猿声啼不住"这句话来提醒对方。

对方恶狠狠地盯了他一眼,仍没有说话,转身又走了。

"年轻人,你怎么躺在地上啊?"不知过了多久,住持摇醒了陈然,并扶他起来。

"嗯？我怎么在这里？"陈然摇晃了一下，站起来。原来他继续偷偷跟着的那人，在转过一个柱子时却不见了。正在他东看西瞧的时候，突然被人打晕了。

"你是找人吗？"住持问。陈然摇头，没有说话。自己的秘密，怎能告诉外人呢？

"如果有什么事，可以来找我。"住持没有追问，说完就走了。

陈然在原地坐了下来，休息一阵后，继续在庙里转，他要弄清楚刚才那人是干什么的；如果再遇到，他一定要先下手为强。

走完庙的里里外外，也不见那人的踪影，陈然终于明白那人不是自己要找的人。他想，如果再有机会遇上，一定要制服他，并弄清楚他是谁。

同时，他开始怀疑，自己当时是不是听错了，因为此地还有一个黄牛庙，于是又去那里转了半天。那里停留的人更少，根本没有像接头的人出现。陈然转回来，坐在庙门外守候……

两天后，仍无结果。此时，听逃难过来的人说，日军已占领荆门、远安，正向宜昌迂回包围，逼近三斗坪了。

由于劳累奔波，食宿无序，以及担忧、失望和恐惧，陈然疟疾复发。不愿给人添麻烦的他，还是无奈地找到了住持。

住持及时采来草药，熬好后喂他服下。陈然终于告诉对方，自己是在等人。

"不要等了，小伙子，兵荒马乱的时候，保命要紧。阿弥陀佛，只要青山在，不怕没柴烧。有人就有一切。"

陈然带病继续寻找、等候了半天，仍然没有结果。按冷远说的，剧团肯定是回不去了，因为已撤离了。迫不得已，他只好随着难民流向西撤退。

第十一章
狱中挺进

1

距重庆市区七公里的西北郊歌乐山下,有一座主体为两层楼的小院落,长条青石砌成的高大门口上方,镌刻着"香山别墅"四个字。这里原是四川军阀白驹的郊外别墅,借与白居易是本家,就大胆借了他的号。人们习惯称为"白公馆"。

军统局一九三九年四月底成立临时看守所,十月选定这里为所址,主要关押"共党分子""军统违纪犯"和"反蒋要犯"。

此地四周是又高又险的山。半山和山顶上,矗立着苍老的松树,冬夜的寒风,激起一阵连一阵的松涛,像成群的野兽在荒山里咆哮。公馆附近的岩石和树木被漆成白色,以阻止被关押的人越狱逃跑。

四周高高的砖墙上布满密密匝匝的高压电网,墙外是成群的岗亭、碉堡。岗楼上架着机关枪、探照灯。看守为了壮胆而发出的吆喝声,不时从岗楼上传来。惨白色的探照灯光在阴森的山谷里,来回照射着。

陈然在渣滓洞也就待了个把月时间。考虑到他是政治犯,不能释放,徐元甫安排将他转移到了白公馆。刚来的时候提审过他一两回,可能觉得再审也不会有多少收获,后来就没怎么再逼他。看守给了一些纸笔,说只要写悔过书,就可以对他从轻发落。

虽然拖着重伤的身体,陈然仍没忘记自己党员的使命和责任。面对纸和笔,他无时无刻不在思考,偶尔也总结自己以前的得失,甚至想把它写下来。但稍一迟疑的他,马上就推开了,因为那是让他写悔过书的。

转移到这里没几天,陈然就开始观察环境。拘押他的楼二室是楼上左后方的一个死角,后墙有一扇小窗户,窗外危岩耸立,墙根有一条溪流绕墙而过。这是一个十分僻静的地方,监狱看守偶尔来一趟,通过牢房栅栏门上仅容一头伸出的四方形风口,查看一下。没人时,他可以"自由自在"地活动。

陈然借放风之际,细心观察着周围的环境。房子墙柱上写着"明其道不计其功,正其义不谋其利"。这是什么意思呢?

从字面上来理解,对于我来说,明白办报的道理,自认也做出了最大的努力,但是,我不会邀功,也不需要人评功摆好。办报是为了呼唤公平,倡导正义,没谁是为了自己的私利。说明我们没做错什么!

《挺进报》是《新华日报》被迫撤走后兴办起来的,它揭露国民党的谣言,宣传共产党的主张,传播战场上解放军胜利的消息,使人民欢欣鼓舞,拍手称快;使敌人胆战心惊,恨之入骨。

陈然为自己是这份报纸的主创人员而感到非常自豪。如果不是被敌人抓起来，现在至少应该办到二十五六期了吧？没什么，革命自有后来人。组织上一定会召集人手继续办下去的。可惜狱中的难友们没看到过这份报纸，如果能看到，相信他们也会称赞的。想到这里，陈然笑了，不小心牵扯到伤口的疼痛，让他轻轻吸了一口气。

对了，有没有可能通过什么方法，把自己进来之前外边的大好形势告诉长期关押在这里的难友，以提振他们的士气？他进一步想到，敌人肯定是不会让他们知道外面情形的，有必要帮助那些人多了解一些外面的真实情况，使他们进一步了解局势，找到出路。

这个想法可行吗？我能找谁商量一下呢？估计这里也应该有党的组织，可谁会是负责人呢？

陈然常常借放风之际，站在二楼的过道上，观察楼下那些人。

一个在楼下放风的人喊住了一个看守："羊儿疯，帮个忙噻。"那人叫刘大志，个子不高，戴副眼镜，斯斯文文的，看起来像个老师。他的声音不大，但温和而亲切。

他和另一个叫王猛的人先后都打量着楼上的陈然，露出关切的表情。其实这两人的名字，陈然早已听说，但人与名字对上号，是后来的事。

四川人爱把发癫痫称为发"羊儿疯"，那个看守本来叫羊尔俸，被这样喊，是因为发音有些相同。个矮、人瘦、皮肤白，看起来像是有病，是被这样喊的另外一个理由。

放风结束，"羊儿疯"借察看牢房的机会告诉陈然，下面让我传话，不要在房间乱倒水，有人被漏下去的水滴到头上了。

陈然心想，牢里本来给的水就很少，解渴都嫌不够，怎么可能倒掉呢？再说，自己没有乱倒东西的习惯，也从来没这样做过呀，那怎么会有水漏下去，甚至还滴在别人的头上呢？这说不过去嘛！

敏锐的他马上意识到，这话值得好好想想，这是在暗示我什么吗？他一边思考，一边慢慢地在房间里走动起来，尽管沉重的脚镣，压迫得受伤的脚踝一阵阵钻心的疼痛，行走十分困难。

陈然突然回想起，这之前放风的时候也有人向上打量他，只不过时间很短暂。或许因为他在看楼下的所有人，没十分在意个别的眼光？

那么，他们打量我，是为什么？

我看他们，是为了找同志、找组织。那他们呢？是同志甚至是组织在找我？如果是这样，他们的暗示就成立。如果是这样，我就不孤单。

说不定还有什么秘密通道可供楼上楼下联络，就像我们印发《挺进报》一样？

想到这里，陈然很高兴，决定找找。

陈然已经初步掌握了看守巡逻的规律。他利用他们来查看牢房的空当，很小心地在屋子里查看，最后在自己睡觉附近的墙壁角落，发现了一个极小的孔洞。而且，那里已有一个小小的纸卷！

他抚了抚胸，抑制住兴奋的心跳，来到风口，先听了听外面的动静，再伸头看了看，立即回到那里，抽出纸卷紧紧攥在手里，在地铺上坐了下来。

背对着放风口，陈然轻轻打开纸条，然后握在右手手心里，用手撑着头。如果有人从后边看过来，会以为他是在想事情或者打盹。

他的目光从纸条上快速扫过："名字？原因？来自山的哪一边？"

陈然闭着眼把纸条上的话，在脑子里过了几遍，想好了如何回答，然后很兴奋地在那张纸条的背面写下了几个字："陈然，挺进报。山那边。"然后卷好纸条，插回原地方。

这一问一答已让他确认，监狱的同志和党组织在找他，他也找到了组织、找到了同志。

2

放风结束，回到平四室牢房的王猛，悄悄和刘大志聊起来。

"组织上要求我们把每一个同志团结起来，把每一个人的作用都发挥出来，共同开展斗争。只是敌人狡猾，不让楼上楼下的人在一起放风，不然，早就能联系上他了。"

刘大志摆手："能轻松联系上，并不见得就是好事。如果我们这样能联系上，那反倒安全些。"说完悄悄向房间角落努了努嘴。

王猛会意地笑了："我会留意他的动静。"

"他回信了。"王猛悄悄把纸条塞到刘大志手中。

"明白。'羊儿疯'告诉我，那人叫陈然。说是从他家中搜出了正在印的《挺进报》。他承认是一个人在做这件事。而他的回信和'羊儿疯'说的两相吻合。可以向组织报告。"刘大志是地下党学运负责人之一，王猛是东区工委宣传委员，他们都是因刘家定、冉一智叛变而被捕入狱的。两人都参与了《挺进报》的发行。

王猛赞叹："哦，我们看到的报纸就是他在负责印呀？不简单！那么年轻。"

"他能很快找到秘密通道，说明他很有斗争智慧，可以信赖，也可以依靠。"

"嗯。有机会，我们要好好合作。"

"组织上让我们问他：此地沉闷，可否吹下外面的风？"刘大志用眼神示意了一下。

王猛点头。

此时，陈然正在计划用秘密通道，说出自己的建议。没想到他与组织的想法不谋而合，而他更是直接提出了做法。

王猛通过秘密通道传达党组织的意见，同意陈然搞狱中《挺进报》的建议，但要把握两条原则：一是不画刊头不排版，分行直书通讯消息内容。从形式上看，只是一张便条，即使被敌人发现，也不会闹出大的动静。二是坚持用仿宋字书写。因为组织上从他先后传来的纸条上发现了他的习惯。为此，党组织秘密指定了两个人注意模仿他的笔迹。

不久刘大志家中送东西来，在一条香烟的一个烟盒里装了半截铅笔头，被巧妙地转到了陈然手里，成了书写消息的好工具。香烟盒里面锡箔上的许多块小方白纸也被利用起来。用罐头铁皮自制的小刀片，可以削铅笔。有了这三样东西，办报就水到渠成了。

陈然脑子里储存着许多新华社的"最新"消息。他用纤细端庄的仿宋字体，把胜利的消息，解放了的城市，写在小纸片上。

这些"袖珍新闻"便像雪片一样，不断飞到狱中党组织负责人许大同、谈黎明等人手里。他们读完后立刻将它吞进肚里，有的也转给可靠的同志传阅后再毁掉，然后及时将这些令人兴奋的消息口头传达给其他难友。

夜深人静之时，从山顶倾泻而下的溪水，在墙根回响。陈然在闹中取静，一边仔细分辨着外界最细小的声音，一边让笔尖擦着纸沙沙作响。一张张长宽不及数寸的小纸片，凝聚着年轻战士的一片丹心，借着木栅栏空隙处透进来的一丝微弱灯光，用最简洁的语言把令人激越的战报传出。

他手中捏的不是一根短小的铅笔头，而是一支铮铮铁笔，他在纯净的白纸上，写的不是风花雪月，纸醉金迷，而是金戈铁马，战火硝烟。他眼前浮现出转战南北的人民解放军英雄群像，他心中翻卷着阳光普照的祖国大美锦绣山河……

陈然几乎把《挺进报》的全部消息在白公馆重新发行了一次。敌人永远搞不懂：毒刑和拷打，并不能损伤一个意志坚定的人、一个对事业执着的人的记忆！筋骨断裂，血肉翻飞，但意志和记忆，不会或缺！

人们的求知欲望是很强的，对好消息的渴望是永无休止的。很快，陈然记忆的内容传播得差不多了，而狱外的形势特别是中国共产党领导的人民军队的胜利消息仍在不断传来，要怎样才能获得更多的消息呢？陈然向党组织说明了自己的困难。

不久，组织上让陈然注意隔壁也就是楼一室的动静。

隔壁？陈然的心思活动开了，有了前面的经验，他马上想到，自己所在的楼二室和楼一室也应该有一个通道，这个通道和前面那个通道一样，只有自己人知道，敌人是不清楚的！

他小心翼翼地来到那面木板墙前，在上及自己的身高，下到墙角的位置，从左至右，又从右至左，逐一查看，没找到有孔洞甚至一丝缝隙的地方。只是靠近角落的地方有一扇木门，但被固定死了。

"嘭……嘭……嘭"，他试着敲了三下墙壁，会不会哪里是空的而表面被糊上了？就像家里印《挺进报》那间密室的木板壁，自己用厚纸块给糊上一样。

"嘭嘭……嘭"，轻轻传来的响声把陈然吓了一跳。他仔细辨别后，觉得应该是来自隔壁。

"嘭嘭……嘭"，他照着对方的方式，也敲了三下，然后转身对着牢门，一面注意看守的行踪，怕突击查房，一面等待着隔壁的回应。

一分钟过去了，两分钟过去了，隔壁突然悄无声息。

奇怪！怎么没有进一步的动作呢？最起码可以按我的敲击方式，回应一下吧？

正当陈然百思不得其解时，墙角传来窸窸窣窣的声音，那扇木板门下出现了一张小纸条。

陈然欣喜地抓起来一看，上面写着四个字："晚报晨归。"

什么意思？陈然知道市面上有《大公报》《新民报》什么的，晚报，很少听说有，显然这不是指报纸的名字。晨，早晨，归，还。早上还？哦，晚上给我报纸，看后第二天一早归还？应该是这意思吧？

监狱方非常害怕被关押的人知道外面的消息，所以总是严密封锁。这报纸管得相当紧。看来，隔壁的人也很是费了一番心思!

陈然把那张纸条反过来,也写了四个字:"驷马难追!"从原路塞回,表明自己会像君子一样,信守承诺。

不一会儿,"嘭……嘭……嘭"墙壁响了三声。人家很懂啊!知道我明白了他的意思,给了回应。

陈然笑了,对着墙壁,做了一个双手抱拳的动作。

按这个方法,陈然获得了一些新的消息,狱中《挺进报》又源源不断地开始传阅起来。

正当陈然紧张而有序地秘密进行着这份令人兴奋的工作时,这间窄小的牢房,又关了一个人进来。

陈然带着疑惑、审视的目光打量他:这个新来的是什么人,中共党员、国民党左派还是伪装的特务?他可以信任吗?值得信任吗?

"我叫罗冰,你可以叫我小罗。"对方主动自报家门。

"陈然。"

俗话说,酒逢知己千杯少,话不投机半句多。如果来的是敌人,半个字也不想和他说;但如果来的人是自己的同志,而且信得过的话也许可以成为有力的帮手呢。虽然要防备,但做人起码的礼貌还是要有。陈然经过短暂的思考,也报出了自己的名字。

"哦,我在那边听说过你。"罗冰显示出一些热情和敬佩之意。他说的那边是陈然没待多久的地方:渣滓洞。他在那听说了陈然的勇敢和坚强。

可陈然不了解他,还不想和他过多交流,见天色已晚,只说了声"睡吧"就倒上了床。

看不见的溪水淙淙流过,水声比白天听得更清楚。和溪水一道传来的还有风声,夹着松涛阵阵,这是早春的寒风,在荒山上呼啸。

罗冰呆呆地坐在床头,陪伴他的,只有冷淡和黑暗。这都不算什么痛苦,不能被自己的同志接纳,才是最大的痛苦。

坐了一会儿,罗冰挣扎着走向窗口,把脸靠在铁栏杆上,呼吸着清冷而潮湿的空气。

"你怎么还不睡?"陈然问。

"睡不着。"

铁链锵锵地响,陈然困难地挪动着脚镣。"你在想家?"他从床上坐了起来。

"不是,我在怀念渣滓洞的伙伴们。"罗冰说。接着他讲了渣滓洞的斗争事迹,然后说这儿的空气太沉闷了。

陈然思索着,可以初步判断这个人应该是自己人,但在没有得到确认前,万不可轻易暴露。所以他只说了句:"时间不早了,还是早点休息吧。"

每次放风只有十分钟,罗冰焦急地注视着楼下院子里的那些人。他总想看出点不同的表情和动作,但那些伙伴们散步时步伐缓慢而缺少变化,根本分不出谁是朋友,谁是敌人。

陈然也只是偶尔给他指过几个面目呆滞的人,说是这里关得最久的……

3

过了两天,牢门突然被推开,"羊儿疯"溜进来,从口袋里掏出一包香烟,递给坐着的陈然,在他的耳边说了一句,就快速离开了。

罗冰问:"你喜欢抽烟?"他其实是想知道那人说了什么。

陈然摇头,没说话,随手把那盒香烟丢在床上,接着拿起布条缠他的脚镣,他的脚已经被沉重的铁链磨得红肿了,缠上布条可以缓解疼痛。又到了放风时间,陈然推说脚痛,没有出门。

罗冰跨出牢门,在楼道上一边散步,一边远远地望着屋子里的陈然。只见他坐在床头,背着窗口撕开了那盒香烟,把一支支的烟卷捏在手里,然后又丢在床上……

罗冰想,一定有秘密!他避开我,显然是对我不信任。

哨子响起,放风完毕,罗冰满怀委屈,踱回光线昏暗的牢房,低着头关上了门。当他转过身来时,一双热情而充满信任的眼睛正注视着他。

陈然像变了个人似的,微笑着递给罗冰一张小纸条,压低了声音说:"这是给你的。"

"小罗你好,有事可和陈然商量。"多熟悉的笔迹!这是刘大志的字,他是罗冰的一名入党介绍人。

"你好!"陈然伸出手。

"你好!"两双手紧紧地握在了一起。

那是信任的开始,友情的开始,合作的开始。

按照党组织的安排,罗冰负责放哨,配合陈然"办报"。

罗冰站在窗前,把头伸向出风口,向前瞭望。他的身后,陈然背着窗口,手里捏着一截铅笔工作着。过去,他一个人干,只能断断续续地边写边听那可能出现的脚步声,只能拿自己的背去遮挡手腕的动作……

一张小小的纸,上面写着罗冰带进来的"最新"消息,刊头上写着"《挺进报》(白公馆第17期)"。纸小,字也小,但一体的仿宋字,写得工整。

夜深人静。
"嘭嘭……嘭",墙壁上传来轻轻的响声。
"嘭嘭……嘭",正在等待的陈然立即回应。不一会儿,木板门下的缝隙里,塞过来一张《中央日报》。

报纸上尽管多是诬蔑造谣之词,却成了狱中《挺进报》每日新闻的消息来源。因为陈然从阅读中,逐渐学会了反话正听,非言正解;透过虚假,捕捉真实。

陈然飞快地浏览了一遍《中央日报》的头号标题,经过筛选,把重要的摘录下来。

中央社电:……蒋介石"引退",李宗仁上台……和谈在酝酿中……

他分析这条消息可原文摘抄,但要加上按语——

假和谈,真喘息,敌人将卷土重来!

读到另一条中央社消息:蒋介石出席国民党最高紧急会议,在会上表示:"不惜任何牺牲,决心保卫广东!"陈然暗中拍手称快,他把消息倒过来写——

人民解放军向华南进军，挥师入粤，"蒋该死"仓皇失措，召开紧急会议。

陈然改写国民党报纸的本领越来越高强，他能透过眼花缭乱的报纸宣传及时了解时局的变化，洞察我军的行动和方向，将最新的消息送到难友们手里。

正是这一张张小纸条，成了难友们唯一的精神食粮，使他们心明眼亮，对前途充满希望……

人间四月芳菲天。暖和的太阳照耀着大地，和煦的微风送来春天的气息。

放风的时间到了。陈然和罗冰靠在栏杆边，遥望着青葱起伏的歌乐山，尽情地享受着短暂的"自由"。

突然，汽车鸣响打破了难得的宁静。远远的公路上出现了一个黑影，越来越近，是一辆开得很快的吉普车。高墙遮住了视线，但车子是朝监狱方向开来的。

楼梯上响起了急促的脚步声。

"进去！"走在前面的是不久前当上看守长的刽子手"杨三角"。因为他的三角眼常常露出阴险狡诈的神色，被难友们起了这个外号。只放风了七分钟，就被赶回牢房，陈然和罗冰交换眼色后，并排挤在牢门的放风口向外张望。

看守们不时从长年上锁的保管室里抱出一叠一叠的东西，不一会儿，围墙外腾起了浓密的黑烟，烧焦的纸片四处飞散，越飞越高，后来，又慢慢地摇摆着飘落到地面上。

前几天，装甲车载走大批看守，他们从报纸上了解到，是外边暴发了"反饥饿反内战"的学生运动。但现在烧毁档案是为什么呢？

夜里，陈然得到了通知，要他去隔壁找消息。看来，楼下的伙伴们也想知道外边到底发生了什么。

可是，那熟悉的"嘭嘭……嘭"声当晚并没有如期响起。陈然焦急地等待到天亮，又焦急地等到了放风的十分钟，才装作很随意地去隔壁窗口晃了晃。

整个白天过去了，没有消息。

晚上，那熟悉的声音终于响起。离门缝最近的罗冰从梦中惊醒后，立即回敲了三下，马上抓起报纸，递给了陈然。

在昏暗的光线里，他们连夜读报。

很快，陈然编写出新一期《挺进报》——

让我们欢呼南京解放！人民解放军先头部队已于四月二十四日上午五时入城。

较规定时间提前两小时！上海解放！……

"停止放风！"看守站在院坝大声吆喝。

楼下通知："提高警惕！去掉刊头、期数和日期。"

"《挺进报》出事了？"陈然和罗冰对望着。

不一会儿，楼二室的牢门格格作响，"杨三角"和两个看守扑了进来。罗冰不自觉地站起来。

"坐下！"

毡子被撕破了，拖在地上，屋子几乎被抄得翻转过来。但是，毫无先兆的紧急搜查，没有发现可疑的东西。

看守悻悻地摔门出去，回头锁上牢门。挂在门扣上的大铁锁不住地摇摆,似乎在摇头嘲笑他们的愚蠢和可笑。

"我们要查查你的报纸是否完整!"那三人冲到隔壁房间,提出奇怪的要求……

《挺进报》出问题了?不,铅笔、纸和刀片都没有被发现,也没有盘问他们……陈然和罗冰悄悄分析。

难道是楼下出了事?不安和危险向陈然袭来。难道敌人抓到了什么可疑的东西?

晚上,隔壁没有再递报纸过来。陈然想和楼下联系,却发现联系已经中断。

陈然和罗冰不知到底发生了什么,悄悄做着最坏的打算。

4

所长办公桌上放着一张纸。"杨三角"脸色苍白,抖着手拿起那张又破又皱的薄纸,就像拿着一颗定时炸弹。

"说,是谁给你的?""杨三角"吼道,快要迸出眼珠的眼睛,凶狠地射向和那张纸一齐被带进来的人。

那人是楼下的宣浩。他已经被捕好几年了,黑暗的牢房使他本就近视的眼睛变得更加近视。他兴奋地拿着这张纸阅读,没有发现狡猾的"杨三角"已经出现在他的后面……

"我自己写的。"

"你?共产党员都不是,能写出这个?""杨三角"狞笑着抽出了随身携带的鞭子。

陈然的心情变得十分复杂和沉重。他担心柔弱的宣浩承受不住那些刑具的折磨。

"不是他,是我写的,我去,我去承认!"陈然像是自言自语,又像是对罗冰说。

他的脸因愤怒而涨得通红,突然他向窗口冲去。

罗冰急忙冲上去,紧紧捂住他的嘴,强行把他拖了回来。

陈然终于冷静下来,对罗冰说:"幸亏你没让我喊出来。否则,一个住在楼上的人,是怎样把《挺进报》传下楼的?再愚蠢的敌人也会想到楼上和楼下有联系,秘密通道就有暴露的危险!就会有更多的人被牵扯进来!"

"所以,关键时刻一定要冷静,千万不能冲动。"罗冰似乎也在提醒自己。

"如果我暴露了,隔壁的人也要受牵连,敌人之前去搜查,肯定是已经产生了怀疑。"

敌人的侦察还在秘密进行,暴露的风险仍在增加。

"那张纸是我给他的。"和宣浩同牢房的许大同站在监狱边,大声说。

"杨三角"大睁着眼睛,比起宣浩,这个人确实更有理由写出这些。

一九三八年许大同在江苏入党,先搞工运,到重庆后是青委机关报《青年生活》的主编。从一九四零年被捕起,他坐牢近十年,斗争经验十分丰富,深受狱中难友尊敬。

许大同马上被押了出去。那些狡诈的家伙真的会相信是他吗?

时间仿佛停滞了,难友们度日如年,既担心宣浩,又担心许大同,该吃午饭了,他们还没回来。

"你给他的？写几个字来看看。""杨三角"认为许大同是在故意转移注意力，他指了指桌子上放着的纸和铅笔，不耐烦地说。显然，他想通过核对笔迹知道那纸片上的字到底是谁写的。

许大同在"杨三角"的注视下，沉着地拿起了笔……

经过不同的人反复比对，监狱方一致认为，这和那张纸上的笔迹是同一个人的。

"那你的工具藏在哪里？"

"杨三角"亲自带人在许大同的枕头里边，找到了几张薄纸，一小截铅笔。

作为狱中党组织的负责人，许大同对类似今天这样的事情，早已做了防范措施。他是模仿陈然笔迹的人之一。

"这上面的消息是从哪里得到的？""杨三角"急迫地追问，他必须尽快找到泄密源。

"前几天放风的时候，管理室没有人，我进去翻报纸，找出了这条消息。"许大同从容地回答。

"我们的报纸，会登共产党的消息？！""杨三角"冷笑，然后下令，"去，把我们的报纸搬来，我倒要看看他能不能找到，找不出来我看他怎么说！"

许大同慢慢地翻，真的找到了！

敌人哑口无言。原来，他们是不看报纸的！

经过和宣浩对质，口供完全一致。没有秘密组织和联系，事件是偶然的。

"这是什么地方！你知不知道进行'奸匪'煽动的处置条例？""杨三角"底气有些不足，但仍然色厉内荏。

"按照你们的惯例，进行秘密组织或者宣传活动的人，会被处死！"许大同从决心站出来和敌人面对面斗争起，就已经没有丝毫躲避的打算，早已将生死置之度外，"什么也不用说了，你们打报告枪毙我吧！"

敌人没有打报告。

他们不敢打！

"杨三角"和副手商量："这件事情很讨厌！报纸既然是管理室的，我们就负有'失职'的责任，按照规定，失职人员最坏的结果是被判处一年到两年的徒刑。就算去通关节，不被处罚，我们今后的日子肯定不好过。"

"算了，我看把那人关禁闭，警告警告那些家伙就行了。"

"好，你召集人，我有话要说。"

"杨三角"召集全体看守人员开会："各位，今天的事情就当没有发生。以后不准再议，否则，休怪我不客气！但是，管理室从今天开始，必须严加防范，不准再有类似的事情发生。"

危机就这样解除了！

许大同终于从禁闭室出来，他被处罚禁食三天，每天只给一碗盐水，身体更加消瘦而衰弱。他拖着沉重的脚镣，回到伙伴们的身边。

谈黎明没有说话，只是紧紧地握住他的双手，满眼关切。他对老许是越来越佩服了，因为当时提出办报的两条原则，就是许大同深思熟虑后定下来的。他郑重其事地对也是负责人的谈黎明说："我们是在敌人的刀尖上过日子，必须讲究斗争策略，切不可掉以轻心。"

陈然知道这些消息后，心里暗暗决定，以后要更加谨慎。如今有狱中党组织在，他们的斗争配合密切，明显效果会更好。

组织,真的是自己可以依靠的最坚实的力量。

他想起自己失去了组织那段迷茫的日子,到现在都能品尝出苦涩的味道。

第十二章
山重水复

1

一九四零年陈然接头失败，中途又得了痢疾，不得不辗转从湖北三斗坪到巴东海关。爹娘见他这样狼狈，忙着给他做饭，又问怎么会变成这样。陈然不愿多说，但又不能不回答。

"剧团派我单独去做一件事，日本人来了，就和剧团走散了，只好回家。"他挣扎着起身，拍拍背包上的灰尘，"没什么，在路上打了几天摆子。"

经过一番诊治调养，陈然的病渐渐好了。考虑到小儿子只上过半年职业中学，陈书敏想让他继续读书，但陈然这时对上学、对前途已有了自己的看法，回答说："当然还要上学，不过我要上的是社会大学。"

陈书敏一时没明白："你连中学都没念完，怎么上大学？"

坐在旁边的陈崇心却完全理解了陈然的想法，忙说："崇德的意思是拿社会当大学，他已经是大学二年级的学生了。"

陈书敏见两个儿子都是十七八岁的大小伙子了，已经对自己的人生有思考，就没再说什么。

在家里有规律地过了一段日子，陈然有时拉拉锯琴，有时唱唱歌，有时还教小妹跳跳舞，他的身体越来越好了。但表面的平静，掩盖不了他内心的焦虑：怎样才能找到联系人？还能不能找到？还有别的办法吗？

陈然偶尔也和爹娘说说话，但他的愿望、他的理想，没法和他们说，也不能给他们说，一来他们无法理解，二来说了反倒增添他们的担忧和烦恼。

过去陈晓琪在时，陈然可以向她述说。现在还好有哥哥陈崇心，因为年龄差距不大，接受的新事物、新观念差不多，有共同的认识，和他还可以交流。

时间过得真快，很快到了九月十八日。晚饭后，陈然回到房间，去自己的枕头下拿出大姐的日记，递给随后进来的陈崇心："哥，你抽空看看吧。大姐离开有两年了，我时常想念她。"

"好，我马上看。"陈崇心抚摸着日记本，"崇德，我每每想起大姐，心里就特别难受。不过，我们只是难受不行，还要向大姐学习，做一个对国家、对民族、对老百姓有用的人。"

"嗯。我们出去走走，好吗？我想和你谈谈。"

陈崇心点头。陈然和他谈了许多，包括剧团内部的变化，对共产党、国民党的看法，等等，但他没有透露自己已是一名共产党员。

当谈到剧团的年轻人时，陈然问了陈崇心对感情的认识："哥，老实说，你有没有喜欢的女同学？"

陈崇心想了一下："说不上喜欢不喜欢，对个别人有点好感而已。"

"那有没有喜欢你的呢?"

"这个,我怎么知道呢?"

陈然继续问:"如果有,而且你也喜欢她,你会怎么做?"

"怎么这样问?老实交代,你是不是有喜欢的人了?"陈崇心反问。

陈然连忙否认:"我这么小,哪有啊?再说,现在也不是说这些事的时候啊。"可是何杏灵笑意盈盈的样子突然从脑海里冒了出来,他马上打断念头。"你会怎么做,说说呗,以后遇到了我才知道怎么办。"陈然挠挠头,掩饰的同时表现出一脸渴求的样子。

陈崇心想了想:"有没有,都只是自己的感觉,万一误会了人家的意思,怎么办?"

"对呀,怎么办?"陈然不达目的不罢休。

"写信,写封试探的信,或许是个办法。"

"写信?有了,"陈然突然一挥手,"哥,回头我再找你聊。"

脑海中闪出的何杏灵,加上陈崇心刚才说的写信,使陈然灵光一现:给她写信,通过她打听情况。他因无法找到组织、与剧团失去联系而苦闷的情绪,终于找到了释放的出口。

时间在期待中度过,很快进入冬天。陈然的心从热切期盼到渐渐失望,到近于绝望。

他经常独自拉锯琴,拉《纺织姑娘》《渔光曲》等怀念大姐,也拉《大刀进行曲》《太阳出来喜洋洋》等,回忆过去欢快的时光。

一天晚上,陈书敏带回一个好消息:他要调往重庆工作,很快就要走,因此要抓紧处理好家务,把家搬到重庆去。

"对了，崇德，这是给你的。"好似突然想起什么，陈书敏从公文包里掏出一封信来。

陈然期盼已久的东西，终于来了。

巴东的冬天气温很低，陈然家的屋子中央，用大土陶盆生了一盆火，还算暖和。正在读书的陈然，接过他爹递来的信，看到寄信的地址是重庆，立即拆开信封。

香哥儿：你好！

　　接到信，真不敢相信是从巴东寄来的。你不是说去北方了吗？怎么回事？发生了什么？你没什么吧？我好担心！

　　回信迟了，其中原因一两句话说不清楚，以后有机会再说。

　　你问剧团的事，我回重庆后已离开剧团，具体的不是很清楚。不久前碰到吴兴国，只说目前进展不大，他和剧团的人还在努力。又过去一段时间了，有什么新的进展我不知道。等下次问了再告诉你。好吗？

　　先写到这里。

　　祝一切安好！

　　　　　　　　　　　　　　　　　杏儿

陈然匆匆把信看了一遍，握在手上，默想了一会儿，又看了一遍，心想：她怎么没说剧团的其他人在干什么呢？既然我马上就要去重庆，就不给她回信了。这兵荒马乱的，说不定我人都到了，信还没到呢。他看了看邮戳，心说这封信不是也拖了好久才到我手上的么?

一九四零年底,陈然的家迁到重庆江北县朝阳河镇。陈书敏给先到重庆的陈晓薇拍了电报,让她提前租好房子。

江北县过境河流主要是长江和嘉陵江,其中长江沿县境东南边流淌,嘉陵江沿县境西南边穿行。中、东部有寸滩河、朝阳河、长堰溪、御临河注入长江。朝阳河镇是一个小场镇,毗邻朝阳河与长江的交汇口。

朝阳河码头是长江边上一个比较热闹、繁忙的码头,以前并不大,也名不见经传。但从这里乘船,上行到朝天门码头,然后步行经小什字、小梁子、会仙桥,可去市中心;上行到千厮门码头,换乘沿嘉陵江上行的船,可达北碚、合川等地。而在这里乘船沿江下行,可到长寿、涪陵,甚至更远。

这里原本比较冷清,是国民政府迁都重庆,跟随迁入此地的人越来越多,才热闹起来的。

和陈晓薇一家团聚时,陈然非常高兴地看到了大家庭第一个三代子孙。他欣喜地抱起胖乎乎的小外甥女,不停地逗着玩:"来,乖乖,给小舅笑一个。"

把家安顿好没两天,陈然一大早起床,不等吃早饭,就迫不及待地要去赶船,他想到天官街找何杏灵。黄凤淑不让,担心日本飞机轰炸。陈然说:"娘,冬天雾多,日寇的飞机看不清地面,一般不会来。再说,日本狗强盗并不可怕。街上就有人说,轰炸来了尽量躲,过了还得照样活。"

陈然喜欢到热闹的地方走走看看的习惯没有变。每新到一个地方,他一定要去熟悉环境、了解习俗等等。所以当地人对轰炸的态度,他很快就知道了,也学会适应了。

听完了娘"一定要注意安全"的叮嘱后，陈然出了门。他站在船上，认真打量沿江两岸的地形地貌，毕竟是第一次到重庆。重庆的初冬，白天陆地温度在十度左右，但船上要低一些，因为江面有风。重庆是有名的雾都，一年大半的时间都有雾。好在今天雾不算大，勉强可以行船。

陈然没有感觉到冷，此时他的脑子一刻也没有停止思考：何杏灵在信中为什么自称杏儿，不再叫林何？是要把过去忘掉，还是在暗示什么？今天去能找到剧团的朋友吗？

重庆朝天门码头，有很长一坡大条石砌成的梯子，自江边依坡形蜿蜒而上。相对平坦的地方，穿梭着许多二人抬的"滑竿"：两根木棒中间的位置捆绑着一个带靠背的竹椅子。椅子顶上搭着一块长方形的布帘，用来遮阳挡雨。抬滑竿的是头上缠着白色或黑色长帕子的中青年男人。也有戴瓜皮帽、穿长衫的人从滑竿之间挤过。有小孩手提小竹篮，在地上认真寻找着什么。有人肩挑背扛搬运货物，在码头上上下下。还有许多担着水桶的人穿行，那是到江边挑水的挑水工。这是长期流动的一道市景。

朝天门两边许多吊脚楼式的捆绑房，沿山坡靠石壁搭建，一层一层由许多根粗细不一的木棒支撑，好似悬挂在空中。

陈然一边打量一边问路。可重庆人指路不会说东西南北，多是左拐右拐，爬坡下坎，所以陈然东问西打听，很费了些劲儿，才来到位于市中心附近的天官街上。他沿路一个一个看过去，终于找到了临街的一个铺面，正门口挂着一块长方形的匾，上面是黑底金色的四个隶书大字："何络药房。"这字写得好，陈然暗暗称赞。

他小心走进店里，进门右手边是一长溜木质柜台，背后靠墙立着一大排带格子抽屉的药柜。左手边有一条通道，通向里面。原来是里外两间：前店后诊，即前面抓药，后面医生看病。

柜台上有两个女孩，一个好像在埋头记账，另一个面对药柜，时而上，时而下，时而左，时而右，不停地拉开、关闭长而窄的格子抽屉，在照医生开的方子抓药。

"请问，打摆子……用什么药？"这句话前面都是四川话，唯独最后四个字是北方话。

埋头的女孩觉得有些奇怪，这说话的方式本身有点怪不说，关键是那浑厚带磁性的男声，似乎在哪里听过。她抬起头左右打量，一个有点面熟的年轻人正站在她面前。她用手磕磕自己的前额，突然手指着他惊喜地喊道："你是……陈然？怎么瘦成这样了，我几乎都认不出来了。"

这女孩正是何杏灵。她想自己今生或许不会再演戏了，就让"林何"成为过去吧，所以，在给陈然的信的结尾，她是以自己家里最亲近的人，也就是母亲喊的"杏儿"自称的。

何杏灵从柜台出来，解释了回信迟的事："前些时候因拒绝婚约，和家里闹得很不愉快，暂时离开了药房一段时间。"

"去哪了？"

"回老家散心去了，所以没及时看到来信。"

何杏灵先带陈然到闹市中心大十字路口转转。陈然判断了一下说，这两条垂直大街分别位于东南和西南四十五度角上。沿十字路口转了一圈的时候，何杏灵介绍了附近的街道：天官街的反方向是柴家巷。朝西南向的大街从东向西是都邮街、关庙街……其反方向是会仙桥。陈然说我知道会仙桥，来的时候经过了的。

"走，我带你去公园看看。"何杏灵说。

两人沿天官街朝着长江的方向，往位于"后伺坡"的中央公园走去。在公园里慢慢走、慢慢聊，陈然的一些疑问很快得到了解答。而他为什么这么快全家到了重庆，何杏灵听后开始有点紧张，但很快就笑了，她是真的高兴。

"剧团的那些人现在在哪里？我想见他们。"陈然有些急迫。

"他们不像在宜昌有相对固定的地方，而且好些人跟我一样，已离开了。具体情况我表哥可能清楚一些。"

"长中？他在哪儿？我想去问问。他没有离开剧团吧？"

"感觉他可能也要离开，只是还没找到合适的工作。他家住牛角沱，那个地方比较好找，所以剧团的人有时会在那里聚一下，相互交流一些信息。"

"那我找他应该是找对了。"

"我给你一个他家的地址，你可以去七星岗坐公交车，坐到两路口，再走一段路就到了，不是很远。我这里现在走不开，不然就带你去了。下午看能不能抽出时间，我到表哥家去找你。"

何杏灵比陈然略大，又经历了一些世事磨砺，自然心思缜密，说话灵活，留有余地。作为药房掌柜的大小姐，她不会离不开，也不会没有时间，因为药房通常下午没上午忙，只是在找一个恰当的理由而已。就她的内心，其实巴不得现在就和陈然一起走。

分手在夏季，见面在冬季。她内心非常喜欢的香哥儿，她为之拒婚的香哥儿，这半年又经历了些什么事，心绪有些什么变化，她在这短短交谈的时间里，没法知晓更多。因为对于他的突然到来，她需要时间梳理。还有各自后面的路怎么走，也没来得及交流。

还是让陈然先去把急于办的事办了再说。既然人已到了重庆，他的家也在这里了，以后有的是机会，何杏灵心里宽慰道。

2

"炒米……糖开水。"

"粉团萝卜，又甜又化渣。"

"黄糕香，黄糕甜，不香不甜不要钱。"

吆喝声从街边简易的摊位上传来。由于日机轰炸，街道两边兀立着不少的残垣断壁。人们在靠近断壁的地方，临时摆起了一些小摊位。冬雾渐浓，日机来得少，人们渐渐恢复了往常的生活。

"雾都"重庆冬天难得见到的太阳，终于露出了笑脸。市区的人们冒着日本飞机轰炸的危险，尽可能走出家门来晒太阳。有人开玩笑，说这是为了"收太阳过冬"！

为了进一步熟悉道路，陈然有意识地去千厮门码头，从那里上坡，来到中正路。路边有两座高楼，他曾多次听人们谈到过。一座是建于一九三五年的美丰银行大楼。楼高七层，是当时最高的。另一座是川盐银行大楼，建于一九三六年，九层，很快取代了美丰银行成为最高楼。陈然没想到的是，他后来认识的一个朋友，也是战友，更是难友，此时正在其中一家银行上班，他就是古典。

这两座大楼是用钢筋水泥建造的。日本飞机多次轰炸，岿然不动。对这两座楼，当时有一个夸张的形容：如果人仰头往上看，戴的帽子都掉下来了，还望不到楼顶。

陈然依然是坐船到朝天门，步行到七星岗车站，坐车经观音岩、两路口、上清寺。这条路何杏灵给他讲过，是一九二七年下半年开始建设、一九二九年八月建成的新城干道，叫中山路。他在上清寺，再转了一趟车。

中共中央南方局八路军驻重庆办事处设在红岩嘴，是一幢两楼一底的房子。他要去找自己新的领导人老徐。

"快到之前有一棵树，在那里分成两条路。'走红岩，投八路，抬头先看黄桷树。'到了那里要走右边那条……"在路上，陈然回忆陈朝辉的提示，还把要说的话回忆了两遍，有的话他知道，有的话他还不太熟悉。陈朝辉说了，如果对不上话，就接不了头。就是话对了，也还要观察对方的神情，等等。这是他过去不曾遇到的，一定要仔细再仔细。

他来到办事处大门外，门卫问："找谁？"

他稍迟疑了一下，说："千里江陵一日还。"

对方仔细打量着他，又观察了他的身后。"轻舟已过万重山。"对方说，然后做了一个请进的手势，"201。"

陈然小心翼翼地来到201房间门口，门是虚掩着的。他上前一步，轻轻敲了两下，里面传来"请进"的声音，清晰、洪亮，还有些威严。

"你找谁？"对方微笑着站起来。

"我找……千里，不，不，桃花潭水深千尺。"

"只缘身在最高层。"对方笑了，从桌子后走出来，伸出右手，"你就是陈然同志吧？"

陈然听到他不太熟悉但准确的回答后，也笑了。他开心地挠了挠头，然后伸出双手握住对方的手。

两人在桌子对面两把椅子上并排坐下来,老徐问了陈然入党以来的情况,最后问他有什么想法。

"老徐同志,我还是希望能到延安去,那是我的理想。到了那里能更好地学习,更好地革命,更好地为党工作。"

"陈然同志,你的理想很好!只是,还要找合适的机会。朝辉同志给我讲了你的情况,我建议你先去找一份工作,等待时机,一旦有了,我会立即通知你。"

"是吗?那我该怎么做?"

"例如,边工作边学习做工人运动,通过你,宣传、影响和带动他们,对当前我们的国家、民族以及我们党有比较正确的认识,支持抗战,支持我党的正确主张。这不是很好吗?"

"好的,我知道该怎么做了。"陈然主动握手告别。

一九四一年新年刚过,传来一个令人震惊的消息,国民党制造了"皖南事变"。国共矛盾激化,党组织立即召集党员传达事变过程,强调对敌斗争的策略将发生变化。

陈然听了,很气愤,也很激动,到解放区去的愿望再次被激发。开会结束后他把想法告诉了项长中,没想到项长中唉声叹气地说:"唉!我们这种人,不是干那种事的材料。"

一听这话,陈然脸都气白了,愤怒地质问他:"你是什么人?你是什么材料?你是不是共产党员?"

项长中低头苦笑了一下,不敢吭声。

陈然没有受项长中的影响,又去办事处找老徐,希望能到八路军或新四军的部队中去直接参加战斗。

"陈然同志,你的愿望非常好!"老徐肯定了他的想法,"只是目前形势下,我们确实没有把你送到解放区的机会。"

陈然不知道的是,由于国民党的包围封锁,解放区的处境目前非常艰难。只有国共和谈的代表,或者一些重要的军事将领才坐得上飞机,其他的包括在全国很有影响的民主人士、大作家等,都是坐车坐船加步行,绕道香港等地,历经数月才能到达延安。就是这样,沿途还要派出许多人为之接洽、转移、护送,要花很多的经费、精力,甚至造成一些人员的伤亡。而在国统区要完成这样的任务,比国共交织区、非国统区要困难得多。

这些话,老徐不能够说出来,只好劝导陈然:"我希望你还是安心留在重庆,能在敌人的心脏战斗,这是我们许多同志特别是非国统区的同志,求之不得的机会呢,你可要好好珍惜哟!陈然同志,你要相信,在这里作用发挥好了,说不定比直接上战场大得多,甚至能大到你无法想象的程度。"

老徐停顿了一下,很真诚地看着陈然:"宣传不是你的强项么,就从你的强项做起。当然,在这里和你们原来在宜昌差别很大,特别是要保护好组织,保护好自己,保护好同志,也要保护好家人。只有组织安全、同志安全、个人安全、家庭安全,作为一名共产党员的作用才能更好地发挥。"

老徐这番话,入情入理,因势利导,帮助陈然纠正了一直以来的固有观念:只有到前线拼杀,才是一个共产党员发挥作用的最好方式;帮助他认识到白区同样而且更需要党的工作,做好了更能发挥一名共产党员的作用,更能体现个人价值。陈然欣然同意留在重庆,随时听从组织的安排。

而此时,陈然的家也正面临从未有过的困难。他爹陈书敏身体本来就瘦弱,连年逃难奔波,加上营养不良,得了肾炎,到重庆不久，肾炎复发，两腿肿得走不动路。重庆海关在朝天门海关巷，每天上下班都要经过朝天门码头那一坡长长的石梯，实在无法继续，只好退职回家。

陈书敏退职还有一个重要原因，就是日本的大轰炸。海关办公地在日寇重点轰炸区域，当空袭警报发出后，健康人可以很快撤离、躲藏，而他就非常困难。

陈书敏流着泪对陈崇心和陈然说："孩子们！我是没法再挣钱了，以后的生活要靠你们了。很可惜没法让你们再念点书，只好随便找个工作吧。只要是个正当的事，哪怕是做个店员当个工人都行。"

"爹，您放心吧！我们应当承担起养家糊口的责任了。"陈然回答，陈崇心慎重点头。

陈然这段时间很苦恼。他一心想去延安，可是面对家里这种情况，他能够逃避和退缩吗？理想和现实的矛盾，让他十分焦虑；国民党统治区的黑暗，反动势力的猖獗，让他心生愤怒；革命队伍的分化和牺牲，让他惋惜和痛心。

哥哥陈崇心知道陈然的理想，而他又何尝没有这个愿望呢？他曾经找到和《新华日报》有联系的同志想过办法，只是没有实现。这事他没对陈然讲过。

陈崇心在心里盘算：现在怎么办？干革命能不能有家？顾家还能不能干革命？崇德一直都有这个愿望，他人小些，前途远大一些。二姐嫁人后，自己便是家里的老大，就是她还没出嫁，作为家里的长子，自己也应当承担更多的家庭责任。那就全力支持崇德吧！但自己还是要尽量找一个能两者兼顾的工作。

后来，陈崇心到北碚战时儿童保育院当了一名老师。

重庆物价高涨，陈然一家的生活越来越困难，但陈然对生活的艰苦从来不放在心上。他除了每天坚持锻炼身体外，把主要精力放在了学习上。在找工作的同时，他也抽时间去拜会老朋友。

一天他去了育才中学，与吴兴国说起学习感受："不读《联共党史》就不懂得国际，不读《新民主主义论》就不懂得中国革命的道路。读了这两本书，心里才有了主心骨。"

"不错，陈然，你学习很有进步。"吴兴国竖起了大拇指，"我呢，当了老师后才发觉，教育是多么重要，教育也是多么有意思、多么神圣的一项事业。"吴兴国很陶醉地说，"这不是空话。如果你没有经历，是感受不到的。"

"老话说'不经一事，不长一智'，或许我能理解。"陈然说起到宜昌农村演出时，教孩子唱歌的情景。

"'纸上得来终觉浅，绝知此事要躬行。'这话和你说的是一个意思。不过你那次时间太短，没有我的感受深刻。当你在课堂上提出问题，学生一脸困惑，而通过你的讲解，他们明白后用那一双双清澈明亮的眼睛望着你，面带微笑，有的还微微点头时，你会充满成就感，会有进一步的力量爆发出来。"善于演说的吴兴国兴奋地挥舞着双手，一边走来走去。

"我相信。"陈然说，"对了，兴国，你们学校这么好，以后要让我家小妹来这里读书哦。她现在还小，才读小学。"

"好呀，非常欢迎。到时来找我，我负责向学校推荐。"吴兴国肯定地回答。

那天陈然没有回家，就在吴兴国那里住了一晚。

"对了，何先生的情况如何？"陈然问起了那位值得尊敬的老人。

"何先生去了香港。但他没有忘记作为一个中国人,积极支持抗战的责任,他后来捐了一架飞机。"

陈然感叹:"我们国家像何先生这样爱国的人、像兴国兄这样有民族大义的人很多,所以,我们中华民族是打不垮的民族!是不可战胜的民族!"

第二天,陈然不慌不忙地回到市区,去找何杏灵。

"咦,怎么事先没说一声就来了?"何杏灵有些惊喜地问,同时指了一下电话,意思是我给了你电话号码,就是怕你跑空路呀。

两人出了药房,一路走来,何杏灵道:"我很快就要离开药房了。"

陈然道:"不在药房?那你干什么?回家吃闲饭,过'衣来伸手,饭来张口'的寄生虫生活?"

"才不呢,你看我是那样的人吗?"何杏灵瞅了一眼陈然,露出不满的神色。

"那你干吗?"

"我要回老家去当老师。我老爸说重庆城的空袭太凶了,让我回去躲一躲,日本鬼子一般较少去那里丢炸弹,也躲一下那些讨厌的人,避免惹事。再说乡下单纯,僻静,麻烦少,让人放心。"

这时他们到了上次来过的中央公园。陈然问怎么就惹事了。何杏灵说有人想打她的主意,就来找麻烦。陈然点点头,表示已明白。

"对了,你现在做什么呢?"何杏灵问。

"还没确定,或许先到工厂当工人吧。"陈然想起老徐说的关于做工运的事，有了主意。这之前他确实没有想好自己应该去做什么。

"要不你跟我一起去当老师？我觉得吧，你蛮适合的。"

"我暂时还是不能离家太远了，以后有机会再说。"陈然把父亲因病退职、哥哥去北碚等家里的现实情况说了，"家里需要有一个男人照顾。"

他突然想起这话项长中曾说过，怎么自己今天也很自然而然地说出来了？他发现，当事情与自己无关的时候，人都能轻描淡写地说一些漂亮话。

"你什么时候去呢？走的时候，我请你吃饭，为你饯行。"陈然潇洒地挥手。

"很快，我向新来的人把手上的事情交代清楚后就走。吃饭呀？好啊！不过你家这个样子，还是我请你吧。"

"现在还不是开学的时候，怎么会现在就去？"陈然有些疑惑。

"我提前去实习，下学期开学就正式当老师。"

"哦，那要恭喜你哟，何老师！"陈然突然弯腰致礼，像一个学生，"何老师好！"逗得何杏灵哈哈大笑，惹得旁边的游人看了他们几眼。

"你家住哪里？我到了好给你写信，把我具体的位置告诉你。如果你有空，欢迎你到我的家乡来玩。"何杏灵热情相邀。

3

重庆的四月，依然花红叶绿，阳光正好。人在屋子外面，会开始感觉有点热了，但在家中，如果是上午，还需要穿两件衣服。

失业在家的陈然，穿了一件衬衣，为方便起见，在外面套了一件红色的毛线背心。因为他正在练习毛笔字，已经写好几天了。

陈然暂时没找到工作，心里烦恼，但一时也没有办法。虽然家里人也说，你才十七八，总能找到活干，但他不愿意一天无所事事，如果不做一点自己认为有积极意义的事，就觉得是荒废了宝贵的时光，问心有愧。所以，他早上起来锻炼身体，看看书，感觉有点疲倦时就拿起了毛笔。

离开剧团后，没有《演出公告书》可写，他已经好久都没写字了。在这之前陈然一直想去外地，安定不下来，不可能也没时间来想这些，现在既然已经确定不去了，他觉得是该练练了。

凡事预则立，不预则废。不是才读了这句话吗？当时不太明白，陈然去请教陈书敏，他爹解释后没多说，只是拍了拍他的背。那意思陈然明白，书要多读。

陈然想，这字练好了的话，说不定哪天还能派上用场呢。

他正写得痛快，陈晓薇领着项幺妹进来了。项幺妹从口袋里掏出一封信递给陈然，还没说话，就满眼泪花。

陈然接过信来细看，上面是项长中歪歪扭扭的几句话：

上次在家中谈合伙做生意的事，投入太大，不但不赚，还要赔钱。不要去筹钱了，我通过大兴在合川给你找了份工作，待遇很好，赶紧过来。

陈然立刻觉得不对："我们没说过做生意的事呀，我也没说过要去市区外找工作嘛。"

"那我哥这信，是啥意思啊？"项幺妹带着哭腔道，"我还把信给表姐看过，她说不知道你们之间商量过什么。"

项幺妹的话提醒了陈然，这信可疑，这事也很可疑，因为大兴！他必须立即报告组织。

项长中曾经和何杏灵、项幺妹一起来过自己的家一次。之前他怀着侥幸心理告诉了何杏灵自己的地址，才有了今天的事情，以后必须要注意。想起陈朝辉当时在项长中家对他的暗示，他更加佩服这个二哥警惕性高。

来到老徐处，陈然如实报告了整个情况，老徐听后对他说："从目前的情况看，项长中的革命意志衰退、思想动摇，可能经不起考验，弄不好会走得更远。"

原来项长中被骗上当后，开始表示愿意工作，后来又找借口想离开，被大兴打了几个耳光，还亮了一下手枪，威胁要抓他的家人。项长中知道大兴对妹妹有企图，最后以不能伤害家人为条件叛变了。

老徐说："你必须马上离开重庆，到外地去，要暂时断绝组织关系，等待以后组织上主动派人来联系你。"

陈然摇头："让我转移没有意见，但要我断绝组织关系，这怎么可以！加入组织是我一生的追求，好不容易加入了，你让我断绝，我想不通！"说完他两手搭在额前，头低了下来。

陈然早已习惯了把自己和党组织看作一个不可分割的整体，他没法想象自己脱离了组织，像一只孤雁四处飘零。如果那样，自己怎么战斗，怎么生活？他实在是想不通！

"组织至高无上，组织的利益高于一切！"老徐说，"当组织的大利益和个人的小利益发生冲突时，必须要首先考虑组织利益！哪怕是牺牲个人利益！当然，我们不是说一定要牺牲个人利益，如果能够兼顾，也未尝不可，是不是？"

陈然抬起头来看着老徐，没有说话。

"断绝关系是暂时的，这是组织和个人安全的需要。这算不得什么！为了斗争需要，我们有的同志还要隐瞒真实身份，打入敌人内部，开展惊险的斗争。"

陈然紧绷的脸有些松弛下来。

"只要我们不忘记自己的身份和所担当的使命，就行了，组织上是知道的。就目前的情况，让你暂时断绝关系，这既是保护个人，更是保护组织的必要措施。作为一个党员，应当无条件执行组织的决定，难道忘了？你隐蔽到群众中，还可以继续做他们的工作，一样可以发挥作用嘛。你要耐心等待组织的召唤。"

陈然仍然没有说话。这时天已完全黑了，老徐说："今天太晚了，你就别回家了，留在这里好好想一想，明天再说。"

陈然一整夜没有合眼，最后终于想通了：共产党员应当遵守铁的纪律，既然组织上决定了，那就服从。但到什么地方去呢？除了重庆有几个朋友外，他到外地又能找谁呢？想来想去，他想起了在江津的卓越。

第二天，陈然找到老徐："报告组织，我想通了。"

"好！你想到去哪里了吗？"

"去江津吧，那里有我以前的一个朋友。"

"好。"老徐说完，给了他一些钱作为活动费，交代他应该注意的事项后，让他不要回家，立即出发。

"荷包蛋、排骨饭,好吃又好看!先生,要吗?"江津县城位于长江边天香街的"真公道"饭馆前,店小二热情地招呼陈然。

虽然知道卓越在江津,但陈然不知道他具体在哪里。好在以前听卓越说起过他哥哥开了家饭馆。

当时陈然对卓越说:"你哥肯定是好人。"

"为什么这么认为?"

"这个世道已经很少有公道了,而你哥还坚持'真公道'!"

"那是,"对方笑着说,"我们一家都是好人。"

卓越的哥哥是武汉沦陷后迁到江津的,他饭馆的东西既便宜又好吃,所以生意还不错。

宜昌剧团到重庆解散后,因为卓越不是党员,组织上没再找他,他也就没有随陈朝辉等一起回湖北,只好到江津投靠哥哥。但他又不愿意搭伙,选择了自己单干,靠收购和出售一些破旧衣物、修理钢笔等维持生活。

"小和尚,你怎么到这里来了?"卓越很吃惊,有些不相信自己的眼睛。他认为陈然早去了北方。

陈然讲了两人分手后自己的大致情况,当然,与组织有关的事情只字未提。他说:"我在重庆没法生活,来江津找点事做。"

"那你找到了吗?"

"我才到,先来看你,后面慢慢去找。"

"算了,我这里正好缺个帮手,如果不嫌弃,就在这里吧,我们兄弟在一起也好说说话。"

陈然双手抱拳:"恭敬不如从命,谢谢老兄收留。"

"客气啥,我俩是外人么?"

安顿下来后,陈然梳理了一下过去的事情。他表面看起来平静,其实内心很焦急。他真切地感受到,革命,不是有的天真诗人所想象的那么浪漫,也不是他自己过去想的那么简单。革命队伍复杂,斗争异常激烈。和组织暂时断绝关系,自己成了一只孤雁,非常落寞而无助。他多么希望组织上能早点派人联系他啊!

但是一贯倔强的陈然,并没有因此而沮丧,他自嘲:"看来这是在对我进行考验,看我能不能在艰难的环境下独自坚持革命!"

江水流逝,时光转换,夏天变成了秋天。

买卖旧衣物的生意惨淡,他和卓越两人只能勉强维持生活。生活困苦加上精神抑郁,他的身体变得很虚弱。秋天到来时,陈然患了严重的痢疾。收入有限,连吃饭都困难,哪能顾得上治病呢?陈然发着烧,两个眼窝深深地陷了下去。

卓越劝他回重庆去,毕竟那里的医疗条件比江津要好些。陈然没有答应。他想起组织上的指示,要他在这里扎下根。可是,他不能把实情告诉卓越,党内多是单线联系,就是党内同志,各自承担的任务未经组织同意,都不可以告诉,何况卓越不是组织的人。

陈然的病越来越严重,也渐渐有了回家的想法,但还是拖过了九月十八号。

卓越坐在他的床边,他有点吃力地说了"大姐"两个字。

"大姐忌日,我明白。小和尚,你真是个重情重义的人!"卓越伸手与他相握。

那年和何杏灵在山上悼念大姐后,每年的这一天,陈然都要追思大姐。他用锯琴拉曲,表达情感。今年没有锯琴在身边,因为当时走得比较匆忙，卓越便陪着陈然，唱起了《渔光曲》。连月光也像是知道陈然的心事一样，暗暗的，没有多少光彩。陈然止不住潸然泪下，卓越也唏嘘不已，轻轻抚拍陈然的背，以示安慰。

陈然的病越来越重，连上个厕所都感到困难。卓越一人摆地摊，还要照顾他，确实忙不过来。陈然想想这几个月风平浪静，好像也没什么事，他在心里说，看来项长中还是念旧情的，没有出卖我，于是辞别卓越，拖着病体回家。

卓越掏出身上才收到的一点现钱，强行塞给陈然，然后提着包袱，把他送上开往重庆的船，并请坐在陈然旁边的人帮忙照顾一下。

"莫得问题，都是去重庆嘛。"那人与当地人相比，少见的高大，一脸憨厚，说一口四川话，边说还边向旁边挪动，给陈然留出一个宽敞点的位置。

"谢谢！"陈然有气无力地说。后来，他感觉稍微轻松点，和那人简单交流起来："请问你贵姓啊？是做什么的？"

那人说："我姓吴，是来走亲戚的。在重庆南岸一个工厂上班。"陈然问他的厂在哪个位置，说自己正在找工作，病好了也得去找点事做。

姓吴的人回答在南岸的玄坛庙。陈然点头，表示明白了。

那人又说："你要有机会呢，去我们那里耍一下还是可以的，附近有两个有名的庙子。但找工作还是要到另外的地方。"

陈然问："为什么？"

那人回答："我们那个厂要垮不垮的，附近也没什么像样的企业……"

一个多月后,陈然回到江津没找到卓越,去问他的哥哥才弄清了原委。

那时为"真公道"餐馆挑水的人,同时也在为江津警察局挑水。一天早晨他去警察局挑完水,神色慌张地跑来报信,重庆警察局来抓人。卓越听说后马上躲起来,当晚搭渔船离开了江津。

"我兄弟犯啥事了,未必他是共产党?"卓越的哥哥问。

"不是。"陈然回答。

"那为啥要来抓他呢?不过我也知道,一旦被抓,绝不会有好事,这地方的人说过一句话:不死也要脱层皮。所以我赶快让他躲起来了。"

"你做得对!"陈然说,"估计是我和卓越以前在剧团的一个同事被捕后,想找人顶罪才来胡乱抓人的。国民党不是'宁可错杀三千,也不放走一人'么!"

"那些人怎么知道我这里呢?"

"那个被捕的人肯定跟我一样,记住了你这儿。我不也是先到这里问了你,才找到卓越的么?"

由于卓越离开,陈然在江津无法落脚,只好到八路军驻重庆办事处找老徐。传达室的人回答老徐不在。过了几天又去问,还是说不在。

陈然突然意识到,这是组织上还在回避他。

陈然不明白,这其实是在保护他。因为,办事处大门外有许多特务昼夜不停地在盯着。谁进去了,什么时间进去,什么时间出来,进出次数多的人,肯定会被记录,被盯梢。

陈然只想到找组织,他的心太迫切了。

他写了一个简要的书面报告,说明去江津的经过和目前的困难，请办事处门卫转交，希望得到指示。

组织的指示会来吗？

4

秋风秋雨愁煞人。朝阳河镇青石板街道两边，生长有零星的黄桷树，偶有枯黄的落叶随风漫舞。

从江津回家，陈然走在街上，看着时起时落、孤独飘零的黄叶，心里有一些悲凉，感觉自己就像一片落叶颠沛流离，无依无靠。但当他看到黄桷树那虬曲、粗壮、密集的根，沉着地见缝插针，破石入土，吸收养分，支撑着郁郁葱葱的树干昂扬天空，迎风挺立，他又若有所悟。那些树，虽历经春夏秋冬，仍顽强不息，他看到了生机，看到了希望，不由得加快了脚步。

第二次去江津，陈然没见到卓越，但还是有收获的。他反复问卓越的哥哥，对方明确说警察只是要他交出卓越，并没有说还要交出其他谁。这说明项长中在最后时刻并没有供出自己。他把这事和项幺妹来报信连在一起分析，得出了这样的结论。

家里已经有两封何杏灵的来信，他上次回来生气何杏灵泄露了自己的地址，现在因为心结打开，看法也就发生了改变。他已经开始从对方的角度来看问题和想问题了。

林何：

你好！

两封信均已收悉，勿念。感谢牵挂！迟复为歉。

在我家一别，已大半年了，发生了一些事，估计你已大致知悉。详情以后有机会再告。

你要多多锻炼身体，多多保重，好好保护自己。

知名不具
即日

陈然想，估计学校没人知道林何是谁，那么就只有叫林何的人自己知道来信者是谁。万一这封信被其他人看到，也不知是谁和谁。还有，信里也看不出有实质性的内容，如果有信件检查，不会被拦截。他这样做，是吸取了以前的一些教训，那就是小心谨慎，注意细节。

回完信，陈然如释重负。作为想法一致或被说成"心心相印"的好朋友的何杏灵，应该会理解的。

继续翻看大姐的日记，陈然突然看到了一段话：

……一、在农村工作中要抓着知识分子，让他们组织当地的农民；二、做妇女工作，使她们推动她们的丈夫；三、与当地的党政军发生关系，从他们那里得到工作的便利；四、要吃苦耐劳，处处表示出并不是特殊的人，而是和他们一样的人；五、要给农民实惠，使他们信任你，而便于你宣传……

他合拢笔记本，自言自语地说：大姐，当年你们搞宣传可是不容易呢！已经过去几年了，也不知现在的农村怎么样？如果有机会，我也要像你一样，到农村去！到老百姓中去，而且要吃苦耐劳，不当特殊人！

读小学的陈晓瑶放学回家,带小侄女去玩。

"小家伙,来,让小舅抱抱。"

陈然抱起小女孩跳哥萨克舞,给她唱《太阳出来喜洋洋》。他原地转圈,滑稽地唱歌,把孩子逗得哈哈笑,可是当他唱"大刀向鬼子们的头上砍去"时,因为带了仇恨的情绪,唱得咬牙切齿,倒把小家伙给吓哭了。

陈晓薇正在屋里帮黄凤淑做饭,赶忙出来制止。她的家和陈然的家在一条街上,相距不远,经常过来一起做饭吃。

"香哥儿,这么高兴,找到工作了?"

"嗯……还没有。"陈然顿了一下,老老实实地说。

"是没找到,还是没有去找?"陈晓薇虽然和这个弟弟分开有两三年,但还是了解他的性格,不会说谎,"香哥儿啊,你也应当担起家庭的责任了。"

"好,二姐。还没找到合适的,不过我知道应该怎样做了。"

陈然的回答让他的二姐没明白,于是又问:"那你想找个什么样的工作呢?"

"去工厂吧。"他记住了老徐的话,所以希望到工厂去,一边上班,一边做工运工作。

陈晓薇说:"好吧,我来想办法。"

她托熟人想法找工厂,但是,当时国民党统治区经济凋敝,失业者比比皆是,想找个工作难极了。陈然只好在家里焦急地等待着。经陈晓薇的丈夫,也就是冷方的介绍,他到一辆私人经营的长途客运车上当了售票员。

汽车上除了他只有司机和助手两人,一心想搞工运的陈然,也把他们当成自己积极接近的对象。他不仅卖票,遇到汽车出毛病时，还主动协助修车，不怕脏，不怕累，有时和助手一起爬到车底下，弄得一身油污也不在乎。

不久后客运车因赔本而停运，陈然也因此失业。

这年春节，一家人团年。平时在外地工作的冷方，难得回家一聚。陈晓薇让他想办法给小弟找个工作，他答应了。

"香哥儿，鹅公岩有一家兵工厂的消费合作社需要营业员，你去吧。"冷方说。

"兵工厂，国民党的？"陈然问清楚后，心说我一个共产党员，怎能去那里做事呢？但他转念一想，兵工厂有许多工人呢，这可是开展工作的好机会呀！如果能扎下根来，说不定能成为开展工人运动的一个重要联络点哩！

正在思考的陈然，看了一眼哥哥。作为共产党员的陈崇心，不便明说值得去，只说："你不是一直想向工人阶级学习么，这可是个好机会，去试试吧。"

"好吧，谢谢姐夫！"见哥哥也支持，陈然拿定了主意。

陈然在合作社干了一段时间，就不想再干了。他在给何杏灵的信中写道：

> 这个合作社哪是为工人服务的呢？是那些家伙对工人变相进行剥削的工具。经理是一个善于投机倒把、巧取豪夺的吸血鬼，下面一些人，是只会吹牛拍马、贪污腐化的二流子。他们在货物里掺假，大秤进，小秤出，用各种手段欺骗和榨取工人的血汗钱。
>
> 我看到这种情况非常气愤，但是又有什么办法呢？

为了反抗，当工人兄弟来买东西时，我就私下多给一些，但很快就被周围的马屁精发现了，立即打小报告。

经理马上找到我，严厉地警告，如果再这样，就要开除我！

我才懒得等他来开除我呢，没过两天，我回家，不干了！

冷方在一个公司担任上层职员，生活比较优裕，他不理解陈然的行为："俗话说无商不奸，以次充好，囤积居奇，哪有做买卖不做手脚、不捣鬼的呢？只有公司赚到钱，职工年终才能分红嘛！"

"我宁愿饿死，也不做这种亏心事！"陈然坚定地回答。

过了一段时间，陈晓薇通过湖北同乡会的关系，在中国粮食公司器材库又为陈然找了一个当提运的工作，就是到重庆各码头、有时也逆江上行到泸州、宜宾等地提货。得知能广泛地接触工人，陈然高兴地接受了。

在码头上，陈然主动和工人交朋友，常常和他们一起装卸货物，弄得满身尘土，汗水湿透衣裤。

他在押运木船时和船工、纤夫交朋友，学着他们哼起"哼哟""嘿佐"的号子，划船、拉纤、抬货物，边干活，边摆"龙门阵"。这是陈然过去从来没有过的经历，而这也给他后来创作歌曲提供了灵感。

不到几个月，陈然就认识了很多工人。工人们开始以一种惊奇而疑惑的眼光看他，但接触后，都被他诚恳厚道的态度所感动，善意地称他为"老陈先生"。

这个称呼,被陈然借过来给何杏灵写信时作为落款。他在信中首先戏称自己是"铁打的人":

我帮工人运钢条时,被前面跳动的钢条打了左额,鲜血直流,工人们都赶来救护,一群人拥着把我扶到医院去。从此,我的左眼角留下了一块和工人相融合的"光荣"疤痕。

在码头上有的工人和陈然不熟悉,其他熟悉的工人就会指着他眼角下的伤疤说,这是"老陈先生",他的伤疤是帮我们做事弄伤的。有熟悉的工人就与陈然开玩笑说,你可是"铁打的人"哦!

何杏灵及时给陈然回了信:

"铁打的"香哥儿:

"老陈先生"好!

你那玩笑可不好笑哦,你一定得注意安全!先生要有先生的样子!比如我当老师,得有老师的样子,不是吗?

对了,你不是喜欢孩子么?不是喜欢和学生打交道么?要不你也来这里当老师吧。你保证会受到欢迎的!我想到这个主意后,专门去问了学校管事的,他说经过测试,只要合格,就可以录用。来吧,我们又可以一起"哥萨克"了。

知名也具:杏儿
即日

第十三章
化敌为友

1

一九四九年的春天,似乎比往年来得要早。

中共七届二中全会召开、中共中央领导到达北平、南京解放……一条又一条振奋人心的消息,通过狱中《挺进报》在难友中传开。

狱中党组织分析,胜利即将来临,敌人完全可能作垂死挣扎,因此,提醒同志们要做好两手准备:一是随时牺牲的准备,要能经受住最后的考验;二是努力进行策反,争取活着迎接解放。

为此,党组织提出实施"策反计划",要大家多跟看守接触,从里面发现可以争取的人,然后因人而异,采取不同的办法,积极稳妥地化敌为友,为我所用。

陈然通过观察,发现那个外号叫"羊儿疯"的看守羊尔俸不大爱说话,其他难友也认为此人"尚未烂透心肺",在看守中属于比较厚道的人。这之前他受托,偶尔给难友传过话,也带过信,应该可以争取。于是,陈然向组织建议,由自己来做这个人的工作。组织同意了他的建议。

陈然过去的经历,培养了他很善于和不同的人打交道的本领,特别是那些生活在底层的人,如工人、农民、船员、纤夫、售票员等。

"羊儿疯"骨子里崇敬硬汉子,比较讲江湖义气。陈然在狱中的浩然正气和受尽严刑拷打也毫不屈服的人格力量,令"羊儿疯"敬佩。所以,当陈然有意无意主动同他接触、和他说话时,他没有明显反感和拒绝,虽然开始话不多,但还是给予了回应。

"杨排长,你是哪里人?"陈然问。

"河南郾城杨家庄人。"

陈然有些惊喜地说:"哎呀,我们算小老乡哦。"

"怎么说呢?""羊儿疯"问。

"我出生在河北香河呀,算起来离你们那儿很近嘛。"

"香河呀,那倒是的。""羊儿疯"点头。

"俗话说远亲不如近邻,近邻在远方就是亲人。这么远的地方能碰到一个亲人,太难得了!"陈然说。

"确实难得!"

陈然主动讲了自己是随父亲工作调动到的重庆,然后问:"你是怎么到重庆来的呢?"

"羊儿疯"和陈然说了经过:由于家里很穷,一九三八年十八岁的"羊儿疯"为混一口饭吃到西北部队当兵,不久当上班长取得上士军阶,一九四二年被调到战时首都重庆的交通警备总队当了一名班长,后加入军统,一九四六年被选调到白公馆当看守。

陈然听完,很有些气愤地打抱不平:"你工作勤勤恳恳,任劳任怨,对我们这些人,也不像那些人又凶又恶,大家都是看在眼里的,悄悄说,你还给我们传过话、带过信,我们认为你是一个好人,是一个可以交往、值得信任的人。"

陈然这番话让"羊儿疯"心里很受用,但他还是谦虚地连连摆手:"没有没有,做得不好!"

陈然话锋一转:"可是,这么多年了,你的军阶却上升不大,也不知那些当官的是眼睛瞎了,还是看不到。老乡,我觉得你肯定是没得靠山吧?"

"唉,是啊。""羊儿疯"说,"我初来白公馆时,满以为只要自己好好干,说不准能混个一官半职,所以办事尽心尽职,吃苦肯干。可是这么多年过去了,才发现自己在军统这个山头,因为没进过专门的特训班,不是嫡系,没得关系,无论怎样效忠卖命,到头来还是一个上士,想升官发财是没得指望!"

"老乡,俗话说'朝内有人官自到,朝内无人光脚跳',所以,你再能干,上面不用你,你不可能搬石头砸天,对吧?算了,老乡,我劝你也别去为那些事烦恼了。"

"你说得有道理。命中只有八角米,走遍天下不满升!不想了,想也没用。""羊儿疯"说完,有些落寞地走了。

过了一天,"羊儿疯"借查看牢房之机,又来找陈然聊天。

"老乡,我被抓进来之前,发现物价上涨得很快呢,这几个月,是不是又涨了一些?"陈然说。

"岂止涨了一些!你是不知道,市场上的东西一天一个价。钱完全不是钱了!东西也少,很多时候你就是拿着钱,也买不到东西!"

"哦，这样啊。那你的薪水够你一家人开销吗？"

"羊儿疯"无奈地摇头："肯定远远不够哦，可是有什么办法呢？"

"老乡，上次我说的话，你可别放在心上哦。"

"什么话？"陈然的话让他有些疑惑。

"就是你升官的事。"陈然指了指他衣领上的徽章。

"没什么，本来就那样。"

"我听老重庆人讲过，城门九开八闭，说明此门闭了别的门会开，而且开的门总要多些。"

"羊儿疯"瞪着疑惑的眼睛："什么意思？"

陈然凑近他，悄悄说："大路不通走小路，旱路不通走水路。俗话说，鼠有鼠路，蛇有蛇路，只要肯想办法，总有一条可走的路。老乡，当不成官就争取发财嘛，你如果想挣钱，我可以帮你。"

"羊儿疯"觉得奇怪："你可以帮我挣钱？怎么帮？"他后边的话没好说出来，你被关在牢房里，人身都得不到自由，还有什么办法能帮到我这个自由的人呢？

"你把这个星期的报纸拿给我看，我就有办法帮你。"陈然把手附在他的耳边说。

"这个呀？不，不中，这事我可不敢。""羊儿疯"摇头。他知道监狱里面的人走漏一点外面的消息，将会受到的惩罚。何况是报纸，那得有多少信息呀！"再说，看报纸就能帮我找钱，搁谁也不会信吧？"

"我要通过看信息，主要是经济消息，帮你找到赚钱的机会。但是，如果你不拿报纸来，我就没办法了。"

"羊儿疯"半信半疑地离开了。

策反,其他人也在进行。每遇放风,除陈然外,刘大志、罗冰等轮流找机会去做"羊儿疯"和其他看守的工作。

而许大同、谈黎明则分别去做李富生的工作。李富生是川西的一个土匪袍哥,因拦路抢国民党军车而被捕,假释出狱后在厨房帮忙打杂,为犯人送菜送饭。他擅交际,和大小特务关系搞得不错。在他们的耐心教育之下,他很快开始为大家工作。

2

这一天,陈家的门被轻轻敲响。

"不是叫你们别来了,别来了!没听清楚吗?"黄凤淑愤怒地大声对着门喊道。

敲门声停了。

过了一会儿,又轻轻敲响。

"刘嫂,从门缝看看,是谁在敲。如果是一个男的,就别开门。前面两三次,来的都是这个人,鬼鬼祟祟的。"

"太太,来的不是一个人,是一男一女。"刘嫂去门边看了回来,悄悄说,"那个男的扶着女的,都比较年轻。"

"那你问问,他们找谁?"

刘嫂走过去,隔着门小声地问:"你们找哪个?"

"哦,陈崇德。请问他是不是住这里?"

"你们找陈崇德?"黄凤淑和颜悦色地问,"进来吧。"

刘嫂带着女青年进门,黄凤淑仔细看了看她,欲言又止,似乎觉得有些面熟。于是她问:"姑娘,你怎么了?你叫什么,从哪里来，怎么知道我家地址的？还有，他是？"说完指了下一同进来的男子。

"哦，伯母，我叫叶子，是陈崇德小时的同学。这是我大哥。"

"我妹妹在来重庆的路上，在贵州出了车祸，伤了腿，还没好完全。我要接她回云南，她坚持要到重庆，我不放心，就陪她来了。"

"地址是陈崇德给我的。"叶子说。

"叶子？想起来了。你是不是给香哥儿寄过照片？我看过的，难怪你一进门，我就觉得好像在哪里见过。"她再次打量这姑娘，典型的瓜子脸，前额饱满，鼻子秀气，人中修长，樱桃小嘴，恰到好处。难怪神情有些憔悴，原来是受了伤。即便如此，也掩藏不了那漂亮的风姿，比照片看起来更俊。

"照片？是的，寄过。"

"那就是了。看嘛，人老了，就是不中用了，很容易忘事儿。对了，他现在改名叫陈然了。"黄凤淑说，"后来香哥儿说收到你的电报，说你要来重庆。我就奇怪，这么久了，怎么不见人呢？还以为你改变主意了呢。"

"我在那边养了一段时间的伤。我同学他……"叶子急于想问陈然的情况。

"你受伤没告诉我家香哥儿吧？没听他说起过。"她想也许是儿子不知道，也许是忙，忘了讲，当然也可能知道没说。

"是的，怕他担心。对了，他现在……"她有些迫不及待，想尽快见到陈然，毕竟一别多年，有好多话想说。

"他……"黄凤淑停了一下，"你们兄妹俩路上一定很累了，特别是叶子，伤还没完全好。刘嫂，你带他们先去休息一下，然后马上准备午饭。"

黄凤淑没想好怎样把儿子被抓的消息，告诉这个她有些喜欢的姑娘。人家可是忍着车祸受伤后的疼痛而来，经过长途跋涉、怀着一腔热忱而来。不管她是为了什么。

"好的。谢谢伯母！"男子看出黄凤淑有些不情愿说她儿子的事，忙站起来去搀扶妹妹，偷偷暗示了一下。

"伯母，现在物价上涨得很厉害，你们很不容易。非常感谢！"叶子大哥看了一眼妹妹，"我和叶子商量好了，如果您不介意，她想在您这多借住几天，伤再好点就去找工作。我得马上赶回云南去，家里还有老人孩子需要照顾。"

"别客气！没关系的。叶子姑娘，你住多久都没有关系，咱娘俩正好多说说话。她大哥，你也别急着走，多待一两天吧，啊？"

"伯母，我替妹妹谢谢您了！我就不待了，早点回去家里人放心。"

"也是，你的想法是对的，这个世道乱糟糟的，在哪里都得注意安全，更不要让家人担心。"说到这里，她想起小儿子不知被关到哪里去了，也不知是死是活，不免心里有些难过，没再说话。

刘嫂以为她疲倦了，马上说："先生、小姐，你们慢慢吃。太太中午习惯要睡一会儿。"

"怎不见陈崇德呢？也没听他娘提起？"叶子见老太太去休息了，悄悄问刘嫂。

"叶子小姐，别问我。我想，到时候她自己会告诉你的。"

"我休息这间房怎么有小孩子的衣服呢？我同学他结婚了？

怎么不见他的太太和孩子呢？难道他们一家子住在另外的地方，只是偶尔回来一趟？"

"叶子小姐别急，还是让我告诉你吧。衣服是二小姐的孩子的。你住这间房，是瑶瑶小姐的，她只有周末放学回来才住。二小姐的家就在附近，平时会带着孩子偶尔在这住住，她过来主要是陪她娘。"

刘嫂欲言又止，转身要离开。

"那我同学住哪儿？"

"我带你哥哥去休息那间。"

外面响起敲门声。

"哪个？"刘嫂隔着门问。

"是我，刘嫂，开门。"一个女声传来。何杏灵从报上得知《挺进报》案子被破获，赶忙到了陈家。

"哦，何姑娘呀，请进。"

"哟，你是？"何杏灵一进门，就发现这家里多了个漂亮的女青年，不免有些吃惊。那一次陈然看叶子来信的时候，从信封里掉出了一张照片，她一生气转身就走了，没有看到照片上的人长什么样，所以不知道这就是寄照片的叶子。

何杏灵心里有些不快。当时陈然对她说，现在形势不很好，我这里来的生人越少越好，怎么就有比自己还生疏的人来呢？她是他的什么人哟？

"她叫叶子，小少爷的同学。"刘嫂代为回答。

"你好，请问你是？"叶子看出对方似乎有些敌意，反问了一句。

"她叫何杏灵,小少爷的朋友。"刘嫂又代为介绍。

"同学?从哪里来的?"

"云南。"

"哦,原来就是你寄的照片哟!这么漂亮,难怪有人念念不忘呢!"

酒逢自己千杯少,话不投机半句多。老话没说错!叶子感觉到对方有些不善,便没有接话。再说,刘嫂刚才说她是他的朋友?是女朋友吗?陈崇德没说有呀?

"小何姑娘什么时候来的?"这个午觉黄凤淑并没睡好,她只眯了一会儿就起来了。她知道叶子急于知道儿子的情况,就在想怎么告诉她。

"孃孃,我刚到。"

"小何姑娘,你是来找香哥儿的吧?"

"是的,好久没见他去找我了。"何杏灵说完,瞅了一眼叶子。

"叶子姑娘也是。还受了伤,不容易呢。"

"哦,怎么了?"何杏灵有些吃惊。

"她来重庆的路上,在一个叫九道拐的地方出了车祸,差点就没命了。"

"哦,难怪你脸色不怎么好。"何杏灵对叶子说。

"她现在还没完全好,脸色肯定会差。她现在就在我家养伤。"

"谢谢伯母收留我!"叶子带着感激的神情看着黄凤淑。

"有句话说得好,大难不死,必有后福!你会没事的。"何杏灵的神色有些改变。

"什么福哟,俺恐怕享受不到。"叶子一脸愁容,在云南被逼婚,来重庆出车祸,刚才还被面前这个人敌视。

"有福,肯定有福。"黄凤淑连忙说。

"也不知崇德在哪里,现在怎么样,他在做什么?"叶子主动转移话题。可不转移还好,大家还有话说,一转过来,一时都没了言语。

"还是我来说吧。"黄凤淑把陈然被捕,以及家里托关系去营救的情况都讲了。

叶子难过地说:"也不知道崇德现在被关在哪里,怎样才能见到他,我要想法去找他。"

"叶子姑娘,那些坏人肯定把他藏起来了,找不到的。你别去找,免得被牵连。"黄凤淑说。

何杏灵一拍手、一顿脚,急切地说:"哎呀,他不是说他们有办法对付的呀,这下可怎么办呢?"

三个人一时无话。

过了一会儿,何杏灵向叶子摆摆手,对黄凤淑说:"孃孃,我准备回去了,您多保重自己的身体。"

"叶子,我过一阵再来看你。"何杏灵又对叶子眨了眨眼。

3

策反,在监狱内部也有人做辅助工作。

难友丁向前与李富生私人交情颇深,他动员李富生去给"羊儿疯"讲共产党的宽大政策,讲解放战争的胜利形势,说服他弃暗投明。

权衡利弊后,"羊儿疯"开始有所动摇。即便如此,当陈然问他要报纸时,开始他还是没答应。

后来有一天"羊儿疯"收到家里的来信,老婆在信中强烈抱怨,说他寄回去的钱越来越不管用了,责问他是不是在外面养了野女人,不肯多拿点钱回去,就算不管她的死活,孩子总是他的,应该管呀!

"羊儿疯"被逼无奈,心想自己就那点薪水,还老不涨,而物价却噌噌地一直涨,自己有什么办法?唉,俗话说死马当活马医,不妨找陈然试试?不试试怎么晓得他的办法成不成呢?他自己劝导自己,如果不成,大不了不再信他说的话就是了!于是"羊儿疯"就背着其他人,偷偷给陈然拿了些报纸来。

陈然搞过工厂管理,又编印过报纸,从报纸的蛛丝马迹中分析政治经济形势,对他而言,简直就是轻车熟路。

陈然看过报后,对"羊儿疯"说:"你把这一个月的工资全部拿去买肥皂。"

"是不是哟?中吗?""羊儿疯"将信将疑。

"中。你相信我吧!我不会害你的。"陈然说。

停顿了一下他又说:"这样好不好?如果你赔了,就由我赔给你。这点钱,我家还是有的。我保证不让你受半点损失,如何?"

"羊儿疯"虽不明白这其中的缘由,还是照做了。他领了当月的工资后,果真全部买了肥皂。大概押了二十来天,还没到第二个月发工资时,肥皂就涨价了。肥皂是日用品,涨价也得买呀。

"羊儿疯"赶快卖了肥皂,赚到了一笔小钱。他有些兴奋地来找陈然:"老乡,你真行!"

"我没害你吧？"陈然先有些意外，然后也很高兴。当时说得信誓旦旦，其实他也是不敢保证的。现在这个结果，也算是天遂人愿吧。

陈然更高兴的是，他开始在报纸上，为狱中《挺进报》寻找到新的"信息源"了。

小试成功后，陈然又以同样的方式，告诉"羊儿疯"买卖其他商品，每次都让"羊儿疯"赚了钱。这么三四次后，"羊儿疯"就积累了一笔他原来根本不可能指望的意外收入。

从此，"羊儿疯"就对陈然特别信任，和他关系也特别好。后来陈然让他再拿些其他报纸来"解解闷"，他也照办。

后来两人几乎是无话不说了。

"老乡，我最近一直在想一个问题。""羊儿疯"用右手按着后颈窝，抬起的手肘把脸遮了半边。

"说说看，什么问题？"陈然倚在牢门前，眼睛从放风口远眺，头略偏向他，既认真又严肃。

"我和你们这些'共党要犯'接触这么长时间，觉得你们不像我们长官说的那样，'共产共妻，作奸犯科'。如果说是穷人，闹一闹为了有饭吃，倒还能理解，可我看有不少人出身豪门家庭、书香门第，或者是有权有势有靠山的人，为什么宁愿坐牢也要干那个什么'革命'。我真是没想通！"

"哪些人是这样？"陈然问。他想看"羊儿疯"了解多少。

"男的如和你关在一起的小罗，罗冰，他哥是高官。还有楼下那个刘大志，听说家里很有钱，是个少爷。还有女的，比如那个杨大小姐，叔叔可是手眼通天的人啊。"

陈然点头。

"他们不闹那个什么'革命',一样也能吃香喝辣,成天自由自在,多好啊!为什么非得要弄成现在这样:饱受折磨,失去自由?听说刘大志他哥带钱从国外回来保他出去,先是要求在报纸上发个声明,后来说只要求在退党书上签个字就可以,他坚决不答应。为什么要那么死心眼呢?我真的是左思右想都不明白。"

刘大志是罗冰的介绍人。罗冰给陈然讲过他的情况。

他先在西南联大读书,一九四四年毕业后,放弃国民政府资源委员会的高薪职位,到"不毛之地"的云南陆良县教书,一九四五年十月回重庆,以《商务日报》记者的公开身份,协助《挺进报》的发行。

"个人的幸福如果与整个社会格格不入,甚至是建立在别人的痛苦之上,那其实不能叫幸福。"陈然说,"我想他们不是为了个人的安危冷暖,真是为了让广大的普通百姓都能过上'没有剥削,没有压迫;人人平等,有福同享'的好日子。一个人的信仰和追求,一旦确定了,什么都不能改变。"

陈然把自己的理解给"羊儿疯"作了认真的分析。"羊儿疯"哦了一声,似懂非懂地离开了。

陈然心说,这些道理不要说你一时半会儿弄不明白,自己这个入党十年的共产党员,也是逐步明白的。而最早的启蒙人,却是自己的大姐。是她引导自己参加剧团,从此开始逐步走上革命道路的。

自几年前在新庙教书时何杏灵劝导自己,也因为那之后一直很忙,在大姐陈晓琪的忌日,再没单独以某种形式祭奠她了。但每年到那个日子,还是一定会专门留一点时间,默默怀念她,并在心里向她汇报自己的成长和进步。

被捕时来不及，当然特务肯定也不允许带她的日记；如果以后能出去，一定要把日记作为传家宝好好保存和传递，因为那是大姐留给自己唯一的纪念。如果出不去了，就留给哥哥崇心。他应该已经结婚了，以后可以用它教育孩子，让他们以有这样的姑姑而自豪！

哥，现在看来，你正常地恋爱结婚成家，可能是对的，你让娘有了希望，你让我们陈家能薪火相传。

4

突然有一段时间，"羊儿疯"很少露面，更少来闲聊了。

陈然开始担心他会不会去告发自己，但很快放下心来，因为如果他这样做了，狱方肯定早就来找自己的麻烦了。但是，怎么又不来了呢？那些话他还在想么？

正在陈然疑惑的时候，"羊儿疯"突然来找他了。看看四周无人，他悄悄拿出一封信塞给陈然，那是一封从他老家寄来的信。他老婆在信上说家乡已经解放，而且分了地、分了牛，家中的日子很好过了，劝他赶紧回家。

"羊儿疯"说："老乡，我很为难，不知道该咋办了。"

陈然把信还给他："说说看。"

"本来是可以高高兴兴回家过好日子的，但我是国民党的兵，还是关押共产党政治犯的看守，回去后，共产党怎么会放过我？还有，家乡都解放了，重庆迟早也保不住，共产党一打来，我能往哪儿走？我还回得去吗？""羊儿疯"愁眉苦脸地说，情绪很是低落。

"老乡，你这个情况是有些复杂，我一时也想不好。不过，我认为首先你不用太担心，共产党的政策很明确，立功有奖，宽大为怀。你的担忧是有办法解决的。这样吧，你明天再来，我想好了再给你说，好吗？"陈然觉得此事重大，自己不能轻易答应，需要向组织请示，只好推说没想好，留一点缓冲时间。

"咩……咩……"陈然放风的时候，在经过许大同面前时，模仿羊叫，抬到胸前的右手，伸出食指同时左右摇晃。不知内情的人，看他那动作，会以为是漫不经心，随意而为。

过了一会儿，罗冰过来了，在许大同面前自言自语地说："家乡解放喽，回去怕麻烦。"

许大同站起来，没有说话，看了他一眼，双手交叉，合于胸前，然后弯腰用力向下压，似乎是在锻炼身体。

"老许身体恢复了，可以放心。"罗冰说完走了。

不同牢房的人，放风时是不允许长时间待在一起的。但敌人有诡计，狱中党组织也会想对策。刚才陈然用动作表明人和问题，罗冰用语言进一步解释，这种组合式的交流信息、沟通情况的方法，偶尔会悄悄进行。

党组织分析了"羊儿疯"面临的情况和心理状态，认为他对共产党已经有了好感，但有些左右摇摆，还存在很大的顾虑，只有帮他打消，后面的策反工作才好做，才可能争取他为我所用。

"羊儿疯"如约而至。

"老乡，我昨天晚上想了许久，"陈然很坦诚地对"羊儿疯"说，"我建议你自己回头也好好想一想，如果认为我说得对，就可以按我说的办。俗话说，与人方便，自己方便。还有一句是，做事要留后路。留了后路,就有退路,某些时候,退路可能就是活路。这个话我想你是明白的吧?"

"羊儿疯"沉默了一会儿,认真点了下头。

陈然继续说:"我们共产党是很讲政策的,共产党人更是很讲感情的。谁帮助了我们,谁对我们好,我们不会忘记,我们就会对他好,甚至比他对我们还好。"

陈然还给他讲了听来的故事:一个八路军的高级将领,领养了一个日本遗孤。当时有人反对,说日本人侵略我们,不应该浪费本就缺少的粮食来救活一个敌人的孩子。将军说孩子是无辜的,我们要讲人道主义。

"你想想,日本是我们国家的敌人,面对民族仇恨,八路军的领导人都能这样,何况你和我们同为炎黄子孙呢?所以,只要你今后多给我们方便,等解放军打来了,我们保证给你作证,证明你是一个有功人员,你过去做的事就会很少或者不被追究,何况你也没有作恶多端,也没有欠下人命。对吧?"陈然的话,让"羊儿疯"松了一口气。

"积德行善,福寿不欠。这可是我娘多次说过的话。"

"羊儿疯"关切地问:"哦,她老人家还好吧?"

"唉,不怎么好,有慢性支气管炎。我被抓,她肯定很担忧,也很怄气,可能身体更不好了。老话说'忠孝不能两全',也是没办法的事。所以,以后我如果能活着出去,一定要加倍孝敬她老人家。"

"家里还有谁呢?""羊儿疯"又问。

"哥姐都成家了,还有一个读中学的妹妹,我应当担负起照顾她们的责任呢。可是我现在没办法出去,有时觉得很对不起她们。"陈然的情绪有些低落。

"老乡,不容易,你真是个有情有义的人!我佩服你!""羊儿疯"竖起大拇指,又说,"一个人没有孝心,不讲孝道,是不值得交往的。好,你的话我听明白了,知道该怎么做了。"

陈然很是欣慰。像"羊儿疯"这种能够听人劝的人,如果能找到一条更光明的路,他当然是非常开心的,而且,他们的计划也有了保障。

其实他自己何尝不是走过一条很曲折的路?那年他从江津回来,失去了组织关系,只能靠自己不断摸索。他做过工人、当过教员,最后在中粮公司落了脚。也幸亏他一直没放弃,最后才成功地与江一伟、刘拥竹等那么多亲密战友,开展了各种有价值的工作。现在想想,那真是一段极美好的岁月!

第十四章
开启新路

1

因为组织一直没派人联系自己，陈然心情忧郁，闷闷不乐。他盼望着老徐同志看了他交上去的汇报后，能尽快派人来找他。可是望穿秋水，想见的人却一直不来。

陈然工余除了学习，时不时在想，时间都过去这么久了，叛徒带来的危险应该解除了吧？组织是不是忘记他了？还有没有更适合自己的事情可做？像抢救难童那样，时间不长但很有成就感？

他想再次去八路军驻重庆办事处试试。

可是，隆冬雾大，开不了船。穿着黑色长呢大衣、脖子上围着一条浅黄色格子围巾的陈然，在码头上不停地跺脚搓手，走来走去。十点半后，江上的浓雾基本散开，上朝天门的船才终于开了。

陈然来到办事处门外不远的地方，正在琢磨怎样向门卫开口，刚好看到一个人从里面出来。那身形、那动作有点熟悉，是成计划吗？陈然不敢相信，因为按说他还在鄂西，演剧队的人一回到湖北,便被叛徒出卖,无一幸免。

但走近一看,还真是他。

"哎,划哥,你怎么在这里?没事了?"陈然话一出口,突然觉得自己冒失了,万一他是叛变被放出来的,怎么办?但他转念一想,如果是这样,办事处里面的人会接待他吗?且听他怎么说。

"陈然?没想到能在这里遇见你!走,我慢慢告诉你。"成计划很高兴地搂住了陈然。陈然也热情起来,比成计划高一头的他,用手搂着对方的肩膀,很亲密地一起往外边走去。

成计划经组织营救出狱,是来重庆领取新任务的。他对着陈然的耳朵小声说:"我报到时组织上给了两个任务让我选:一个相对较近,是去涪陵开展地下斗争,具体地方在新庙一带,那里是有革命传统的地方。当然了,具体怎么干,去了后自己要结合当地的实际情况来思考。另一个就比较远,是参加新的剧团,跟随远征军去云南。"

"你选的哪一个?还有,远征军是怎么一回事?"

成计划告诉他,从一九四三年下半年开始,日军从北面南下,快速推进,在南面对东南亚形成包围圈,逐渐蔓延至缅甸和云南。英国联合美国,给国民政府施压,要求向缅甸派出远征军。

"去云南继续演出。"成计划说出了自己的想法,"以前去农村演出,去抢救难童,虽然经历了病痛的折磨,但收获了和你亲兄弟般的情谊,也充分感受了大自然的美丽。所以,我想去四季如春的云南,再开阔一些视野,多少提高一些绘画的水平。"

"好!你知道,本来我很想上战场的,但是你已经选了,而且我家里现在的情况不容许我走那么远,那我就选第一个任务。"

"如果组织另派人,你怎么办?"成计划有些担心。

"我尽力配合就是。还有,如果我做得顺利,组织了解了就不会另派人也是可能的,说不定呀,我一直期待的问题也因此得到解决了。"

成计划了解了陈然的想法后,真诚地表示:"但愿如此!"

朝天门码头,背着包、手提锯琴的陈然,一早来到趸船等候,不久后上了开往涪陵的船。沿江而下,顺风顺水,下午他到了涪陵码头前一个渡口:石沱。

陈然请教了船上的一个老人,为什么叫这名,对方说这个地方以前因为有一户石姓人家在此摆渡,人称石家渡,又因为这里是长江边的一个回水沱,又叫石家沱,后来就简单喊成了"石沱"。

陈然走出码头,一边问路一边往何杏灵所在的新庙乡走去。他先应聘到石沱乡中心小学当了教员,后来听说有人在打探外来的人,就找理由辞了职。刚好新庙乡中心小学招聘教员,他能唱会跳,还会拉锯琴,很快面试通过了。

陈然的教学工作进展顺利,与学生相处愉快,还教他们唱《古怪歌》《朱警察查户口》《金丝猴歌》《布谷鸟歌》等歌曲。他很庆幸找到了符合自己兴趣爱好又能与何杏灵在一起的工作。

新庙场外附近一条路两边,并排生长有两棵紫薇树,久而久之,枝桠相向交叉,竟然形成一个拱门,被称为"合欢门"。当地许多青年人都喜欢到那里玩。

何杏灵听说后,也很好奇,邀请陈然去看。她在门下,倚着树身,声情并茂地唱起了《槐花几时开》——

高高山上(哟)一树(喔)槐(哟喂),

我手把栏杆（噻）望郎来（哟喂）。

娘问女儿啊，你望啥子（哟喂）？

（哎）我望槐花（噻）几时开（哟喂）。

陈然觉得非常好听，何杏灵刚一唱完，他就鼓掌，问这是什么歌，这么动听。"这是我们四川的经典名歌呢。"何杏灵有些泪眼婆娑地说。陈然若有所思地"哦"了一声。

为了转移何杏灵的情绪，陈然说："我们来练习一下舞蹈吧。"

"好呀！"何杏灵一扫刚才有些幽怨的表情，高兴地答应了。

"用什么曲子来伴舞呢？"何杏灵问。

"《小路》如何？"陈然回答。

"好！"单人舞、双人舞轮番上演。舞毕，两人为刚才的默契开心地笑了。

除了课堂教学外，陈然还带学生外出活动，带他们去乌江边看看。

陈然给学生讲解了有名的"歪屁股船"——又叫"厚板船"——的制作原理。

乌江河道峡谷连绵，水急浪高，江里的木船船板厚达五厘米以上，不然经不起恶浪的拍打，这在内河木船中是少有的，所以叫它厚板船。它不仅船板厚，而且船头和船尾翘得很高，只有这样，船头才不至于往浪里钻，船尾的浪也打不进舱里。它的船尾比船头更翘，高达三米多，甚至四五米。

"那为什么船的尾巴左高右低，向右偏斜，是歪的呢？"有学生好奇地问。

"行船一般靠右。乌江左岸航道水流没有右岸湍急,歪屁股走上水时,靠右行便是乌江左岸航道,船尾的左高舷因而可挡右岸激流。船尾右舷虽低,却临左岸,水流缓得多。左高右低的歪屁股正好派上用场……"

回学校后,陈然写了一首《乌江歌》,然后谱成曲,教学生唱。从此,校园内时不时会听到那循环往复、快速有力的歌声:

乌江的水从南来,
滩多水急汹涌澎湃。
乌江的船尾巴歪,
拉了上去划了下来。
划哟划哟划哟,
划过了一滩又一滩啦,
划过了一阵又一阵啦,
哼哟哼哟哼哟,
快用力划哟快用力划哟,
哼哟哼哟哼哟,
用力划,用力划
……

后来,陈然在夜校教民众唱《义勇军进行曲》《大刀进行曲》《黄河怨》《热血歌》《牺牲已到最后关头》等抗战歌曲,排演活报剧及开展多种形式的宣传活动。他还利用赶场天,为赶场的乡亲们表演独唱《太阳出来喜洋洋》。为了宣传,陈然大胆地把歌词最后一句"和豺狼"改成"打日本"。当他唱第一段时,乡民们开始热烈地鼓掌,当他唱第二、三段最后一句歌词时,他们大声跟着唱"打日本吆啰啰",全部站起来热烈鼓掌。

校长朱云海是国民党员、涪陵县参议员,他反对教职员的进步思想,经常散布反对共产党的言论,而且不务正业、打牌玩乐,其恶劣表现激起了许多学生家长和有正义感的老师的不满与气愤。

陈然组织学生在校园内外和新庙场街道的墙壁上,都贴了"打倒猪泳海"的标语。"猪泳海"的种种丑行暴露,狼狈不堪,只好辞去校长职务。学校斗争完胜。

十月十日"国庆节"晚上,陈然等带领数百名师生每人提一盏灯,从新庙主街的西端游行到东端,一边游行一边反复高呼口号:"团结抗日!""还我河山!""把鬼子赶出去!"

当地居民见此情形,纷纷走出家门,举着火把加入。附近农村的村民也赶来参加,游行队伍迅速扩大到一千多人,整个场面十分壮观。这次"提灯会"在周边地区引起了很大的震动。陈然等骨干分子进了反动势力的黑名单。不久陈然在一次活动中,被人踢伤了腿。

"香哥儿,我觉得……你还是离开这里好一些,他们已经开始找你的麻烦了,往后说不定还会有些手段呢。"

"好吧,为了安全,我先离开,以后再说。"陈然认为何杏灵说得有道理,接受了这个意见。另外,他也想回重庆再找找组织,恢复关系是他一直没有忘记的重要事情。

2

太平洋战争爆发后,中国战场成为世界反法西斯战争的重要战场，牵制了日军的大量兵力，使其不能北上进攻苏联，亦不能西进进攻印度。此时日本飞机的大轰炸已经结束，陈然的家已搬回朝天门海关巷。

陈然是一个闲不住的人，想起上次去找老朋友的事还没办成，现在是时候了。他始终惦记着早日恢复自己的组织关系。他已放弃主动找组织的想法，而是去化龙桥虎头岩村86号的新华日报社打听。他是在阅读《新华日报》和《群众》周刊时，无意间想到的：从这里迂回，是不是可以找到组织？

报社占地面积有九百多平方米，由五栋竹木、土木结构的楼房组成，依山而建，沿山势自下而上依次为医务室、职工服务区、排字房、记者办公室、铸字房、印刷编排室。最高处是社长室和总编室。

报社的宁编辑在记者办公室耐心接待了他。

陈然说："宁老师好！我看到你们的号召了！今天来是希望给我介绍几个爱读书的'民主青年'朋友，一起学习，一起活动，一起进步。可以吗？"

宁编辑问了陈然的情况，除已加入组织这点外，他都如实作了回答。宁编辑认为这个青年可以团结培养，于是给他介绍了江一伟、章至恭。

"章至恭？是不是参加过中华慈幼会那个？"得到对方肯定后，陈然高兴地说，"真是'踏破铁鞋无觅处，得来全不费工夫'，我正找他呢。"

宁编辑好奇地问："怎么回事？"

陈然讲了两人儿时是伙伴、救助难童时是战友的经历。

"好！恭喜你们老朋友重逢！"宁编辑说，"他们在办《科学与生活》杂志,你可以去找他们。"然后告诉了他具体地址。

陈然非常高兴地道谢离开,临出门时,宁编辑说:"以后没特殊情况,一般不要到这里来。我们有人和他们联系,有必要的事情,可以通过他们转告你。"

"记住了。"

陈然一路打听,来到枣子岚垭。轻轻敲开72号房门,一个年轻女子出现在半开着的门边。她个子不太高,人虽瘦弱,但显得很精干,齐耳短发,瓜子脸,皮肤略黑,穿一套粉红底小白花的棉服。

陈然上前一步,双手抱拳:"你好!请问这是江一伟的家吗?"

"你是?"对方没有直接回答,而是反问。

"你好!我叫陈然,是朋友介绍来的。"他不知道江一伟是男是女,既然对方没有否认,那就应该是要找的人了。

"我不是,他是我哥。我叫江真。"她把门全部拉开,"不过,他这会儿不在家。"

"请问他去哪里了?"陈然没有动,既然要找的人不在,自己又是第一次来,他觉得还是等人家在时进门才比较妥当。

"他应该是出去办事了,估计一会儿就该回家吃饭了,要不你先进来等他吧?"江真见陈然很有礼貌,高大帅气,心生好感,热情相邀。

"谢谢!我先去外面走一走,一会再来吧。"陈然谢绝了。

他走在高低不平的石板路上,沿途打量着这个城市的街道,以及狭窄的街道两旁颇具特色的吊脚楼。临街挤满了饭店、茶馆、小杂货铺、理发摊等。

突然,有人拍了一下他的肩膀:"陈崇德,是你吗?"

陈然一转身,低头向对方冲去,欢喜地喊道:"章至恭,咱们又见面了。"

"还是钢脑壳的动作!"对方伸出手挡住他笑着说。两人拥抱在一起。

章至恭拉着陈然的手,"来,我给你们介绍一下。"又对刚才一起走的青年说,"一伟哥,他叫陈崇德,我儿时的玩伴和同学。"

"你好,我现在叫陈然。"陈然主动伸出双手,先抱拳,然后来握。

"你好,我叫江一伟。"江一伟身形和江真差不多,但个子高一些,脸瘦长,眼睛机敏有神,头发偏少,前额露出的地方较高。他伸手来握:"幸会!幸会!"

"哦,改名陈然了呀?好!"章至恭说完又问,"你从哪里来,要到哪里去?"

陈然指了指江一伟:"我是来找他的,才从他家那边过来。"

"你还真是得来全不费工夫嘛!一下把要找的人都找到了,是不是很开心啊?"

"对啊,既幸运又开心。"陈然没有掩饰发自内心的喜悦。

"走,去我家。"江一伟说。

"不,下次吧。"陈然觉得初次见面就去人家家里,怎么说也不合适。

江一伟问:"那你本来是想去哪里的?"

陈然说:"《科学与生活》杂志社。"

"对嘛,它就在我家里呀。"江一伟笑。

"哦,是吗?"这一点陈然肯定是没想到,他下意识地用手挠了挠头。

"当然！走吧，不要客气。"章至恭说，"一伟哥全家对人都很好，他们家的小孩特别逗人喜欢，去了你就知道了。我本来住得也不远，但为了赶时间，有时就近也在一伟哥家吃午饭。"

陈然吃了一惊，孩子？这个看起来比自己大不了多少的人居然都有孩子了？很逗人喜欢？那要去看看。他说："那……好吧。"

饭菜很快上桌，他们边吃边交流，主要是商量成立读书会的事情。

江一伟说："先要有几个骨干会员，除了我们三个，加上我们杂志社的吕上，还要推荐和介绍积极的、热心的、信得过的人加入进来。"

陈然说哥哥陈崇心可以参加，章至恭说他哥哥章至谦也可以参加。

"我也要参加。"江真马上说。

"你还是学生，先把书念好，以后再说。"江一伟拒绝了，然后说，"我看无线电修理行的成老板可以。"

几人很快吃完后离开桌子，坐到椅子上继续探讨。

陈然看了一眼坐在他旁边的章至恭，悄悄问："哪个成老板？"

章至恭说："成络耳胡！我们杂志的编委。到时你一下子就会记住他。"

"必须要信得过的人。"江一伟再次强调。

"一伟哥，读书会的活动形式，还有读书的内容要大体明确一下吧？"章至恭提出。

"以我在剧团的经验,可以'集体学习,个别发言',也可以'分头自学,集体讨论'。"陈然说。

"不错!"江一伟点头,"还可以在我们的杂志上,搞读书征文活动,把读书会以外的读书爱好者吸引到一起。"

"时间、地点怎么确定呢?"章至恭从宜昌回来后,上大学念的是中文,毕业后当了记者,对新闻敏感的他首先想到了这两点。

江一伟略为思考了一下:"我认为原则上每月聚会一次,讨论学习中的疑难问题,交换对时局的看法,讨论一些青年人关心的问题。"

陈然结合到农村演出的体会,提出:"为了避免引起注意,我们可以不时变换地点和方式,有时是请客聚餐,有时是到某个地方游玩,等等。"

"嗯,这形式好!我哥肯定喜欢,好景出好诗。"

听了章至恭的解释,陈然才知道,好几年没见面的章至谦已经是诗人了。

3

读书会第一次活动在《科学与生活》杂志社举行,骨干成员基本到齐。

江一伟刚介绍完在座的人员,一个西装革履的人匆匆走了进来:"对不起,迟到了,有点事没走开。"他在靠门口的一个位置坐了下来。

坐在江一伟旁边的陈然轻轻嘀咕:"第一次就迟到!"

"刚要开始呢,成老板,你没有错过。"江一伟打趣了一下他,"之前我们几个先碰了碰,现在把想到的成立读书会的目的、宗旨、方法说一说,然后请大家来补充。"

其他人简单提问和完善后,成老板说:"我建议制订一个大致的学习计划,或者提出供大家选择的学习书目,有新的重要内容,再随时增加。"

章至恭说:"对。"

江一伟点头:"这个好!"

陈然问:"书去哪里能买到?"

"有些进步书店比如开明图书局就比较多。"成老板说。

"我建议大家首先读《社会发展史》《辩证法唯物论入门》《新民主主义论》这几本书。"江一伟说,然后拿出事先准备好的《新民主主义论》,向大家扬了扬,"我们今天就来试读一下。"

他把书递给陈然:"你来读一下?"

"好。不过,读哪些呢?"

"先读第一、二部分:'中国向何处去'和'我们要建立一个新中国'。"江一伟指了一下书中折角的位置。

陈然那浑厚而有磁性的男中音响起来:

抗战以来,全国人民有一种欣欣向荣的气象,大家以为有了出路,愁眉锁眼的姿态为之一扫。但是妥协空气,反共声浪,忽又甚嚣尘上……怎么办,中国向何处去……

陈然读到这里,大家开始交头接耳、议论起来:"中国向何处去？这个问题提得好啊。""对付共产党，制造惨案，同室操戈，千古奇冤！""真的好疑惑啊！"

江一伟摆手："大家继续听，听了再说。"

陈然转读第二部分：

> 我们共产党人，多年以来，不但为中国的政治革命和经济革命而奋斗，而且为中国的文化革命而奋斗；一切这些的目的，在于建设一个中华民族的新社会和新国家。

这时，江一伟做了个暂停的手势："大家注意听听，建设一个中华民族的新社会和新国家，新在什么地方？"

> 在这个新社会和新国家中，不但有新政治、新经济，而且有新文化。这就是说，我们不但要把一个政治上受压迫、经济上受剥削的中国，变为一个政治上自由和经济上繁荣的中国，而且要把一个被旧文化统治因而愚昧落后的中国，变为一个被新文化统治因而文明先进的中国。一句话，我们要建立一个新中国。建立中华民族的新文化，这就是我们在文化领域中的目的。

章至谦称赞："归纳得好！'三新'，新政治、新经济、新文化。"陈然说："一句话，我们要建立一个新中国。"大家开始发言和讨论，气氛热烈。

"同志们，时间关系，各自都有事情要做，今天就到这里。"江一伟说，"大家回去后继续读，下次活动我们就来说说各自的读后感。下面我们商量一下下次活动的方式和地点。"

"在这里就行啊,大家都方便。"成老板说。

"陈崇心,你没怎么说话,啥意见?"江一伟问。

陈崇心想了想:"去南岸爬山,既春游又搞活动,还能锻炼身体,三者兼顾。"

章至谦摇头:"经常去那里,没啥看头。"

陈崇心说:"不是有个铁桅杆么?我觉得可以,那里值得去看看,也一直想去看看那个到底是用来做什么的。"

陈然点头。

章至谦说自己了解过:"据《巴县志》记载,铁桅杆为明万历年间四川总兵刘綎所立,生铁铸造,高十八米多,历经四百多年日晒雨淋,没有锈蚀,非常罕见。"

"那一定要去看看。"陈然马上说。

"兼顾是个好办法。吃饭怎么办呢?"陈崇心问。

"平摊嘛。"章至恭似乎很有经验。

"平摊啊?"成老板迟疑了一下,"我公司业务忙,只好请假哟。再下次活动时我把学习讨论的内容补上吧。"

陈然心里不舒服,还是个老板,怎么这么吝啬哟?!找借口!他认真打量了对方一眼,觉得他的络腮胡怎么那么乱、那么难看。

江一伟说:"好,我综合大家的意见,读书、春游和锻炼三者兼顾。春游时可以远观南山山顶上的'铁桅杆',那里是重庆市区长江两岸最高的地方。以前那儿发出的信号,许多地方都能看见,因为曾救过无数重庆人的命,是许多人仰拜甚至感恩的地方。"

江一伟说的是几年前，在重庆发生的令人发指、不堪回首的惨事。

从一九三八年二月至一九四四年十二月间，日军对重庆及其周边地区进行了六年又十个月的无差别轰炸。

每次轰炸要来时，国军的防空兵就要在铁桅杆上挂起第一个大红灯笼，这是空袭即将到来的警报，说明日本鬼子的飞机已经从武汉的汉口机场起飞，两小时到达重庆。一小时过一点，就要挂第二个大红灯笼，表明已经进入四川境内的万县，一小时内就要到重庆。人们就要快点放下手上的事，赶紧往防空洞或比较安全的地方躲。南山铁桅杆作为防空预警平台，挽救了无数重庆人的生命。

除此之外，当时为了方便也为了及时提醒老百姓，在许多地方都设有报警台，比如，市中心的最高点枇杷山，枣子岚垭附近的红球坝，还有南岸的弹子石、东水门对面长江南岸的建业岗等，都要及时挂出红灯笼。

江一伟是一九四四年年底才到的重庆。这期间陈然、陈崇心要么不在重庆，要么远在重庆市郊区，他们对大轰炸的感受没那么深。

章至恭当时在重庆市区，经历了一九三九年"五三""五四"大轰炸。他讲述了曾经的惨状。

五月三日及四日，日机从武汉起飞，连续轰炸重庆市中心，并且大量使用燃烧弹。商业街道被两日大火烧成废墟，几千人伤亡，损毁建筑物无数，成千上万人无家可归；罗汉寺、长安寺也被大火吞噬，同时被炸的还有外国教会及英国、法国等各外国驻华使馆，连挂有纳粹旗帜的德国大使馆也未能幸免。

"这般惨无人道，日本狗强盗真是太可恨了！"陈然想起在沙洋一带抢救难童时的亲身经历，不由握紧拳头，猛地一下砸在桌子上。

陈崇心说："日本人企图震慑重庆，打击中国政府和中国人民的抗战意志。"

"事实上中国是炸不垮的！中国人民是炸不怕的！"章至恭给大家模仿了当时重庆市区的一首民谣，"任你龟儿子凶，任你龟儿子炸，格老子我就是不怕；任你龟儿子炸，任你龟儿子恶，格老子豁上命出脱！"

陈然握紧拳头，挥舞着说："重庆不会屈服，中国更不会屈服！"

4

陈晓薇家有一台小收音机，她爹陈书敏喜欢听，就拿回去放他这里。陈晓薇几乎天天从长江南岸进城来看爹娘，陪他们说说话。

陈书敏把收听到的消息告诉陈晓薇：五月二十七日，收复南宁；六月二十九日，收复柳州；七月七日，国民政府军事委员会公布抗战战果，并宣布抗战局面已转守为攻。"晓薇呀，我们民族不会亡了，越来越有希望了。晓薇，依我看，小日本是秋后的蚂蚱——蹦跶不了几天了。"他说完有些喘气。

"是的，爹。您要好好保重身体，将来的好日子长着呢。"

陈晓薇家搬到南岸玄坛庙，是几个月前的事。

也是机缘巧合，冷方的湖北老乡马志宏邀请冷方做客。马志宏是中粮公司重庆分公司工务股股长，冷方在他家结识了他的同事、厂管主任肖挥。

冷方擅于人际交往，跟人常常是见面熟。闲聊间，冷方说："我岳父岳母已不在朝阳河镇居住，我又常年不在家，打算让我老婆住得离她爹娘近一点，好相互有个照应。"

肖挥说："巧了，南岸玄坛庙有一处宅子，单体楼，四五间房，是一个独立的院子。那里不但租金便宜，而且安全、清静。这安全方面，在前几年更为突出，因为那里是郊区，被日本飞机轰炸的时候比市中心少得多。房东正好要出租，就在我家附近，哪天我带你们去看看？"

冷方抱拳致谢："谢谢肖兄！择日不如撞日，不如今天就去？"冷方是想尽早将家人安顿好。此时，他已有一双儿女，而陈晓薇又有了身孕。

去了玄坛庙，冷方与房东很快签了租房协议，就将家搬了进去。因为这件事，冷方与肖挥熟悉起来，肖挥有事也会来找他。

"号外，号外，请看日本投降。"

日本终于投降了！陈然听到报童的叫卖声，非常高兴，买了一份报，匆匆往家里走。

> 据中央社消息：一九四五年九月二日上午九时，停靠在东京湾里的美军战列舰密苏里号上，即将举行日本投降仪式。以麦克阿瑟为首的盟军代表，以及美国海军上将尼米兹和中将哈尔西等，日本特使、外务大臣重光葵，和军队代表梅津美治郎等先后走上战舰。重光葵

拄着拐杖，拖着木制假腿步履沉重，艰难走到指定位置……

正在听收音机的陈书敏非常高兴："凤淑，快来，快来听听，好消息！"

"来了，来了，书敏，什么好消息，看把你高兴的。"

下面请麦克阿瑟致词。

今天，我们各主要交战国代表，聚集在这里，缔结一个庄严的协定……我们赢得了一场伟大的胜利。天空不再降临死亡，人们可以在阳光下自由行走，世界一片安宁和平。

"好啊！太好了！真是太好了！这下我们可以回上海了。凤淑，大快人心啊！中午要喝点酒。"

"书敏，你身体不大好，还是别喝了。"

"不，一定要喝！庆祝抗战取得彻底胜利，一定要喝！庆祝哪能缺了酒呢！"

一样愉快的声音："好，那少喝一点。不过，我准备的是吃面条呢，怎么办？"

"就那样呗，中午简单点没关系。孩子们晚上回来，再多做点菜。"

陈崇心、陈然兄弟俩临近中午时都回家了。他们从平时的念叨中，其实都知道爹的心事：盼望战争早日结束，早一点回到冒险家的乐园——上海。别的不说，重庆闷热、潮湿的天气他们年轻人都受不了,何况爹的腿有伤,娘还有支气管炎。

兄弟俩知道,抗战胜利了,爹娘一定会很高兴。兄弟俩回来,就是要和他们一起庆祝的。

"香哥儿,现做饭来不及了,给你俩也煮面条吧。"

陈然马上回答:"行,娘。"

四个人围着桌子,各坐一方,有说有笑地边吃边聊。其他人都不喝酒,陈书敏就独自边喝酒边吃面,他大笑着说:"这下我们可以回上海啰。"

"哎哟……"突然,他脸色大变,身体后仰倒在地上。

"书敏,你怎么了?"黄凤淑急忙问,同时跑过去,要拉他起来。此时,陈书敏已说不出话了。

"别动,娘,我们来。"陈然马上制止,他跟何杏灵一起聊天时,听她说过这种情况下不要随便拉扯病人,"哥,快,下门板,送医院。"说着略微托起爹的头,喊道。

"好,去哪里?"陈崇心问。

"市民医院吧,那里最近。娘,抱床铺盖来。"陈然忽然想起第一次走路去七星岗车站时经过了那里。

他轻轻抬起一点爹的身体:"爹,您坚持住!我们马上送您去医院。"陈书敏闭着眼睛,只能听到出气声。

兄弟俩紧赶慢跑,把爹抬到了医院。陈崇心说:"医生,赶快看看,我爹他怎么了?"

医生试了试陈书敏的鼻息,翻了一下眼皮:"早干吗去了?人都走了,还抬来干吗?"

"不可能!医生,"陈然大声喊起来,"他刚才还在吃饭,我们还在说话,他不可能死,他没有死!医生,我求求您,赶快救救他吧。"

"没办法了,他是突发脑溢血,在你们来的路上就走了,我怎么救得了?抬回去吧,唉!"

陈然一下跪在了地上:"爹,您刚才还在说抗战胜利了,终于可以回家了,怎么就走了呢?爹,您怎么忍心抛下我们呢?"

陈崇心俯身到他爹面前,手不停地抚摸着那张渐渐冰冷的脸,默默流泪。他的嘴唇颤动着,说不出话来。过了一阵,他站起来,抹干眼泪:"崇德,走,把爹抬回去。"

半路上,他们碰到二姐和娘。得到消息,黄凤淑一下坐到了地上,大哭起来:"他爹呀,你怎么忍心抛下我们不管哩,你叫我今后怎么过啊?还有瑶瑶,她还没长大哟。"

陈晓薇边哭边把她娘搀扶起来:"娘,爹走了,一直生病的他,少了病痛的折磨,也算是解脱了。您可不能垮,我们需要您。放心吧,我们会照顾您的。"然后挽着她,跟在兄弟俩的后面,向家里走去……

回到家里,陈晓薇用手环拥着她娘,对陈然说:"香哥儿,爹走了,娘以后的生活没了来源,小妹还在读书,你要去找一份正当的职业。崇心,我们姐弟仨要共同负担起她们今后的生活。"陈崇心、陈然郑重点头。

何杏灵知道消息后,要陪陈然去南山给他爹上香,陈然拒绝了。他在心里认为,只有家人或亲戚才能参与这样的事。被拒绝的何杏灵没说一句话,转身走了。

抗战结束,国民政府忙着回都南京,接收大员们则忙着奔赴上海等大城市去大发国难财。中国粮食公司随迁,但下属企业没法迁移。比如在南岸玄坛庙野猫溪，就有一间修理加工厂，是为修配碾米机、磨面机等设备而开办的。

野猫溪是位于长江与南山之间的一条小溪流，是老南岸的重要组成部分。这一带因山坡陡峭而形成了独特的带状分布结构，且具有天然水运之便利，大多数道路依山而修，建筑傍水而建，山水人居风味十分浓郁。人们都说南岸最热闹的是上新街片区，最山水的是海棠溪片区，最历史的是马鞍山片区，最市井的是野猫溪片区。

就在这里，藏着一处小楼，远远望去，它并不引人注目，青砖黛瓦，条石梯坎，绿树环绕，整个建筑格局跟普通房舍无异。这里住着陈晓薇一家。

野猫溪这间中粮公司的修理加工厂就坐落在这里。因为厂子简直成了一个烂摊子，一直都没找到合适的管理人。厂管主任肖挥由冷方介绍，请了陈然来厂里做管理工作。肖挥的家就在厂子附近，代表公司来送他上任，并建议他把家也搬到厂里来，上班方便。

陈然一进厂，居然碰到了以前从江津一起坐船回来的老吴。他再次感谢当时老吴对自己的照顾。

老吴叫吴树华，是劳动协会的会员。他说："哎呀，陈厂长，这说明我们有缘分嚼。你当时生病了，换谁都会帮忙的，何况又不麻烦，不值一提哈。"

陈然和工人们一起商量怎么办好厂。他说："我们首先需要解决自己的生活问题，这是头等大事。"

工人们看到新来的厂长很不一样：年轻、热情、没有架子。大家都很高兴，就你一言、我一语地出主意，想办法。大家一致的意见是，如果公司不能保证发工资，就干脆自己揽活干。陈然不明白的，工人们便告诉他，诸如利用这些设备能干哪些活，可以找哪些门路，等等，提出了一套方案。陈然心里有了底，就代表工人向公司交涉。公司为了卸包袱，就同意了，但要求是自负盈亏，自行支付工资，有盈余还要上交。在工人的积极支持下，陈然大胆负责，和工人同甘共苦，把这个破厂维持了下来，使工人们免去了失业之苦。

因为爹去世，家里没人是海关职工了，就不能再住海关的房子，同时为便于接近工人，陈然把家搬到了厂里。陈晓薇因为丈夫经常不在家，为了陪伴她娘，也方便她和保姆帮带孩子和照顾自己，平时就过来跟他们一起住。陈然安排楼上住娘、小妹、自己和二姐母女，楼下住单身的工人。

这样，陈然同工人朝夕生活在一起，很快就和工人们打成了一片。他性格开朗大方，即便是比他年长的人也喜欢和他交流，中粮公司那些小孩子更是特别喜欢他。因为只要他去了，总会变戏法似的从口袋里拿出小糖块、小玩具什么的。那些家属们也喜欢他，甚至和小孩子们一起，跟他学唱《山那边呦好地方》等歌曲。

工厂正常运行后，陈然就抽出时间，又去读书会看看有什么新的任务。

5

寒风怒号，雾锁山城。冬日难得一见的阳光，更是不知躲到了哪里。

"你好！是和我去同一个地方吗？"吴止境问走在他前面的

陈然。

"去哪里？你们杂志社吗？"陈然转身一看，是曾见过面的人，知道他是《中国学生导报》的编辑。

吴止境说："我们那个报纸因经费问题，暂时停了。"

"那你去哪里？"陈然猜测，难道是去《新华日报》？如果是，那就太好了。

陈然猜对了一半，吴止境是新华日报社派来的。他是中共重庆市委一位领导人的联络员。

吴止境笑着说："你经常去搞读书活动的地方。要去吗？"

"《科学与生活》杂志社呀，走吧。"两人谦让了一下，吴止境还把陈然推到前边，笑着说："你熟悉，带路。"

"一伟哥，我们来了。"陈然和吴止境先后走进《科学与生活》杂志社。吴止境从贴身衣兜里掏出一封信，递给江一伟。

江一伟看完信，热情地伸手来握："欢迎你，老吴！"

吴止境转达了重庆地下党的意见，要读书会通知有联系的进步群众，积极参加"一二·九"纪念大会。在离开前，他与陈然握手："后会有期。"

国共两党"双十协定"签订后不久，国民党即撕毁协定继续发动内战。对此，重庆各界举行"反内战大会"，并成立了"反内战联合会"，号召工人、学生和各界人民用罢工、罢课、罢市的行动来制止内战。

江一伟召集读书会的人，分工做好纪念大会的一些配合准备工作。陈然、章至恭、江真、章至谦等参加。

江一伟说："首先，要送一副挽联，其他事情商量完后，接着就来讨论。"

在座的人点头。

江一伟又说:"其次,国民党反动派很可能要指使暴徒袭击,制造新的惨案,大家要提高警惕,同时要做好抗暴的准备。所以,我们要成立自卫组,这个由陈然负责,明天一早去现场。"

"好的。"陈然马上回答。

"今天晚上要把这些传单分发出去。"江一伟拿起他面前的印刷品,"这是我们读书会一位同志准备的。他有一个小印刷所,白天承印一些信封、名片、广告等,晚上就偷偷印一些宣传品。至谦、至恭兄弟一组,陈然和江真一组,其他同志都要两人一组,各自按分工的重点地方去张贴。我多次说过,要注意自身安全。现在更是形势非常危险的时候,所以大家一定要特别小心!"几个人纷纷点头。

"好,我们现在抓紧讨论一下挽联的内容。由陈然来写,写好后我去送,再看看是否有新的任务。"江一伟笑着说,"至谦,你是诗人,先说说吧。"

"你刚才在讲这个的时候,我就开始想这个对联应该怎么写。"章至谦说,"对联的平仄、对仗是很讲究的。"他推了一下眼镜。

"我认为这个主要是宣传和营造氛围,达到目的就行,人们关注的重点不在这里,可以不必太讲究。"江真若有所思地说。

陈然点头:"我认为只要能表达两个方面的意思就行。"

"哪两个方面?"章至恭问。

陈然抬起手,摸了摸自己的额头:"纪念十年前的英勇行为,唤起当下正确的共识。"

江一伟赞赏地看着他:"好!"

江真鼓了两下掌:"对!"

章至谦说:"那么,上联写过去,下联写现在。过去的中心是抗日,现在的中心是建国。"

陈然马上接过去:"抗日要团结,建国要和平。有了,上联写团结抗日什么,下联写和平建国什么,怎么样?大家一起来想一想。"

"同仇敌忾?这是当时全国人民的共同情绪。"江一伟说,"现在我们应该是要有共同的愿望,对吧?"

用两组词语,既对仗,意思不同但又有关联,章至谦也受到了启发。

团结抗日舍生忘死
和平建国勠力同心

江一伟说:"好!陈然,该你发挥作用了,用你的仿宋体好好书写吧。"

"不,这个用行书来写。"陈然信心满满地说。

他先用小号笔在一张废旧报纸上试写了一遍。江真牵拉纸张,江一伟在旁边配合,他换大笔挥毫疾书。挽联很快写好,当晚,就被挂在了会场大门外。

章至恭哥俩利用山城街道上下交错的特点,从上条街向下条街散发。另一组人在电影院从楼座向楼下散发。陈然和江真以夜色为掩护,在一些街巷把传单贴了出去。

第二天,陈然和其他同志组成了几个自卫小组,按照党组织的指示,和其他有组织的群众一起,站在会场的最外层,准备着随时对抗意外的袭击。陈然身上还带了好几包石灰粉,以备反击之用。大会进行的过程中,他始终盯着在会场四周逡巡的特务分子。那天参加集会的有上千人,特务没敢明目张胆搞破坏,不过小摩擦还是不少。

但是,在不久后的"沧白堂事件"中,特务非常嚣张,直接到演讲现场搞破坏。陈然和读书会的同志们一起抵制暴乱分子,不幸被特务围攻打伤了头部,还好成老板和几个群众把他搀扶到何络药房。何杏灵的父亲何清源为他进行了包扎。

包扎过程中,何清源关切地问陈然:"疼吗?"

"不疼。"尽管消毒和上药时陈然咧嘴吸气,却仍然摆手。

"谁这么凶狠?"何清源问旁边的人。

"那些可恶的爪牙!"成老板回答。

"唉!本是同根生,相煎何太急哟。"何清源摇头叹息。他对这个小伙子增添了好感,同时也明白女儿何杏灵为什么要拒婚了。

深夜,头上缠着绷带的陈然来到哥哥的住处,陈崇心吃惊地忙问他的伤,他若无其事地说:"没什么,给那些狗腿子打了个口子,到医院包扎了一下。"他激动地谈了当晚的过程,为自己痛打了几个狗特务而感到解气。

哥哥知道陈然的"犟牛"脾气,他嘴上说没什么,其实伤势可能不轻,就硬逼着他赶紧上床休息。

夜里,陈然发起烧来,嘴里不断说着梦话:"揍你们这帮狗腿子!"哥哥担忧地喊醒他,倒水给他喝,问他怎么样,他只是说:"头有点晕,没事。"

陈然回家后，对他娘说在外面不小心摔了一跤，擦破了点头皮，不碍事。在家养了几天，还没完全好，他就匆匆忙忙又出去参加活动了。

一月二十日，何杏灵从新庙中心小学回家后，听父亲说了情况，第二天一早就过河到陈然家中看望，同时还带去了一封信。

第十五章
完美设计

1

一九四九年时局风起云涌,好消息不断,五一劳动节到来时,狱中难友自发地以各种方式进行了庆祝。有的唱歌,有的跳舞,有的作诗,有的写日记。罗冰站在牢门前,大声朗诵了一首诗:

假如山崩地裂,
假如天要垮下;
假如一动就会死,
假如有血才有花……

只要能打开牢笼,
让自由吹满天下,
我将勇敢上前,

毫不惧怕。

"谁写的？"陈然问。

"古典写的。这是他为重庆大逮捕周年纪念而作的。"

"哦。"陈然点头，他知道大逮捕那件事，只不过当时忙于《挺进报》的事，抽不开身参加。后来他从报纸上也看到了详细的报道。

国民党发动内战，大量挪用教育经费，致使国统区教育危机日益严重。一九四七年五月二十日，南京、上海、苏州、杭州等地的大专院校学生五千多人，举行了"挽救教育危机联合大游行"，发出了"向炮口要饭吃"的呼声，游行队伍遭到宪兵和警察的镇压。重庆、武汉、广州、长沙、昆明等全国各地六十多个大中城市的学生、各界爱国民主人士，发起"反饥饿、反内战、反迫害"的声援。六月一日，重庆大批军警宪特武装，冲入高校、报馆、商会等，逮捕师生、新闻界、文化界及工商界人士共约二百六十人。

"只要能打开牢笼，让自由吹满天下，我将勇敢上前，毫不惧怕。"罗冰挥舞着双手，多么有气势、多么豪迈呀！

"写得好！我知道老古是音乐老师，没想到还是诗人！"陈然称赞，"'我将勇敢上前，毫不惧怕。'我相信狱中的难友们，只要没有叛变，肯定是早已把生死置之度外了。"他踱着步，说了自己的思考："是的，我们共产党员为革命可以不惜抛头颅、洒热血，但是，小罗，我认为牺牲不是革命的目的，革命并不是都要以牺牲为代价，生存是最基本的权利，活下来才能继续革命。所以，我们不能坐等敌人枪杀啊！"

"那只有像那句诗说的那样,打开牢笼。"

"现在这个牢笼,敌人不可能主动给我们打开,我们也不愿意,更不可能以叛变来萎缩我们的身躯,从那个可怜的缝隙、那个低矮的狗洞里钻出去。"陈然态度坚决地说。

"对!那怎么办?"

"除了加紧策反像'羊儿疯'那样倾向于我们的人,希望他们关键时刻帮一把外,我们自己得想办法越狱。"

罗冰想了想:"想法是好,恐怕很难实施呢。再说,这可不是小事,需要向组织请示才行。"

"对,我们就给组织提建议,你觉得呢?"

"试试看吧。"

"老许,陈然和罗冰提出想办法越狱的建议,据说是罗冰朗诵古典写的诗,他们从里面一句话得到的启发,你怎么看?"

许大同问:"是吗?哪一句?"

"只要能打开牢笼。"

"你有什么想法?"

"上次发生核对笔迹的事情,幸亏你有先见之明,提前做了预防,否则很麻烦。那几天我就在想,我们不能坐以待毙。这个我们有过教训。"

一九四五年八月,毛泽东来重庆与蒋介石进行谈判,提出了撤销特务机关、释放政治犯的严正要求。国民政府迫于形势的压力,于十月宣布贵州息烽监狱撤销,陆续释放了一百多人。但蒋介石不顾中共代表的一再敦促,拒不释放张学良、杨虎城、黄显声、宋绮云……并诈称罗世文、车耀先等人,已在狱中病逝。

两辆深绿色的囚车颠簸在川黔公路上，杨虎城、罗世文等人被秘密从贵州息烽监狱押往重庆。

那一天，烈日似火，晴空无云。车到半壁山，一辆囚车的水箱坏了，几个特务与司机撇下政治犯，忙着去修车，另外几个特务则躲到车头右前方十几米外一棵大树下，打瞌睡去了。

谈黎明注意到这个情况，然后悄悄观察了当时的地形，公路的左侧是悬崖峭壁，百丈陡坎。右边是一片茂密的森林，只要跨过公路和一道壕沟，滚下几十米倾斜的草坡，就可以钻进林子。他压低声音说："机会难得。跑！"

罗世文、车耀先、许大同等几个难友凑在一起，开始商量……

敌人都集中在车头那边，司机和两个特务围着掀开的发动机引擎，忙得满头大汗，一直找不到毛病。太阳光焰四射，无情地烘烤着三个光背脊的可怜虫。烫人的金属，发动机的余热，凝结的空气，一丝风也没有。

"我咒你的老祖宗！"

"他妈的，这车是不是中邪了！"

前面传来几个人不堪入耳的咒骂声。

炎热的天气，长时间旅途的疲劳，意外的故障……使得特务们几乎忘记了囚犯的存在。

"逃！"车耀先斩钉截铁地将手一挥，"分头跑，跑脱一个算一个。"

"机会难得！跑吧！"大家窥测方向，准备行动。

"老车，你的腿？"这时罗世文说了一句，大家愣住了。是的，车耀先一只脚受过枪伤，是跛腿，能跑么？一旦敌人穷追，很难脱身。

"大家不用管我。"车耀先淡淡地笑了笑,又催促大家,"跑吧!能跑就跑,何必大家都坐着等死?"

大家犹豫了。跑当然是上策,但车耀先跑不脱,大家很清楚,怎么办?

时间在犹豫中一分一秒悄悄地溜走……

"你们要当机立断,赶紧跑!"车耀先再一次催促大家,语气焦急。

罗世文说:"不行!我们是革命战友,更是在一起共患难的兄弟,只顾自己逃命,那不是一个革命者应有的行为,还有没有最起码的阶级感情了?"大家沉思着、犹豫着,没有人动……

汽车引擎突然轰鸣起来,大地在颤抖,特务们提着枪走了过来。

"机会错过了。"难友们惋惜地摇头。

陈然和罗冰的越狱想法让许大同和谈黎明这两位监狱党组织负责人陷入了沉思。许大同小声地与躺在旁边的谈黎明一起分析越狱的可能性。

白公馆三面环山,方圆三四十里都是"特区"地盘,三步一岗、五步一哨,监狱周围是看守的营房、电网、壕沟、碉堡、悬岩、狼犬……逃跑应该是非常困难的。

许大同说:"这可比不得那年了。"

"老许,你别忘了,有的机会稍纵即逝,一旦错过将永不再来。我们都是经历者。"

"是啊,对老罗、老车来说,那是最后一次逃生的机会。"那两人不久即被秘密杀害。很久以后，许大同和谈黎明才知道，十分惋惜。

谈黎明叹息："这可是一次血的教训啊。"

"老谈，从当时的情况来看，我们谁都没有错，作为革命同志，我们不可能抛下不能逃离的战友不管。我相信，你，我，还有别的人，都做不出这样的事来。"

"但是……"

"你听我说完。现在回想，其实当时我们的做法还是欠考虑，因为这里面有个成本问题。"

"对，我们没人去计算革命成本。"谈黎明被捕前，在南岸海棠溪一织袜厂当过销售经理，话一点到马上就明白。

"对呀！我们如果能做到忍心不管老车，其他人逃脱，或者，我们有一两个同志走在最后帮助老车，这样也许牺牲的是他一个，最多还牺牲一两个同志，事实上后来他还是牺牲了，我们大多数人可能得救。我们这些人，特别是像老罗那样的同志，是党的高级干部，是经过多年浴血考验、斗争经验非常丰富的同志，重新参加战斗后，党组织的力量只会大大增强，党的事业一定会推进得更好，不是吗？但我们当时只固守了做人要厚道、要讲阶级感情这样一种想法，其实给党的事业带来了多大的损失啊！"

"老许，你说得对。我们的组织从来没给我们讲过革命成本的问题。也不是说从来没有，也许战场上除外，因为有游击战那样以少胜多的方法和经验，那其实就是一个成本问题，但我似乎没听谁很明确地说出来。"

许大同停了一会儿："我们现在也干不了什么事，不妨抽些时间反思过去，总结一些经验教训吧。"

谈黎明点头："很有必要。我看把这个事讨论好了，下一步就可以安排。"

"老谈，你刚才的建议，因为环境不同，情况不同，条件也不同，也还有个成本的问题，需要好好想想。"

"这样吧，老许，俗话说，三个臭皮匠胜过一个诸葛亮，众人拾柴火焰高。我们可以把这个想法交给同志们来讨论，听听大家的意见，还有什么好的主意没有，再作决定，好吗？"

"好，分头落实。注意人员要特别可靠，不能走漏一点消息！"

2

"陈然，罗冰，来，我们要讨论一件事。对了，陈然的建议和组织提出来的意见不谋而合，你很有想法嘛！"刘大志向陈然竖起大拇指。这是他当老师养成的习惯，善于鼓励。

此时，罗冰和陈然早已经从楼二室搬到了平二室，与刘大志、王猛等关在一个牢房，与平一室的许大同、谈黎明是"邻居"。

陈然笑了笑："我以前的领导和同志，提醒过我，要注重细节，重视广泛积累，书到用时不嫌多。"

刘大志点头："书到用时不嫌多，说得好！你的建议很对！越狱才有可能活着，活着才能更好地革命。因此，只要有一线生的希望，就绝不轻易放弃。但，也决不能以放弃信仰为代价！"他还像一个老师，挥舞着手，很有激情地说。

"通过这之前和他的交流，我想了想，虽然很难，但还是值得一试。"罗冰指了下陈然，"其实你们应该也知道，这地方只有一个人跑出去了，但他不是采用的这种方法。"

他们都听说过，一个假装疯子很多年的难友，随看守外出买菜，趁其大意时成功逃离魔窟。

"他把握了一个很好的机会。"刘大志说。

陈然说："机会是逃跑的关键。但对于毫无准备的大脑，再好的机会也可能没什么用处。"

从收集上来的意见看，绝大多数人倾向于试一试。许大同和谈黎明商量后，最终决定：大家一起来商订一个越狱计划。要求是稳妥、安全、可行，控制知晓的范围，特别要注意保密。

面对监狱防护坚固、戒备森严的现实，许大同无时不在思考怎样找到突破的方法。

越狱，必须通过几道关卡。

这第一道卡，就是牢房。这一步迈不出去，后面就无从说起。许大同一有空，就四下打量牢房，墙角、窗子，天上地下，还有就是唯一的通道——牢门，可那里随时有人看守。

第二道关卡，是如何躲过探照灯的照射，机枪的瞄准扫射。

第三道关卡，如何快速拆开电网，钻入森林中。

话不多的许大同，一直在琢磨。突然，坐在地铺上的他，看到一只黑蚂蚁慢慢从墙的底部向上爬，不一会掉了下来，又接着往上爬，越过原来那地方不久，再次掉了下来。

"怎么回事？"许大同站起来，走过去想看个究竟。

原来，蚂蚁经过的第一个地方，是一排凝结的血块，第二个地方是一条深深的划痕，这成了它的障碍。

蚂蚁没有放弃，它避开了第一个障碍，经过第二个地方时，很小心地试了几下，迈过，然后向窗台爬去，在那里转了转，爬向一根窗棂，向上爬了一阵，又掉头爬向窗棂的底部，突然不见了。

许大同觉得奇怪，仔细去找，就是不见蚂蚁的踪影。他试着摇动那根窗棂，蚂蚁受到惊吓，从底部钻了出来，慌慌张张地向别处爬去。

"对不起，我是不是打扰你了？"许大同一边自言自语，一边继续手上的动作。突然，他的手动了一下，原来，那根窗棂用力可以取下来。假如把窗棂弄掉一根，那么人就可以一个一个地从那里挤出去吧？他把这个发现告诉了参与计划讨论的人，其他人也去摇动自己那间牢房的窗棂，却没有这么幸运。但大家还是看到了一丝曙光。

"那窗子后面是很高的墙，人可不能随便跳下去，否则会摔死，不摔死恐怕也得残废，得有绳子。"罗冰说。

陈然说："没有绳子，怎么办？"

"这好办，把床单撕成布条接起来就成。然后滑到水沟里，顺着水沟，就可以跑出去。"刘大志胸有成竹地说。

"但问题是水沟上端有一座虎视眈眈的岗楼，敌人可能居高临下地发现水沟里的动静。一旦被发现，逃出去的人，一定会成为机枪的活靶子。怎么办？"罗冰又提出新的问题。

"那么，就耐心地等待吧，等到一个暴风雨的夜晚，电灯突然熄灭……"刘大志用带有诗意的语气朗诵起来，连说带表演，把大家都逗笑了。

"电灯熄灭？有了，"陈然马上说，"我们可以通过争取他们的人，关键时刻断掉电源。"

"嗯,有道理!这就要求我们的策反工作还要继续,而且还要抓紧。"刘大志说。

罗冰点头。

这些想法汇集到了负责人处。

"这只是开始,后面还有……"许大同停了停,显然他思考得要多一些,"逃出去后又怎么办?"

几个人反复讨论,形成了一个比较完善的方案:冲出牢房后,首先迅速往大山偏僻处跑。然后设法化装、换鞋、蹚水过河,摆脱军犬的跟踪,躲避敌人的追捕。跑的方向一定要朝着北方,那边有我们的部队。晚上走,要以北斗星为方向,千万不要走错。如果是白天,可找路上抬滑竿的人搭话,问清路线。要预备防身的器具,哪怕是从林中找一根木棒,以防万一……

能想到的都想到了,可还缺实施的机会。

大家的士气有一些低落。谈黎明积极鼓劲:"决不放过任何机会,不能集体走,就单独走,跑掉一个算一个。"

"啪!"某天,牢房突然一片黑暗。

"噫,电灯熄了?"罗冰兴奋地说,然后压低声音,"大志,你真是神机妙算啦,只不过还没有暴风雨,一会儿会不会有呢?"

"天赐良机,行动吧?"陈然摩拳擦掌地说。

按照谈黎明的说法,逃出一个是一个。为了不因为集体行动而目标太大,组织上明确以牢房为小组,有机会时各自进行。

"好!按先前说的,开始。"

刘大志摸索着,从地板下很快就翻出了藏起来的刀子。这是平时多次演练过的,一点儿都不费事。

陈然身体好,人高大,力气也大,事先分配他负责拔窗棂。

自上次许大同发现秘密后，他们偷偷对窗棂做了手脚，已有些松动。特务们想不到，检查牢房时没有人去检查这里。

陈然冲了上去，其他人马上向这里靠拢。

"啪！"电灯亮了。原来是线路出了一次小故障。大家只好恢复成原来的样子。窗外已传来看守的脚步声。外面的时局于国民党来说越来越困难，鹰犬们也提高了警惕。

时间一天天过去，大家挨过了一周又一周，一月又一月。那年的六七月，一连四十多天没下雨，刘大志设想的暴风雨天气没有一丝踪影。

3

九月十八日晚饭后，陈然慢慢踱到后窗前，打量着远处山中那条羊肠小道，嘴里轻轻哼起了一首歌。他在思念自己的大姐。

一条小路，
曲曲弯弯细又长，
一直通往迷雾的远方
……

"陈然，这是什么歌？太好听了。"罗冰问。

"《小路》，苏联歌曲。"

"哟，外国歌曲你都会唱啊，厉害！"刘大志称赞。其实作为西南联大的学生，他也会唱，只不过嗓音没有陈然好。

"不，还是我老师胡先生厉害些。他不仅教了我这首歌，还教我拉锯琴。可惜琴放在家里了。"

陈然回想起当年胡先生教拉锯琴的场景，恍如一梦。

新庙中心小学，陈然去找何杏灵。

"是锯琴？"陈然惊喜地问。这声音离他的房间不远。

"嗯。"何杏灵点头，"我没来得及写信告诉你，我在这里看到你拉过的锯琴了。"

"师傅是姓胡，对吧？"陈然举起右手食指，既帮助自己发问，又有让她注意这一点的意思。

"你怎么知道是胡先生？"

陈然明白了，他三步并作两步来到自己房间的隔壁，上前敲门。

"胡先生，徒弟终于追上您了。"对方开门后，陈然激动地说。因为现在对方是老师，陈然没有再像以前那样喊"师傅"。

"哟，是崇德呀？我们又见面了，说明你我师徒有缘。何老师一起的呀？请进。"胡先生热情邀请。

"崇德，原来是你接了我的工作？好，你要好好教育和引导学生，教他们明辨是非，向往光明。"知道陈然要在这里教音乐，胡先生很欣慰地看着他。

"好的，胡先生。也请您教给我当老师的方法，我还没真正当过呢。"陈然挠了挠自己的头。见到师傅，他有些激动。

"这个没问题。不过何老师更有经验，你可以多多向她请教。"

"哪里，我还在学习中。"何杏灵摆手，"胡先生，他现在改名叫陈然了。"

"哦，那估计是我走之后的事了。"见陈然点头，胡先生指了指手上的锯琴,"还在拉吗?"

"在,只是没啥进步。"陈然点头,有些不好意思地笑了。

"那就好!说明我没有看错你。能够坚持下来,肯定有提高。找个时间我们一起练练?"胡先生问。

"就今天晚上好吗,胡先生?"陈然有些迫切。

"行,没问题!"

晚上胡先生做东,回到宿舍后,他们一起交流,说说过去剧团的情况。然后胡先生一边拉锯琴,一边教他们唱《小路》。

"以锯琴伴奏外国歌曲是一种什么感觉?我无法想象。"刘大志说,"但我大约知道,它是一首歌颂勇敢英雄的、歌颂忠贞爱情的歌曲。"

"其实,今天是我大姐的忌日,她去世十一年了。她热爱舞台、喜欢演出,还拿起笔做编剧,希望通过演出唤醒民众,团结抗日。她引导我参加剧团,经受锻炼,加入组织,从此走上革命的道路。不客气地讲,在我看来,她算得上是为了爱国理想而奋不顾身的女英雄。尽管她只活了二十八年,但她永远活在我的心里。"

"我为你有这样一位好大姐而自豪!"刘大志说。

"好大姐也永远活在我的心中!我要向她致敬!陈然,别伤心了,我听你说过,当年大姐让你到延安去,出于多种原因没有成功。那不要紧,我们一起努力,冲破牢笼,然后到北京去,到那里去见毛主席,当面聆听教诲。"罗冰说完,伸出手来。

"好!一起努力!"陈然说着,把手放在他的手上面。

"一起努力!"刘大志把手放在了陈然的手上面。

难友们希望的火种始终没有熄灭。入狱的人越来越多，宣浩和丁向前搬了进来。通过仔细观察，白公馆周围的情况大家基本上掌握了，信息逐步扩大到后面歌乐山的道路、岗哨的位置、碉堡的地势、看守活动范围……

大家想的办法也越来越具体，如难友丁向前、宣浩等当过兵的研究如何去夺取敌人岗哨的枪支、弹药。

在原越狱计划的基础上，做了全面的补充，一个比较完整的集体越狱计划拟出来了：

一、越狱时间定在重庆解放前夕，最好能与渣滓洞同时行动。

二、选择深夜，制造各室中毒事件，诱敌入室，堵口夺枪，捆绑起来。

三、李富生、"羊儿疯"等担任狱外警戒，打死哨兵，切断电话线。

四、难友老、中、青三人一组，五个组十五人组成一个支队，指派一人任队长，负责具体的行动指挥。

五、分四个支队逃出特区，跑出封锁线即宣布解散，各自隐蔽，等待解放。

六、不冒险走平路，沿途不要遗失东西，选择山林小道，在黑夜行军。

七、设核心小组，遇到临时变故，相机指挥。成员是陈然、王猛、刘大志、许大同、谈黎明、罗冰。许大同为总指挥，王猛为副总指挥，其余四人分别担任支队长。

……

4

"小罗,最近我总有一种冲动,想写一首诗。"

陈然和罗冰讲自己过去改歌词、写歌词甚至谱曲都做过,但很少写诗,印象中写过一首,只是马马虎虎。

"把你写的作品念来听听么?"

罗冰的话让陈然回想起那个秋天,那个一场秋雨一场寒的特殊的夜晚。

一九四三年九月十七日,这天下起了雨,虽然不大,但早晚已有明显的寒意。陈然晚上写毛笔字没多一会儿,就觉得拿不住笔了。其实是他的心里,比较凄惶。不知不觉中,明天是他敬重的大姐去世六周年了,自己与组织的关系还没有得到恢复,事业没起色,更说不上有建树,就连打工也找不到合意的。

陈然一动不动地望着窗外,高大的芭蕉树默默无语。芭蕉叶上有细小的雨珠,随蕉叶的摇动而成滴摇摆,成线滑落。他冥思苦想,久久难以入眠,干脆披衣起床,踱起步来,后来写成了一首诗《冷雨清秋夜色》:

风风雨雨凄凄迷迷,
长夜里充满冷清意。
远处隐约三更起,
蕉窗前树影摇曳,
屋檐边点点滴滴,
愁思万缕为谁起。
只因冷雨清秋夜,

风雨凄迷。

风啊,您为谁诉?

雨啊,您为谁泣?

"陈然,写得很好嘛!难怪说悲愤出诗人,果真不假!"罗冰连连称赞,"把你写的歌词,也念一首来欣赏欣赏啊。"

"那我给你说一下《弋阳桥瀑布怒吼》吧,我作词作曲,还教给学生唱了。"

"好。你先给我说一遍歌词,再唱来听,好吗?"

陈然点头,然后用他那浑厚的男中音开始朗诵,然后演唱:

弋阳桥瀑布怒吼,

普陀寺钟声悠悠。

新庙镇头柑子山麓,

培养着我们一群小歌手。

我们快乐自由,

我们刻苦奋斗。

多难的祖国要我们来挽救,

要我们来磋商、牺牲、战斗!

向前冲!

我们是中华的新儿童,

我们要做未来的主人翁。

"词写得很有意思!"罗冰称赞,"'我们是中华的新儿童,我们要做未来的主人翁。'这对孩子们肯定是很大的鼓舞。"

"这首歌创作于新庙中心校,是四四年我去那里当老师时的事了。学校在新庙街上,那里历史古迹比较多,有玉皇观、木鱼山、川东古刹佛教名胜普陀寺、双龙桥、广济桥等等。我的锯琴师傅胡先生带我去走了那些地方。"陈然慢慢讲着,甚至都能记得胡先生说这些话时的神情。

弋阳国民师范学校门前,胡先生讲了学校的来历。这是一九二七年被国民党的走狗杀害的李蔚如先生建起来的。李蔚如是当地人心中的英雄,因为他帮穷人。他也注重办教育,说不能让当地的孩子,像他们的父母一样大字不识。李先生虽然过世十七八年了,当地的人对他还是念念不忘。

来到弋阳桥,胡先生说:"这也是道光年间建的。"他们站在桥边,看着绵延不断的瀑布飞流直下。

站在柑子山那里听普陀寺的钟声,俯瞰新庙十里八乡的大好河山,陈然说:"办学校真的很重要,我们要教育学生茁壮成长,长大后能勇挑重担,保卫我们的家园。"

当晚回到宿舍,陈然写了一首歌词,过了几天,又把它谱成曲,唱给何杏灵听,请她一起修改,并用锯琴演奏的声音来校正乐音,然后教学生唱这首《弋阳桥瀑布怒吼》。

讲到这里,陈然露出了久违的、略带羞涩的笑容。

"那你现在想写什么呢?"罗冰问。

陈然说:"我想了有段时间了,觉得内容比较多,拿不定哪些要,哪些不要。"

"哦,有哪些?都说说看。"罗冰问。

"我们被关在牢房里,只有放风的时候,才能看看阳光、云彩、大地，但可以回想我家对面的长江、嘉陵江，以及两江交汇奔涌的壮观景象。我在与不在，它们都不会改变。所以，个人相对于大自然来说，实在是太渺小了。"

罗冰点头："是的。相对于大海，我们不过是一滴水。"

罗冰从和陈然的对话中，大略有些明白陈然写诗的主要内容了，"题目想好了吗？"

"就叫《假如没有了我……》，你认为如何？我主要是想说，假如某一天，我不在了，可是革命事业依然蓬勃发展，生机无限！"他顿了一下，"罗冰，你可以帮我提点意见。"

"来吧，用你那充满磁性的好听的男中音朗诵出来。"罗冰拍了一下手，"如果我觉得有修改的地方，后面再提出来。"

假如没有了我，
　就像江河，少了一朵浪花，
　并不影响大海热情的歌唱，
　就像天空，少了一颗星辰，
　不会妨碍太阳把大地照亮。

假如没有了我，
　就像云彩，少了一滴雨露，
　它依然会仪态万方，
　就像大地，少了一粒土壤，
　不会阻碍万物的蓬勃生长。

人们不再"彷徨"，

"气节"必须弘扬！
气节，是一种品格，
气节，是一种信仰，
挺进，是一种精神，
挺进，是一种力量。

有没有我，
挺进，都是不悔的选择，
挺进，都是一面飘扬的旗帜，
永远挺立在前进的路上！

罗冰鼓掌："太好了！非常好，根本不用再修改了。"

陈然心里像有一股奔涌的热情，他所用的词几乎都是他熟悉而且一直在意的东西，"人们不再彷徨"，"挺进是一种力量"。当年他办过《彷徨》，后来又接手《挺进报》，深刻地理解到里面包含的是一种怎样的力量：

他们曾经有过彷徨的时刻，但他们最终勇敢地挺进在前行的路上！

第十六章
吹响号角

1

"同志们,今天我们一起来讨论一件事。请拥竹同志主持。"在《科学与生活》杂志社编辑室,江一伟说。

刘拥竹是开明图书局门市部的主任。他与江一伟是通过杂志发行认识的,实际上,他也是一名老共产党员。

"皖南事变"后,刘拥竹由成都转移到重庆,组织关系转移到南方局。南方局迁南京前,他的上级老于把他的关系转交《新华日报》记者老赖,他的关系随即转到《新华日报》。

一九四六年元旦,江一伟和章至恭、吕上创办《科学与生活》杂志,《新华日报》派人出任社长。到了夏天,老赖对刘拥竹说:"负责办《科学与生活》杂志的江一伟你是认识的,而且还有过交往,今后就由你负责同他联系。不是过去那种一般的联系了,要加强,特别要注重对他个人的培养。在条件成熟、环境许可时,可接收他为党员。"

刘拥竹一边点头,一边继续用心聆听。

老赖说:"最近,国民党公开撕毁停战协定和政协协议,疯狂向我解放区大举进攻,全国性的内战已经爆发。"

"是的,我也注意到五月份发布了《维持社会秩序临时办法》,严禁罢工、罢课、集会和游行示威。"刘拥竹说。

"尽管重庆形势日益紧张,《新华日报》还在坚持出版发行,但报纸版面经常为抗议反动派扣发稿件而'开天窗'。送报的报童遭到特务分子的挑衅和毒打,有些读者也遭到迫害。"

刘拥竹点头。

"《新华日报》原来指导办《科学与生活》杂志的目的,是想通过刊物团结一批进步的科学界和技术界人士,以便万一和谈取得成功,可以利用短期的和平局面,动员一批科学技术工作者到解放区去。现在这一目的已难以实现了。因此,这个杂志不打算继续出版了,我们建议他们另外办一份杂志。怎么办?组织上希望你牵个头,把新的杂志办起来。"

刘拥竹说:"好,我来想办法。"

刘拥竹和江一伟的交往比过去频繁了。通过江一伟,他认识了陈然、吕上、章至恭等人。江一伟通过刘拥竹认识了古典。

古典是吕上推荐给刘拥竹的,理由是古典能刻写一手工整而秀丽的仿宋字。吕上和古典的未婚妻是一个学校的同事,经她介绍,古典认识了吕上。

在《科学与生活》杂志社编辑室,刘拥竹是这样介绍古典的:"一九二零年出生在一个贫民家庭,做过小客店学徒,进过戏班子,学过木匠,后经人介绍到一所女子小学当杂役。"

吕上接话说:"他在学校下苦功练得一手工整而秀丽的仿宋

字，还如饥似渴地阅读杂志、小说、诗歌，学写读书笔记和日记，现在是颇有名气的诗人和音乐家。"

"哎呀，过奖了，不好意思。"古典双手抱拳。

"好厉害！那你现在哪里高就呢？"陈然带着些敬意问。

"说不上高就，"古典笑着说，"我现在江对岸的南坪马家店小学教音乐，很快要去川盐银行。"

"就是那栋最高的大楼？"陈然问，他想起当时经过了那里。

古典点头。陈然说："那可是个好地方！去做什么？"

"总务处机要股任文书员。"

"有了比较稳定的收入，才能安心做自己愿意做的事情。"吕上说。

"好的，今天是借杂志社的宝地，下次活动大家可到我们开明书店去。你们也可以买点书，支持支持，我顺便就打个广告了，不好意思。"刘拥竹笑着说。开明书店是古典出主意、大家凑钱，以"儿童文化流通社"名义开的。

古典微笑着点头，没有说话，抱在胸前的右手，有节奏地拍打着左手肘部。

"我们计划办一个以小职员、小店员、失学和失业青年等为对象，以谈青年切身问题为内容的小刊物，借此联系群众，发展和聚集革命力量。"刘拥竹环视了一遍在座的人，"大家讨论一下，取个什么名字好？要避免明显的政治色彩，形式上是'灰色'的，但内容是健康的，包括升学、就业、恋爱、婚姻等。"

"青年问题确实是一个很重要的问题，"陈然说，"我有时面对当前的形势，就感到看不大清楚，有时真有些不知道该怎么办。"

吴止境说:"迷茫、怀疑、犹豫,左右徘徊,无所适从。这恐怕是一种带有共性的问题。"他是《中国学生导报》发起人之一,更是中共重庆市委领导的联络员。

"可不可以叫《忧虑》呢?"古典问。

"忧虑是一种比较典型的情绪,但似乎还不完全。"刘拥竹说。

江一伟指了指陈然和吴止境:"听你们刚才说的,我觉得杂志取名《彷徨》,比较贴切。你们看如何?"

"彷徨?嗯,很贴切!"吕上立即表示赞同。

"对,不错!包含了我的意思,还不止于此。"古典说。

"好!我也同意。"刘拥竹点头。

"名字有了,稿件来源呢?我建议在座的大家都要积极投稿哦。"江一伟提出新的问题,也提出了新的建议。

"稿源应该没有问题。《新华日报》副刊有大量稿件,有的用不了,我们可以联系编辑转过来,所以不用担心。"吴止境说。

陈然半抬起的手放下了,他想起要改掉挠头的习惯:"我们这个杂志还是要有自己的特色,你们说呢?"

"你想到什么好主意了?"江一伟问。

"年轻人不喜欢有想法闷在心里,喜欢交流,就像我们现在这样。所以……要不要开一个栏目,供他们交流?"陈然说。

"这个主意不错!我们可以设一个'信箱',公开提问和回答。可算是编读往来。"刘拥竹又点了点头。

吴止境说:"我们可以通过这样的形式和内容,接近政治觉悟不高,但对社会现实不满的青年读者,多从正面开导他们。还可以从信件中挑选那些态度积极、思想上进的年轻人,进一步加以引导，使他们认清形势，加入革命队伍中来。"

听大家这样一说，陈然很高兴，自告奋勇地说："我来负责'信箱'工作。"

"我建议《彷徨》由一伟出面申请登记，他办杂志有经验，使其成为有合法登记证的公开发行杂志；由开明图书局总经销，因为拥竹主任，渠道多，门路宽。"吴止境说。

从此，陈然担负起了刊物的"通联"工作，负责到邮局去开信箱取信件，到新华日报社去取稿件，答复《读者信箱》收到的来信，和本地读者直接联系，等等。

他机警、沉着、从容不迫、平易近人，很好地推进了工作，江一伟夸他为"我们的组织部长"。

一九四七年元旦，《彷徨》第一期终于出版了。《新华日报》破例在头版显著位置，登出了一个大问号的广告，为《彷徨》宣传推广。《彷徨》出刊后，立即收到大量的读者来信，他们诉说自己种种不幸的遭遇，摆出种种个人生活上、思想上的苦闷问题。

这时云南有一位读者，是个失业在家的女青年，因被逼婚而感到人生无味，企图自杀，读了《彷徨》杂志上的文章，特意写了一封长信来诉说自己的痛苦，并希望在思想上得到帮助。

陈然看了信十分激动，为了说服这位读者不要悲观，要坚决斗争，他在写回信时，写了撕，撕了写，一直写到深夜两三点钟还感到不满意。

他在信中写道："我认为社会在进步，人的思想观念也要发生变化，不能像我小时候的外号——'钢脑壳'！过去要求女子无才便是德。婚姻家庭是女人的全部归宿。女人是要嫁人,但如果不是对的人,如果明知不幸福,为什么要嫁呢?不能让老观念、旧习俗,扼杀自己一生的幸福!所以,不要怕,一定要做坚决的、勇敢的斗争!"

陈然把信的草稿给何杏灵看,希望她提一些修改意见。他觉得,何杏灵有过类似的经历,也许可以从受害者的角度看看回信是否恰当。哪知她看后半晌没说话,最后有些幽怨地看了他一眼:"你应该让她寄张照片给你。"说完转身就往外走。

刚刚进来的江真好奇地问:"寄照片?谁的照片?好看吗?"何杏灵没说话,继续往外走。

"杏灵姐,别忙嘛,等会儿我们一起去转转街,听说市中心在修一个什么建筑,不知修成啥样了,去看看?"江真热情邀请。

"以后再说。"何杏灵回了她四个字,头也不回地走了。

"杏灵姐怎么有些不高兴呢?你是不是得罪她了?"

陈然摇头:"没有。"

"那她为什么走了?还一副爱理不理的样子。"

陈然抬了抬手,赶紧放下来:"不知道,不管了。"他把回信的草稿给江真看,她提了比较中肯的意见。

"谢谢!"陈然边修改边说,"云南这么远,信件慢,如果一封信不能改变她悲观厌世的情绪,万一真自杀了,我们就没尽到责任啊!如果那样,我肯定会非常难过!"

"不会的。你这封信晓之以理、动之以情,应该能挽救一颗失望的心。"江真连忙安慰他。

两人去附近的邮局寄信。路上,江真又问陈然照片是怎么回事，陈然掂了掂手上的信说："是她在说，让这个收信人给我寄照片。"

"寄照片？"江真重复了一句，若有所思。

信寄出后，陈然经常自言自语："也不知道我写的信能不能起到作用，但愿能阻止悲剧的发生！"

半个多月以后，陈然收到这位女读者深情的感谢信，他高兴极了。因为还有一个意外惊喜：这位女读者正是他失去联系多年的小学同学——叶子。

原来，叶子看到陈然信中有"钢脑壳"这个外号，推断是自己的同学，于是在来信中问陈然，是不是还有别的名字，比如陈崇德，然后讲了自己和他分手后以及随家人流浪到云南的所有经历。

陈然立即回信，明确告知自己就是陈崇德，简要讲了后来的经历，更多是给她鼓励并出一些主意，继续帮助她摆脱困境。

叶子又及时回了信。此时江真已离开重庆，陈然便把这封信给何杏灵看。他从信封中抽出信纸，递给她。

"她表示要好好活着，不再干傻事。恭喜你挽救了一条生命，香哥儿，你做得对！"何杏灵真诚地竖起大拇指，继续往下看，"她说要做一件事，让你惊喜呢！"刚才还笑嘻嘻的何杏灵收住笑容，有些酸溜溜地说。"她要做什么？这么远，不会跑到重庆来找你吧？"

陈然摇头："不会吧？她在信中没有讲，我怎么知道呢？"

"对了，上次我开玩笑说，让她寄照片，她寄没？"

"我当时又不知道她是我同学，怎么会去说这些？后来就是知道了，我也不会去要嘛。"陈然急忙摆手。

"万一人家想到了呢！女人的心，你不一定懂的。"何杏灵说完这话，意味深长地看了一眼陈然，拿过他手中的信封一抖，果然有张女人的照片掉了出来。

何杏灵脸色一变，转身走了。

2

"通联"收到了好的效果，陈然更加热情地去开展这项工作。他开始在本市读者中交朋友，建立直接的联系，其中有几个在四川银行工作的职员，在他的帮助下组建了一个小型读书会，召集人就是从昆明回来的富家少爷刘大志。他经常组织会议并带头捐款，支持《彷徨》出版。

陈然照例到新华日报社去取稿件，联络人告诉他，国民党反动派准备进攻延安，形势可能会更加紧张，希望杂志社的同志们作好应变的准备。

过了几天，不见《新华日报》出刊，开始大家还以为报纸又被扣了。陈然刚好来到这里，看到报社被国民党军警包围，立即转身离开。

陈然赶回杂志社，江一伟几个人围了过来。听陈然讲了报社的情况，刘拥竹冷静分析道："敌人越是疯狂，说明黑暗越是即将过去。"

"对，敌人就像秋后的蚂蚱——蹦跶不了几天了。"陈然沉着地面带微笑，充满信心地说，"黑暗既已来临，曙光也就不远！"大家紧急研究了当前形势和应变的必要措施。

一阵沉默后，陈然把想到的问题冷静地提了出来："当前最重要的，是要防备敌人迫害与报社有联系的人。杂志社和报社的联系尽管是秘密的，但会不会在多次联系中已被特务盯上，而我们自己还未发觉呢？报社和办事处还有杂志社送去审阅的稿件，以及从'新华副刊'留下准备转给杂志社的稿件，会不会被搜查出什么痕迹呢？"

大家经过分析，认为党组织一定有所准备，不至于暴露这个关系。只要关系不暴露，《彷徨》的"灰色"面目一时还不至于引起敌人的注意，仍然可以按照原定的方针，坚持办下去。

陈然的心里却更加复杂。他想到自己从一九四二年起就失掉了组织关系，但坚持按照组织给予的最后指示，深入群众，独自求索，充分发挥了一个党员应起的作用。一九四五年后，虽然没有恢复组织关系，但他终于和《新华日报》党组织有了联系，一直像一个党员一样，严格按照组织的指示积极进行各种活动。可是现在，竟然又一次断了联系。

"虽然我们暂时失去了党的直接领导，但仍然要按照党原来的指示坚持工作。同时我们还要主动去找党，我相信在重庆始终会有党的地下组织。"陈然想起了陈朝辉说过的话。

陈然的提醒成为大家的共识。为了预防万一，他还提出了一些应变措施。陈然认为自己是负责"通联"的，首先要把"信箱"的工作移到家里去，所有通联人员和读者的地址都要秘密保存起来；杂志社是个公开的地点，不留下任何人的关系，以防敌人搜查。陈然这些周密的考虑，得到了大家的赞同。

《彷徨》继续出版，吸引了更多的青年朋友来参加和支持这一工作，但是经费越来越困难，连唯一专职的工作人员也就是江一伟的报酬也负担不起了。陈然为筹措经费想了许多办法。他虽然有工作，但收入不多，负担着母亲和妹妹的生活，还要经常接济周围一些穷困的朋友和工人，为完成好上级交给的任务，他宁可节衣缩食，也要让江一伟搬到自己的家里吃住。

六月的一天下午，江一伟来到民生路开明图书局三楼，敲响了一扇门。

"哦，来了？"刘拥竹堵在门边，拉开一条缝，然后拉开门，"请！"

江一伟笑嘻嘻地从提包里取出一卷东西："这是《彷徨》信箱收到的新华通讯社香港分社的新闻稿，我和陈然都看过了，现在给你看。以后收到新闻稿，先给你看。"说完就离开了。

收到江一伟送来的新闻稿当晚，刘拥竹一会儿拿起，一会儿放下，一会儿又拿着新闻稿背在身后，在房间里来回踱步。他将新闻稿反复读了好多遍，几乎全能背诵了，还爱不释手，犹如久别重逢的亲人。

突然，刘拥竹有了一个想法。说干就干，他坐下来，拿起笔，在新闻稿上勾画起来。他找做镜框的工人制作了一个能放进半张蜡纸的木框，代替油印机，削了一块南竹片代替滚筒，当夜就动手刻写蜡纸。他把新闻稿刻印成十六开大小的小报形式。经过通宵工作，无名小报出版了。然后写信封，填地址，分装。

天刚麻麻亮，刘拥竹用提包装着百余份写好地址的信，从民生路出发，经十八梯到下半城，再到上半城，沿途投寄，然后回书店。

"嘭嘭……嘭嘭嘭……"

听到熟悉的敲门方式，刘拥竹轻轻拉开门："陈然，是你？"

陈然进门后，从随身携带的包里取出四卷新闻稿，这是《科学与生活》信箱收到的。内容与《彷徨》信箱收到的相同。里面还有一份无刊名的油印小报。

陈然指着小报说："看得出来这是从新闻稿上摘录的，没想到别人先走了一步。江一伟和我正在设想办个油印小报，专门转载新闻稿上的电讯，你觉得如何？"

刘拥竹说："好！的确很好！只是风险太大。不出事则罢，出了事，便是'剃头匠掷骰子——要输几个脑壳'。我是光棍汉，'鹅卵石刺竹笆篓——进出无牵挂'，你和一伟上有老下有小，可要三思而行啊！"

陈然急红了脸："你不相信我们，是吗？"

"刘经理，有人找。"门外有员工喊道。

"知道了。"刘拥竹大声回了一句，然后对陈然说，"店里有事找我，老兄，'生意'就算落盘了，你先走一步，在卖家等我，我随后就来。"

陈然清楚他说的卖家是江一伟，如此回答，说明他已认可，于是高兴地回答："好嘞。"

江一伟的家是竹篱笆糊石灰的青瓦平房，他的工作室只有约五平方米。

刘拥竹、陈然和江一伟就办油印小报的问题进行了讨论，一致同意给小报定名为《读者新闻》，暂定每周出两期，每期印八开版面一张或两张。江一伟负责编辑和刻蜡纸，陈然负责开信箱取新闻稿和印刷，刘拥竹负责购买蜡纸、油墨和纸张，以及经费的筹集。

陈然说："我们共同创办《读者新闻》，总得有个规矩，还得有个头儿。"

"老刘经验丰富，我提议他当头儿。"江一伟说。刘拥竹则推选陈然。陈然摆手，对刘拥竹说："我和一伟商量过了，你比较合适，少数服从多数，不必推辞了。"

刘拥竹说："既然两位信任，刘某甘愿效劳。不过，我丑话得说在前头。办地下刊物，随时都有杀身之祸。我们切不可将中统、军统那些人看成'饭桶'，他们的狗鼻子还是灵敏的。俗话说'未曾行兵，先寻败路'，我们得有精神准备，以便遇事不慌，处变不惊。"

江一伟说："有道理！"

陈然说："你是头儿，就按你说的办。"

为了严守秘密，三人一起商量了几条纪律：第一，未经三人商量同意，不得将《读者新闻》的事告诉任何人，即使是亲生父母、结发夫妻也不得透露；第二，三人中一旦有人被捕，只要敌人没有拿到证据，就坚决否认与《读者新闻》的关系，如果敌人拿到真凭实据，个人就承担一切责任，绝不牵连别人；第三，小报的编印和发行，一定按共同商定的办法办理。各自寄送的读者姓名和地址，彼此互不过问。

3

《读者新闻》出版了两期，三人分头发行，一半交刘拥竹，另一半交陈然和江一伟，两人又各负责一半。

一天江一伟从太平门取新闻稿回来，路过开明图书局，找到刘拥竹。

"老刘，我和陈然推荐吕上和吴止境参加《读者新闻》的编辑，你看可以吗？"

刘拥竹想了想说："可以，不过要提醒他们注意保密。"

"另外，我觉得《读者新闻》这个名字缺乏战斗性，建议换一个。"

刘拥竹问："那取什么好呢？"

江一伟说："我建议开个会，大家一起来想。"

"好，时间、地点？"刘拥竹问。

江一伟说："明天下午两点在我家，行吗？"

"行，你通知他们也参加吧。"

第二天下午大家在江一伟家开会讨论，最终听从"四哥"的建议，一致同意用《挺进报》作为报名。刘拥竹知道吴止境书法很好，尤其擅长隶书，于是请他书写报头。

吴止境和陈然不约而同地都提出，《挺进报》必须找个"靠山"。大家心里都清楚，这个"靠山"是党，办报必须要有党组织作为依靠。顿时，会场的气氛变得严肃起来。

沉默了片刻，陈然说："过去我们剧团在宜昌有过'靠山'，我到重庆后一段时期也有过，之后就失去了联系。知道有'山'却没法'靠'，这是很痛苦的事情。此事，只有拜托老刘来办，我们几个人都无能为力。"

刘拥竹说："还是那句老话，甘愿效劳。"

七月，炽热的太阳发出耀眼的白光，室外树木的叶片耷拉着，无精打采。地上的草大半枯黄，点火就燃。

此时正是重庆最炎热的季节。人们挥汗如雨，大都手不离扇,不停地摇啊摇。许多男人在家中,下穿一条宽大的短裤,光着上半身,还要搭一条长毛巾,不停地擦汗。室外,即使到了傍晚,知了还在不停地聒噪,让人更加心烦意乱。

野猫溪一栋厂房楼上的一个房间里,穿戴整齐的陈然和江一伟,无暇顾及天热,紧张地忙碌着。

按照第一次编前会的分工,吴止境准时送来了《挺进报》的报头、发刊词和专人传送的第一批电讯记录稿。陈然主要负责印刷,也配合江一伟审读和校稿。江一伟负责编辑,也要配合陈然印刷,特别是要印的数量比较多时。

陈然主动提出把办报的秘密工作地点设在他家里。因为他负责的那个厂,设在一个背靠山坡、三面有墙的独立小院,比较僻静,周边环境也不复杂。厂里人员少,与他关系也好。

陈然把二楼楼道尽头那间储藏室作为编辑、刻写和印刷《挺进报》的秘密工作室。其他人包括家人都不准靠近。

储藏室的木板壁,因为年久失修,有许多缝隙。细心的陈然用厚纸把缝隙全部糊上。关窗后再挂上一床厚毯子,又用黑纸做了一个灯罩罩在电灯上,以免通宵开灯引起外边人的注意。

《挺进报》第1期,八开纸四张,即将付印,上级要求是三百份。蜡纸已由江一伟用工整的仿宋字刻好。陈然穿上罩衣、戴上手套防止油墨沾身,做好了开印的准备。

"三百份,怎样才能印出来呢?"陈然和江一伟探讨。

"要不想法买台油印机?"

"家里放台油印机,万一被搜查,那岂不正好留下把柄?"陈然摇头。

"有道理!我们必须要有防备意识。那怎么办呢?"

陈然在房间里来回走动。"咳,我不是当过徒弟吗?"他突然说。

"你是说用老刘的方法?他那个无名小报,版面小,数量少,我们这个数量很大,能行吗?"江一伟有些怀疑。

"试试吧。"陈然说。

陈然把刘拥竹印《读者新闻》的方法借用过来,并尝试更简单的办法:把蜡纸用图钉直接钉在桌上,不用专门去做框子,用一块竹板代替油印辊子,在蜡纸上刮印。他对江一伟说:"我们这样印完后,扔掉竹板,烧掉蜡纸,就可以不留下任何痕迹。"

江一伟点头:"有道理!那就试试?"两人马上试验起来。

陈然先印一张,江一伟拿起来一看:"不错!很清楚嘛。"

"是吗?我看看。"陈然接过来,上下左右逐一打量,有些兴奋,"是很清楚,再来一张看看。"

他又印了一张,江一伟拿起来:"清楚得很,这个办法完全可行!"

陈然很兴奋地问:"那就这么干?"

"干!就这么干!"江一伟右拳头连击左手掌两下。

陈然一手按蜡纸,一手刮油墨。他印一张,江一伟取一张,同时数数:"一张、两张……五张……好,十张了……"然后拿到旁边,一一摆放好,让它自然风干。

陈然越来越熟练,印得又快又好,他情不自禁地哼起歌来:

到敌人后方去,
把鬼子赶出境,
到敌人后方去,

把鬼子赶出境……

"兄弟,鬼子已经被赶出去了呢。"江一伟也很高兴,他不太会唱歌,但幽默风趣还是不少的。

"咳,注意重点:第一句。"陈然调皮地眨了一下右眼。

"第一句?到……"江一伟迟疑地跟着唱了第一个字,呵、呵、呵,会心地笑了。

"哎呀,不好了!"江一伟突然喊了一声。

"怎么了?"陈然停止了手上的动作。

"一张不如一张清晰,这一张字迹已经模糊不清了,你看嘛。"江一伟左右手各拿一张比较着,然后递到陈然眼前。

"我看看,怎么回事呢?哦,现在印了多少?"

"七十份左右。才四分之一,离要求还差很多呢。"江一伟说。

"效果越来越差,问题应该出在蜡纸上。"陈然接过来比较了一下,又放下报纸,拿起蜡纸,对着灯光一看,"哎呀,全是麻点,刻印的字已经看不清笔画了。这一版已经不行了,我们换一版蜡纸试试。"

第二版也是如此,又换第三版、第四版蜡纸都是如此,各自都只勉强凑够七十多份。

陈然自言自语道:"怎么办呢?"

"天太热,我们也累了,休息一下吧,"江一伟说,"我们都想一想,明天再说。"

第二天江一伟在编稿的间隙,早早把蜡纸重新刻好,晚上重新印刷，效果依然。第三天又重复。

"唉，蜡纸刻了三次，连续印了三个晚上，才勉强凑了二百七十多份。可任务是三百份，我们还答应要给朋友的，怎么办呢？"江一伟说。

"是。如果有多的，我们可以留点下来分送一些可靠的朋友，达到广为传播的目的，市委是同意了的。但数量不够，还是先保证上级的需要吧。"陈然毫不犹豫地说。

于是他们将印出来的那些全部交给吴止境，由他转交市委统一发行。

因为没有达到上级的要求，陈然非常难过，他对江一伟说："真糟糕！第一次就没完成任务！"

陈然从小的"犟牛"脾气，经过多年磨砺，已转化成干革命的顽强韧劲。不论执行一项什么任务，不做到尽善尽美，精益求精，他是绝不甘心的。

为什么会出现"麻点"呢？陈然皱着眉头冥思苦想。他拿着蜡纸、印刷过的土毛边纸、竹刮板等，反复琢磨分析。麻点肯定是由于蜡纸熔化了。为什么会化呢？首先当然是由于重庆夏天的高温。再有呢？也可能是蜡纸的质量不好。天气热，没法改变。那就买质量好点的蜡纸来试试。

第二天，他到文具店买来各种牌号的蜡纸做试验。果然，蜡纸不同，印的效果不一样。他发现一种比较薄的蜡纸，反而比原先用的那种厚蜡纸要好。但是，印一百多份后，也开始出现麻点。

陈然继续在蜡纸、油墨、纸张上观察和研究。他突然发现，在印过以后的蜡纸上，粘有不少从毛边纸上掉下的小颗粒，他为发现了这个秘密而高兴极了："啊！麻点就是你给造成的呀！"

第三天，陈然又跑了许多家文具店，找到一种粉红色的打字纸，纸薄而光滑。由于没有小颗粒，印出来的效果果然很好。看着试印出来的那一叠清晰、整洁的报纸，江一伟笑了，陈然也开心地笑了。

突然，陈然摇头，由慢到快："不行！我们得换纸。"

江一伟有些疑惑："为什么？"

"这种粉红色的纸，在传递中容易引起注意，不利于安全发行。"

"有道理！"江一伟话不多，这三字几乎是他的口头禅。

于是他们告诉刘拥竹，要买白色的打字纸。

为了精益求精，陈然又在油墨上下功夫。油墨的质量，调墨用的油，调的稀稠程度，以及印时用力的轻重和均匀，等等，他都反复思考，反复改进。经过苦心钻研、反复试验和整体掌握，印刷的质量日益提高，一张蜡纸能印的份数不断提高，三百份，五百份，八百份，一千份……完全满足了党组织的要求。每次印完，蜡纸仍然没有很大的损坏，如果需要，还可多印些。

4

陈然每次把稿取回来在交给江一伟之前，都要读一读。他发现，这些电讯稿，字迹工整，一丝不苟。有时句子是断的，就在断处打上省略号，用括号注明："刚才外面有人，不便收录，故断。"有时在某个字的后面注明："电讯不清，估计是×字。"

陈然被这种认真的工作态度吸引了。因为他也是很认真的人，每次蜡纸付印前，他都要看一遍，相当于校对。为了校对准确,他要先读原稿,这也满足了他重大新闻抢先知道的欲望。他想这位同志一定是有什么公开职业,只有到了晚上才能冒着危险来收听电讯。几个月来天天这样,从来没有休息过,而且工作一直是这样认真!看得出来,每次送来的电讯稿,都是在收听后又认真抄写一遍才送出的。他在负责编辑的江一伟面前,常常深情地念叨这位还不认识的战友:"这是一位多么好的同志呀!可惜现在还不能和他认识。但我相信会有那一天的!"

"这真是一个好同志,我们要向他学习。"江一伟由衷地说。

过了一段时间,一天,陈然凝视着电讯稿突然想,应该写封信给这位同志,向他表示我们共同战斗的友情,特别表达一下自己的敬意。于是他向上级提出这个请求。这样做,在当时的情况下是不符合地下工作原则的。

但上级被陈然这种纯真的情谊所感动,允许他写一两句简单的话,不过不签名,也不邮寄,而是由组织找人代转。陈然兴奋极了,考虑了许久,用一张小纸条写了一句话:"致以革命的敬礼!"几天后,收到这位同志的回信,也是简单的一句话:"紧紧地握你的手!"

一句话,一张纸条,这特殊的"一行书信",温暖了两个长时间协同战斗却不能见面的共产党员的心,把革命同志的战斗友谊紧紧地联系在了一起。

促成这一堪称地下工作战斗情谊经典表达的人,正是四嫂。

一九四七年初秋的一个下午,吴止境在重庆小什字一幢大厦的三楼,见到了四哥与四嫂。此时他已不直接参加《挺进报》的编印工作,但仍然替四哥为该报传送稿件和资料。

"来,介绍一下,我的爱人。"四哥对吴止境说,又对跟随来的女士说,"这就是我给你说过的吴止境,他做宣传工作比较在行。"

吴止境连忙说:"四嫂好!你们请坐。"

"不坐了。"四哥摆手,"时间紧,我简单说一下。止境,四嫂以后来配合你开展工作。市委决定,《挺进报》的稿件传递、报纸编印及发行,独立运行,单线对接;互不交叉,安全第一。所以,编报的人不再收听新华社广播了。以后就由成老板负责收录新华社稿件。她拿到后送给你,你再送到开明图书局刘拥竹处,陈然去那里取。这样办报的人能集中精力。"

四嫂诚挚地说:"止境,办报会遇到不少困难,但这困难是大家的,你们遇到了,一定要提出来,我们共同来解决。"

作为四哥的爱人和助手,她总是尽心竭力地为《挺进报》的编辑发行服好务,也非常关心体谅工作人员的辛苦。她对陈然、江一伟等人十分关心,知道他们在为《挺进报》殚精竭虑,生活也很艰苦,每出版一期,总要苦战几个通宵。

虽然他们毫不在意,特别是陈然曾经拍着自己的胸脯说:"我年轻,身体好,能承受。人少点没关系,反而更安全!"可四嫂总为他们的健康担忧,三番五次托吴止境转达慰问,并建议负责人刘拥竹要设法减轻陈然等人的负担。

其实四嫂的辛苦也不亚于编辑部的人。

因为报纸出版后,绝大部分交市委发行,工作主要由四嫂和刘拥竹等承担。发行分为直接发行和间接发行。直接发行很简单,直接到邮局投递即可;间接发行就不同,必须一级一级地由下线来完成。不能保留下线的什么信息,全凭记忆。取报时间错开,只做短暂停留,避免相互见面。

四嫂通过一些渠道，经手分发的数量最多时达到六七百份，大半分到市外各地。在白色恐怖下，这要经过若干关卡，经过许多人的努力，还要保证发行人、传送人和收报人的安全，情况复杂，困难不少。四嫂常常通宵达旦地分装好，再向分布在市中心的四个支局的信箱或邮筒变换着地址投寄，包括打铜街的一支，民国路的二支，中一路的三支，上清寺的四支。每次投寄的起止邮局都在变化，防止被摸清规律。而且，每次投寄都有同伴配合，以防万一出现问题时，好及时向组织报告。

一个叫王晓菁的年轻女同志曾和四嫂一道投寄。四嫂神态自如，非常从容镇定，看似随意地在和自己说话，眼睛却时刻注意着周围，确定没有可疑的人，才去投几封。王晓菁为那份沉着冷静、大方机智折服，愈加敬重自己口中的四嫂。

除了邮寄，四嫂还布置了一些转发站，专门发送《挺进报》。例如，育才学校的学生、"六一社"的社员周芳，四嫂帮助她进了重庆女子师范学校，要她埋头读书，不参加本校的进步活动，每次送到沙坪坝各大学的《挺进报》，都交给她去发送。小周出发时，四嫂还要在后边暗暗护送一程，发现没有特务盯梢才放心离去。

也有专门的人员自己前来领取的。南坪马家店小学的刘老师，是古典的同事，并接任读书会的负责人，就是直接到开明书店领取，然后交给几个骨干秘密分发出去。

四嫂很重视工作的细节，一次发现吴止境把稿件和资料放在屋角的一只衣箱里，很不放心，便动手帮他清理，同时提醒他要时刻保持警惕，随时准备应付特务的突击检查。

她也特别强调地下工作纪律。有一天，她和吴止境在街上提前碰着了。对方满心高兴地向她打招呼，打算和她商量事情。但四嫂立即将脸转开，避免与他照面。因为对方违背了秘密工作纪律：不能在约定地点以外的场合相认。他们原本是约在人民公园内"江山一览轩"茶馆接头的。那个地点是派人提前侦察过的，而且到时会有人在附近配合掩护。

吴止境将这件事讲给刘拥竹、陈然听。

"即使是两人约定接头，如果时间不对，地点不对，就不能进行，我明白了。"陈然从书架上拿起一本书，若有所思。

5

《挺进报》约半月出一期，每期二至四版，到年底前，共出版了十三期，主要内容有：综合报道人民解放军在各战场的战况，反映中共川东临委和重庆市委对地下斗争的指导思想，转载国际共产主义运动重要文告，以及国内重大政治新闻。

一九四八年一月，重庆市委交来一项光荣的任务：要大量印刷毛泽东发表的《目前形势和我们的任务》。不但要在《挺进报》上发表，还要印几千份小册子广为散发。这是办报以来一项前所未有的大任务，相关的几个同志集中起来共同承办。

陈然对于党交办的任务，越多越高兴。刘拥竹把小册子的电讯记录稿送来后，陈然首先如饥似渴地读起来：

……这是一个历史的转折点；这是蒋介石的二十年反革命统治由发展到消灭的转折点；这是一百多年以来帝国主义在中国的统治由发展到消灭的转折点。

陈然读到这里，情绪非常激动，捏紧了拳头在腿上敲着，大声喊道："转折点！转折点！"

他一字一句清晰地念，刘拥竹、江一伟、吕上和古典也不由放下手中的事认真听起来。当念到最后一句"曙光就在前面，我们应当努力"时，几个人都激动得不知如何抒发自己的感情才好，他们唯一能做的，就是几只手紧紧地握在一起，齐声喊道："努力！""努力！""努力！"

江一伟的声音如他的个子，在几个人中不算高，但庄重而严肃："立即行动，执行任务，让党的声音传遍山城，传遍川东。"

陈然表态："我们这会儿要出书了，出毛主席的书，一定要跟铅印的差不多！"

几个人立即讨论具体的方案。

刘拥竹是书店老板，见多识广，他说："依我的经验，这个小册子就定为三十二开本，以方便人们携带。"

江一伟刻写经验丰富："我估算了一下，一张蜡纸刻四页，印三十二页大致需要八张蜡纸。"

刘拥竹说："我建议加一个白色的封面和封底。"

古典问："封面怎么设计？"

"右上角印一幅毛主席的头像，如何？"陈然提出自己的意见。大家一致同意。

"油印能印出很好的人像吗？"吕上问。他主要是担心刻不好。

陈然鼓励他说："事在人为！你可以多向一伟请教。一次刻不好，再刻，总会成功的！只要你们刻得好，我争取印两千份以上！"

第二天，大家立即分头行动起来。刻版的同志开始精心刻写，刘拥竹按一直以来的分工，负责采购油墨纸张。他说："这次一定要买质量最好的！"

陈然把他那套简陋的油印"设备"仔细检查一遍，换了新的竹板，把竹板的表面用玻璃片刮了又刮，让它圆润光滑，不能有一丝毛刺，避免伤害蜡纸。他还把它放在玻璃板上反复校正平直。

为了保证用墨浓淡相宜，陈然先用废蜡纸试印，把油墨调到最恰当的浓度，又研究在这种简陋印刷中，如何使印的版面能上下对齐。他在蜡纸下面加垫一块玻璃板，用玻璃板来定位……

经过三个晚上的苦战，正文印完了。陈然就靠一块小竹板在蜡纸上刮墨，一张蜡纸印出两千五百份，字迹清晰。他又精心套印了有毛主席头像的白色封面。一本精致的三十二开小册子呈现在大家面前。

陈然由于过分的精神集中，加上冬夜寒气的袭击，得了感冒，正发着高烧。但是，他毫不在意，把装订好的第一本小册子高高举起，欢快地喊："胜利的号角吹响了！"

"吹响了！""吹响了！"在场的人跟着兴奋地喊。

两千多本小册子就像两千多支火炬，立即通过党组织送到城市、农村，在成千上万的战友手里传阅，多少颗充满了激情的心被它燃烧得炽热沸腾！

不用油印机，用一块竹板在蜡纸上刮印，需要两人合作，但以陈然为主。他用左手拉着蜡纸，右手持竹板刮印，江一伟在旁边抽取印好的纸页。

"一伟，我现在有体会了，刮印时竹板用力要匀称，速度不能太快。用力还不能偏，如果稍偏，就会有半边纸字迹不清。还有，左手如果不把蜡纸拉平，蜡纸就会发生皱褶。"

每次印五百份，两千张纸，几乎要印一个通宵。这是一项十分烦琐又很容易使人疲劳的工作。

"也亏了你身体壮实，否则一个姿势要保持几个小时，一般人根本吃不消。"江一伟赞叹地说。

陈然向来注意锻炼身体，参加革命后更加自觉了。他常对亲近的同志说："搞革命就要准备坐牢，坐牢就要斗争，身体结实就能多斗几天。"

每次印报，陈然都把纸张、油墨等准备得整整齐齐，细心地把蜡纸稳稳地钉在桌子上，然后戴上手套，这是为了一旦有人突然来找时，马上脱掉手套，手上不会留下墨迹。一切准备妥当，他就聚精会神地印起来。一张，两张，始终不快不慢地印着，印着……印几十张，检查一下蜡纸有无毛病，字迹是否清楚，然后接着印。

单调而重复的动作，很容易让人困倦，特别是到了深夜，及天亮之前，要和疲倦作顽强的斗争。他用来战胜睡魔的办法是压低嗓音，轻轻哼歌。他最爱哼的是《国际歌》，这支全世界无产者的战歌，给了他无穷无尽的力量。他对江一伟说："团结起来到明天！这'到明天'三个字最能使我振奋，我们现在不正处在'到明天'的时刻吗？"

过分的疲倦，也有使他控制不住的时候。一次，江一伟上厕所去了，回来一看，陈然正伏在蜡纸上呼呼大睡。江一伟推醒他，指着他笑起来。

陈然对着墙上的小镜子一看，自己成了一张大花脸。

"你这是想扮演包公么？"江一伟知道陈然在剧团待过，所以取笑他。

陈然没有笑："唉，幸好这张蜡纸已印够份数了，不然要误大事。"

江一伟跟着陈然的目光望了望墙上，上边是江真的照片。"我妹也喜欢演戏，你以后要带带她。"

印完报纸，天多半快亮了。他们把印好的报纸及剩下的油墨纸张等，按预定的处理办法，一一收拾干净。一夜辛劳后，这时反而没有睡意了。

"团结起来到明天！"这充满胜利信心的歌词还在陈然胸中回荡。黎明前，是陈然最轻松愉快而浮想联翩的时刻。他在熄灯后，推开那朝北的小窗，手里端着一杯热开水，和江一伟并排凭窗眺望，盼望天明，盼望明天的到来。

这座楼房建在野猫溪的山坡上，朝北的窗户正对着与长江汇流的嘉陵江口。透过嘉陵江上的浓雾，陈然似乎看到了延安的宝塔山。

久久地凝望着北方，陈然仿佛看到了克里姆林宫上的红星，就像延安，是他十分憧憬的地方。"将来如果有机会，一定要去苏联看看社会主义是啥样！"陈然对江一伟说出了自己一直以来的愿望。

陈然对军事最感兴趣，一直向往着去搞武装斗争。他凝视着北方，设想将来大军解放重庆的情景。

他指着嘉陵江说:"解放军肯定要先占领江北,从嘉陵江渡江,迂回包围市区。最后总攻时,说不定在这里我们可以清清楚楚看到渡江的炮火呢!"

江一伟说:"也说不定那时我们已经去给解放军当向导了。"

"一伟,你还记得那篇社论吧?"陈然问。

"哪篇?"

"第14期《挺进报》上那篇。"陈然侧了侧身。

"你说的是一九四八年元旦发的《迎接解放军》吧。"江一伟稍一怔,马上说。

"对。你看我们现在做的工作,不就是为迎接解放作充分的宣传发动吗?"陈然转身正对江面说。

"是的!我们的工作无疑是光荣而自豪的!"

解放!这个让人无限憧憬又迫切期待的未来,更是他们的中心话题。陈然兴奋地和江一伟向往着。

"解放后,有多少事要做呀!干什么好呢?"陈然想了想,"我打算去搞工运。其实我更愿意当个产业工人,只可惜自己一点技术也不懂。"

"你可以现学嘛。"

"现学?岁数大了,怕难学会哦。我当不了工人,也要和工人在一起,可以去搞工会工作,这个或许适合我。"

江一伟说:"嗯,你热情、活泼、有亲和力,我也认为你很适合……"

未来的理想,胜利的希望,成为陈然的动力和劳累之后最大的安慰。交流一番后,两人怀着喜悦的心情,上床休息一两个小时,又开始新的战斗。

万事开头难。他们几个人用最简易的办法印出毛泽东同志的《目前形势和我们的任务》后,又刻印了《论大反攻》《耕者有其田》《被俘人物记》等。

第十七章
血色黄昏

1

铁网高墙可以禁锢一个人身体的自由飞翔,却阻挡不了智慧的头脑对问题的思考。

由讨论越狱计划而引起对过去的反思,许大同、谈黎明等在平时短暂、零星的交流中,发现牢房中的中共党员都和他们一样,不同程度地在反思自己和自己的组织,究竟之前在哪些方面出了问题,才导致了今天的结果。

陈然说:"牙牙学语的孩童,要经过多次磕磕绊绊的摔倒,才能走得稳,走得远;青春少年要历经一些世事,才能长大成熟。"

"不仅个人如此,党组织也一样不可避免地要经受挫折,因为我们走的路,没有非常成熟的、长期管用的模式可以照学套搬,有错误是难免的,但错误不能重犯,教训必须总结。失败是成功之母,善于反省,及时改正,这样反而能更快成熟。"刘大志也深有感触。

看到大家愿意通过交流一起来归纳梳理，然后想法送出去，以提醒和警示外面的党组织和党员个人，吸取教训，少走弯路，减少牺牲，于是狱中党组织决定，在狱中党员内开展"反躬献策"活动。每个党员要从自身或他人的经历中，反躬自问，把失败的教训总结出来，然后由专人对这些意见进行集中归纳，再以集体的名义报狱外的党组织，以供参考。

"怎样才能送出去呢？"许大同首先提出问题。

谈黎明说："通过倾向于我们的看守，如何？现在个别人的家信、物品都能带进带出监狱了。"

"那些不是关键的东西。这个不一样，必须得考虑安全、妥当！"

谈黎明点头："对！还有时机问题。"

许大同说："我觉得必须由信得过的自己人带出去，如果有机会，当面向负责人报告是最好的。"

两人一起分析了狱中的人员，觉得罗冰哥哥是国民党高官，最有希望释放出狱，便让他有意识地个别征求意见，并负责归纳梳理，一旦出狱，立即向上级报告。

"先前牢房只有我一个人时，就对那些人叛变的内在原因进行过思考。我认为共产党员像矿砂一样，绝大部分是好的成分，但也有极小部分是杂质，所以不够纯正。需要在斗争和学习中淬火锻造，百炼成钢，才能成为纯洁刚正的中流砥柱。"在楼二室确认了罗冰的身份后，陈然就时不时与他交流过这个问题。

罗冰说："对，我们每一个人都或多或少有些私心杂念，平时可能表现不出来,关键时刻就会干扰我们的行动。"

陈然点头。"对我们每一个人来说,爱情都向往,婚姻很重要。儿女情长,这就是私心。我就是怕自己在这方面像项长中那样,最后顶不住,所以我对婚恋是谨慎的。"他给罗冰讲了项长中当年因顾及未婚妻而叛变,致使他暂时失去组织联系好几年的事。

"哦?"罗冰露出好奇的神色,"我年龄还不大,还没涉及这个问题。"

为避免继续探讨个人的事情,陈然转回刚才的话题:"还有一个人身上发生的事,也说明了这个问题。"

"谁?"

"城区区委书记李广文。"

"他怎么了?你怎么知道的呢?"罗冰问。

"我俩当时关在一个牢房。"

"哦,我来之前,对吧?"

"是的。但不久他就被转走了。"

罗冰好奇:"为什么呢?"

"李广文被捕后,开始任凭特务酷刑折磨,三次受审,两次被打得昏死过去,依然守口如瓶,视死如归,在敌人的拷打面前表现得很勇敢、很坚定。"

罗冰称赞:"好样的!"

"他每次受刑回来,尽管我的身体也不利索,还是主动上前搀扶他,为他鼓劲打气,给他送水喝,为他护理伤口。"

"这是同志间的关爱,你做得对!"

"他给我讲,当徐元甫用他的上级自首来说服他时,他嘲笑他们可怜。后来徐元甫无计可施,命令给他戴上脚镣手铐关进白公馆,也就是和我关在一起,他依然将自己的生死置之度外。"

"好同志!"

"但是,他后来说的话,却让我有一些担忧。"

"怎么了?"

"当时他的妻子是和他一起被捕的,但没关在一起,关押在渣滓洞那边。他跟我说,很担心她受冷、挨饿,还担心特务折磨她。后来我知道他们刚结婚不久。"

"哦,然后呢?"

"不得不说特务是很狡猾的。我估计是他在被审讯时,被问了妻子的情况,敌人见来硬的不行,就使软招,想在他妻子那里找到突破口。于是,他们带他到渣滓洞去见面。他在那里哭了,他妻子反而鼓励他坚持斗争,不要害怕!"

"原来他这方面还不如一个女人坚强!真想不到。"罗冰摇头。

"徐元甫掌握了他感情脆弱的特点后,让特务每天把他押送到妻子那里去,第二天才回来。"

罗冰睁大了眼睛:"监狱还可以这样安排?"

"为了瓦解一个人,特务也是能想的招儿都会使出来的。"

"也是,软硬兼施。"

"这样两次后,第三次让他去见面之前,看守长把他叫到办公室,说:'你有什么要对她说的话赶快说完,这是你俩最后一次见面了。我们暂时还不杀你,因为你对我们还有点用处。但要先杀你太太,因为她不但对我们没什么用,反倒要花费更多的人力物力。我们需要腾地方关新来的人。何去何从,你自己看着办吧！'李广文回到牢房，惊惧到了极点，说：'他们要杀我老婆了！我太爱老婆了，为了救她，我要去自首！'"

罗冰吃惊地说："这人也太脆弱了吧！然后呢？"

"我当时大吃一惊，连连摆手，不，不，不！老李，这明显是敌人耍的一个阴谋。你可千万别上当啊！"陈然又是气愤又是痛恨地说，"但已被爱情蒙蔽双眼、已被恐惧吓破肝胆的李广文，最终还是叛变了。"

"一个老党员，一个党的负责干部，在经受了一定的考验之后，还是叛变了，这到底是为什么？看来要重视个人的恋爱问题。特别是领导干部，他可是下属追随的榜样啊。"罗冰说。

"是啊。在我心目中，上级很神圣，值得我崇拜和追随。"其实当时面对李广文这种情况，陈然还萌生了一个大胆的想法，但他没有给罗冰讲。

"对了，陈然，你对结婚是什么态度呢？"

罗冰的问话，让陈然回想起何杏灵。

2

那年腊月，重庆的天气到了"怀中插手，冷得发抖"的季节，而且室内室外一个样。孩子们却不管这些，他们依然欢喜地拍手唱着"胡萝卜，蜜蜜甜，看到看到要过年"的童谣，在一起玩耍。大人们开始了过年前的准备，街面上忙碌的脚步渐渐放缓。偶尔有小孩子放鞭炮玩耍的声音传来。

围着围巾、戴着手套的何杏灵，由于走得急，居然有了微汗。她嘴里哈出白气、头上冒着热气来到陈然家，径直走进他的房间。

此时,陈然正躺在床上休息,见到她,直起身子,欲下床。

"躺好,别动!听说你在'沧白堂事件'中受伤了,现在好些没?"

"没什么了,别担心!我的身体这么棒,不碍事。再说,人一高兴,就不觉得疼了。我还是坐起来吧,你也坐。"陈然拍了拍床边。

"有什么事值得这么高兴?"何杏灵一边问,一边上前扶起他,并给他披上外衣。

"你在外地才回来,肯定不知道,最近重庆发生了一件大事,一件大好事!"

"什么好事情?说来听听。"何杏灵迟疑着在床边坐了下来。

陈然扳着手指,一项项地说:"十天前召开了政治协商会议,讨论了政府组织案、国民大会案、和平建国纲领、军事问题案、宪法草案等,据说很快会达成。"

何杏灵睁着一双大眼:"是个什么样的会?那些协议有用吗?我不明白。"

"是国民党、共产党、其他党派和无党派人士的代表协商政治问题的会议。它迫使国民党承认党派存在的合法性和各党派的平等地位,确定了民主改革的总方向。"

"哦。那些人会答应吗?"何杏灵伸出手指,向上方指了指。

"肯定不会!所以才派人捣乱么!"

"你就是因为这个才被打伤的,对吧?我看你以后还是不要参加这些了,让别人去,行吗?那又可怕,还让人担心。"何杏灵越说声音越小,头低下去,手不停地牵扯着衣服角,从口袋里掏出一封信，递给陈然。

"不行！我们无法避开，早晚也无人能避开，都不得不参与进去。"陈然边回答边接过信，打开看完后，皱了皱眉，没有说话。

何杏灵问："怎么了，是头又疼了吗？"陈然摇头，把信递给她，然后斜靠在床头，闭目养神。

这是成计划从云南寄来的，寄信时不知陈然已经回重庆。信的抬头用的是陈然的化名："何常，你好！"落款也是化名，"吉话"，信中提到项长中被捕。项长中的情况，对于对爱情有所向往的陈然无疑是一个打击。

陈然闭目休息这一会儿，脑子里已经回放了好几个过去的镜头。这工夫何杏灵也看完了信。

成计划在信中写道，天下最好混，无疑是光棍！自己虽然也到了恋爱结婚的年龄，但是因为跟随部队，居无定所，动荡不安，无法实现。有给他介绍对象的，彼此也还认可，就因为不能在一起相互照顾，最后只好放弃了。

何杏灵对成计划有所了解，也了解剧团过去的规定，不提倡不禁止，但有点限制，可是对他参加的远征军抗敌演剧队有什么规定就不了解了，所以问道："划哥怎么不就在剧团找呢？"

陈然叹了一口气："是不准还是没合适的，谁知道呢？估计是没有合适的可能性更大一些。远征军流动性很强，条件艰苦，剧团女演员肯定也不多。"

"所以，我们现在比较稳定的生活，是非常好的。"何杏灵停了一下，"划哥说得好，我们到谈婚论嫁的时候了。"

"话是没错,可是得具备条件啊。"陈然说。其实他明白何杏灵话里的意思。人家拒绝家里对婚姻的安排后,一直没谈朋友。

"要具备什么样的条件?"何杏灵愣了一下,说,"男女年龄相当,身体健康,兴趣爱好相同,不就可以了么?"

"对于男人,仅有这些还不够吧?"陈然想了想说,"他的事业是什么?常说的成家立业,其实应该是立业成家吧?他的目标是什么?实现了多少?无方向的人生应该是不踏实的!"

"那么你的目标是什么?又实现了多少呢?"何杏灵听出了陈然话里的意思,忍住失望,她想再问一下,离自己的愿望还有多远,还有多少机会可以把握。

"我的目标……"因为不便明说,陈然略为停顿,"与过去搞演出宣传差不多,但方式不一样了。目前才刚刚开始,所以没时间去考虑另外的问题。"陈然说完把头侧向一边,不看对方失望的表情,更不让对方看出自己真实的想法。

"好吧。"何杏灵眼含泪水,轻轻摇头,为陈然掖好被子,"你要把伤彻底养好,别有什么后遗症。平时要多注意安全,多保重自己!我走了。"她在心里说,请你不要多虑,我愿意对你好,这就够了。

陈然的手动了一下,然后就停了。

问玫瑰不语,为谁零落,为谁盛开?看柳絮飘飞,半随流水,半入尘埃。我其实是喜欢你的,闭上眼,以为我能忘记;可眼角的泪,却骗不了自己。不需要浓烈相守,只求淡淡相依。你,也是这样想的吗?能这样想吗?

罗冰的话,让陈然再一次审视自己过去的交往问题,包括自己当时对哥哥陈崇心恋爱的反对。"但愿他不要遭遇如我们这般恶劣的环境。祝愿他爱情甜蜜，婚姻幸福。"陈然在心里默念。

叶子发电报要来重庆，我无法阻止，也不知她到了没有，路途是否顺利，我不希望她长途跋涉，但愿她一路顺风。

也是特务来得太突然，那会儿时间太仓促，来不及把江真的照片从墙上取下来处理掉，可别被那些坏蛋取走，然后拿去蒙骗人啊！我也是好心，想让她哥哥也能经常看到她，唉，好心有时也会办坏事哦。江真，如果给你带来了麻烦和不利，请千万担待啊。陈然双手抱拳，在胸前摇晃，好像是面对江真在请求包涵。

何杏灵呢？我是明确给她讲了暂时不要到我家来的，因为形势太不好了。等后面安全了，我去城里办事有空时，自会去她那里。可是不久我就被抓了，特务是狡猾的，一定会派人守候，万一她去我家，被抓怎么办？她与我，特别是与《挺进报》没有一丁点关系，无故受到牵连的话，那岂不是冤枉啊！她可不要随便上我家呀。

陈然不知道的是，叶子和何杏灵先后都去了他家，还相互认识了。

这天何杏灵来找叶子。叶子的腿好一些了，她搀扶着叶子慢慢走到江边，找一个地方坐下来。

叶子讲了她和陈崇德一起读书的趣事。何杏灵给叶子讲了自己和陈然的一些经历，参加抗战剧团一起跳过舞，到农村学校一起教过书，一起参加过读书会的活动，还讲了她和陈然改名的过程，讲了陈然被称为"老陈先生"的由来。叶子听了，眼睛睁得大大的，充满好奇、敬佩和崇拜。

"哦，他是因为那样才改的名哟？原来的名字他爹取得好！崇尚道德。现在的名字，你讲了他说的理由，也很好，虽然我不太懂那些。本来，有人说，名字就是一个人的符号，现在看来，名字也对人有一些影响。不过，我不管他叫什么，只要他还是好人，我就觉得行了，就……认他。"

"叶子，你们是同学，年龄差不多吧？"

"我小点。当时我是班上最小的。"

"我比他大点，那你得喊我姐了。"

"我喊你灵姐，如何？"

"不，杏儿姐好听些。"

"好的。"

过了一会儿，叶子望着何杏灵："杏儿姐，你能如实回答我一句话吗？"

"什么话？"

叶子有些不好意思，但还是下决心问道："你……喜欢他吗？"

"我……不知道。"何杏灵的脸一下子红了，微微低下头。她自问是喜欢的，而且越来越不能离开。可是，他是否喜欢自己，作为一个女孩子，也不好意思问。但从感觉上来说，他对自己似乎是有好感的。唉，喜欢是相互的，不能像新庙老家的人说的那样，"剃头挑子——一头热"。何杏灵真不知该怎样回答。

"你是喜欢他的，对吧？"

"我……"

"这怎么会不知道呢？喜欢就是喜欢，不喜欢就是不喜欢！

很好回答呀。"叶子见何杏灵没有明确回答，认为她是不喜欢的，于是说，"我喜欢他！不管他喜不喜欢我，我不需要他回答！"

3

"同志们，组织上让我们反思一下，自己过去斗争的经验教训，这之前陈然就和我聊起过。你们有什么想法，如果不是需要保密的，可以讲出来，大家一起来分析、总结。"罗冰始终记着组织交给的任务。

"能把他讲的先说给我们听听么？"丁向前问。他被关进来的时间相比其他人要晚一点。

罗冰把李广文的事情简单讲了一下。

"陈然，听说你当时还有一个计划，现在可以讲讲吗？还有，你当时是怎么想的呢？"刘大志问。

对于那个大胆的计划，陈然现在想起来觉得有些遗憾，因为没能付诸实施。

对于李广文的事情，当时狱中有的人沉思，有的人愤慨，也有的人感到灰心丧气，心里有话但没说出来：一个城区书记最后都叛变了，我还能坚持到最后吗？

狱中的士气也受到了一定的影响。难友们放风时，一个个沉默不语，神情凝重。换在过去，早已打招呼、相互探问消息了，现在，从脸上到心上，都蒙了难以驱散的阴云。

那些日子，陈然一直默默地坐着，望着白公馆的高墙和电网。他非常愤慨，也很着急："这个样子怎么行呢？得想法子把大家的斗志重新鼓舞起来！可用什么方法好呢？"

唱"洞歌"？大家太熟悉了，没有新鲜感。通过《挺进报》提醒？以前也起到了鼓舞作用，可能是现在大家对这种消息已经见得多了，心理疲劳了吧？自己说话提醒，没这样做过，也不现实。怎么办？

陈然思来想去，唯一的做法是用自杀来谴责叛徒的贪生怕死，虽然自己反对牺牲，但确实没有其他办法了。他决定以自己慷慨赴死来告诉难友们，监狱最大的考验是死亡。如果死亡都没那么可怕，那还有什么困难是不可以克服的呢？！他在心里说："他李广文叛变求生，我陈然自杀成仁！"

"我要用我的死，向整个监狱，向所有的人，宣告什么才是共产党人的'气节'！"陈然想，这可比任何言辞，来得更直接、更有力！他捏紧拳头，暗暗下定了决心。

陈然并不打算悄然死去，那样起不到任何作用，也达不到想要的效果，甚至还会给敌人造谣提供口实！怎么个死法呢？时间、方式、临死前要说什么？他站在牢房的窗子前，沉思起来。还有，应该向组织报告，这虽然是我个人的行为，但作为共产党员，我的所作所为要符合身份，要让组织知晓，甚至是批准。

"所以，陈然，你把计划报告了组织？但大志你是怎么知道的呢？"罗冰问。

"组织知道他的意图后，不支持这样做，进行了劝阻，但他仍然坚持。"

"对，小时候我娘喊我'小犟牛儿'。我认准了的事不容易改变。"陈然有些羞涩地笑了。

"党组织阻止不了他坚定的决心，就在党内个别通知，让大家要向他学习，始终保持坚定的革命斗志。这其实已达到了陈然想要的一定效果。组织上同时继续劝阻他的行动。"

"哦，你是怎么计划的呢？后来如何？"宣浩问。

"我的计划是，利用放风的时候，跑到一个让监狱全体难友能看见我身影或听到我声音的楼上，向大家也向凶神恶煞的看守，作一番演讲，然后纵身从那里跳下。看守们一定会惊慌失措，取下肩上的枪，一齐对准我。难友们也会诧异地看着这一幕。"

宣浩感叹："如果那样，太壮烈了！我们一定会受到大大的震动。"

"你准备演讲什么？"罗冰问。

"《论气节》。这是两年前发在杂志上的。"

"嗯，《彷徨》第五期。我读过，印象很深刻。"刘大志说。

> 叛国事敌的汉奸和那些卖身投靠的政客们，不都是些"修养有素"的一时俊杰吗？到了斗争尖锐的时候，到了生死存亡的决定关头，他们变了，他们抖着双手，厚着面皮，装着猫哭耗子的假慈悲，向盛满血污的盆里去分一杯羹了。

"这话多好啊！是对叛徒的极端鄙视和愤慨！"丁向前赞叹，"这就是共产党人应有的'气节'。"

> 在灾难降临的时候，不妥协，不退缩，不苟免，不改操守！坚持真理迎接考验！在平时能安贫乐道，坚守岗位；在面对富贵荣华的诱惑时，能不动心志；任凭狂

风暴雨的袭击,能坚定信念而不惊惶失措,能"临难毋苟免,以身殉真理"。

"虽然最后没有这样做,但我们都接受了一次教育,革命斗志再一次被激发了。陈然,你是好样的!"刘大志竖起了大拇指。

4

罗冰为难友们讲了许建设因轻信而上当的过程。

许建设,曾任中共邻水县特支书记,他是由和陈铂金一起被抓的任可达叛变供认出来的,对方说他是中共重庆市委委员,负责工运工作。

徐元甫觉得抓了一条大鱼,亲自出马审讯。他认为,只要撬开了许建设的嘴,《挺进报》的案子绝对可以取得重大进展,重庆地下党的问题就可以顺利解决了。

谁知许建设劝降不听、诱降不从,用尽了各种酷刑均无用。朱少华亲自出马也碰了壁,一怒之下,把他关进了禁闭室。

遍体鳞伤的许建设心急如焚,坐卧不安。不是因为自身的伤痛,而是因为在他宿舍床下的箱子里,放着十多份入党申请书和几份党内文件。这些材料本来应该销毁,但他疏忽了,未及时处理。这本身违反了地下党的工作纪律。更要紧的是如果不马上处理掉,敌人一旦找到他的住处进行搜查,这些同志必然要受到牵连,后果将不堪设想。

许建设的焦急不安,被二处警卫组上士陈思发看在了眼里。他主动接近许建设,为他端水送饭,对他遭到的折磨表示同情,并向他诉说自己的身世，穷苦人家出身，被拉壮丁，被逼无奈才到这里当看守的，还表示愿为许建设做些事。

一门心思要把消息送出去的许建设，已顾不了那么多了，只要有一线希望就要争取，加上被陈思发的假象所迷惑，便让他拿纸笔来，给母亲写了一封绝命书，还给朋友写了一封信，让他一并赶快送去。许建设许诺只要信送到，收信人会给他四千万法币，并负责给他介绍比现在更好的工作。他还让陈思发到他住处，把床下箱子里的包拿出来，将里面的东西全部销毁。

陈思发当面表态，一定把事情办好。但他拿了信后，悄悄拆阅，发现情报很重要。如果送出去，能得四千万法币。当时物价飞涨，这点钱并不算多。关键是一旦被发现，掉脑袋才是最不划算的。而如果禀报上司，可能会得到更多的好处。

掂量了轻重后，陈思发没有把这封信送到许建设指定的地方，而是交给了上司。那家伙如获至宝，立即直奔徐元甫的办公室："处座，好消息！重大的好消息！"

特务带人搜查了许建设的住处，果真搜到了许建设要陈思发销毁的那个包，所有的材料全部缴获。

根据皮包内所搜到的入党申请书，他们派人在兵工厂、铅笔厂、新民报社等地抓人，导致一批党员被捕。

后来许建设看到朋友被捕，才知轻信酿成大错，悔恨交加，痛不欲生，在狱中三次撞墙，撞得头破血流。

陈然说："从老许这件事可以看出，开展对敌斗争，千万不能麻痹大意，要学会识人，不能被假象所迷惑。"

"许建设很坚定，打死不开口，却因为轻信上当，导致了一连串的悲剧。这个教训太深刻了。"刘大志说。

王猛说："老许死不瞑目啊！"几个人好一阵叹息。

陈然说："可见，轻信是多么害人啊！"

"不要认为敌人愚蠢，千万不要轻视他们。"刘大志说，"这进一步说明平常加强党员的教育和管理非常重要。"

罗冰说："怪不得徐元甫后来再次提审许建设时说，你不招，不等于别人不招。我总算明白了：对付你们共产党的绝招就是用好叛变的人！'堡垒最容易从内部攻破。'这句话简直是永远正确的真理！老许在就义前，特别把这个情况告诉了自己的同志。"

"我们少数党员理解组织意图不充分、执行组织决定不坚决，加上受亲情、爱情的影响和牵扯，终致如此。认真总结起来，我也是存在不足的。"刘大志说。

"这说明及时地、经常性地开展党内教育和实际斗争的锻炼，提高党员的识别力、鉴别力、防范意识和斗争经验，对所有的党员，特别是年轻党员，显得非常必要。"后来许大同综合形成一条重要的意见，转告罗冰用心记下来。

5

"陈然，既然有人给你写信提醒，你为什么没有及时转移呢？"刘大志问。

"我必须对上级组织保持绝对信任，这方面我是有深刻教训的！"陈然讲了自己当年暂时和组织失去联系，去江津躲避时没能坚持等到组织找他，以致很久联系不上的往事。

罗冰说："其实这也难怪你，按照地下工作原则，党员之间不能发生横向联系。下级的姓名住址上级知道，上级的信息下级却不知道，只能上级找下级，下级却不能也无从找上级。"

"这很容易使一般党员将具体的某个上级领导人等同于党。"王猛似有感触地说。

陈然点头："我收到警示信后，也曾产生过一丝疑虑。《挺进报》编辑部对外非常保密，除了上级和共同办报的党员，任何人都不可能知道。'是不是……上面出了问题？'这个念头冒出来过，但被我马上否定了，我不愿意朝这方面想下去。怀疑上级便是怀疑党，这是对党的亵渎，这在我是从来不曾有过的。"

刘大志也点头："我们对上级绝对信任，绝对服从，不可能怀疑。即使自己有不同的意见，也马上会说服自己组织才是对的。"

"我当时还想到，人家吕上同志冒着危险，辛辛苦苦地按照我的要求，把第23期报纸的蜡纸刻好，不印发出去，既浪费人力物力不说，更对不起党组织交给我的任务。还有，吕上是我代理特支书记后，发展的第一个党员，他对我这个上级交办的任务，是坚决完成了的，我有什么理由不给他当好表率呢？"陈然说。

没等其他人说话，他继续说："但是，我当时只想到完成任务重要，没想到人安全了，任务还可完成，甚至会完成得更好。也就是那句老话说的，'留得青山在，不怕没柴烧'。我这样做，表面上看，对党是绝对忠诚了，这肯定是没错的！可是我们是党的人，我们被捕了，虽是个人的不幸，但更是党的损失。放大一点说，我们没有权利去浪费党的财富，这其中包括我们的生命！"

刘大志先竖大拇指，接着说："因我们的不慎或失误，给党造成损失，这算得上忠诚吗？你们觉得呢？可惜，这个道理我也是今天才想明白。"

"对，我也是被捕后经过这一段时间的思考，才有了上面的想法。其实，撤离不是逃跑，转移是为挺进！毛主席在《论持久战》中还讲'敌进我退'，前线战场上可以，敌后地下斗争也应该可以，大家说是不是？"陈然很真诚地看了一遍周围的人。

王猛说："看来呀，想问题得全面，想清问题得需要时间！但领导也是人，时间仓促，视野局限，经验不足，判断也难免有失误。当然了，信念不坚定的也大有人在。"

"确实，人难免有顾此失彼的时候。所以，对领导不能盲从。"罗冰说。

刘大志想了一下："我看可以归纳一条：不要理想主义，对组织、对负责人也不能完全迷信。"

陈然想了想："必要时应该端正一下党风。还有，调整工作的重点要符合实际情况，要把准方向，还要把握度。"

罗冰问他："能说具体一点吗？"

"比如，我们《挺进报》的攻心战，当时江一伟还提出这样做会不会暴露？我当时表态坚决执行组织决定，这个肯定没错，我们也采取了许多麻痹敌人的措施。但我们是不是做过头了？这样做，已背离了我们作为隐蔽战线的工作方针。听说有领导讲过：我们在蒋统区的存在，就是一种胜利。我们是不是被胜利冲昏了头脑？"陈然指了指自己的头，"而且这样做，激怒了敌人，使用各种手段，加速对我们的侦破。或许开始我们那样的小报纸并没有进入敌人的视线，引起他们的注意和警觉。我们是不是太轻视对手了？要知道敌人并不都是笨蛋！"

说到《挺进报》，参与过发行的刘大志问："怎么轻视了？"

"看到用假地址寄报纸，骗得敌人去查他们自己的人，我还很得意地说，要再调动调动他们。小胜就骄傲，说明自己当时思想上是麻痹的，对敌人是轻视的。"

刘大志若有所思地说："思想上的轻视是一方面，恐怕深层次的问题，我们许多人都没意识到。"

"什么问题？"王猛觉得轻视敌人已经比较严重了，因为他后来也间接参与了农村的武装斗争。

"抢占山头，出人头地。革命成功后邀功摆好，论资排辈。特别是农村的武装斗争，上级的意图是让你起牵制的作用，但取得小胜利后，就头脑膨胀，把自己当成了主战场，与对手面对面作战。这里也有轻视的问题，认为农村那些土老财，就是些没实力的土包子。"

"这个呀，我有些体会。我和日本人作过战的。"丁向前抹了抹下巴，他留起了有一指长的胡须，"武装斗争离不开武器。仅凭勇敢、人多，一时半会儿能占优势；久了，就不行了。就拿你们谈到的农村斗争来说，地主老财们为了身家性命和财产，购买武器那是舍得花血本的。平时都是藏着的，关键时刻就拿出来了。我们的组织并没有，也不可能完全摸清对方的实力，怎能不吃亏呢？"

"俗话说，瘦死的骆驼比马大。那些财主们并不都是豆腐渣。拳头有大小，力量各不同。战略上可以藐视，战术上必须重视。所以，不切实际的幻想和冒进，是害人不浅的。"宣浩点头，他也是在战场上见识过的人。

陈然说:"有些事情,过后再想,其实是我们犯了幼稚的毛病。"

"怎么讲?"罗冰问。

"以我为例。我在加入宜昌抗战剧团之前,因为不喜欢旁边挂的国民党的抗敌剧团,就用石灰浆去涂抹它的吊牌,以为这样它就可以不存在了。"

"你在宜昌待过?还参加了剧团?"丁向前问。

"是啊,怎么了?"

"没什么。"丁向前有些迟疑地摇了摇头。

见他没说话,陈然攥着拳头,很有信心地说:"幼稚、轻视、冒进、轻信等等,这些是个人、个别地方或个别方面的问题,只要及时总结,认真整顿,相信是不会影响我们党前进的总体方向的。我是党的人,我坚信!"

"说得好!"刘大志又竖起了大拇指,"'我是党的人',我坚信!"

"'我是党的人',我坚信!"在场的人,纷纷握起拳头。

第十八章
防患未然

1

《挺进报》编印出版发行推进顺利，几个参与办报的人看着自己的奋斗成果，欣喜不已，更加干劲十足。但是任务完成后，陈然仍感到有些失落，特别是一个人独处的时候。

陈然站在厂房的二楼眺望嘉陵江和长江，长江后浪推前浪，奔腾到海不复还。江水的方向是明确的，不管多么迂回曲折；江水的意志是坚定的，不管多么起伏跌宕。那么我呢？我的方向也是明确的，但未来尚不可知。我的组织，什么时候才来把我找回；我的依靠，什么时候才能回到你的怀抱？

"崇德，你是有组织的人了，我要提醒你，只要自己认为是对的，就不要轻易改变……"陈朝辉也这样说过。

陈然左思右想，决定不等了，要主动想想办法。

陈然分析，《挺进报》作为中共重庆市委机关报，组织上安排刘拥竹当负责人，他应该是党员。那是不是可以通过他向组织转达自己的愿望呢？他决定试试。一天，陈然到开明图书局办完事后，专门与刘拥竹进行了交谈，请他向上级转达自己的情况。

一九四七年十月川东地区党组织成立了中国共产党川东特别区临时工作委员会，其中重庆工委书记刘家定，副书记冉一智。四哥被选为委员，兼任下川东工委副书记，奉命到农村搞武装斗争，《挺进报》的领导工作由新任市委常委李为国接替。他代表市委约见了陈然。

陈然把自己当年因出了叛徒，按南方局老徐同志的要求被迫暂时断绝关系的经过，向李为国作了详尽的汇报，并详细说明了这些年自己寻找组织，以及按一个党员的要求独自开展活动的经历，最后问道："为国同志，组织上能否恢复我的关系？"

李为国说："你这个情况，我需要向组织报告，集体研究决定。我会把结果及时通知你的。"

重庆工委研究了陈然的情况，决定让他重新入党，待以后查明情况后，再将过去入党的时间补算入党龄。

这年年底，刘拥竹主持并当介绍人，接收陈然重新入党。江一伟同时被吸收。

一九四八年二月，市委决定陈然、江一伟提前转为正式党员，并组建《挺进报》特支，由刘拥竹任书记，陈然任组织委员，江一伟任宣传委员。新的支部委员会成立了。

在陈然那间秘密工作室，刘拥竹主持召开了中共《挺进报》特别支部委员会第一次会议。"现在我宣布分工：刘拥竹任书记，主持特支工作；陈然同志任组织委员，主要承担组织建设，包括党员考察、发展、组织关系接转等；江一伟同志任宣传委员，负责党员的学习、教育，党的政策宣传等。"

当天晚上，黄凤淑亲自做了几个家乡菜，招待客人一起过节。那天，江一伟的妹妹江真还带了一个孩子来陈然家玩。

江一伟说："娘，这么丰盛呀！还有鱼呐。"他平时是跟着陈然喊的。

"图个吉利，希望年年有余，不是么？"大家笑了。

陈书敏喝酒中风去世后，陈然一家再没人喝酒了，但因为是过年，也买了一瓶大曲酒，用来招待客人。陈然说："老话讲'无酒不成席'，今天你们要好好地喝上两杯。"他为刘拥竹、江一伟倒上白酒，为自己倒了一杯白开水。

席间，刘拥竹祝贺江一伟和陈然转正，高兴地向他们举杯，"来！我敬你们一杯，光荣的布尔什维克！"

黄凤淑没听明白，"不常来的客"？她以为刘拥竹在和江一伟开玩笑，连忙说："一伟就像我们家的人，经常都在，只有刘老板你才是'不常来的客'！"引得一阵哈哈大笑。

刘拥竹示意江一伟和陈然站起来，一起举杯敬她，说："我们三个'不常来的客'敬您老人家一杯！祝您新年快乐！健康长寿！"

"哎，这年头，吃碗饭都难，哪里来的长寿哟！"

陈然说："娘！您别着急，世界上'不常来的客'多了，穷人都会有饭吃。"

黄凤淑高兴地说："那敢情好，到那时刘老板、一伟你们可以天天来，我天天做好吃的请你们。"

"好，我们一定天天来麻烦您。"欢快的笑声满屋回荡。

"山儿，来，跟陈叔叔碰碰，欢迎你这个小'不常来的客'。"陈然站起来，端起杯子，对江真旁边的男孩直眨眼。

他和这个叫山儿的男孩认识有一段时间了。

原来一九四七年秋,中共重庆地下党安排一批同志到农村去搞武装斗争,为了解决他们的后顾之忧,市委决定让几位女同志筹办"新生托儿所",公开对外营业,暗中收养那些同志的小孩。还邀请一些社会知名的妇女人士发起募捐,筹集基金。陈然没有结婚,自然没有小孩,但他很喜欢小孩。他积极参加募捐活动,更是隔段时间,就抽空去"新生托儿所"探望孩子们。

陈然平时十分稳重,不喜欢打打闹闹,但是一见到孩子,就变成一个天真的"大孩子"了。他教孩子们唱歌,给他们讲《哪吒闹海》的故事。有一天,讲故事结束后,有个男孩说他要骑马马,说着双手握拳,放在胸前,身子一跃一跃像在骑马……

这个男孩就是山儿。

开始陈然和其他人一样,也认为这男孩是王晓菁的孩子,后来才知道,原来四哥和四嫂去农村组织武装暴动之前,"新生托儿所"还没建好,他们只好把唯一的孩子山儿送到筹备处,没有结婚的王晓菁毅然把孩子抱了过来,带回离北碚不远的家中。

那天陈然和孩子们又说又笑,又唱又跳,愉快地度过了大半天,走的时候,在托儿所当老师的王晓菁出来送他,满心欢喜地说:"陈然同志,看不出你带孩子很有一套,很受孩子们欢迎,你应该到托儿所来工作。"

"其实我也不会,只是真诚地用心来认真做每一件事而已。"陈然说,"我以前的理想是上前线打日本鬼子,现在他们被我们赶出去了,那我以后就去当工人,你不知道,和工人在一起也是非常有意思的。"

陈然受到孩子们喜爱并不稀奇。对孩子,他会像对大人一样，认真而讲信誉——也就是说话算数。他非常不赞成"哄孩子"。他曾对陈晓薇说："一定不能欺骗孩子！你今天欺骗他，明天他就会欺骗你。而且，骗孩子会把剥削阶级那种尔虞我诈的坏思想传给下一代。"

他说到做到。一年冬天，陈然在逗小侄女玩时无意中说："等天气好了，小舅陪你放风筝。"他的本意是等明年开了春天气暖和了就可以玩。可小孩儿不依了，马上就要玩。

陈晓薇说："香哥儿，你逗她一下也就算了，这大冬天的哪有风筝卖哟？"她知道自己的弟弟是说话算数的人，就劝他别当真。

陈然却说："我来想办法，答应了的事就要算数，不然就是不讲信誉了。"

陈然打听了许久，才找到春天卖过风筝的店铺，老板说："冬天哪还做风筝呢？放不了嘛，放不了就没人买，我们就不做了。"

陈然说："我要买，麻烦师傅给做一个呗？"

老板明确拒绝："不行啊，好久没做了，我们就没准备材料，没办法做。"

陈然说："我给你加钱吧？"

老板说："真不是钱的问题，我们是开店做生意的，哪有能赚钱而不赚的道理呢？但我们讲信誉，定好的价钱，不会随意改变。价格公道，童叟无欺，做生意才能长久。"

"说得对，老板，我就是为了讲信誉才来买的。"说着陈然给他讲了答应侄女的事情。

老板被陈然的话感动了，说："好吧，我来想办法，不过话说在明处，比春天要多收点钱。因为单独买材料比成批进货要贵，而且你也知道，现在兵荒马乱的，那些材料的价钱，一天一个样，还不好找。"

陈然说："那是当然，我完全能够理解。谢谢了！"

还有一次，他在"新生托儿所"和几个孩子一起玩，讲小狗狗如何聪明，小猫咪如何可爱，讲到兴致上来了就顺口说："下回陈叔叔给你们弄只小猫儿来玩。"说者无意，听者有心。他当时没在意，孩子们却很认真地记住了他的话。下一次孩子们见到陈然时，就问有没有小猫咪。陈然很窘迫，后来还是何杏灵帮忙，从她家抓了一只带给了孩子们。何杏灵也因此可以到"新生托儿所"来了。

何杏灵来时，见陈然总会从衣兜里拿出事先准备的糖果或者小画片，分发给孩子们，所以他在托儿所最受欢迎。每次只要"陈叔叔"一到，孩子们会立即围过来，有拉他手的，有抱他腿的，个子高一点的，还会跳起来搂他的脖子。等他分发完带的礼物，孩子们才会让他去办事。

这是他的习惯。如果是去别人家，他总是先给孩子礼物并和他们适当玩耍后，才和大人谈正事。

这天，陈然正和何杏灵看着孩子们，在聊哪个孩子最乖、哪个孩子最聪明、哪个最逗人喜爱时，山儿走到陈然面前说："陈叔叔，我要'马马'。"

"什么是'马马'？"何杏灵好奇。

"他是说他想骑马。"陈然解释，然后说，"来吧。"

在一边看着陈然和山儿欢天喜地玩骑马游戏的何杏灵心说：这个死何常，要是当了爸爸，肯定会是一个好爸爸。

渐渐地，她的眼前出现了这样一幅场景：她、陈然和一个孩子正在玩老鹰抓小鸡的游戏。三个人的笑声传得很远。

望着这些天真活泼的孩子,陈然对何杏灵说:"为了这些下一代,为了民族的未来,我们应当奋斗!我们必须努力!"

江真帮山儿端起碗:"来,江山,我们谢谢陈叔叔!"

"随后一次我去幼儿园,就没见到山儿,哦江山了。江真,他是什么时候和你们在一起的?"陈然问。

"这个,我来告诉你。"刘拥竹说。

一九四八年春节过后,传来一个不幸的消息,四哥在武装斗争中牺牲了!四嫂回重庆向组织汇报完工作后,匆忙去王晓菁家,抱着孩子山儿痛哭了一场。虽然十分不舍,可为了党的事业,为了继承丈夫的遗志,她又坚强地返回原地,继续开展武装斗争去了。王晓菁其实还是一个姑娘,带山儿到学校,被无所事事的人怀疑是她的私生子,流言蜚语渐渐传开。她倒不予理睬,也不怕被人误会,对孩子很疼爱,照料得很精细,还专门抱他去北碚街上拍照留念。

"四嫂人太好了!她去看孩子时,听说学校当局不用已婚女教师,怕王晓菁失业,坚持把孩子从幼儿园接回重庆,交给朋友帮忙代管。"

"哪个朋友?他吗?"陈然看着江一伟,"怎么没听你说过呢。"

江一伟笑道:"我还不是回家才知道的!"

刘拥竹笑了:"那个朋友是我,然后我交给一伟夫人的。"

"一伟,你不容易呢!"陈然竖起大拇指。

他这样说是有原因的。江一伟妻子陈霜原本在三联书店工作,因生第二个孩子,辞职在家,家里也很困难。夫妻俩都是地下党员,随时面临危险,但考虑到四嫂更困难,就毫不犹豫地接纳山儿,并把他视为自己的孩子,对外宣称是老二。

陈然虽然没有见过四哥和四嫂,但是知道这个不幸的消息后,心情万分沉重。没想到自己喜爱的山儿,就是他俩的孩子。"这孩子好命苦哟,你们可要对他好哦。"黄凤淑边说边为山儿挑了两块没有刺的鱼肉。

陈然想,父亲去世,母亲不在身边,小小的山儿得多孤单啊!我以后要比过去更疼爱和关心他。

"娘,放心吧,我们大家会对他好的!"陈然说。江真等人纷纷点头。

"那敢情好!"黄凤淑说完,又热情地招呼,"来来来,多吃菜。这糖醋鱼大家尝尝,我家香哥儿最喜欢吃了。它也是我们老家一带的特色菜,可惜我做得不地道。"

"娘,您太谦虚了,"江一伟说,"您做的菜,每一样都好吃,我都爱吃。"

晚饭后,陈然和江一伟把刘拥竹、江真及孩子送到野猫溪码头,看着他们上船。轮渡悄无声息地驶到江中后,两人才转身往家里走去,他们要抓紧把第15期《挺进报》印出来。

因为是过节,又比较冷,外面路上人很少。终于回到组织的怀抱,陈然的心情一直很激动。

陈然是一个严格遵守组织纪律的人。他和江一伟虽然是多年的战友、兄弟,但从来没有向这位最知心的战友透露过自己和党的关系。现在都是党内同志了,终于有人可以说说知心话了。

他对江一伟说:"参加党组织,对我而言,就是为了革命,就是为了能在党的直接领导下，更好地工作。所以，我对于党组织的决定从来没有二话。我对是重新入党还是恢复党籍，怎么计算党龄问题，根本就不考虑。暂时中断关系后，我能坚持工作，主动尽自己作为一个党员的责任；现在我又是有组织的人了，我会更加努力。"

"相比而言，你是老革命，我要好好向你学习。"江一伟真诚地说。

回到家后，他们睡在一张床上。陈然详尽地谈了一九四二年中断关系到江津去的一段经历，他没有抱怨当时组织上的处理是否恰当，相反倒是一直自责自己没有按组织的指示，设法在江津长期坚持下去，认为这是自己组织观念还不强的表现。说到这里，陈然十分激动，一翻身坐起来，握着拳头说："我一定要永远记住这个教训。"

"快躺下，别着凉了！"江一伟赶紧招呼陈然，待他重新躺下后才说，"你当时在江津举目无亲，贫困交加，关键还生了重病，又怎么坚持下去呢？我相信组织上知道事情的真相后，会考虑你当时的处境的。"

陈然并没有从这个角度来原谅自己，而是以"铁的纪律"来严格要求自己。他说："党叫我在那里待下去，现在想来，我当时就算死也应该守在那里，不该回重庆来。我不能原谅自己作为一个党员，对组织纪律的任何一点'灵活性'。"

2

地下斗争的形势越来越紧张了。

陈然一方面全力以赴地日夜工作，也找机会把过去宜昌抗战剧团组织遭破坏、恩施集中营的斗争、因为出现变节分子以致自己被迫脱离组织等情况，多次讲给党内的同志听。这些血泪教训和现实例子，从正面和反面，对同志、对自己都起到了深刻的警醒和教育作用。

他平时和江一伟私下交流最爱说的一句话是："我们要么不搞革命，要么就要准备坐牢和杀头。"坚贞不屈为革命而斗争到底的信念，已在他的心中扎下了根。

一天，黄凤淑在外面晒太阳。

"香哥儿，还记得当年你送我和瑶妹去万县那次在船上的事吧？"

"记得，您当时不但让我们不要慌，还教了我方法。"

"不错，记得就好。"黄凤淑拍了拍陈然的手，"事前一定要多动脑子，要多想一想对策和办法。面对事情时，一定要从容，不慌不忙。还有，凡事要细致，要当心！"

《挺进报》长期是在家里编辑、印刷，黄凤淑和家里人不可能没有觉察。陈然想，以娘几十年的生活经验，和自己说那些话，不可能是突发奇想，肯定是有所感觉、有所指的，只是没有明确说出来而已。

陈然借到开明书店送报的机会，主动找刘拥竹汇报了自己的想法。

"刘老板，我们现在这样长期瞒着家里人，我认为并不是办法。我建议还不如适当透露点信息给他们，以便争取帮助，他们也可以配合做些掩护工作。你认为呢？"陈然说。

刘拥竹点头："这个建议很好！他们知道了，才好支持我们，掩护我们。而我们也要保护好他们,不让他们受到伤害。所以,除了透露些信息给他们,我认为,还要提前做好转移的准备,必要时立即实施。"

陈然在回家的路上想,现在哥哥崇心不在家,小妹还比较小,娘的年纪大了,只能先给二姐适当透露,后面再慢慢告诉娘和小妹。

陈然请陈晓薇到自己的房间,说:"坐,二姐,我想给你说件事。"

见陈然一脸严肃,陈晓薇理了理自己身上的旗袍,很端正地坐下来:"什么事?说吧。"

"二姐,我想说什么估计你大致能猜到一些,我们现在做的事情比较危险。我肯定是希望家里不要出任何事情,可是,"陈然停了一下,把声音压低,"那些狗的鼻子灵得很,说不定哪天就嗅到了蛛丝马迹,因此不敢保证不出什么状况。你知道我和江一伟,有时我要外出,有时他要外出,或者有时我们都外出。所以,万一家里出现意外,比如有人来搜查或发现其他可疑情况,外出的人就不能进家门。"

"那怎么办呢?"陈晓为有些紧张地问。

"我想了一个办法,如果出现这种情况,你可以骂来人弄脏了屋子,立即去把拖地的拖把打湿,拿来擦洗地板,然后搭在门外的晾衣竿上,这个可以作为只有我们自己才知道的暗号,而且只有关键时刻才用。"

"好,我记住了。"

"遇事不要慌,要沉着应对。"

"明白。对了,一伟知道吗?"

"我和他讲了，外出回家之前，要远远地、悄悄地观察一下我们家周围的情况，如有异常，特别是有暗号，就要毫不犹豫地马上离开。如果某天有信号，而我们又许久不到家，就说明我们避开了，是安全的，你们也不用担心。一旦安全了我们会很快回来。"

这之前，陈然和江一伟早就共同约定了严格的外出规矩。如果要外出，必须说明几点钟准时回来，如果没有按时回到家里，在家的另一人就要假定外出的人出事了，立即暂时转移，待查明情况后再做决定。

外出的人，还要严格警觉和检查自己身后有无"尾巴"，在回家的路上，要时不时停下来，借着要买东西在路边摊讨价还价，悄悄扫视后面有没有人跟踪，或进店再出来观察有无行踪怪异之人。有时要故意转弯抹角，穿过一些狭长的人少的小街，如果身后有跟踪就能看出来。

"娘那里你讲了没有？"陈晓薇问，"还有刘嫂？"

"娘身体不好，我没说。平时也不是她在拖地，就不用说了。刘嫂已习惯在房子后边挂拖把，就不要特地去提醒她了。不过，你可以显得很随意地给她强调，前边不能挂，免得水滴下去，打湿了工人的衣服。"

"那万一我挂上去，她不知道是故意放的，反而拿走了怎么办？"

"你就说这是你专门放的，后边马上还要用，放这里方便好拿，让她别管。"陈然说。

"娘，这两天您的咳嗽是不是好点了？"陈然拉着黄凤淑的手问。黄凤淑患有严重的慢性支气管炎。

"嗯，香哥儿，小何姑娘家的中药效果还是不错的。"

"这样啊，那我再去给您抓几服吧。等小妹回来我带她到市中心去看抗战纪功碑，那里离药房近。"

"好，多陪下她。你二姐自己有家有孩子，没空陪。你哥现在谈朋友了，又不在身边，也陪不了。我想陪，身体又不行。"

"娘，您就放心吧，我会好好陪小妹的，也会好好帮助她，引导她。她有什么事，也愿意给我讲。"

"那就好。你也要注意身体哟，你比较注意坚持锻炼，这很好。但是你们那样经常熬夜，太辛苦了，对身体不好，一定要注意。"

黄凤淑就住在《挺进报》工作室的隔壁，中间只隔着一层薄薄的木板壁。虽然板壁缝都被厚纸给贴了，可房内的响动还是能听见。老人家虽然不知道儿子和好朋友天天晚上在干什么，但能意识到是在做一件危险的事情。

深夜里，黄凤淑一阵剧烈的咳喘之后，就轻声地呼唤："香哥儿，你们该睡了。天天这样熬，不行呀！"

陈然不吭声，或者小声地回答："娘，知道了，您安心睡吧，别管我们。"

远处偶尔传来狗叫声，她就不安了，又轻轻敲几下板壁："香哥儿，外面的狗叫得厉害呢！"

陈然小声安慰她："娘，甭怕！您就放心睡吧，不会有事的！"

陈然平时忙进忙出，很少有时间坐下来，同黄凤淑做过多的交谈，只是在吃饭时简单说几句家长里短。这天吃过晚饭，陈然并没有马上离去,而是继续陪娘坐着。

"娘,今天我想和您说个正事。"

"正事?男人娶妻生子,传宗接代,不是正事?"黄凤淑假装有些生气,轻轻地打了一下儿子。

"娘,没错,那是正事。可我今天要给您说的是比那个更急的正事。"刚才还笑嘻嘻的陈然一脸严肃。

黄凤淑一生过着颠沛动荡的生活,为了家庭,精打细算,辛勤操劳。她同情穷苦的人,讨厌吹牛拍马、势利眼的人,总是告诫自己的孩子:穷要穷得有骨气,要做一个堂堂正正的人。当然,她不能完全理解世界上为什么有的人有权有势,高高在上,横行霸道,作威作福,有的人吃不饱,穿不暖,甚至卖儿卖女,流落街头。她见儿子神情严肃,也认真起来。

"娘,我要向您坦白一件事,最近几个月,我和一伟等几个朋友一直在办一张报纸,是宣传那些帮穷人说话、替穷人办事的人和事的。政府那些人肯定不喜欢这个,也不会同意,我们只有小心翼翼地做。"

"不让做的事,那岂不是很危险呀?"她紧张地拉起了陈然的手。

"我们知道,肯定危险,所以很小心,很谨慎。"陈然双手握着黄凤淑的手说,"这也是一直不让家里人包括您知道的原因。不让你们特别是小家伙靠近那间屋子,就是怕万一不小心把里面的东西带出来了。这事弄得不好,就要坐牢,甚至杀头。"

"你们可以不做吗?香哥儿,娘求求你,别做了,行吗?"她说着说着眼泪就下来了,止不住地流。

陈然一边为她擦泪,一边说:"娘,不行啊,我们是布尔什维克,就是您说的'不常来的客',这是组织交给我们的光荣任务,许多人想有这样的任务还没机会呢。这就像过去我们在剧团演出一样,《演出公告书》一张贴出去,到时就必须要演,不然就对不起观众。我们做的事,涉及的人更多,因此如果不做,对不起的人会更多。"

"哦,是这样啊。"

"我们这样做,和演出一样,也是要告诉人们,在这个世上,什么是天理,什么是王法,什么是正道,什么才是人们该有的生活。"

"那让别人去做,你们肯定还有人呀。"

"娘,不可以的。其他人一时半会还做不了,而时间又不等人。更关键的是,知道、参与这件事的人越少,就越安全。"

"香哥儿,你不说娘也知道,你们干的是大事、是好事,可你也该替娘想想。你大姐为抗日宣传,年纪轻轻的就病死了,你哥又不在身边,现在你干的这事,又这么危险,娘可是担心得很啦!"她抬起手背,轻轻拭泪。

陈然温和而严肃地说:"娘,为了千千万万穷人和子孙后代的幸福,总会有付出,而且,总要有人去付出。所以,如果万一我被抓了,即便是杀头,那也是值得的。不过,娘,您就放心吧。我们有组织,我们也想了一些办法,只要小心谨慎,那些狗特务一辈子也别想抓到我们。"

"香哥儿,那你们一定要小心。为娘的也帮不了你们什么忙,以后就给你们守门吧。"

"好,谢谢娘!"

从那以后，陈然一有时间就给黄凤淑谈时事，谈当局的腐败和黑暗，谈解放区的新生事物，也讲共产党领导闹革命的故事，讲国共斗争的形势，特别是战场上共产党军队取得的胜利……

一次，两次，三次，在陈然的耐心劝导下，黄凤淑冷静下来，不再哭泣。相反，共产党军队一个又一个胜利的消息，给她带来了极大的喜悦和希望。陈然和江一伟通夜不睡时，她也通夜不睡。听见狗叫声厉害了，她不开灯，蹑手蹑脚到朝街的窗口去瞭望，一见街上有灯光晃动，就敲板壁通知。有时她气喘吁吁地给他们送开水、洗脸水，有时让刘嫂预备好点心，放在自己房里，如果到两三点还没有结束，就送过去逼着他俩吃了再干。

江一伟看着黄凤淑忧心忡忡的样子，还带病陪着熬夜，心里十分不安。他对陈然说："跟娘说说吧，让她别这样了。我们年轻，身体好，受得了。她年龄大，身体又不好，这样下去可不是办法呀。"

陈然说："我知道呀，给她说过几次，她不听，怎么办呢？儿行千里母担忧。我们虽不是行千里，可我们的事情比行千里还要让她担忧。算了，理解她，你不让她为你分担点什么，她反倒会心不安的，而且这还可能加重她的忧虑。我们只有多给她说说这样做的价值，让她认识到我们做事的意义，让她把担忧变成帮我们做事的责任，让她和党的事业一起同甘苦、共命运！"

陈然和江一伟有点空余时间就和黄凤淑一起闲谈，谈老百姓的痛苦生活。善良的她富于同情心，一听这些就摇头叹气。当她听到"白毛女"的故事时，伤心得掉下泪来。陈然和她谈苏联社会主义社会的情景，她高兴地问："以后我们也会变成那样吗？"

"娘，肯定会的！我们还会超过他们。"陈然握着拳头，毫不犹豫地说。

黄凤淑的心情越来越开朗，更勤勉地替儿子和朋友着想，白天就守在密室的门外做针线活，帮他们"放哨"。密室的门锁着，如果来人是预先告诉过她的，就开锁让人进去。如果来的是其他人要找陈然，就说不在，出去办事了。有什么可疑的情况，她负责敲板壁作为信号，通知室内的人。

她读过书，认识一些字，能够很慢地看些小说。一天，陈然找到一本小册子《列宁的母亲》："娘，您看看这个，她是苏联领导人的英雄妈妈。"

黄凤淑笑着把书扔在一边："我知道你的鬼心眼，让我向她学习。人家那么伟大，我可学不来，不看！"

说不看，当然是假的，第二天她就戴起老花镜，一字一字慢慢看，遇到不认识的字或不太明白的意思，就叫陈然、陈晓薇或江一伟讲给她听。

"香哥儿啊，看到你现在爱学习，已不像小时候了，娘很高兴。你要记得提醒瑶瑶，也要多读书，多长见识。你这个当哥的，可要带好妹妹呢。"

"娘，知道了。"陈然立即回答。

3

"一伟，我要是牺牲了，没得任何遗憾。一定要说的话，那就是为党做的工作还不多，发挥的作用还不大。家里也没太多牵挂，娘有二姐，自己也拜托了保姆，况且还有哥哥，虽然他目前不在娘的身边，但也是一个讲孝道的人，他不会不管的。唯一不放心的是小妹，没有让她读好书，恳请党组织能多给予一点关心，帮助她成长。希望她走正道，成为对社会有用的人。"一天，陈然说起了自己准备留下的"遗嘱"。

此时陈晓瑶正在一所中学读书。

说到这里，陈然有些后悔地检讨自己："过去对小妹关心和帮助不够，而且总把她当小孩子看，其实她十五六岁，也不小了。回想自己在剧团加入党组织时，也就是她这个年龄。我怎么就没从她的角度来想想呢？"

江一伟点头："人同此心。我还不是经常把江真当小孩子看？就像我们的长辈，无论你多大岁数了，始终都把你当孩子看待，一会儿提醒这样一会儿提醒那样。"

"我倒是介绍小妹看了些进步书籍，可是从来没有和她更深入地谈谈，老认为她年纪小，毛毛躁躁，怕她的嘴不严。其实我家小妹对有价值的东西，还是有基本的判断力和鉴别力的。"陈然说。

他接着给江一伟讲了一件事。有一天，陈晓瑶一回家，就把陈然偷偷叫到一边："小哥，给你看样东西。"她边说边兴冲冲地从书包里掏出一张报纸来。陈然接过来一看，是《挺进报》，心里大吃一惊，立即想她是不是从家里拿出来的，但他马上就否认了。于是他把脸一沉，盘问她这是从哪里来的。

江一伟问："她是在哪里捡到的么？"

陈然摇头："她说是学校一位思想比较开明的老师给的，叫她看后立即烧掉。"

"结果她不但没烧掉，反倒给你带回来了？这说明我们的保密工作做得好么。"江一伟笑。

"就是。她说这么难得的东西，一定要带给我小哥看看。我当时一看着了急，怕她引出意外来，就严厉地警告她，以后再也不许往家里带这东西了！"

"小妹肯定被你当时的态度搞糊涂了。"江一伟说，"她以为我小哥也是一个思想进步的人，看到这样的东西不说是如获至宝，起码也是满心欢喜的，不料却被泼了一盆冷水。她肯定是一种莫名其妙的表情。"

"是的，快要哭了。"陈然说，"因为我平时对她很好，很少说重话，那天我凶的样子她没看到过。就因为那时我们的报纸才出版不久，我必须小心翼翼，怕万一因为这个外面带回来的报纸成为敌人追查的线索，反倒给他们找到报纸真正的出处，所以当时很简单生硬地拒绝了小妹的好意。"

"应该说你的做法本身没有错，"江一伟安慰陈然，"只是方法和态度有些欠妥。小妹下次回来，你可以直接告诉她，就是我们编印的。我想她听了肯定会高兴，然后解释当时的考虑，主要是怕她出事，怕报纸出事。我想你只要把话说清楚了，相信她会原谅你的。"

聊到这里，陈然突然有了一个主意。

"娘，小哥，二姐，我回来了。"周末下午放学回家，陈晓瑶人还没进院子就嚷开了。这也难怪，一个十五六岁的少女，平时在学校生活，管理严格，单调枯燥，回家来心情愉悦，自由自在，自然是高兴得很。

陈然听到外面的动静，打开对着楼道的门："小妹，回来了？"他站在门口做了一个过来的手势。

陈晓瑶有些迟疑，不确定是不是让她去那里。因为这之前陈然是不让她靠近那间屋子的。

"来，小哥有话和你讲。"

"哦，好吧。"陈晓瑶赶紧放好书包，跑了过去。

在家里，陈晓瑶和陈然年龄最近，什么话都愿意和他讲。大哥陈崇心很少在家，她和他的交流相对不多。她上次带《挺进报》回来，被陈然严肃地责怪，当时是有些不高兴，可是过后就忘了。

"你不是一直想知道这里面有什么吗？今天就让你知道，同时我还要给你说点事。"陈然把陈晓瑶让进屋后，又把门关上。

"哇，《挺进报》！"陈晓瑶冲过去，抚着桌子上的一摞报纸喊起来。

陈然把手指放在嘴边，示意她小声点。

"小哥，谁这么大方，送了你这么多呀！"陈晓瑶吐了吐舌头，拿起一份报纸，来到陈然的身边，小声问。

"小妹，坐。"陈然把陈晓瑶拉到两张凳子前，两人面对面坐下，"小哥今天要郑重地告诉你一件事。"

"首先，要为上次你带这个回家给我看，我不但没感谢，反而责备你道歉。"陈然指了指陈晓瑶手上的报纸，拿过报纸放在旁边，"传播红色读物，被国民党特务抓到了，是要坐牢甚至杀头的。小哥是怕你人小，不知道它的危险，所以，别怪小哥态度不好。我是怕你出事，让我们担心，让娘受不了。"

"怎么会呢？小哥，我后来明白你这是为我好，为我们这个家好。学校老师也给我们讲过，国民党统治太黑暗了，只要有人反抗就要遭到镇压。这个道理我是懂的，所以不会怪你。"陈晓瑶认真地说。

"那就好！我家小妹懂事，小哥很高兴。"陈然说，"现在我要告诉你最重要的事情，你要保持冷静，而且一定要用心记住。"

陈晓瑶郑重地点头。

"这个报纸不是别人送的，从一开始，就是我和几个朋友办的。包括你拿回来那张。"

"真的呀！小哥，你们太厉害了！"陈晓瑶停顿了一下，"这里面肯定有一伟哥吧？"

"是的。但是，我刚才说的最重要的事情，就是你必须要什么都不知道！不管是人，还是报纸。没人问，肯定不能主动给任何人透露任何消息；万一有人问起，也要说不知道。你要说我就是一个学生，只晓得读书，没听说过其他事情。"

陈然停了一下，加重语气："明白了吗？"

陈晓瑶点头："明白了！"

陈然又问："记住了吗？"

陈晓瑶使劲点头："记住了！记住了！"

过了一会儿，陈晓瑶问："这事娘和二姐知道吗？还有，大哥知道吗？"

"我们办报以来，哥一直没在家，我不可能在信上告诉他这些，所以他不知道。二姐我已经讲了，娘我也告诉了，给她们也是说，什么都不知道！"

"小哥，我支持你，相信她们也会支持你的。"陈晓瑶举起拳头，像发誓一样。

陈然觉得妹妹真是长大了，说："小妹，你想不想试试，做点什么事？"陈然指了下刚才那张报纸。

"好呀。可是，办报那些我都不会，未必还有我可以做的事么？如果有，我一定要试试。"她睁大的眼睛里闪着热切的目光。

陈然说："肯定有。不过，先说说害怕不？你一个还没长大的小女孩，如果害怕就算了。"

陈晓瑶身子向前一挺："小哥，看你说的，人家是大人了，哪还小嘛。再说你、你们都不怕，我怕什么！不过，关键是我会做吗？"确实，女孩子变化很快，不经意间陈晓瑶已经是一个大姑娘了。

"应该没问题。没别的，把报纸送到指定的秘密地点就行了。怕吗？"

"哦，这个简单呀，不怕！"

"那这样好了，你不是一直说，要我带你去市中心看抗战纪功碑么，我们明天一早就去，我带你走一遍，再跟你说说路上要注意的事项。后天你就可以独立试试了。"

陈然这样安排，是因自己一个人要做的事情有点多，确实有些忙不过来。当然主要还是想锻炼一下小妹，把她往正路上引，多少弥补一下过去的缺憾。

陈晓瑶高兴地说："好！"

第二天一大早，陈然和陈晓瑶吃过早饭，到江边的码头坐轮渡过江。

出门前，陈然递给陈晓瑶一个包袱："这里边装的可是危险的东西哦，你怕不怕？"他想再试探一下她。

"不怕！"

"小妹，光是不怕还不够，还得小心谨慎。同时，要学会察言观色，话不投机即闭嘴，行有危险但立足。明白了吗？"

"遇事不对，马上后退，凡事小心，对吧？小哥，我明白。"

"那就好，走吧！"陈然一挥手，让陈晓瑶走到前边。

到码头前，走在后面的陈然，悄悄从路边地上捡起一片发黄的黄桷树落叶，吹了吹上面的灰尘，放进自己的衣服口袋里。

兄妹俩找了个靠船舷的地方坐下来。

"小妹，你坐船要尽量坐船边，而且手要搭在舷上。"陈然说。

"为什么呢？"陈晓瑶睁着大眼睛，好奇地问。

陈然在她的耳边，悄声说："你先看我手上的动作，再告诉你。"他从自己的口袋里掏出树叶，然后把手伸出舷外，轻轻一松，树叶便在江风的吹拂下，飘飘摇摇，落入船后翻卷的波浪中了。

陈然收回注视的目光，继续对陈晓瑶耳语："看到没？手这样放，一松手，手里的东西就会落入江中，无法找到。所以，你一定要小心，如果发现情况不对，就要毫不犹豫地把手松开。"

陈晓瑶摇头，悄悄说："那不可惜了吗？"

陈然摆手："不！留得青山在，不怕没柴烧。东西没了可以再想办法弄，但人出事了就没得办法挽救。"

"哦，明白了。"

不知不觉中船就到了朝天门码头，两人下船后，有说有笑地向位于市中心的开明图书局走去，那里是《挺进报》的总发行点。

"去吧，把东西交给刘老板就出来，我们接着去看抗战纪功碑。"

陈晓瑶出来后，陈然给她讲了抗战纪功碑叫"精神堡垒"的过往，然后说："其实一个国家需要精神力量，也就是信念的支撑，一个民族需要，一个人同样也需要。抗战那么多年，中国人民坚持下来了，赢得了胜利，就是因为坚信抗战必胜！"

陈晓瑶点头。

看完纪功碑，陈然带着陈晓瑶沿着重庆城最宽阔的马路，一路看风景和市井，悄悄指点一些邮政支局的位置，不知不觉就来到了两路口。

"小哥，这个是干什么的呢？"陈晓瑶指着一栋房子前面墙上的一块牌子问。

"你是说'美国新闻处'么？具体是干什么的，我也不清楚。但我们《彷徨》杂志社收到过他们寄来的东西。"

"他们还给你们寄东西？"

"就是啊，没想到吧？"陈然说。

4

《挺进报》特支的工作，在加紧推进。

早在一九四七年底，上级就指示要另外组织一套编写、刻印的班子，要能以原来的模式，包括笔迹、版式、风格等进行编印，以备万一现在的工作班子被破坏，另一组能立即接替，确保报纸能继续正常出版。经上级同意，吸收吕上和古典加入。

一九四八年春天，解放战场上的国民党军队已被消灭二百多万人，蒋家王朝的所谓军事优势已转化为劣势，蒋管区人民反饥饿、反迫害的斗争风起云涌，反动统治已处于风雨飘摇之中。

为了配合解放战争节节胜利的形势，负责领导川、康、云、贵地下党活动的上海局指示，要加强统一战线工作，开展对敌攻心和发展农村两面政权。中共《挺进报》特支为此专门开会，传达上级指示，商量办法。

"攻心？怎么做？"陈然问。

"上级的意思是改变目前《挺进报》只在内部发行的方法，要大量给敌方人员投寄。让他们拆开'亲启'信后，发现里面装的不是热情洋溢的问候信，而是让他们心惊肉跳的《挺进报》！这样做，也有利于掩护报纸的秘密传递。"刘拥竹说。

三人虽然觉得这种做法有风险，但还是遵从了上级的决定。

柳色早黄浅，水文新绿微。春天的脚步越来越近。

国共双方的斗争，更加短兵相接。

《挺进报》特支书记刘拥竹召集支委会："同志们，为防止意外，上级指示我们要精减人员，我将转移到新的战线，我的工作由陈然同志接替。因此，今天是我最后一次主持会议。以后你们的任务会更重，必要时，可以发展成熟的同志，增强力量，共同完成好党交给的艰巨任务。明白了吗？"说完，他把目光首先投向陈然，然后是江一伟。

陈然说："明白。保证完成任务，不辱使命。"

"我一定服从陈然同志领导，配合他共同搞好工作。请组织放心。"江一伟明确表态。

"好，一会儿我和陈然同志交接一下工作。"

刘拥竹把自己负责的事项逐一交代后，两人谈起了下一步的工作。

沉稳有加的刘拥竹,难得高兴地、很有诗意地说:"在我看来,《挺进报》就像暴风雨中的海燕,穿过浓云密雾,飞向四面八方,飞进千家万户,传播党的召唤和胜利喜讯;就像一支光芒闪耀的火炬,使在黑暗中挣扎的人们,看到光明,增强斗志;还将使那些张牙舞爪、不可一世的反动派,现出狰狞而虚弱的原形。"

陈然点头:"是啊,敌人做梦也不会想到,在其心脏腹地,我们的组织还有这么大的活动力。毫无疑问,《挺进报》一定会像一把利剑,直插敌人心脏,使他们为之震惊、为之胆寒。"

在陈然家那间密室,由陈然主持,江一伟介绍,为吕上举行了入党仪式。

完毕后,陈然郑重其事地和吕上单独谈话:"老吕,现在组织上交给你一个光荣的任务,你要更多地熟悉和承担报纸的蜡纸刻写工作,平时要多用仿宋体模仿江一伟的笔迹,这是为了斗争的需要,也是为了保证报纸安全出版发行的需要。必要时会由我把稿子送到你的学校来,你在约定的时间内完成后,我再来取……"

"保证完成任务,请组织放心!"吕上说。

《挺进报》扩大发行,引起敌人的极大恐慌,敌特分子被动员起来搜索《挺进报》的踪迹,要求限期破获。他们把这一行动称为"挺案",由重庆的特务头子亲自指挥。由于一直无结果,受到南京当局的严厉训斥,特务们急得像热锅上的蚂蚁。

除了编辑和蜡纸的刻写主要由江一伟负责外,和上级联系、取电讯稿、购买油墨纸张、运送和投寄报纸等工作，都靠陈然白天黑夜紧张地进行。

向敌人投寄报纸，这是一项斗智斗勇的艰巨任务。为防止"邮检"发现而被扣留，报纸不能集中投邮，他就化整为零，跑到南岸的南坪、弹子石，沙坪坝的小龙坎等各处去零星投寄。信封不能一样，写地址的笔迹也不能一样。他收集来各种各样的信封，中式的、西式的，大的、小的；有的用钢笔写，有的用毛笔写；有的则不用信封，而是裹在旧报纸、旧杂志中……深夜，陈然默默地写着，装着；白天，一小批、一小批往外寄送。

陈然通过各种关系、各种途径，弄到了许多银行、大商号、工厂使用的专用信封，在一个同志办的小印刷所里翻印了一批，然后向靠近这些单位的邮筒投寄。敌人终于"发现"这个"线索"，包围搜查了几家大商号。虽然没有结果，倒也把几个大老板吓出了一身冷汗。

听到这些消息，陈然等人非常高兴。他兴奋地对江一伟说："嗨！敌人也听我们的调动啦！干脆，再调动调动他们？"他知道有几个中学是被三青团分子把持的，就有意把报纸集中在这些中学附近的邮局投寄，果然，那些家伙去搜查了他们自己的人。

重庆的美国新闻处，经常将他们印的"新闻资料"寄给国民党要人和新闻媒体。《彷徨》杂志社也经常收到。这天，陈然拿起一个信封剪开，抽出资料前，他下意识地对信封看了看，突然想到，当局对通信检查严格，主要是针对国人的，但对外国人特别是美国人的东西，就不敢那么严。

美国新闻处的人寄信，信封上收信人姓名、地址都是先打印在一张小纸条上，再贴在信封上的。

陈然明白,必须照样做。于是他从印刷所借来一些铅字,用蓝油墨,规规矩矩地印在小纸条上,看起来和打印差不多。准备好后,去美国新闻处附近的两路口邮局大量投寄报纸,果然畅行无阻。

第十九章
想念红旗

1

"老李,开水没得了,帮忙送点来。"平二室牢门口传来丁向前大声的叫喊。这是他要找李富生说事的暗号。

一九四九年天旱得有些久,到了十月初,天气依然比较热。人们喝水多,也属正常。

中华人民共和国宣告成立,看守所的人是知道的,于是各自开始思考今后的出路,人心已变得有些涣散,没多少人认真做事了。内部规定,明松暗紧,维持好秩序,不出大乱子就行,所以对犯人提的要求,只要不超出规定、超出原则,表面上都睁只眼闭只眼。

十月七日早上放风的时候,陈然按惯例向楼上打望。他主要看向楼一室,也就是自己原来的隔壁。一方面是感谢,感谢邻居过去对办狱中《挺进报》的支持,现在依然通过那种方式在支持,只是要经人转交;另一方面是表达由衷的敬意。

更重要的是，按陈然搬到平二室之前和他的约定，有紧急而重大的新闻要传递时，楼上在放风的时候，要假装扭腰锻炼身体，顺势甩出手上握的纸团，然后打开双手，做飞机盘旋飞翔的动作。有没有信息，先看手，双手握拳高举，左右晃动，前后摆动。所有的动作做完，等陈然假装踱步到楼下时再松手。这种方法只能偶尔使用，戏称为"特急飞讯"。

前面还有一个重要的动作，有了这个动作，陈然才会去注意观察楼上。

"九一八，九一八，从那个悲惨的时候……"

早上，看守刚一宣布"放风喽"，楼上就传来了熟悉的歌声。但今天的旋律，少了一些悲凉，多了一些高亢和雄壮。

陈然感觉那人的喉咙是打开了的，往常唱这首歌的时候，似乎喉咙是憋着的，因为憋着胸腔的压力才足，声音才具有震撼力。

陈然一听到歌声，马上来到院外地坝上，跟着唱了起来，声音由小到大。同时，他不时向上看一眼，楼上的人腰身比平时挺得更直，双眼平视前方，笑意盈盈，满脸红光。

原来楼一室的人一早从报纸上看到一则短讯，上面透露了中华人民共和国成立的消息，并报道了国旗的大致样子、国歌内容，以及新政协在北京召开的情景。他从衣袋里迅速取出香烟盒纸，异常简略地写下"中华人民共和国成立、国旗是五星红旗、国歌是《义勇军进行曲》、新的全国政协会召开"等字样。他知道，白天把报纸送到隔壁难友手里是十分危险的，就连白天搞牢房"广播"也要谨小慎微，避开特务，在万不得已的情况下，他启用了"特急飞讯"方式。

"飞讯"闪电般传遍了整个牢房,似春风从狭窄的铁窗吹进了每一间囚室,星火在传递,心灵在激荡,阴暗沉闷的监狱爆发了热烈的欢呼声。难友们压抑不住心中的喜悦,希望的光辉照亮了苦难的牢房,白公馆整个监狱沸腾起来。

一间间牢房的放风口,挤满了兴奋的人们,一双双明亮的眼睛对视着,一股股暖流在难友们心坎里流过。兴奋的目光、激动的神情,从门窗中伸出一双双颤抖的手挥舞着。有的端着碗,有的端着水杯,高高举起,"干杯!""干!"大家欢呼着,应和着,这胜利的喜讯,飘到了歌乐山顶,迎接初升的朝阳!

平四室的难友们踩着《解放区的天是明朗的天》的旋律,扭起了大秧歌。

楼四室的难友们唱起了《义勇军进行曲》。

平三室的人,在吟诗诵词……

"陈然,来一个。"刘大志说。

"独唱啊?一起来吧。"

"这样,你唱那首吧,你前面唱,我们后面来和。如何?"罗冰与陈然在一起的时间最长,经常听他唱,自己跟过后面。

"你是说《太阳出来喜洋洋》?"

"就是。"罗冰点头。

"要得,陈然来一个。"王猛鼓掌。

太阳出来(啰儿)喜洋洋(欧嘟啰),

挑起扁担(嘟嘟扯匡扯),

上山岗(欧啰啰)。

手里拿把（啰儿）开山斧（啾嘟啰），
不怕虎豹（嘟嘟扯匡扯）。
打刮民党吆啰啰
……

陈然把最后一句改了。

"噫，好熟悉哟？我听到过有人最后一句是唱'打日本'呢！"丁向前说。

"老丁，你在哪里听到的？"陈然马上意识到，他或许和自己是见过面的，自己也是觉得他有些面熟，但那人没胡子，下巴也没这么尖。

"在新庙。但你唱歌的动作和气势我似乎见过。"

"在哪里？"

"湖北襄阳，一个和日军对垒的阵地上。"

"丁副官，不会是你吧？"

"正是我呀！"丁向前有些激动地指着自己，然后伸手来握。

"我当时叫陈崇德。"陈然马上伸出双手，与对方紧紧握住，"后来才改成现在这个名字的。"

"我就是觉得你面熟，但一想名字不对，没好问你。"

陈然松开手，指了一下自己的下巴："这里怎么了？你原来没有胡子的。"

"遭日本人打伤了，后来回老家养伤，路过新庙时听到街上的小孩子像你这样唱的。"丁向前摸了一下自己的下巴，"这是为了遮丑。"

罗冰说："哟，原来你俩早就认识啊。有什么故事，说来听听吧。"

"先庆祝好消息!空了再讲。老丁,你说呢?"陈然摆手。

2

"中华人民共和国成立了,我们重见天日的时间指日可待,到了那一天,我一定要参加人民解放军,报仇雪恨,彻底消灭反动派!解放全中国!"陈然说。

"你给我讲过,你想搞工运么?"罗冰问。

"上战场,是我从小的梦想。如果能实现,我先选择这个,其他以后再考虑。"

丁向前摸了下自己的下巴:"我选择回家种地,一边建设家乡,一边照顾双亲,为他们尽孝。过去亏欠太多了。"

"我还是愿意回到学校,回到学生中去。十年树木,百年树人。教育是我终身热爱的事业。"刘大志的视线,越过牢门前的栅栏投向远方,好像已回到了火热的校园,"再说,革命总需要接班人,不是吗?"

"也对!我们手上的旗帜,得有人继续扛。"丁向前说。旗帜是前进的方向,旗帜是胜利的象征。军人对旗帜是敬畏的,对旗帜是服从的。

陈然接过丁向前的话:"说到旗帜,刚才'特急飞讯'说我们有了'五星红旗'呢。"

丁向前问:"五星红旗,它会是什么样子?"

这可把大家难住了,谁也不知道,都没有见过。"特急飞讯"只是十分简要地写道:"国旗是红色的,旗面上镶嵌着五颗金星,星子都是五角形，有一颗要大些。"

大家一时哑然。

罗冰说："我看啊，五角星呈一字排在红旗的中央，大的那一颗在中间，从上到下依次排列，像解放军战士的队列一样整整齐齐，保持一致！"

宣浩晃悠着站了起来，他的姿势启发了刘大志："我认为不是一字排列，而是圆形排列，象征团结一致，共同战斗。"

宣浩直摆手："不，是……是直线，我们军人就讲究个直。"他继续摇晃的动作惹得大家哈哈大笑。

最后大家都倾向于圆形图案，但星星具体怎么摆放又成了争论的焦点。

王猛认为大的那一颗五角星在红旗的左上角，罗冰说在右上角，丁向前则认为在正中的上方……

陈然说："有一本书叫《红星照耀中国》，对吧？那我认为最大的一颗在红旗的中间，另外四颗小一点的，在旗帜的四角，五颗红星共同照亮整个中国。"

他的说法，得到了一致的认同。

受到鼓励，陈然又提出了新的想法："要是咱们能制作一面五星红旗，迎接胜利和解放，那该多好啊！"

"对！""好！""这主意不错！"现场七嘴八舌，一致拥护。

"可是拿什么来做呢？"宣浩的提问，让大家一时无语。

罗冰左看右看，目光正好落在自己的被单上，那有点绣花的红绸被面，在他眼里放射出耀眼的红光。他从地铺边沿跳起来，一步跨到自己的铺位，抖开被盖，口里喃喃地说："就用它，就用它！"

"小罗,那个留着你娶媳妇用吧,啊?哈哈。"丁向前开他的玩笑。

罗冰笑着说:"咳,解放了,就有新的啦,谁还用旧的呢?俗话说,旧的不去新的不来嘛!就用它!"

"娶媳妇,新被面?到那时我也要这样做。娘,你要好好的,我可是答应过你,要为你娶一个又好又美的媳妇。"陈然瞬间开了一下小差。

刘大志最先反应过来,激动地说:"对!就用它做,拆了被面,咱俩一起睡。"他走过去和罗冰一起,把被面打开,展示给大家。难友们兴奋的目光一齐投向他俩,然后围了过来。

刘大志说:"去个人守窗口听动静,其他人一起来拆。"

"老规矩,我去。"丁向前在部队搞过侦察,很有经验。望风的事一向是他在做。对外联系也主要是他。

"我也去。"宣浩说。望风口站两个人在那里聊天,显得自然,关键是能挡住外面看进来的目光。

红被面有五六成新,几朵鲜艳的小红花绣得紧针密线,很不好拆。陈然、王猛都试了试,徒手是不行的,必须用剪刀才能拆去这几朵花。这时刘大志从地板下的秘密小空隙里,找出了用铁皮罐头制作的小刀,写字用的小竹签笔,以及偷偷收藏起来的碎玻璃片,发到几个人的手上。

大家紧张而细心地工作着,生怕损坏了被面。

宣浩悄悄过来说:"停!要开饭了。特务已经开始把饭桶往这边送了。"

几个人放下了手上的被面,迅速把工具藏好,站的站,坐的坐,一如往常,聊起天来。

丁向前接过饭桶:"啥子伙食哦,老是一股霉味。你们硬是不把我们当人嗦!"

"用两颗有沙子的霉米把你的命吊起,算对得起你了,还想咋地?"王猛个子大,饭量大,常常饿得头晕眼花。

看守离开后,罗冰边吃边悄悄问:"拿什么来做五角星呢?"

宣浩受了刚才的启发,从自己的枕头边抽出一件白衬衫:"用它,如何?"

丁向前笑着说:"浩儿,你高兴得害了健忘症吧?五角星是黄色的,你那白色怎么变成黄色呢?难道你会魔术吗?"

宣浩模仿他的口吻:"魔术我倒是不会,难道不可以染吗?"话刚出口,他就想到这是监狱,怎么能染东西呢?自己也觉得幼稚可笑,不觉伸了一下舌头,大家都会心地笑了。

陈然说:"我来找'羊儿疯'想办法。"

现在陈然不找他要报纸了,毕竟没有原来方便。但陈然需要什么,只要他办得到,都会想方设法去办,从没有拒绝过。

3

趁"羊儿疯"查房的时候,罗冰和他说要点黄纸,"羊儿疯"很快就送来了。又让他去女牢借来一把剪刀,这样把小花朵从被单上拆下来就顺利多了。

突然,丁向前在自己的屁股上使劲地打了几下,"敌人来了!"这是暗号。大家迅速地收拾好一切。"咚咚咚!"皮鞋声上楼梯远去了,一会儿"磕磕磕"又下楼梯到窗前来。看守从窗棂斜着眼睛望了两眼，就走开了。

尽管是一场虚惊，却引起了陈然的思考。

中华人民共和国成立了，解放军挥师南下，进军神速。难友们盼望的那一天指日可待。近几月来，敌人对牢房的防范更加森严，不定期的检查、巡视岗哨时有增加，放风时间减少，表面上对政治犯的活动不予理睬，像今天各个牢房这样喧闹，也没有出面制止，也不加管束。但贼头贼脑的看守，常常会突然出现在铁窗下、牢门前，种种迹象表明，情况异常，说明敌人完全可能对这儿的同志采取野蛮的行动……

想到这里，陈然看看专心工作的难友们，把自己的想法告诉了大家。

他压着嗓子，用异常深沉的语调说："同志们，咱们的国旗马上就要制好了。我建议大家都要有充分的思想准备。到那一天，我们或许会扛着这面红旗冲出虎口，迎接胜利，迎接解放；也可能用自己的鲜血来祭这面国旗，而时间说不定就在明天……"

听了陈然的分析，大家沉默了。

刘大志和罗冰一上一下缓缓地挑去一针一针的绣花线，陈然、宣浩和王猛裁好黄纸，剪成五角星，静静地等着拆完被面。

大家的心情是复杂的，也是百感交集的。为了那面鲜艳的五星红旗，几十年的浴血奋斗，多少革命战士惨死在敌人的屠刀下。可是共产党员并没有被吓倒，很多人前仆后继，终于让这面红色的旗帜在祖国的上空冉冉升起。可是在胜利的前夜，自己却可能走向另一个世界，看不到自己制作的红旗高高飘扬，这是多么令人遗憾呀！

被面的绣花拆干净了,难友们把五颗金星在红绸的四角和中心,用剩饭小心细致地一一粘贴好。

当最后一颗也是最大的一颗黄色五星粘贴完毕时,"成了!伟大的国旗!"大家不禁欢呼起来。

难友们有的用炽热的手掌抚摸着红旗;有的用灼热的脸偎依着红旗;有的相互拥抱,在楼板上跳跃;有的反复仔细地打量着这面红旗。

是它!就是它!新生的祖国,伟大的祖国,红旗是你的标志,我们热爱你!我们保卫你!我们要用生命和鲜血来维护你!

红旗制好后,刘大志和罗冰几次移动存放地点,害怕敌人突击搜查。每次移动,望风口都派人站好岗,其他人忍不住跟在红旗后边,轻轻抚摸,细细观赏。

4

"对了,旗帜有了,到时谁举呢?"宣浩问。

陈然毫不犹豫地说:"我来嘛。"

刘大志问:"为什么是你呢?"

"我扛过旗帜呀!"

王猛问:"你又没在军队待过,到哪去扛?该不是在梦里吧?"

丁向前说:"也有可能。"

"在剧团。"陈然说。

"剧团还有旗帜?"宣浩感到奇怪,部队有是不用说的,他熟悉。

"有，只不过不是红旗。"然后陈然给大家讲了剧团当年下乡宣传时他举旗的情况。

丁向前问："那我也扛过旗帜，怎么办？"

"才说了你俩是有缘分的好朋友，老丁你就让他嘛。"刘大志说。

"那我也想，而且也扛过的，怎么办？"宣浩不干了。

王猛摆手："别争了，我有一个办法。"

"什么办法？"几个人都看向他。

"掰手腕比赛。谁最后赢就是谁，可以吗？"王猛心里有自己的小九九。凭自己这么壮实，说不定自己就是最后的胜利者。扛旗帜，多威风啊，谁不想呢？

陈然说："好。"

"没问题。"宣浩自信满满。

"要得，凭本事。"丁向前边说边活动自己的手，做起了准备。

刘大志摇头："我衡量了一下，估计谁也掰不过，我弃权。"

"还有谁？哟，罗冰呢？"陈然转身来到罗冰旁边，"你干吗呢？好一会儿没见你说话了。"

此时，罗冰正埋着头在写东西。

"你在写什么？"

"一会儿就好了，写好了再告诉你们。"

"你参加掰手腕不？"

"你们先比，我和最后一个比。"

几个人拉开了架势，"加油""顶住""快了快了，要赢了"

的声音不断传来,有人欢呼,那是胜利者的歌唱;有人叹气,那是失败者的惋惜……

坐在一旁的罗冰没有受到影响,他的脑海里,多种画面奔涌而来:

铁窗外面是蔚蓝的天空,几只雄鹰在自由地翱翔。用一根帐竿作为旗杆,把这面鲜艳的五星红旗,插在牢房后面的山头上,渐渐地,这面旗帜升了起来,在歌乐山的群峰上空,高高飘扬……

"把五星红旗高高举起,从牢房冲出去……"

罗冰的创作灵感来了,诗绪奔涌,挥笔疾书。

"谁胜了?"罗冰终于写完,站起来问。

"陈然。"丁向前是最后一个与陈然比试的,关键时刻他有意松了下劲儿,"哎呀,不行了,我撑不住了。"

"陈然,看不出来你这么厉害呢!我不服气,来,比试比试。"罗冰摩拳擦掌地说。

"快,来人了。"铁窗下宣浩猛拍屁股,这是暗号。大家三下两下收拾好一切,陈然和刘大志一起,把红旗秘密藏在地板下两块楼板的间隙里。

看守走远后,陈然和刘大志又去把旗帜取出来。丁向前自觉站到放风口放哨,其他人再一次抚摸、拥抱、亲吻旗帜,神情非常激动。

"你俩还比吗?"王猛问,"罗冰,依我看,你赢不了陈然,还是别比了。"

"我也认为。"宣浩说。

"既然你们都这样认为,那就不比了。陈然,到时扛旗帜的重任就交给你了。"

"好。我一定把她高高举起。"

罗冰说:"同志们,前不久陈然写了一首诗。今天我也学写了一首。"

"很好呀,念出来,让我们欣赏欣赏。"刘大志说。

"来吧,罗冰,把它朗诵一遍。"陈然马上找回了当主持的感觉。

"《我们也有一面旗帜》。"先是一阵热烈的掌声,然后安静了下来。

我们有床红色的绣花被面,
把花拆掉吧,这里有剪刀,
拿黄纸剪成五颗明亮的星,贴在角上。
再找根竹竿,就是帐竿也罢!

瞧呀,这是我们的旗帜!
鲜明的旗帜,腥红的旗帜,
我们用血换来的旗帜!
美丽吗?看我挥舞它吧!

别性急,把它藏起来呀!
等解放大军来了那天,
从敌人的集中营里,我们举起大红旗,
撒着自由的眼泪,一齐出去!

陈然的眼睛湿润了。

"这是我们的旗帜!"

"撒着自由的眼泪,一齐出去!"他看着这些"难兄难弟",被囚禁的日子,除了要经历身体上的炼狱,对心灵始终是一种折磨。谁不渴望自由?谁不想时刻站在阳光下自由呼吸?正是为了这个理想,为了让更多的人能站在阳光下,我们办《挺进报》,希望唤起更多人的斗志,随时准备失去自由和牺牲生命。如今,新中国成立了,重庆很快也要解放,我们的理想终于要实现了!

在这个幸福的时刻,陈然的心里涨得满满的。他想起自己去年四月刚被捕的时候,是做好了随时牺牲的准备的。后来从渣滓洞到白公馆,从狱中办报到共商计划,这在他被捕的那一刻,是无论如何也想不到的。原来有这么多亲密的战友,这么多值得回忆的往事,他居然在这牢狱里待了快一年半。

第二十章
江水暴涨

1

"香哥儿，你的同学要来呢！"黄凤淑递给陈然一张纸。

"同学？谁呀？我怎么不知道？"陈然一脸茫然。

"搭车经黔不日抵渝叶子"，原来是一封电报。发报人正是从云南给他寄照片的那位小学同学。

一个人的世界观会表现在各个方面。作为一个真正的革命者，为革命而献身的强烈愿望使得陈然的一切思想、行为和情感，都集中在"为了革命"这一总目标上，也表现在他日常的一些生活细节包括对婚恋的考虑上。

陈然在青年群众中开展活动，特别是在负责《彷徨》杂志通联工作时，熟悉的女青年不少，对他抱有好感的人也不少。他的同学叶子，因为通信，虽然相互知道消息比较晚，却比其他人多一份亲近。

每一位做娘的，很自然地会一直关注、关心孩子的婚姻大事。黄凤淑免不了开玩笑地试探陈然,有一次就问:"香哥儿,你愿意将来的媳妇比你大还是小?"

陈然说:"娘,大小不是问题,关键要志同道合。"

黄凤淑笑嘻嘻地直接问:"小何姑娘和小江姑娘你更喜欢哪个?"

"问题是现在不是时候,以后再说吧。"陈然没有直接回答。

黄凤淑摇头:"问题是你们都老大不小的了!"

她自己是有答案的。作为娘,对与儿子交往的女孩子都是有好感的。当然她也有比较。江真个子矮小一点,皮肤稍黑,从脸色看,似乎身体不是很好。何杏灵要高一些,皮肤白净,可能是医生家庭调养得好的原因,看起来身体要好些。她之前分别问过她们,知道何杏灵比陈然岁数大点,而江真要小点。在她看来,年龄大小不是问题,以她几十年的生活经历,大有大的好处,过去还有"女大三抱金砖"的说法。而小也有小的好处。

后来她问得多了,陈然就笑一笑,说:"娘,您别着急,我将来一定给您找一个又好又美的媳妇。"

现在收到这封电报,让黄凤淑心里很是愉悦。

陈然从黄凤淑手中接过电报,回了自己的房间。叶子要到重庆来,也不知现在走到哪里了,是否顺利。他本来打算发电报阻止的,后来一想,她人肯定离开了,不知具体的地址,电报不知往哪里发,只好作罢。

黑云压城城欲摧。这年春天的重庆,一如既往,物价飞涨,民不聊生,政局动荡,有如那捆绑的吊脚楼,岌岌可危。

中共重庆地下党组织也面临险境。

四月十一日中午,市委常委李为国来到陈然家,明确告诉他:"根据目前掌握的情况,四月四日,市委委员许建设被捕;

四月六日，市委书记刘家定被捕。具体情况不知，但他们可能被认定为《挺进报》的负责人。我们需要马上编印两期《挺进报》，寄给敌人，以搅乱他们的视线，让那些混蛋们看到《挺进报》还在照常出版，说明负责的另有其人，与他们无关，希望以此减少敌人对他们的迫害，也有利于其开展斗争。"

陈然听到有同志被捕，心情十分沉重。他把党内的每一位同志，不论是认识的，还是不认识的，都当作自己的骨肉兄弟。"他们也许正在狱中受刑！我得加紧印出来，好转移敌人的注意力。"他一边印报，一边念叨，"革命不怕死，怕死不革命，皮鞭、辣椒水……对一个真正的革命者，没什么了不起！"

他迫不及待地当晚就突击一个通宵，熬红了双眼。第19期《挺进报》出版，里面有《重庆市战犯特务调查委员会严重警告蒋方人员》一文，再次引起国民党重庆行辕主任朱少华的震怒，他打电话给徐元甫，严厉训斥和督办。

但是，陈然万万没有想到，他倾尽自己全部心力去掩护的，却并非同志，而正是他平时所痛恨的叛徒！

四月十五日上午，李为国又匆匆赶来，对陈然说："地下斗争形势已非常紧张，要时刻提高警惕。为了减少风险，你和江一伟必须有一个人马上转移。留下的人也要做好随时转移的准备。"

"让一伟先转移吧，我留守。他的工作我可以顶替，但我的工作特别是发行部分，他以前参与不多，一时还无法接手。再说，我的家在这里，厂子也有些事情还需要安排。"陈然这样说，是现实的考虑，更多是把安全先给战友、危险留给自己，这个意思他没有说出来。

"可以。另外,为防止意外,我不再直接到你家里来了。以后我们每次联系,要提前约定时间、地点,见面后再约下次的时间和地点。每次都要变化。"

"好,这样可以避免敌人掌握规律,跟踪我们。"

"后天下午两点,白象街老地方喝茶。"

"明白。"陈然在读书会时和江一伟等人去过那里。

"一伟,根据组织的要求,你先转移吧。"陈然对江一伟说,"你先到北碚我们的联系点等着。按我们的约定等七天,如果接到上级确定转移的指示,我就到北碚去与你会合,一起转移到新的地方。如果七天内上级没有指示,我没有去,你第八天就可以回来。"

江一伟走后,《挺进报》编辑部就剩下陈然了,除刻写蜡纸由吕上在外面进行,编稿、印刷、联络、发行等全部工作,都由他一人承担。但《挺进报》照常出版。

这天下午,陈然穿着他出门才穿的呢子夹克,提着一个黄褐色的公文包,在白象街附近一家大茶馆里,和一个西装笔挺的中年人坐在一起,时而喁喁私语,时而放声大笑,时而高谈阔论,时而相互争执,他们和那些在茶馆中谈生意、做买卖的人一模一样。

陈然说:"黎老板,价格不能再低了,再低了兄弟就要亏本了,你要让兄弟勉强有口稀饭喝才行呢。"

"行嘛,行嘛,何老板,看你人老实,活的质量还算可以,那就这样吧,成交。"最后,黎老板把一扎钞票交给了陈然,又作了一番嘱咐,悄悄约定三天后,去春和茶馆交货。

那位西装笔挺的"商人",正是领导《挺进报》的地下党市委常委李为国，他把最近几期《挺进报》所需要的纸张、油墨等费用交给了化名"何常"的陈然，并指示要做好应变的准备，一接到通知就马上转移。

2

四月十九日，陈然突然收到一封奇怪的信，信上写道："近日江水暴涨，闻君欲买舟东下，谨祝一帆风顺，沿路平安！"署名是"江山"。

陈然拿着信，在屋子里踱来踱去：我没有说要"买舟东下"，那么，是有人告诉我要尽快离开，难道是组织上？"江水暴涨"，是不是暗示外面的情况不好了？

陈然突然想起老李说过"要做好应变准备"，是暗示我要立即转移？可我没得到组织上明确的指示，当时约定是三天后面谈。还有，这信是谁写的呢？署名就很奇怪！山儿不到三岁、还不识字，他肯定不会写信！显然是有人借用了他的名，但为什么要用这个名字呢？

这封信明显是知道我认识江山的人写的。《挺进报》是秘密工作，除了上级领导人和一起工作的同志外，其他人是不知道的。那么它肯定是党内同志写的了。

依"江山"来推，最有可能是江一伟。但肯定不是他，一来他的笔迹自己太熟悉，二来他不在市区，还在等组织的消息。也不应该是老李，我们已约定好有什么见面再说，没必要另给我信的，况且这个笔迹也不熟悉。

陈然的心七上八下：写信人怎么知道我的地址？不会是敌人

对我有什么怀疑，故意来试探的吧？看来，我安排的那些预防措施，要再提醒提醒了……

陈然压根就没有想到，这封信正是李为国在迫不得已的情况下，用这个不合约定、不合常规的办法来通知他的。

原来，四月十六日，重庆市委副书记冉一智被捕。他和市委书记刘家定相继叛变，出卖了川东临委、重庆城区区委、《挺进报》特支、电台特支等组织的一大批同志。四月十七日，无耻的叛徒带着特务去抓捕李为国。他不在，他们就在他家守着。李为国外出回来，还好临进家门前得到小保姆的警示，赶紧离开了。

躲过一劫的李为国马上想到，《挺进报》编辑部很可能同时被破坏。但是，敌人会不会还没来得及下手呢？他抱着万一的希望，当即写了那封暗示的信寄给陈然。

陈然在犹疑中多么希望能马上向组织汇报呀，但和李为国约定接头的时间还没到，他无法见到对方。

"不管了，坚决完成党的任务要紧！"陈然觉得，第23期《挺进报》已编好，要赶快印发出去，其他事过后再说。

二十一日中午，陈然去吕上处送稿件，叮嘱他抓紧把蜡纸刻出来，自己明天中午就来取。然后他把那封奇怪的信给吕上看，同时在他的耳边悄悄说："肯定是出了什么问题，但我还没想清楚。老吕，你怎么看？还有，我们应该怎么办？我想听听你的看法。"

吕上才入党不久，没遇到过这种事情。陈然在他面前也算是老党员了，都还是第一次遇到，所以吕上有些紧张地说："我也不知道，那你下一步怎么办呢？"

陈然想了一下，冷静地说："这样吧，老吕，我们首先要沉着，不能惊慌失措，在保持警惕的前提下，完成党的任务是头等大事。过两天我就能见到上级，那时就清楚是怎么回事了，所以暂时不考虑、也不去管这事了。现在最应该做的事，是这两天我们要突击把报纸印好发出去。如果需要转移，我会通知你，你随时做好准备。这几天你一定要保持警觉，晚上最好不要在学校住了，以防万一。"

"好，我一定抓紧完成。"

陈然郑重地对吕上说："为了安全，在外面偶尔碰到，我们要装作不认识。作为一个共产党员，我们都举手宣过誓，要随时准备为党的事业牺牲一切。万一不幸被捕，绝对不要暴露身份，监狱里肯定也有我们的组织，和组织取得联系后，要在组织的领导下继续进行斗争。"他伸出大而有力的手和吕上的手紧紧相握。

陈然出了小学，向朝天门码头走去，他要坐轮渡赶回南岸。

一边走，陈然一边很随意地不时回头望望。他警惕地走着的同时，脑子里仍然在想"江山"那封信。

走着走着，陈然突然转身，朝着另一个方向走去。他想去碰碰运气，江一伟万一回家了呢？如果是这样，非常时期的非常之举，也是可以理解的，尽管从组织纪律的要求上这不可以，江一伟的为人也不是这样。他想，碰不上也不要紧，正好可以看看山儿，也给他家里人传个信，要有所准备。

陈然经过七星岗，在路边找了一家糖果店，买了一大包糖，然后走过观音岩，来到枣子岚垭七十二号。

"山儿，在吗？"

"哟，是香哥儿呀？"江一伟的夫人陈霜高兴地打开门，"你好久没来了呢。"

"陈叔叔好!"三个小男孩向陈然扑来。

"陈叔叔,抱。"在三个男孩中,个子居中那个孩子伸出双手,正是山儿。

陈然抱起他,亲了左脸,又亲右脸。"山儿听话没?"点头。"好好吃饭没?"又点头。"山儿真乖!"

"来,孩子们,"陈然从包里掏出糖,"看陈叔叔给你们带什么了?"

三个孩子嘴嚷嚷着、脚跳跃着、手挥舞着。

"别争,都有,你们三个分,慢慢吃。"陈然一一分发。

安顿好孩子,他问陈霜:"姐,一伟没回来吧?"

"没。前几天给江真打电话,让她转告我,有要事去外面几天,没特别的情况,过几天办完了就回来。"

"嗯,我知道。"陈然点头。

他知道陈霜是自己人,就和她直接说了自己对那封信的分析。

陈霜说:"兄弟,情况虽然不明,但我认为宁可信其有,你要谨慎一些。你看看还有找到负责人的其他方法不?或者再找信得过的同志商量一下?"

"好的,那我先走了。"

3

四月下旬的重庆,进入初夏,天气有些闷热,让人疲惫。

二十二日上午,陈然处理完厂子的事情,回家抓紧吃了饭,立即坐船过江,按约定去吕上处拿刻好的蜡纸。他计划回来后抓紧把23期印出来，然后分装好，第二天一早分发出去后，自己就转移。

下午陈然急匆匆地赶回家，进密室前对黄凤淑说："娘，您把门反锁好，回头我叫的时候，再来开。"知道儿子又要忙正事了，黄凤淑没说话，只点点头，锁上门，然后跟往常一样，坐在门外守着。

傍晚，一场阵雨刚过，天上还不时响着或大或小、或远或近的雷声，似乎又要下雨了。

六点刚过，突然几个声称查户口的人闯进了工厂。吴树华一看来势不妙，就拦住了他们，同时大声地朝楼上喊："陈先生在家吗？查户口的来啦！"

黄凤淑赶紧站起来，看到楼下来了一群人，马上进了自己的房间，急急敲板壁："来了好多人！"

正在紧张印着第23期《挺进报》的陈然，知道危险终于来了。收拾东西已来不及，他立即按照预先设计的应变措施，推开后面的窗户，准备跳到邻居的院子里。

"谁？敢跳窗，老子就开枪。"一支手枪对准窗口，已有敌人守候在那里。

外面特务的叫嚣声和黄凤淑的怒斥声，混成一片。

"开门，开门。"门外一阵猛拍。

"干什么呢？这么凶，你们到底是要查户口还是要入室抢劫呀？"屋里的人不愿开门，显然是为了拖延时间。

"谁他妈查户口？搜查！赶紧的，开门！"

"咱家不偷不抢，搜什么查呀？"嘴上应着，人却没有动。

"开不开？不开，踢！"有人下令。

"别踢！来了来了，我一个有病的老太婆，动作哪有那么快？"

门终于打开一条缝。不等完全打开，特务蜂拥而入，把黄凤淑撞了个趔趄。几个人把屋子找了个遍，有人报告说："组长，没有那个人。"

"报告，这里还有一间。"有个特务发现走廊尽头的屋子，喊了起来，"但门是锁着的。"

"打开！"那个满脸横肉的组长命令道。

"这就是一个杂物间，没什么值得看的。"黄凤淑道。

"堆放的是杂物，还上什么锁？肯定有问题！打开！"那人阴森森地哼了一声。

"真没什么。不锁起来，我是怕小孩子随意闯进去，里面乱七八糟的东西伤到她们。"

"我们是大人！怎么可能伤到，打开，打开！"

"我没有钥匙。儿子出门带走了。"黄凤淑还想拖延。她记得儿子讲过，提前想了一些对付的办法，所以多拖一分是一分，多拖一秒是一秒。

"砸！"那人不耐烦了。

陈然发现跳窗逃离的计划无法实施，立即转身再次清理一遍室内的东西。这之前能处理的已经提前处理了，报纸发行的下线联系人全凭记忆，没有纸质的记载。但为了尽量减少给敌人留下追查的线索，陈然冷静快速地扫视了房间，突然发现墙上还有一张照片，正欲取下，"砰"的一声枪响。

"不准动！"几支乌黑的枪口对准了他。特务开枪打坏门锁，冲了进来。

黄凤淑一步抢过来,衰迈的身体挡在了儿子前面:"你们打死我吧!打死我吧!"

陈然没说话,只是狠狠地瞪着特务狞笑的嘴脸。

几个特务冲进房里,得意地抱出一堆墨迹未干的《挺进报》。这就是他们搜查了好久也毫无影踪的《挺进报》,只是靠了叛徒无耻的出卖才侥幸地"破获"了。

特务中有人拿出手铐,有人动手来拉黄凤淑,她已泣不成声,厉声质问:"你们……你们凭什么抓人?"

特务却不管不顾,拉扯中竟然把她推倒在地上。陈然愤怒地大喝一声:"不准对老人动手!"特务们在陈然的怒视下停住了。

这时,得到消息的陈晓薇从外面冲了进来:"你……你们,对一个有病的老人也下得去手?"边说边把黄凤淑扶起来。

楼下几个工人欲冲上楼来,被守在楼梯口的特务拦住。领头的吴树华气愤地质问:"查户口为什么要抓人?!这是哪里的王法?"

"王法?我就是王法,给我打!"一个特务喊道,几个特务开始动手,吴树华被打翻在地,嘴角流血。

"不准打人!工人有什么错?!"陈然大声喊道。他这也是在给吴树华提醒,别忘记约定。

突然,黄凤淑在激怒中站起来:"来吧,我和你们一起去,我们娘儿俩要活活一块儿,要死死一块儿!"特务粗暴地推开了她。悲愤欲绝的她冲出房间,狂乱地抓住二楼上的栏杆,想往上翻,她这是要跳楼,以自杀来抗议特务的暴行。陈晓薇赶紧追过去,紧紧地抱住她,然后强行把她拉回房间。

陈然厉声对特务们说:"干什么?走就走,慌什么?我要和娘说几句话。"他沉着地走到黄凤淑面前,拉住她的手:"娘!您不要难过。您要相信儿子走的路是正确的路,干的事是正义的事。您老人家一定要保重身体,解放的日子一定会到来,您就等着我回来吧!"

"娘,香哥儿会没事的,您别担心。"陈晓薇也在一旁安慰她。

"娘,去给我收拾些换洗衣服吧。"

听了陈然的话,陈晓薇扶着仍在抽泣的黄凤淑进了陈然的房间。

陈然从容不迫地取下自己身上的钢笔、手表、钱包,放在桌子上,用碗倒了些开水,在桌边坐了下来。他从桌上拿起两个馒头……

"不准……"有个特务制止。

"民以食为天,雷都不打吃饭人!抓人没说不让人吃饭,更不能不让人带换洗衣服吧?"陈然愤怒地质问,同时不管不顾地吃起来。

那个满脸横肉的家伙带着胜利者得意的笑容摆了摆手,其他特务只好站在一边等着。

此时天已完全黑了。远处还回响着隐隐约约的雷声,大地微微地颤动着,好像千军万马即将到来。

"香哥儿,娘不在你身边,一定要照顾好自己啊!"黄凤淑提着一包衣服来到陈然面前。

"好了,快走!"特务开始催促。

陈然站起身来,和娘、二姐一一拥抱,然后被戴上了手铐。他昂首挺胸,平静地跨出了家门。

4

江一伟上了最后一班到野猫溪的轮渡。他步履匆匆，赶到陈然家门外时，悄悄左右注意观察了一下，没有发现警示信号，于是照常敲门。

门马上就开了，吴树华挨了特务的打，正在院子里生气。一见是陈然家的常客，马上过来悄悄说："陈先生刚被警备司令部抓走了，老太太急的要跳楼。"

江一伟问："他们留人没有？"

吴树华说："留了一个，在楼上守着呢。"

江一伟说："那我得赶快进城去。"说罢掉头出门。

江一伟因了先前陈然的安排躲过一劫。陈然被抓走，虽然陈晓薇还没来得及放警示信号，但吴树华没有忘记陈然以前的交代，一直在门口守着。

江一伟匆匆赶到江边，末班轮渡已开走，只得沿着江边匆匆跑到弹子石一个熟人家住了一晚，并托他通知与陈然有关的人。他知道陈然被出卖了，否则特务不会这么准确地来抓人。

江一伟回到城里，用福州话打电话给妹妹江真。

"哥，什么事？"

"赶紧让你嫂子来见我。"江一伟有些急迫地说。

陈霜来到江一伟指定的地方，两人见面后，江一伟说了情况，并告诉她如果特务来，可以家庭妇女的身份沉着应付。

"你怎么办？"陈霜担心地问。

"组织安排我转移去香港。家里的事就拜托和辛苦你了。"

"那你要小心,照顾好自己。"

"我知道。"

两人拥别的时候,江一伟让陈霜在回去的路上立即通知两个人转移。一个是刘拥竹手下的王思丝,她的公开身份是开明书店经理,暗地里配合《挺进报》的发行;另一个是吕上。

第二十一章
一往无前

1

一九四九年，随着人民解放军三大战役节节胜利，国共两大阵营的战争形势发生了根本性变化。十月一日，中华人民共和国在北京宣告成立。

一个又一个胜利的喜讯不断传来。白公馆平二室的人怀着无比喜悦的心情，正在热烈而兴奋地交谈着。

丁向前挥舞着手："中国人民解放军以排山倒海之势，向大西南挺进。"

"宝鸡、平凉、兰州、西宁、宁夏攻克；新疆陶峙岳通电脱离国民党，宣布接受和平改编。"刘大志说。

"哈哈，太好了！"王猛双手叉腰，"华中解放军分两路合围长沙，湖南省主席程潜宣布起义……"

正在这时，室内响起了大家都熟悉的旋律。

解放区的天是明朗的天,
山城的人民好喜欢。
歌乐山上插红旗呀,
幸福的老百姓笑开颜。
呀呼嗨嗨
一个呀嗨
……

原来是陈然。他又一次发挥改歌词的特长,宣浩打起了拍子,人们陆续跟着陈然唱起改过的词,到了后面的"呀呼嗨嗨""一个呀嗨",成了齐声欢唱。罗冰扭起了秧歌,宣浩跟在他后边,左一扭,右一扭,那滑稽的动作惹得大家一阵大笑。

"同志们,我们的形势越来越好,敌人的情况就越来越糟。我们要防止他们做垂死的挣扎,所以大家要时刻提高警惕,加强团结互助,加速对敌策反,做好最后一场斗争的准备。"刘大志转达了狱中党组织的意见。

"对,不改其志,斗争到最后一刻!冲破黎明前的黑暗,迎接明天新的太阳!"陈然双手握拳,坚定地说。

他们不知道的是,保密局局长毛人凤接到蒋介石的手谕后,已对徐元甫下达命令:"清理积案,准备处理。"

十月下旬,南下的解放大军以风卷残云之势扫荡四散溃逃的残敌。二野的部队正星夜兼程向重庆挺进,即将全面解放的喜讯早已传遍山城,任何人都知道,苦难的日子即将过去,胜利的曙光已经来临。

面对如此瞬息万变的局势,毛人凤提出"公开先杀十人,然后秘密再杀三十人"的方案，报蒋介石批准后，向徐元甫再次下令："立即执行。"

十月二十七日，晚饭过后不久，几辆汽车气势汹汹地扑进白公馆，随后还跟着一部大卡车。

"注意，应该是有什么事要发生。"警惕的难友们都挤到放风口，向外探望，注视着敌人的动静。因为过去没有出现过这种情况。

从小车上下来了几个人，看守长"杨三角"带着"羊儿疯"等人紧随其后。

他们先到了楼上，那纷乱的脚步声走到一室，略停了一下，继续走，来到二室，叫了一个人，是后面进来被单独关押的老蒲。然后走下楼来，在平一室停了一下，接着来到平二室。

"陈然，出来！长官要传讯你，赶紧收拾。"

到白公馆后除了最初两次就一直没有再审，现在又要审讯，显然不可能。陈然心里明白，最后的时刻到了。他这样肯定，是因为看到了窗外有一双眼睛，带着一丝遗憾的眼神。

"知道了。"他非常平静地回答，从容不迫地脱下囚衣，换上入狱时穿的那套衣服。

难友们没有说话。丁向前带着惋惜、罗冰带着遗憾、宣浩带着崇敬看向他。刘大志紧握双拳，向他示意。王猛则坐在旁边开始整理自己的东西。

室外的一群人向别的牢房走去。

陈然把自己的物品一一留给同室的难友，一个一个紧紧握手，他们间的同志情、兄弟情、难友情，他们彼此的尊重、信任、关切、感谢、坚持……都在那紧紧一握之中。他们用坚毅、亲切而友好的目光，深深地凝望着对方，交流着不舍、遗憾和保重。

陈然发现还差一个人，于是喊道："王……"

"王猛，出来，你需要转监。"此时，那群走过的人又回到门外喊道。

王猛站起来，指了一下刚才正在整理的东西："各位兄弟，有用得上的，请自便。"然后向其他人一一拱手道别。

他伸手与陈然拉了一下："走吧，兄弟，我陪你。"

陈然在前，王猛在后，走出了牢门。

两人马上被蒙住眼睛，戴上手铐，被粗鲁地往大卡车方向推。

走了几步，陈然挣扎着停下来，在无数次放过风的地坝站定。在这里，他结识了许多值得信任的同志、尊敬的战友；在这里，他坚持跑步锻炼，也在散步中思念亲人；在这里，和同志短暂交流过狱中《挺进报》上的重要信息，接收了赞许的目光和继续努力的手势；在这里，他收到了楼上的"特急飞讯"，用哥萨克舞蹈予以欢快的回复……

陈然面带微笑，虽然看不见，还是从楼上到楼下，向地坝的周边环视了一遍，然后大声喊道："兄弟姐妹们，再见了！你们要坚持战斗，迎接最后的胜利。多多保重啊！"

"不准喊！""走！""快走！"两个特务粗暴地把他推向大卡车。

无数张义愤而焦虑的脸挤在狭小的铁窗上，无数双有力的手伸出铁窗外，一阵短促有力、低沉悲壮的告别声接连传来：

"再见,陈然!"

"陈然,挺进!"

"王猛,保重!"

……

2

国民党重庆警备司令部外,布告已经贴出:公开枪决十名共产党。上面只有名字,没有照片。从事地下斗争的人,只有一个真名,更多是化名。所以贴出来的名字,会给不明真相的人造成悬念。

敌人是狡猾的。想通过现场捕捉一些表情和表现,从中找到蛛丝马迹和线索,然后顺藤摸瓜,以此侦破、抓获更多的共产党。

枪决的消息很快传到了中粮公司家属区,有胆子大的说要去看看。知道里面有陈然后,有人说要组织一些人去把陈然抢出来。

马志宏说:"你们想学过去的劫法场?没那么简单!我们是赤手空拳,人家那里有警察、宪兵、特务,都是荷枪实弹、全副武装,我们去无异于鸡蛋碰石头。我劝大家不要去,或许这正是人家的圈套!这样做会正中那些人的下怀,他们正愁抓不到更多的共产党,哪怕是同情共产党的人,会不问青红皂白地一律抓起来。还是不要做无谓的牺牲……"

"陈然兄弟,对不起,我虽然做过努力,但是没有成功。那天我一定会来看你,看看还能为你做点什么。"

"杏灵姐，糟了，他们……他们要枪毙陈然先生呢！"小吕气喘吁吁地跑进何络药房，一边拉着何杏灵往后面的诊室走，一边上气不接下气地说。

小吕是吕上的弟弟，是和陈然在一次读书会上认识的。一九四七年秋陈然介绍他到南洋一家工厂上班。有一次他到陈然家时遇上了何杏灵。

陈然被捕后不久，小吕也被工厂借故开除了，后来在市中心的一个百货商店当了店员。

"什么？你没听错吧？刚才有人来买药，也说要公开枪毙十个共产党。十个人，怎么可能就有他？我不信！"何杏灵摇头。

"是真的！杏灵姐，我上班经过那个地方，看到许多人在围着看，就挤了进去。我没去上班，马上跑过来的。"

"你肯定没看错？"何杏灵还抱着一丝侥幸，她希望是小吕没看清楚。

小吕路过"精神堡垒"附近，发现不少人正在看墙上公开栏里的布告，他凑近一看，"陈然"的名字上有红钩。原来他是一名真正的共产党员！小吕咬紧嘴唇，低头走出了人群。

"这人命关天的事，我怎么能看错？怎么敢随便乱说？开始我也不敢相信，绝对也不肯相信！所以我反复看了三遍。不敢再看了，因为我已经快要哭出来了，可是我知道，那个地方是不可以哭的！"小吕开始流泪，"我知道，有人在监视人群，我一哭，一定会被抓起来，如果那样，谁能代我经常去看望陈先生的家人？"

"天哪，这可怎么办？"何杏灵手捂双眼，眼泪不由自主地流出来，"香哥儿啊，我一个平常的小女子，也没办法营救你。

原谅我吧,香哥儿!"

小吕哽咽着说:"杏灵姐,你不要太自责。上次我俩说过,人家二姐夫是见过大场面的,能托一些关系,想了办法也没做到。陈先生,我们救不了啊!"

"时间是好久?"何杏灵突然止住哭声。

"明天上午。"

何杏灵突然道:"我得去告诉叶子!"

十月二十八日,重庆市区的天空,阴云密布,是那样死气沉沉。蒋家王朝已彻底崩溃,但盘踞在四川的匪徒们还在垂死挣扎。

这天早晨,大街两边,行人稀少,店铺的门许多还没打开。突然,从朝天门码头那边,拥过来许多人。街道上布满了持枪军警,不断地驱赶着来往的行人。一辆刑车上来了,不一会儿,又一辆上来了,隐隐约约看得见车上反绑着一些人,还有一些持枪的宪警。

重庆左营街警备司令部更是异常紧张,从街头到大门口,从走廊到广场,枪刺林立,警卫森严,礼堂前摆了一张"公案桌",装模作样的法官坐等宣判。

八点左右,四五辆吉普车和大卡车一路飞快地驶进警备部大门,车上跳下一批满脸横肉的特务,跟着就从车上押下十名戴着手铐的"政治犯",一字排开,站在"公案桌"前。

陈然上前一步,大声说:"你们要枪毙我们,可你们还能活多久呢?"

他转身看了看一同受审的人。"那个络腮胡不是成老板吗?他怎么也在这里？"那许久没打理的胡子很长了，在他的脸上随风凌乱。他满不在乎地微笑着向陈然点头。陈然礼貌地回看过去。

法官开始宣布"罪状"：

"陈然……《挺进报》负责人……"

"成勇谋……《挺进报》电讯负责人……"

听到这句话，陈然先是惊讶：他就是电讯负责人？他就是自己致敬的好同志？居然是络腮胡？居然是自己一直印象不好的"成老板"？

然后他很自责：怎么就被假象迷惑了呢？难怪读书会活动说要打平伙，他推辞，我当时还认为他小气。家庭那么困难，他能不小气吗？在外面假装大方，那只是为了工作需要。

陈然为错怪了自己的同志而惭愧。俗话说一分钱难倒英雄汉，可没见过成老板愁容满面，他始终性格爽朗，非常乐观。观察人一定不能凭表面现象。

陈然满怀激动、歉疚的目光注视过去，正好成勇谋惊喜的目光也看了过来。这两位在心里一直彼此牵挂的同志，就在这样的时刻、以这样的方式认识了："原来是你！""原来是你！"

"不准说话！"宪兵连忙制止。

络腮胡不管，微笑着说："致以革命的敬礼！"

陈然会意地笑着回道："紧紧地握你的手！"

那一行见其字未见其人的"书信"，今天不需要中间人，直接抵达。两双为《挺进报》的编印、发行无数次辛勤努力的手，虽不能握在一起，可那炽热的温度，却再次温暖着两人的心，激励着彼此的斗志。

握手,我亲爱的同志;敬礼,我真诚的战友!

法官接着宣布罪状,"王猛……"

王猛上前一步,怒视法官大声道:"中国人民解放军马上就要到了,你们的狗命也危在旦夕!"其他人纷纷上前呵斥,打断了宣判。

特务和宪兵见这些人慷慨激昂、临危不惧,一个个惊得目瞪口呆,反应过来后,马上用力制止,让他们不能动弹。

法官拿着纸,口中念念有词,他那有气无力的声音,早被勇士们的怒斥和嘲笑声淹没。他心慌意乱,瞪着眼,气急败坏地抓起红毛笔,在名字上一一勾画。

陈然大声道:"今天,你们判我们的死刑,但我们快要胜利了!明天,人民就要宣判你们的死刑!"

3

二处派来执行枪决的特务头子虽然气得脸色惨白,还是要勉强走完最后一道程序。他站到一桌酒席前:"带他们过来。"

"请吧,这是特意为你们准备的。"

"这是断头酒吗?不喝!"王猛大声说。

成勇谋的长胡子不停摆动:"这是人民的血汗换来的,不吃!"

其他人摇头转身,不再看向那里。

"走吧,送我们上路!"陈然说完,昂首挺胸带头走向刑车。

后面不知谁登车时被脚镣绊住,差一点摔倒,成勇谋幽默地说:"感谢铁镣稳住了你,要不然你就摔了!"

"铁镣稳住了我们的身体,也警醒了我们的精神,所以我们不会摔倒。"陈然说,大家庄重地点头。

特务们七手八脚,紧跟着上了汽车。

汽车向着两路口的方向驶去。经过民生路等市区大街时,市民群众不断涌来,伫立在街道两旁,听到刑车上高亢的《国际歌》歌声以及不断呼喊的口号声,在愤怒中握紧拳头,目光如火,在沉默中压抑着愤怒。

王猛在车上大声演说:"我们为革命被捕,为革命牺牲,解放军快入城了,我们死了也甘心。"

勇士们高呼:"中国共产党万岁!中华人民共和国万岁!毛主席万岁!"声音响遏行云,震撼着在场的人的心灵。

"起来,饥寒交迫的奴隶,起来,全世界受苦的人,"车上响起深厚的男中音,陈然带头唱起了《国际歌》,车上马上响起了合唱,"我们要创造人类的幸福……"

当车来到市中心大十字路口时,街道两边的人越来越多,何杏灵和叶子也在人群中。叶子几次想要冲出去,与陈然相认,都被比她力气大的何杏灵强行拦住。何杏灵默默注视着陈然,同时,紧紧拉着叶子的手。她们若即若离,不敢跟得太近。

小吕跟在何杏灵和叶子的身后。

昨天,小吕去何络药房找何杏灵后,两人去了陈然家。黄凤淑病很重,陈晓薇和叶子陪伴在她的身旁。

去的路上,何杏灵和小吕商量,都觉得这事不能告诉黄凤淑。

小吕问:"二姐要不要告诉呢?"

"我想了想,觉得还是先不要告诉,以后再说。我怕二姐忍不住,告诉了老人家,我怕她承受不住。"

"那我们去做什么?"

"去告诉叶子啊。他们分别多年,没能再见面。"何杏灵把叶子和陈然的情况告诉了小吕。

"杏灵姐,你们的事我也不懂,但我感觉你们都喜欢陈先生。听说爱是自私的,你为什么要告诉叶子姐姐呢?"

"小吕,爱不是占有。大爱是无私的付出,不求任何回报的付出。唉,你现在不懂,以后会明白的。"

趁小吕去关心黄凤淑的病,和她说话时,何杏灵悄悄告诉了叶子。叶子推说要去市中心看看,就和何杏灵、小吕一起过了江,当晚她和何杏灵住在一起,两人交谈到深夜。

叶子从随身携带的包里掏出一双红色的鞋垫:"杏儿姐,好看吗?"

何杏灵接过来,一边仔细看一边说:"好看!叶子,你的手好巧。我可不会这些呢。"

"女红在我们那里,要求女孩子多少都要会一点。"

"叶子,这是你的么?你的脚有这么大吗?"

"不是。给他做的。"

"哦,明白了。"

叶子几次喊出:"崇德,我等你!"尽管这弱小的喊声很快被纷乱、嘈杂的声音所掩盖,尽管视死如归的陈然、高呼口号的陈然,并没有听到一个深情的姑娘关键时候全身心的呼喊,但是,叶子勇敢地喊出来了!

何杏灵含着眼泪，低下头来，内心自责：都说重庆姑娘敢爱敢恨，我为什么瞻前顾后，犹豫不决，没能像叶子姑娘那样，勇敢地说出来？她的心一阵阵发紧、疼痛，她抚着自己的胸口，蹲在了街沿内，埋下头来，防止被发现有异样的神情……

"砰！"

"哎呀，不好！有人撞车了。"

何杏灵一惊，马上紧了紧手，原来是空的！刚才她一出神，手松了，叶子趁机冲出去，被一辆跟随的囚车撞倒了……

悲愤的群众一拥而上，围住那辆车。

何杏灵立刻冲上去，拨开人群："叶子，你怎么了？"

"快，小何姑娘，救人要紧。"一个中年男子蹲下身来说。原来是马志宏。他是为了见陈然最后一面来的。他要来为他做最后一件事。

刑车上，陈然坚决要求停车，要他们先救人，处理车祸事故。但押运的宪警头目惊恐地不断催促司机："快开！赶快开！"他担心是共产党人为制造假车祸来抢人。

"叶子姐，你怎么了？"小吕哭喊起来。

"小吕，你快去跟车，这里有我。"何杏灵猛地站起来，推了小吕一把。

"对，有我们。"马志宏一把抱起叶子往何络药房方向跑。

"杏儿姐，别……管我，救……崇……德。"

"不！快去市民医院。"何杏灵说。

突然，叶子微微睁开眼睛，朝着陈然远去的方向："姐，爱……他。"然后头一歪，闭上了眼睛。

为防止大卡车被共产党劫持，在市中心游完街后，押送的宪兵把车开到了僻静的小街，那里预先组织了十辆黄包车，采取化整为零的方式，把他们一个一个押送刑场。

远远跟着的小吕，悄悄招了一辆车跟了上去，一直跟到了大坪。

到了刑场，陈然挣扎着用反缚的手把背上的死囚标志扯下来，愤怒地扔到地上："这是什么东西！"

两个军警押着陈然走向山岗，他们伸手要挟持他往上走。陈然用他健壮的肩膀把他们一顶："滚开！我自己会走！"

监斩的特务头子命令："跪下！准备……"

陈然不予理睬，大声道："我不是死囚，我是胜利者。我不会跪着生，也绝不会跪着死！"

"射击！"

陈然巍然屹立在山岗上，竭尽全力，用洪亮的声音高呼。

"中华人民共和国万岁！"枪声响了。

"中国共产党万岁！"枪声又响了。

"毛主席万岁！"罪恶的子弹一颗、两颗……穿透陈然的身躯，挺立的英雄没有倒下，刽子手目瞪口呆，罪恶的双手在发抖。

同样目瞪口呆的特务头子气急败坏地叫嚷："机枪射击！"

突！突！突！……

"中国共产党万岁！"

哒！哒！哒！

……

山岗一片沉寂。

英勇不屈的身躯终于倒下，他身体上的数个弹孔正冒出沥沥鲜血,在地上流淌……

小吕握紧的双拳微微发抖,咬紧牙关道:"血债,要用血来偿还!"他要回去告诉何杏灵。

围观的人悲愤难抑,暗地咒骂:"杀人也挽救不了注定的失败!"

狱警中有一人悄悄背过身去,久久无语。是"羊儿疯",那天,宣布传讯陈然时,是他带着遗憾看了一眼。

4

一九四九年十二月十日下午,重庆冬天常见的大雾还没有完全散开,天空低垂,寒风扑面,割得人的脸生痛。南岸野猫溪码头,走出来一个心事重重的人。

他来到陈然的家门口,犹豫要不要敲门。

是罗冰。

他回忆起一个多月前,"羊儿疯"从大坪刑场回到监狱,隔着牢门给他说的话:"小罗,你以后有机会出去的话,一定要好好照顾陈然的娘和他的小妹。"他还讲述了陈然英勇就义的悲壮场景,并表示深深的敬佩。

几经踌躇,罗冰终于抬起了手。

微弱的光从窗户透进房间,黄凤淑躺在床上,面容憔悴,瘦骨嶙峋,时不时咳嗽一声。

她旁边坐着一个面带愁容的中年妇女,是她的二女儿陈晓薇,静静地陪着她。

"是谁?"陈晓薇听见敲门声问。

"一个朋友。"重庆已解放,再没有特务来捣乱了,但陈晓薇还是警惕地只把门开了一条缝。

罗冰轻轻招手,示意她出来。

陈晓薇轻轻掩上门,随罗冰走到外面:"你是?"

"你是二姐吧?可以叫我小罗。和陈然关在一起的。"

"关一起的?你现在在这里,那他呢?我家香哥儿呢?他在哪里?"陈晓薇急切地问。

"二姐,他……他,一个月以前,就……牺牲了。"罗冰艰难地说。

"牺牲?我不信!你们关在一起,他没了,你却出了监狱。你,你给我把话说清楚,我家香哥儿到底去哪了?没道理你回来了他没回来啊?"陈晓薇急了,一把抓住罗冰,大叫起来。

屋子里的老人悄悄来到门边,无声的泪水已经滑落。

"对不起!二姐,我们想了许多办法,陈然也做了很多努力,可惜他没有等到最后的机会。"

罗冰讲了自己脱险的过程。

一九四九年十一月二十七日下午四时,白公馆的大屠杀开始了。所关押的"犯人"分属保密局本部六处和西南军政长官公署二处掌管,由毛人凤和徐元甫分别负责。屠杀也按自己掌管的名单分头执行。白公馆的看守长"杨三角"带领一帮人,按保密局本部六处下达的"死刑"名单,把人全部杀完。

西南军政长官公署二处派出杀手,对羁押在白公馆的二十多名"犯人"动手,杀了一些后,还有十多名分散在几间牢房里。

此时渣滓洞监狱打来电话,那里人手少,才执行了二十多人,还有一百多人没有处决,按这个速度,天亮了也杀不完,为防止狱中骚动请派人援助。二处杀手全部赶往渣滓洞,将剩下的"犯人"交给"杨三角"全权处理。

解放军进攻重庆外围的炮声隆隆响起,平日杀人不眨眼的"杨三角"此时心里开始发慌,他不想超越权限替二处杀人,只是打电话给他的上司:"报告长官,我们的任务已执行完毕。"

"好!回城待命。"

他把牢房所剩的人全部集中到一起,叫来看守"羊儿疯",命令他一人留下继续看守,自己则匆忙收拾好财物,带领一帮亲信逃离白公馆。

"羊儿疯"非常明白自己的处境,他在替别人背锅。他走到牢门前将刚才发生的接二连三的突变告诉了罗冰和丁向前,并表示愿意救他们,之后自己撤回城跟顶头上司逃命。罗冰则鼓励他,关键时刻要给大家都想个办法。

"羊儿疯"一想到自己参与了这次大屠杀就后怕,举棋不定的他丢下牢中的"犯人",将大门落上铁锁,独自出走,白公馆监狱一个多小时无人看管。

路上遇到了李富生,李富生对他说:"眼前只有一条路,我陪你回白公馆救他们出来,罗冰他们会给你作证的。"于是二人回到白公馆,与罗冰等人进行"谈判"。罗冰表示,解放军来后,我们大家给你出证明,没处落脚,住我家里,生活上无着,我帮助。

"羊儿疯"听后,放心地把牢房钥匙交给了罗冰。李富生当即剪断看守所的电话线,并要"羊儿疯"上楼观察狱外动静,如果狱外武装看守撤完,就在楼板上跺三下脚,牢中"犯人"得到信号，便立即越狱。

"羊儿疯"上楼后，罗冰等按以前制订的越狱计划，以身体强弱和年龄大小搭配，三至四人一组，共编成五个小组突围。

"咚、咚、咚！"楼上传来三下跺脚声，难友们立即按计划好的路线冲出监牢。

此时二处杀手从渣滓洞返回，难友们不顾一切地向后坡山林冲去。可他们还是被发现了，敌人用机枪向他们疯狂扫射，但由于距离远，加上渴望求生的难友们拼命向深山奔逃，恐慌的敌人也没有死命追击。他们撤离危险区域后，各自在山上找到隐蔽处，最后安全脱险……

"二姐，白公馆、渣滓洞共牺牲了两百多人，我们十多人是最后的幸存者。我们没有叛变，坚持到了最后一刻。我们感谢狱中党组织领导实施的策反和越狱计划，更要感谢包括陈然在内的许多同志共同策反看守成功，关键时刻使我们逃离了死亡，获得了自由。"

"你是说我家香哥儿没能等到最后一刻？国民党特务，你们好歹毒啊！"陈晓薇松开了抓住罗冰的手，捂着脸痛哭起来，"香哥儿是那么心地善良，时时处处替别人考虑；事情不论大小，他总是踏实认真地去做；他活泼开朗，无论老人小孩都合得来。他是多么好的一个人啊！"

"二姐，请节哀！相信我，相信我们的同志，会把他没完成的事业，继续下去。我们会永远怀念他！"

过了一会儿陈晓薇收住泪，点了点头。

"二姐，我今天来，一是看望你们；二是为陈然送信，帮助他完成遗愿。"

门内的老人听到这里，踉踉跄跄地回到床上，颓然倒下。

"香哥儿，他们说你去了远方，娘不信！娘坚决不信！娘会等你，会为你做你最爱吃的糖醋鱼，等你回来吃……"

一九五零年一月十五日，重庆市各界代表举行追悼杨虎城将军暨被难烈士大会。锯琴师胡先生来了，罗冰和小吕捧着陈然的照片，中粮公司的马志宏、肖挥、吴树华带来了花圈，何杏灵捧着鲜花和陈霜带着江山也来了。灵堂肃穆，哀乐低回，大家静默肃立默哀……

此时，黄凤淑正躺在床上，陈晓薇守在她身边，边抹泪边念叨着："香哥儿啊，我的好弟弟，娘病重了，我没法离开，请原谅二姐不能去参加追悼大会。孝敬好、照顾好娘是你的交代，你，不会怪罪二姐吧？香哥儿，你哥哥崇心在外地，小妹在学校，他们都不能来送你，自家兄弟姐妹，相信你能理解的……你一路走好吧！不要以我们为念，你没走完的路，我们会一直走下去……"

一月十六日，重庆大坪，一棵茂密的大树下堆起了一座高高的新坟。一个年轻女子，左手提着布包，右手牵着一个四岁多的小男孩来到坟前。

"香哥儿，杏儿来了，还带了你疼爱的山儿，我们一起来看你了。"

"阿姨，陈叔叔在哪里？"山儿忽闪着大眼睛，好奇地左看右看。

"陈叔叔太累了，他在里面睡着了，我们别去打扰他。"何杏灵蹲下身来,指着新坟对山儿说,然后她站起来,"山儿,跟阿姨一起,给陈叔叔鞠三个躬,好吗?"

"好。"山儿乖巧地跟着何杏灵,深深地鞠了三下。

"阿姨,是不是我们鞠躬,陈叔叔就可以从里面出来了?"山儿天真地问。

原本硬撑着坚强的何杏灵再也忍不住了,全身发软,双膝跪在地上,无声地泪如泉涌。

流吧,流吧,你们是"心心相印"的朋友,他一定能感知你的一片深情的。

何杏灵打开布包,取出了一双红鞋垫:"陈然,这是你的同学叶子姑娘,联系上你后特地为你做的,你收下吧。她……她不能来了。她已提前去那边等你了。"何杏灵无力地坐在了地上。

"阿姨,阿姨,你生病了吗?"山儿先扯着何杏灵的衣襟,这会拉着她的手,轻轻摇动起来。

"山儿乖,阿姨没病,阿姨只是难过,很难过,非常难过……"何杏灵使劲擦拭了一下脸上的泪水。

突然,何杏灵站了起来,温柔地问:"山儿,想看阿姨跳舞吗?"

"想。"

"好!"何杏灵的脚尖一踮,双手优雅展开,她沉浸在陈然用锯琴拉出的《小路》旋律里,沉浸在你唱我舞、我唱你舞和两人的对舞之中。

一条小路曲曲弯弯细又长,
一直通往迷雾的远方,

我要沿着这条细长的小路，
跟着我的爱人上战场。

纷纷雪花掩盖了他的足迹，
没有脚步也听不到歌声，
在那一片宽广银色的原野上，
……

她轻盈地旋转、腾挪，长袖曼舞，柔美多姿。

跳着跳着，何杏灵的身姿和舞步慢慢有了变化，她白皙的脸上透出了红晕，脸上露出了甜蜜的笑容。因为在她的旁边，有一个手拿大刀的青年，正有力地挥舞着，呐喊着"杀！杀！杀！"四面出击。他扯下手臂上带血的、破烂的半截白袖子，擦拭着大刀上的血迹，仰天而笑。

突然，那个青年迈着坚定有力的哥萨克步伐，旋转到她的身边，时而飞速跳转，时而凌空腾跃……

后 记
坚持是美德

乾坤万里，江河爽朗。

二零二一年是中国共产党成立一百周年。

在这个举世瞩目的特殊日子里，《挺进者陈然》面世，实现了笔者的一个愿望——为党的生日献礼！

二零一九年，重庆"一一·二七"大惨案纪念日前两天，笔者独自参观了"挺进报旧址"，它位于重庆有名的"外滩"——南滨路上。滨蜿蜒长江岸线，览雄阔两江交融。此地属重庆"城市会客厅""两江四岸"核心景区——长（江）嘉（陵江）汇大景区。"挺进报旧址"是红岩英烈之一陈然，参与创办地下党中共重庆市委机关报——《挺进报》的地方，现在是重庆市南岸区重点打造的爱国主义教育、党史教育和廉政教育基地。

我为牺牲时还不到二十六岁的陈然的英勇事迹所感动，同时也感叹时下的青年人对革命历史了解较少，于是萌发了一个想法：以陈然为主角，写一个红色故事，为广大读者提供一本正能量的读物，同时也作为一名中共党员向自己的组织百年华诞献礼。

我之所以十分关注红色文化，多年来一直思考要为传承红色基因做一些事，回想起来其实与我受到的影响是分不开的！

在我小时候，妈妈曾给我讲过，她们罗家是有革命传统的。她的爷爷罗光福参加革命，被国民党以"共匪"的罪名杀害。她的父亲、我的外公罗宗荣，和他的兄弟罗宗华参加了中共白家大花园特支领导下的长（寿）涪（陵）丰（都）垫（江）边区游击队。他们的引路人和领导人是我的舅公盛昨非，他是刘伯承担任校长的二野军大学员，一九四九年入党的离休干部，退休后担任过垫江县二野军大校史研究会理事长。

在舅公盛昨非提供资料和讲述的基础上，我写出《黎明夺枪》一文，记叙了游击队活动的精彩场景，发表在《红岩春秋》上。他们的上级领导人——直属中共重庆市委领导的白大花园特支书记陈丹墀，是渣滓洞有名的"黑牢诗人"之一，受"挺进报案"牵连而被捕，一九四九年十一月二十七日被枪杀于渣滓洞。

还有一本书，是我小时候读到的第一部长篇小说。上世纪七十年代的农村，书籍非常少，可能因为经手的人太多，此书缺角少页，且无封面封底。后来才知道是作家梁斌的《红旗谱》……

《挺进报》的故事，就发生在重庆南岸，这是其他地区的作者没有的先天条件，而且以陈然为主角的长篇小说目前似乎还没有。我想把陈然讲"气节"这种精神宣扬出来。

小说中刘拥竹说:"未曾行兵,先寻败路。"我写后记时才来想:我当时怎么就没有考虑是否能够坚持写出来,写出来是否能得到认可?

人说,无知者无畏!当时我确实也没想那么多。一念既出,便全力以赴!

知悉我想法的朋友,有说,写出来便是成功。有说,坚持就好!只要用心和用力,再差也有七八成。这些话语,非常给力。或许,有执念的人,是不会顾及成功与失败的,只管风雨无阻,一路兼程!

"成功属于有准备的头脑!"在得知该小说入选中国作协2021年长篇小说重点扶持项目、2021年度重庆市文艺创作扶持项目和重庆市庆祝中国共产党成立一百周年主题出版重点出版物后,有文友这样说。

我的回答:"是,但不是一个头脑!因为,我不是一个人在战斗!"

在创作和修改中,我先后建了四个微信群,不断与陈然的研究者、亲属、粉丝、文友、编辑等探讨交流,集思广益,纠错补漏,这些群发挥了及时而有效的作用。

自二零一九年十二月二十八日开始动笔,至二零二一年八月八日第四次集中大修改结束,创作中遇到了时间逻辑出错需调整资料引用、史料太粗缺乏细节、故事太少缺乏情景、电脑坏死等问题和故障,好在都一一得到克服和解决。后来甚至对既有成稿进行了结构调整和内容补写,以现实的斗争线和过去的成长线,穿插情感线,三线交叉推进,以期进一步增强可读性。

借写后记之机，衷心感谢中国作协、中共重庆市委宣传部、重庆市作协对本小说创作的大力扶持！

感谢重庆出版集团，感谢本书的责任编辑老师及其所在的北京华章同人文化传播有限公司的大力支持！

感谢中共南岸区委、南岸区人民政府、政协重庆市南岸区委员会、中共南岸区委宣传部、南岸区文联、南岸区作协给予的有力支持和鼓励！

感谢创作中给予了具体指导、关心和帮助的老师及文友，他们是：黄济人、傅天琳、王雨、胡万俊、赵瑜、程华、马卫、高铭、张春燕、李秀玲等等。

也要向陈然的亲属陈英琪及研究者罗迅、林洁等，以及撰写陈然相关史料的各位前辈和老师表示衷心的感谢！

需要说明的是：为创作需要，本小说除陈然外，史实所涉有关人员均为化名。但本书情节是基于历史史实进行创作的，基本遵循了事件的历史走向。

东野圭吾在《解忧杂货店》中说："放弃不难，但坚持一定很酷！"我以后要做的，唯有坚持！

胡雁冰

二零二一年八月